Chapitre CXXIV

Le coffret

Resté seul, M. de Sartine prit, tourna et retourna le coffret en homme qui sait apprécier la valeur d'une découverte.

Puis il allongea la main et ramassa le trousseau de clefs tombé des mains de Lorenza.

Il les essaya toutes : aucune n'allait.

Il tira trois ou quatre autres trousseaux pareils de son tiroir.

Ces trousseaux contenaient des clefs de toutes dimensions : clefs de meubles, clefs de coffrets, bien entendu ; depuis la clef usitée jusqu'à la clef microscopique, on peut dire que M. de Sartine possédait un échantillon de toutes les clefs connues.

Il en essaya vingt, cinquante, cent, au coffret : aucune ne fit même un tour. Le magistrat en augura que la serrure était une apparence de serrure, et que, par conséquent, ses clefs étaient des simulacres de clefs.

Alors il prit dans le même tiroir un petit ciseau, un petit marteau, et, de sa main blanche enfoncée sous une ample manchette de malines, il fit sauter la serrure, gardienne fidèle du coffret.

Aussitôt, une liasse de papiers lui apparut au lieu des machines foudroyantes qu'il redoutait d'y trouver ou des poisons dont l'arôme devait s'exhaler mortellement et priver la France de son magistrat le plus essentiel.

Les premiers mots qui sautèrent aux yeux du lieutenant de police furent ceux-ci, tracés par une main dont l'écriture était passablement déguisée :

« Maître, il est temps de quitter le nom de Balsamo. »

Il n'y avait pas de signature, mais seulement ces trois lettres : L. P. D.

– Ah ! ah ! fit-il en retournant les boucles de sa perruque, si je ne connais pas l'écriture, je crois que je connais le nom. Balsamo, voyons, cherchons au B.

Il ouvrit alors un de ses vingt-quatre tiroirs et en tira un petit registre sur lequel, par ordre alphabétique, étaient écrits d'une fine écriture pleine d'abréviations trois ou quatre cents noms précédés, suivis et accompagnés d'accolades flamboyantes.

– Oh ! oh ! murmura-t-il, en voilà long sur ce Balsamo.

Et il lut toute la page avec des signes non équivoques de mécontentement.

Puis il replaça le petit registre dans son tiroir pour continuer l'inventaire du coffret.

Il n'alla pas bien loin sans être profondément impressionné. Et bientôt il trouva une note pleine de noms et de chiffres.

La note lui parut importante : elle était fort usée aux marges, fort chargée de signes faits au crayon. M. de Sartine sonna : un domestique parut.

– L'aide de la chancellerie, dit-il, tout de suite. Faites passer des bureaux à travers l'appartement pour économiser le temps.

Le valet sortit.

Deux minutes après, un commis, la plume à la main, le chapeau sous un bras, un gros registre sous l'autre, des manches de serge noire passées sur ses manches d'habit, se présentait au seuil du ca-

JOSEPH BALSAMO

Mémoires d'un médecin

Tome IV

Alexandre Dumas

QUATRIÈME PARTIE

binet. M. de Sartine l'aperçut dans son meuble à glace et lui tendit le papier par-dessus son épaule.

– Déchiffrez-moi cela, dit-il.

– Oui, monseigneur, répondit le commis.

Ce devineur de charades était un petit homme mince, aux lèvres pincées, aux sourcils froncés par la recherche, à la tête pâle et pointue du haut et du bas, au menton effilé, au front fuyant, aux pommettes saillantes, aux yeux enfoncés et ternes qui s'animaient par instants.

M. de Sartine l'appelait la Fouine.

– Asseyez-vous, lui dit le magistrat le voyant embarrassé de son calepin, de son codex de chiffres, de sa note et de sa plume.

La Fouine s'assit modestement sur un tabouret, rapprocha ses jambes et se mit à écrire sur ses genoux, feuilletant son dictionnaire et sa mémoire avec une physionomie impassible.

Au bout de cinq minutes, il avait écrit :

§

« Ordre d'assembler trois mille frères à Paris.

§

« Ordre de composer trois cercles et six loges.

§

« Ordre de composer une garde au grand cophte, et de lui ménager quatre domiciles, dont un dans une maison royale.

§

« Ordre de mettre cinq cent mille francs à sa disposition pour une police.

§

« Ordre d'enrôler dans le premier des cercles parisiens toute la fleur de la littérature et de la philosophie.

§

« Ordre de soudoyer ou de gagner la magistrature et de s'assurer particulièrement du lieutenant de police, par corruption, par violence ou par ruse. »

La Fouine s'arrêta là un moment, non point que le pauvre homme réfléchît, il n'en avait garde, c'eût été un crime, mais parce que, sa page étant remplie et l'encre encore fraîche, il fallait attendre pour continuer.

M. de Sartine, impatient, lui arracha la feuille des mains et lut.

Au dernier paragraphe, une telle expression de frayeur se peignit sur tous ses traits, qu'il pâlit de se voir pâlir dans la glace de son armoire.

Il ne rendit pas la feuille au commis, mais il lui en passa une toute blanche.

Le commis recommença à écrire, à mesure qu'il déchiffrait ; ce qu'il exécutait, au reste, avec une facilité effrayante pour les faiseurs de chiffres.

Cette fois, M. de Sartine lut par-dessus son épaule.

Il lut donc :

§

« Se défaire à Paris du nom de Balsamo, qui commence à être trop connu, pour prendre celui du comte de Fœ... »

Le reste du mot était enseveli dans une tache d'encre.

Au moment où M. de Sartine cherchait les syllabes absentes qui devaient composer le mot, la sonnette retentit à l'extérieur, et un valet entra annonçant :

– M. le comte de Fœnix !

M. de Sartine poussa un cri et, au risque de démolir l'édifice harmonieux de sa perruque, il joignit les mains au-dessus de sa tête et se hâta de congédier son commis par une porte dérobée.

Puis, reprenant sa place devant son bureau, il dit au valet :

– Introduisez !

Quelques secondes après, dans sa glace, M. de Sartine aperçut le profil sévère du comte que, déjà, il avait entrevu à la cour le jour de la présentation de madame du Barry.

Balsamo entra sans hésitation aucune.

M. de Sartine se leva, fit une froide révérence au comte et, croisant une jambe sur l'autre, il s'adossa cérémonieusement à son fauteuil.

Au premier coup d'œil, le magistrat avait entrevu la cause et le but de cette visite.

Du premier coup d'œil aussi, Balsamo venait d'entrevoir la cassette ouverte et à moitié vidée sur le bureau de M. de Sartine.

Son regard, si fugitivement qu'il eût passé sur le coffret, n'échappa point à M. le lieutenant de police.

– À quel hasard dois-je l'honneur de votre présence, monsieur le comte ? demanda M. de Sartine.

– Monsieur, répondit Balsamo avec un sourire plein d'aménité, j'ai eu l'honneur d'être présenté à tous les souverains de l'Europe, à tous les ministres, à tous les ambassadeurs ; mais je n'ai trouvé personne qui me présentât chez vous. Je viens donc me présenter moi-même.

– En vérité, monsieur, répondit le lieutenant de police, vous arrivez à merveille ; car je crois bien que, si vous ne fussiez pas venu de vous-même, j'allais avoir l'honneur de vous mander ici.

– Ah ! voyez donc, dit Balsamo, comme cela se rencontre.

M. de Sartine s'inclina avec un sourire ironique.

– Est-ce que je serais assez heureux, monsieur, continua Balsamo, pour pouvoir vous être utile ?

Et ces mots furent prononcés sans qu'une ombre d'émotion ou d'inquiétude rembrunît sa physionomie souriante.

– Vous avez beaucoup voyagé, monsieur le comte ? demanda le lieutenant de police.

– Beaucoup, monsieur.

– Ah !

– Vous désirez quelque renseignement géographique, peut-être ? Un homme de votre capacité ne s'occupe pas seulement de la France, il embrasse l'Europe, le monde...

– Géographique n'est pas le mot, monsieur le comte, moral serait plus juste.

– Ne vous gênez pas, je vous prie ; pour l'un comme pour l'autre, je suis à vos ordres.

– Eh bien, monsieur le comte, figurez-vous que je cherche un homme très dangereux, ma foi, un homme qui est tout ensemble athée...

– Oh !

– Conspirateur.

– Oh !

– Faussaire.

– Oh !

– Adultère, faux monnayeur, empirique, charlatan, chef de secte ; un homme dont j'ai l'histoire sur mes registres, dans cette cassette que vous voyez, partout.

– Ah ! oui, je comprends, dit Balsamo ; vous avez l'histoire, mais vous n'avez pas l'homme.

– Non.

– Diable ! ce serait plus important, ce me semble.

– Sans doute ; mais vous allez voir comme nous sommes près de le tenir. Certes, Protée n'a pas plus de formes ; Jupiter n'a pas plus de noms que n'en a ce mystérieux voyageur : Acharat en Égypte, Balsamo en Italie, Somini en Sardaigne, marquis d'Anna à Malte, marquis Pellegrini en Corse, enfin comte de...

– Comte de... ? ajouta Balsamo.

– C'est ce dernier nom, monsieur, que je n'ai pas bien pu lire, mais vous m'aiderez, n'est-ce pas, j'en suis sûr, car il n'est point que vous n'ayez connu cet homme pendant vos voyages et dans chacune des contrées que j'ai citées tout à l'heure.

– Renseignez-moi un peu, voyons, dit Balsamo avec tranquillité.

– Ah ! je comprends ; vous désirez une sorte de signalement, n'est-ce pas, monsieur le comte ?

– Oui, monsieur, s'il vous plaît.

– Eh bien, dit M. de Sartine en fixant sur Balsamo un œil qu'il essayait de rendre inquisiteur, c'est un homme de votre âge, de votre taille, de votre tournure ; tantôt grand seigneur semant l'or, tantôt charlatan cherchant les secrets naturels, tantôt affilié sombre de quelque confrérie mystérieuse qui jure dans l'ombre la mort des rois et l'écroulement des trônes.

– Oh ! dit Balsamo, c'est bien vague.

– Comment, bien vague ?

– Si vous saviez combien j'ai vu d'hommes qui ressemblent à ce portrait !

– En vérité !

– Sans doute ; et vous ferez bien de préciser un peu si vous voulez que je vous aide. D'abord, savez-vous en quel pays il habite de préférence ?

– Il les habite tous.

– Mais en ce moment, par exemple ?

– En ce moment, il est en France.

– Et qu'y fait-il, en France ?

– Il dirige une immense conspiration.

– Ah ! voilà un renseignement, à la bonne heure ; et, si vous savez quelle conspiration il dirige, eh bien, vous tenez un fil au bout duquel, selon toute probabilité, vous trouverez votre homme.

– Je le crois comme vous.

– Eh bien, si vous le croyez, pourquoi, en ce cas, me demandez-vous conseil ? C'est inutile.

– Ah ! c'est que je me consulte encore.

– Sur quoi ?

– Sur ceci.

– Dites.

– Le ferai-je arrêter, oui ou non ?

– Oui ou non ?

– Oui ou non.

– Je ne comprends pas le *non*, monsieur le lieutenant de police ; car enfin, s'il conspire...

– Oui ; mais s'il est un peu garanti par quelque nom, par quelque titre ?

– Ah ! je comprends. Mais quel nom, quel titre ? Il faudrait me dire cela pour que je vous aidasse dans vos recherches, monsieur.

– Eh ! monsieur, je vous l'ai déjà dit, je sais le nom sous lequel il se cache ; mais...

– Mais vous ne savez point celui sous lequel il se montre, n'est-ce pas ?

– Justement ; sans quoi...

– Sans quoi, vous le feriez arrêter ?

– Immédiatement.

– Eh bien, mon cher monsieur de Sartine, c'est bien heureux, comme vous me le disiez tout à l'heure, que je sois arrivé en ce moment, car je vais vous rendre le service que vous me demandiez.

– Vous ?

– Oui.

– Vous allez me dire son nom ?

– Oui.

– Le nom sous lequel il se montre ?

– Oui.

– Vous le connaissez donc ?

– Parfaitement.

– Et quel est ce nom ? demanda M. de Sartine en expectative de quelque mensonge.

– Le comte de Fœnix.

– Comment ! le nom sous lequel vous vous êtes fait annoncer ?...

– Le nom sous lequel je me suis fait annoncer, oui.

– Votre nom ?

– Mon nom.

– Alors, cet Acharat, ce Somini, ce marquis d'Anna, ce marquis Pellegrini, ce Joseph Balsamo, c'est vous ?

– Mais oui, dit simplement Balsamo, c'est moi-même.

M. de Sartine prit une minute pour se remettre de l'éblouissement que lui causa cette effrontée franchise.

– J'avais deviné, vous voyez, dit-il. Je vous connaissais, je savais que ce Balsamo et ce comte de Fœnix ne faisaient qu'un.

– Ah ! vous êtes un grand ministre, dit Balsamo, je l'avoue.

– Et vous un grand imprudent, dit le magistrat en se dirigeant vers sa sonnette.

– Imprudent ! pourquoi ?

– Parce que je vais vous faire arrêter.

– Allons donc ! répliqua Balsamo en faisant un pas entre la sonnette et le magistrat, est-ce qu'on m'arrête, moi ?

– Pardieu ! que ferez-vous pour m'en empêcher ? Je vous le demande.

– Vous me le demandez ?

– Oui.

– Mon cher lieutenant de police, je vais vous brûler la cervelle.

Et Balsamo sortit de sa poche un charmant pistolet monté en vermeil, et qu'on eût cru ciselé par Benvenuto Cellini, qu'il dirigea tranquillement vers le visage de M. de Sartine, qui pâlit et tomba dans un fauteuil.

– Là, dit Balsamo en attirant un autre fauteuil près de celui du lieutenant de police, et en s'asseyant ; maintenant, nous voilà assis, nous pouvons causer un peu.

Chapitre CXXV

Causerie

M. de Sartine fut un instant à se remettre d'une alarme si chaude. Il avait vu, comme s'il eût voulu regarder dedans, la gueule menaçante du pistolet ; il avait même senti sur son front le froid de son cercle de fer.

Enfin, il se remit.

– Monsieur, dit-il, j'ai sur vous un avantage ; sachant à quel homme je parlais, je n'avais pas pris les précautions que l'on prend contre les malfaiteurs ordinaires.

– Oh ! monsieur, répliqua Balsamo, voilà que vous vous irritez et que les gros mots débordent ; mais vous ne vous apercevez donc pas combien vous êtes injuste ! Je viens pour vous rendre service.

M. de Sartine fit un mouvement.

– Service, oui, monsieur, reprit Balsamo, et voilà que vous vous méprenez à mes intentions ; voilà que vous me parlez de conspirateurs, juste au moment où je venais vous dénoncer une conspiration.

Mais Balsamo avait beau dire, en ce moment-là M. de Sartine ne prêtait pas grande attention aux paroles de ce dangereux visiteur ; si bien que ce mot de conspiration, qui l'eût réveillé en sursaut en temps ordinaire, put à peine lui faire dresser l'oreille.

– Vous comprenez, monsieur, puisque vous savez si bien qui je suis, vous comprenez, dis-je, ma mission en France : envoyé par Sa Majesté le grand Frédéric, c'est-à-dire ambassadeur plus ou moins secret de Sa Majesté prussienne ; or, qui dit ambassadeur dit curieux ; or, en ma qualité de curieux, je n'ignore rien des choses qui se passent, et l'une de celles que je connais le mieux, c'est l'accaparement des grains.

Si simplement que Balsamo eût prononcé ces dernières paroles, elles eurent plus de pouvoir sur le lieutenant de police que n'en avaient eu toutes les autres, car elles rendirent M. de Sartine attentif.

Il releva lentement la tête.

– Qu'est-ce que l'affaire des grains ? dit-il en affectant autant d'assurance que Balsamo lui-même en avait déployé au commencement de l'entretien. Veuillez me renseigner à votre tour, monsieur.

– Volontiers, monsieur, dit Balsamo. Voici ce que c'est.

– J'écoute.

– Oh ! vous n'avez pas besoin de me le dire... Des spéculateurs fort adroits ont persuadé à Sa Majesté le roi de France qu'il devait construire des greniers pour les grains de ses peuples, en cas de disette. On a donc fait des greniers : pendant qu'on y était, on s'est dit qu'il fallait mieux les faire grands ; on n'y a rien épargné, ni la pierre ni le moellon, et on les a faits très grands.

– Ensuite ?

– Ensuite, il a fallu les remplir ; des greniers vides étaient inutiles ; on les a donc remplis.

– Eh bien, monsieur ? fit M. de Sartine ne voyant pas bien clairement encore où voulait en venir Balsamo.

– Eh bien, vous devinez que, pour remplir de très grands greniers, il a fallu y mettre une très grande quantité de blé. N'est-ce pas vraisemblable ?

– Sans doute.

– Je continue. Beaucoup de blé retiré de la circulation, c'est un moyen d'affamer le peuple ; car, notez ceci, toute valeur retirée de la circulation équivaut à un manque de production. Mille sacs de grains au grenier sont mille sacs de moins sur la place. Multipliez ces mille sacs par dix seulement, le blé augmente aussitôt.

M. de Sartine fut pris d'une toux d'irritation.

Balsamo s'arrêta, et attendit tranquillement que la toux fût calmée.

– Donc, continua-t-il quand le lieutenant de police lui en laissa le loisir, voilà le spéculateur au grenier enrichi du surcroît de la valeur ; voyons, est ce clair, cela ?

– Parfaitement clair, dit M. de Sartine ; mais, à ce que je vois, monsieur, vous auriez la prétention de me dénoncer une conspiration ou un crime dont Sa Majesté serait l'auteur.

– Justement, reprit Balsamo, vous comprenez.

– C'est hardi, monsieur, et je suis véritablement curieux de savoir comment le roi prendra votre accusation ; j'ai bien peur que le résultat ne soit précisément le même que je me proposais en feuilletant les papiers de cette cassette avant votre arrivée ; prenez-y garde, monsieur, vous aboutirez toujours à la Bastille.

– Ah ! voilà que vous ne me comprenez plus.

– Comment cela ?

– Mon Dieu, que vous me jugez mal et que vous me faites tort, monsieur, en me prenant pour un sot ! Comment, vous vous figurez que je vais m'aller attaquer au roi, moi, un ambassadeur, un curieux ?... Mais ce que vous dites là serait l'œuvre d'un niais. Écoutez-moi donc jusqu'au bout, je vous prie.

M. de Sartine fit un mouvement de tête.

– Ceux qui ont découvert cette conspiration contre le peuple français... – pardonnez-moi le temps précieux que je vous prends, monsieur ; mais vous verrez tout à l'heure que ce n'est point du temps perdu – ceux qui ont découvert cette conspiration contre le peuple français sont des économistes, qui, très laborieux, très minutieux, en appliquant leur loupe investigatrice sur ce tripotage, ont remarqué que le roi ne jouait pas seul. Ils savent bien que Sa Majesté tient un registre exact du taux des grains sur les divers marchés ; ils savent bien que Sa Majesté se frotte les mains quand la hausse lui a produit huit ou dix mille écus ; mais ils savent aussi qu'à côté de Sa Majesté est un homme dont la position facilite les marchés, un homme qui, tout naturellement, grâce à certaines fonctions – c'est un fonctionnaire, vous comprenez – surveille les achats, les arrivages, les encaissements, un homme, enfin, qui s'entremet pour le roi ; or, les économistes, les gens à loupe, comme je les appelle, ne s'attaquent pas au roi, attendu que ce ne sont point des imbéciles, mais à l'homme, mon cher monsieur, mais au fonctionnaire, mais à l'agent qui tripote pour Sa Majesté.

M. de Sartine essaya de rendre l'équilibre à sa perruque, mais ce fut en vain.

– Or, continua Balsamo, j'arrive au fait. De même que vous saviez, vous qui avez une police, que j'étais M. le comte de Fœnix, je sais, moi, que vous êtes M. de Sartine.

– Eh bien, après ? dit le magistrat embarrassé. Oui, je suis M. de Sartine. La belle affaire !

– Ah ! mais comprenez donc, ce M. de Sartine est précisément l'homme aux carnets, aux tripotages, aux encaissements, celui qui, soit à l'insu du roi, soit à sa connaissance, trafique des estomacs de vingt-sept millions de Français que ses fonctions lui prescrivent de nourrir aux meilleures conditions possibles. Or, figurez-vous un peu l'effet d'une découverte pareille ! Vous êtes peu aimé du peuple : le roi n'est pas un homme tendre ; aussitôt que le cri des affamés demandera votre tête, Sa Majesté, pour écarter tout soupçon de connivence avec vous, s'il y a connivence, ou pour faire justice, s'il n'y a pas complicité, Sa Majesté se hâtera de vous faire accrocher à un gibet pareil à celui d'Enguerrand de Marigny, vous rappelez-vous ?

– Imparfaitement, dit M. de Sartine fort pâle, et vous faites preuve de bien mauvais goût, monsieur, ce me semble, en parlant gibet à un homme de ma condition.

– Oh ! si je vous en parle, mon cher monsieur, dit Balsamo, c'est qu'il me semble encore le voir, ce pauvre Enguerrand. C'était, je vous jure, un parfait gentilhomme de Normandie, d'une très ancienne famille et d'une très noble maison. Il était chambellan de France, capitaine du Louvre, intendant des finances et des bâtiments ; il était comte de Longueville, qui est comté plus considérable que celui d'Alby qui est le vôtre. Eh bien, monsieur, je l'ai vu accroché au gibet de Montfaucon qu'il avait fait construire ; et, Dieu merci ! ce n'est pas faute de lui avoir répété : « Enguerrand, mon cher Enguerrand, prenez garde ! vous taillez dans les finances avec une largeur que Charles de Valois ne vous pardonnera pas. » Il ne m'écouta point, monsieur, et périt malheureusement. Hélas ! si vous saviez combien j'en ai vu de préfets de police, depuis Ponce-Pilate, qui condamna Jésus-Christ, jusqu'à M. Bertin de Belle-Isle, comte de Bourdeilles, seigneur de Brantôme, votre prédécesseur, qui a établi les lanternes et défendu les bouquets !

M. de Sartine se leva, essayant en vain de dissimuler l'agitation à laquelle il était en proie.

— Eh bien, dit-il, vous m'accuserez si vous voulez ; que m'importe le témoignage d'un homme comme vous, qui ne tient à rien ?

— Prenez garde, monsieur ! dit Balsamo, ce sont souvent ceux qui ont l'air de ne tenir à rien qui tiennent à tout ; et, lorsque j'écrirai dans tous ses détails l'histoire de ces blés accaparés à mon correspondant ou à Frédéric, qui est philosophe, comme vous savez ; lorsque Frédéric se sera empressé d'écrire la chose, commentée de sa main, à M. Arouet de Voltaire ; lorsque celui-ci en aura fait avec sa plume, que vous connaissez de réputation au moins, je l'espère, un petit conte drolatique dans le genre de l'*Homme aux quarante écus*. Lorsque M. d'Alembert, cet admirable géomètre, aura calculé qu'avec les grains de blé dérobés par vous à la subsistance publique on eût pu nourrir cent millions d'hommes pendant trois ou quatre ans ; lorsque Helvétius aura établi que le prix de ces grains, traduit en écus de six livres et posé en pile, pourrait monter jusqu'à la lune, ou bien, en billets de caisse posés les uns à côté des autres, pourrait s'étendre jusqu'à Saint-Pétersbourg ; lorsque ce calcul aura inspiré un mauvais drame à M. de La Harpe, un entretien du Père de famille à Diderot et une paraphrase terrible de cet entretien avec commentaires à Jean-Jacques Rousseau, de Genève, qui mord aussi pas mal quand il s'y met ; un mémoire à M. Caron de Beaumarchais, à qui Dieu vous préserve de marcher sur le pied ; une petite lettre à M. Grimm, une grosse boutade à M. d'Holbach, un aimable conte moral à M. de Marmontel, qui vous assassinera en vous défendant mal ; lorsqu'on parlera de cela au café de la Régence, au Palais-Royal, chez Audinot, chez les grands danseurs du roi, entretenus, comme vous savez, par M. Nicolet : ah ! monsieur le comte d'Alby, vous serez un lieutenant de police bien autrement malade que ce pauvre Enguerrand de Marigny, dont vous ne voulez pas entendre parler, le fut, élevé sur son gibet, car il se disait innocent, lui, et cela de si bonne foi, que, parole d'honneur, je l'ai cru quand il me l'a affirmé.

À ces mots, M. de Sartine, sans prendre garde plus longtemps au décorum, ôta sa perruque et essuya son crâne, tout ruisselant de sueur.

– Eh bien, soit, dit-il. mais tout cela n'empêchera rien. Perdez-moi si vous pouvez. Vous avez vos preuves, j'ai les miennes. Gardez votre secret, je garde la cassette.

– Eh bien, monsieur, dit Balsamo, voilà encore une profonde erreur dans laquelle je suis étonné de voir tomber un homme de votre force ; cette cassette...

– Eh bien, cette cassette ?

– Vous ne la garderez pas.

– Oh ! s'écria M. de Sartine avec un rire ironique, c'est vrai ; j'oubliais que M. le comte de Fœnix est un gentilhomme de grand chemin qui détrousse les gens à main armée. Je ne voyais plus votre pistolet, parce que vous l'avez remis dans votre poche. Excusez-moi, monsieur l'ambassadeur.

– Eh ! mon Dieu ! il ne s'agit pas de pistolet ici, monsieur de Sartine ; vous ne croyez pas, bien certainement, que je vais, de vive force, de haute lutte, vous enlever ce coffret, pour qu'une fois sur l'escalier j'entende votre sonnette tinter et votre voix crier au voleur. Non pas ! lorsque je dis que vous ne garderez pas le coffret, j'entends dire par là que vous allez, de bonne grâce et de votre pleine volonté, me le restituer vous-même.

– Moi ? s'écria le magistrat en posant son poing sur l'objet en litige avec tant de force, qu'il faillit le briser.

– Oui, vous.

– C'est bien, raillez, monsieur ! mais, quant à reprendre ce coffret, je vous le dis, vous ne l'aurez qu'avec ma vie. Et qu'est-ce que je dis, avec ma vie ! ne l'ai-je pas risquée mille fois ? Ne la dois-je pas, jusqu'à la dernière goutte de mon sang, au service de Sa Majesté ? Tuez-moi, vous en êtes le maître ; mais le bruit attirerait des vengeurs, mais j'aurais encore assez de voix pour vous convaincre de tous vos crimes. Ah ! vous rendre ce coffret ! ajouta-t-il avec un rire amer, l'enfer le réclamerait que je ne le rendrais pas !

– Aussi n'emploierai-je pas l'intervention des puissances souterraines ; il me suffira de l'intervention de la personne qui fait heurter en ce moment à la porte de votre cour.

En effet, trois coups frappés magistralement venaient de retentir.

– Et dont le carrosse, continua Balsamo, écoutez, entre en ce moment dans votre cour.

– C'est un ami à vous, à ce qu'il paraît, qui me fait l'honneur de me visiter ?

– Comme vous dites, un ami à moi.

– Et je lui rendrai ce coffret ?

– Oui, cher monsieur de Sartine, vous le lui rendrez.

Le lieutenant de police n'avait pas achevé un geste de suprême dédain, lorsqu'un valet empressé ouvrit la porte et annonça que madame la comtesse du Barry demandait une audience à monseigneur.

M. de Sartine tressaillit et regarda, stupéfait, Balsamo, qui usait de toute sa puissance sur lui-même pour ne pas rire au nez de l'honorable magistrat.

En ce moment, derrière le valet, une femme qui ne croyait pas avoir besoin de permission entra, rapide et toute parfumée ; c'était la belle comtesse, dont les jupes ondoyantes frôlèrent avec un doux bruit la porte du cabinet.

– Vous, madame, vous ! murmura M. de Sartine, qui, par un reste de terreur, avait saisi dans ses mains et serrait sur sa poitrine le coffret encore ouvert.

– Bonjour, Sartine, dit la comtesse avec son gai sourire.

Puis, se tournant vers Balsamo :

– Bonjour, cher comte, ajouta-t-elle.

Et elle tendit sa main à ce dernier, qui s'inclina familièrement sur cette main blanche et posa ses lèvres où s'étaient tant de fois posées les lèvres royales.

Dans ce mouvement, Balsamo avait eu le temps de proférer tout bas trois ou quatre paroles que n'avait pu entendre M. de Sartine.

– Ah ! justement, s'écria la comtesse, voilà mon coffret.

– Votre coffret ! balbutia M. de Sartine.

– Sans doute, mon coffret. Tiens, vous l'avez ouvert, vous ne vous gênez pas !

– Mais, madame...

– Oh ! c'est charmant, j'en avais eu l'idée... On m'avait volé ce coffret ; alors je me suis dis : « Il faut que j'aille chez Sartine, il me le retrouvera. » Vous l'avez retrouvé auparavant, merci.

– Et, comme vous le voyez, dit Balsamo, monsieur l'a même ouvert.

– Oui, vraiment !... A-t-on imaginé cela ? Mais c'est odieux, Sartine.
– Madame, sauf tout le respect que j'ai pour vous, dit le lieutenant de police, j'ai peur que vous ne vous en laissiez imposer.

– Imposer, monsieur ! dit Balsamo ; est-ce pour moi, par hasard, que vous dites ce mot ?

– Je sais ce que je sais, répliqua M. de Sartine.

– Et moi, je ne sais rien, dit tout bas madame du Barry à Balsamo. Voyons, qu'y a-t-il, cher comte ? Vous avez réclamé la promesse que je vous ai faite de vous accorder la première demande que vous me feriez. J'ai de la parole comme un homme ; me voici. Voyons, que voulez-vous de moi ?

– Madame, répondit tout haut Balsamo, vous m'avez, il y a peu de jours, confié cette cassette et tout ce qu'elle renferme.

– Mais sans doute, dit madame du Barry, répondant par un regard au regard du comte.

– Sans doute ! s'écria M. de Sartine ; vous dites *sans doute*, madame ?

– Mais oui, et madame a prononcé ces paroles assez haut pour que vous les ayez entendues.

– Une cassette qui renferme dix conspirations peut-être !

– Ah ! monsieur de Sartine, vous savez bien que vous n'avez pas de bonheur avec ce mot ; ne le répétez donc pas. Madame vous redemande sa cassette, rendez-la-lui, voilà tout.

– Vous me la redemandez, madame ? dit en tremblant de colère M. de Sartine.

– Oui, cher magistrat.

– Mais, au moins, sachez...

Balsamo regarda la comtesse.
– Je n'ai rien à savoir que je ne sache, dit madame du Barry ; rendez-moi le coffret ; je ne me suis pas dérangée pour rien, comprenez-vous ?

– Au nom du Dieu vivant, au nom de l'intérêt de Sa Majesté, madame...

Balsamo fit un geste d'impatience.

– Ce coffret, monsieur ! dit brièvement la comtesse, ce coffret, oui ou non ! Réfléchissez avant de dire non.

– Comme il vous plaira, madame, dit humblement M. de Sartine.

Et il tendit à la comtesse le coffret, dans lequel Balsamo avait déjà fait rentrer tous les papiers épars sur le bureau.

Madame du Barry se tourna vers ce dernier avec un charmant sourire.

– Comte, dit-elle, voulez-vous me porter ce coffret jusqu'à mon carrosse et m'offrir la main pour que je ne traverse pas seule toutes ces antichambres meublées de si vilains visages ? – Merci, Sartine.

Et Balsamo se dirigeait déjà vers la porte avec sa protectrice, quand il vit M. de Sartine se diriger, lui, vers la sonnette.

– Madame la comtesse, dit Balsamo en arrêtant son ennemi du regard, soyez assez bonne pour dire à M. de Sartine, qui m'en veut énormément de ce que je lui ai réclamé votre cassette, soyez assez bonne pour lui dire combien vous seriez désespérée s'il m'arrivait quelque malheur par le fait de M. le lieutenant de police, et combien vous lui en sauriez mauvais gré.

La comtesse sourit à Balsamo.

– Vous entendez ce que dit M. le comte, mon cher Sartine ? Eh bien, c'est la pure vérité ; M. le comte est un excellent ami à moi, et je vous en voudrais mortellement si vous lui déplaisiez en quelque chose que ce fût. Adieu, Sartine.

Et, cette fois, la main dans celle de Balsamo, qui emportait le coffret, madame du Barry quitta le cabinet du lieutenant de police.

M. de Sartine les vit partir tous deux sans montrer cette fureur que Balsamo s'attendait à voir éclater.

– Va ! murmura le magistrat vaincu ; va, tu tiens la cassette ; mais, moi, je tiens la femme !

Et, pour se dédommager, il sonna de façon à briser toutes les sonnettes.

Chapitre CXXVI

Où M. de Sartine commence à croire que Balsamo est sorcier

Au tintement précipité de la sonnette de M. de Sartine, un huissier accourut.

– Eh bien, demanda le magistrat, cette femme ?

– Quelle femme, monseigneur ?

– Cette femme qui s'est évanouie ici, et que je vous ai confiée ?

– Monseigneur, elle se porte à merveille, répliqua l'huissier.

– Très bien ; amenez-la-moi.

– Où faut-il l'aller chercher, monseigneur ?

– Comment ! mais dans cette chambre.

– Elle n'y est plus, monseigneur.

– Elle n'y est plus ! Où est-elle donc, alors ?

– Je n'en sais rien.

– Elle est partie ?

– Oui.

– Toute seule ?

– Oui.

– Mais elle ne pouvait se soutenir.

– Monseigneur, c'est vrai, elle demeura quelques instants évanouie ; mais, cinq minutes après que M. de Fœnix eut été introduit
dans le cabinet de monseigneur, elle se réveilla de cet étrange évanouissement auquel ni essences ni sels n'avaient apporté de remède.
Alors elle ouvrit les yeux, se leva au milieu de nous tous, et respira
d'un air de satisfaction.

– Après ?

– Après, elle se dirigea vers la porte ; et, comme monseigneur
n'avait en rien ordonné qu'on la retînt, elle est partie.

– Partie ? s'écria M. de Sartine. Ah ! malheureux que vous êtes !
je vous ferai tous périr à Bicêtre ! Vite, vite, qu'on m'envoie mon
premier agent !

L'huissier sortit vivement pour obéir à l'ordre qu'il venait de recevoir.

– Le misérable est sorcier, murmura l'infortuné magistrat. Je
suis lieutenant de police du roi, moi ; il est lieutenant de police du
diable, lui.

Le lecteur a déjà compris, sans doute, ce que M. de Sartine ne
pouvait s'expliquer. Aussitôt après la scène du pistolet, et tandis que
le lieutenant de police essayait de se remettre, Balsamo, profitant de
ce moment de répit, s'était orienté, et, se tournant successivement
vers les quatre points cardinaux, bien sûr de rencontrer Lorenza vers
l'un d'eux, il avait ordonné à la jeune femme de se lever, de sortir, et
de retourner par le même chemin qu'elle avait déjà pris, c'est-à-dire
rue Saint-Claude.

Aussitôt cette volonté formulée dans l'esprit de Balsamo, un
courant magnétique s'était établi entre lui et la jeune femme, laquelle, obéissant à l'ordre qu'elle recevait par intuition, s'était levée
et retirée sans que personne s'opposât à son départ.

M. de Sartine, le soir même, se mit au lit et se fit saigner ; la révolution avait été trop forte pour qu'il put la supporter impunément, et un quart d'heure de plus, assura le médecin, il eût succombé à une attaque d'apoplexie.

Pendant ce temps, Balsamo avait reconduit la comtesse à son carrosse, et avait essayé de prendre congé d'elle ; mais elle n'était pas femme à le quitter ainsi sans savoir, ou tout au moins sans chercher à savoir le mot de l'étrange événement qui venait de s'accomplir sous ses yeux.

Elle pria donc le comte de monter près d'elle ; le comte obéit, et un piqueur emmena Djérid en main.

– Vous voyez, comte, si je suis loyale, dit-elle, et si, quand j'ai appelé quelqu'un mon ami, j'ai dit la parole avec la bouche ou avec le cœur. J'allais retourner à Luciennes, où le roi m'a dit qu'il devait venir me voir demain matin ; mais votre lettre est venue et j'ai tout quitté pour vous. Beaucoup se fussent épouvantés de ces mots de conspirations et de conspirateurs que M. de Sartine nous jetait au visage ; mais je vous ai regardé avant que d'agir et j'ai fait selon vos vœux.

– Madame, répondit Balsamo, vous avez payé amplement le faible service que j'ai pu vous rendre ; mais avec moi rien n'est perdu ; je sais être reconnaissant, vous vous en apercevrez. Ne croyez pas cependant que je sois un coupable, un conspirateur, comme dit M. de Sartine. Ce cher magistrat avait reçu des mains de quelqu'un qui me trahit ce coffret plein de mes petits secrets chimiques, secrets, madame la comtesse, que je veux vous faire partager, pour que vous conserviez cette immortelle, cette splendide beauté, cette éblouissante jeunesse. Or, voyant les chiffres de mes formules, le cher M. de Sartine a appelé à son aide la chancellerie, laquelle, pour ne pas se laisser prendre en défaut, a interprété mes chiffres à sa manière. Je crois vous l'avoir dit une fois, madame, le métier n'est pas encore affranchi de tous les périls qui l'entouraient au Moyen Âge ; il n'y a que les esprits intelligents et jeunes comme le vôtre qui lui soient favorables. Bref, madame, vous m'avez sauvé d'un embarras ; je vous en témoigne et vous en prouverai ma reconnaissance.

– Mais que vous eût-il donc fait si je ne fusse pas venue à votre secours ?

– Il m'eût, pour faire pièce au roi Frédéric, que Sa Majesté déteste, renfermé à Vincennes ou à la Bastille. J'en serais sorti, je le
sais bien, grâce à mon procédé pour fondre la pierre sous le souffle ;
mais j'eusse perdu à cela mon coffret, qui renferme, j'ai eu l'honneur
de vous le dire, beaucoup de curieuses et d'impayables formules,
arrachées par un heureux hasard de la science aux éternelles ténèbres.

– Ah ! comte, vous me rassurez et me charmez tout à la fois.
Vous me promettez donc un philtre pour rajeunir ?

– Oui.

– Et quand me le donnerez-vous ?

– Oh ! nous ne sommes pas pressés. Vous me le demanderez
dans vingt ans, belle comtesse. Maintenant, je pense que vous n'avez
pas envie de redevenir enfant.

– Vous êtes un homme charmant, en vérité ; mais une dernière
question et je vous laisse, car vous me semblez fort pressé.

– Parlez, comtesse.

– Vous m'avez dit que quelqu'un vous avait trahi : est-ce un
homme ou une femme ?

– C'est une femme.

– Ah ! ah ! comte : de l'amour !

– Hélas ! oui, doublé d'une jalousie qui va jusqu'à la rage, et qui
produit les beaux effets que vous avez vus ; voilà une femme qui,
n'osant me donner un coup de couteau, parce qu'elle sait qu'on ne
me tue pas, a voulu me faire enterrer dans une prison ou me ruiner.

– Comment, vous ruiner ?

– Elle le croyait du moins.

– Comte, je fais arrêter, dit la comtesse en riant. Est-ce donc au vif-argent qui court dans vos veines que vous devez cette immortalité qui fait qu'on vous dénonce au lieu de vous tuer ? Faut-il que je vous descende ici ou que je vous reconduise chez vous ?

– Non, madame ; ce serait trop de bonté à vous que de vous déranger pour moi de votre chemin. J'ai là mon cheval Djérid.

– Ah ! ce merveilleux animal qui dépasse, dit-on, le vent à la course ?

– Je vois qu'il vous plaît, madame.

– C'est un magnifique coursier, en effet.

– Permettez-moi de vous l'offrir, à cette condition que vous le monterez seule.

– Oh ! non, merci ; je ne monte pas à cheval, ou du moins j'y monte fort timidement. Votre intention a donc pour moi tout le mérite du présent. Adieu, cher comte, n'oubliez pas, dans dix ans, mon philtre régénérateur.

– J'ai dit vingt ans.

– Comte, vous connaissez le proverbe : « J'aime mieux tenir… » Et même, si vous pouvez me le donner dans cinq ans… On ne sait pas ce qui peut arriver.

– Quand il vous plaira, comtesse. Ne savez-vous pas que je suis tout à vous ?

– Un dernier mot, comte.

– J'écoute, madame.

– Il faut que je vous aie en bien grande confiance pour vous l'adresser.

Balsamo, qui avait déjà mis pied à terre, surmonta son impatience et se rapprocha de la comtesse.

– On dit partout, continua madame du Barry, que le roi a du goût pour cette petite Taverney.

– Ah ! madame, dit Balsamo, est-ce possible ?

– Un goût fort vif, à ce qu'on prétend. Il faut que vous me le disiez : si cela est vrai, comte, ne me ménagez pas ; comte, traitez-moi en amie, je vous en conjure ; comte, dites-moi la vérité.

– Madame, répliqua Balsamo, je ferai plus ; je vous garantis, moi, que jamais mademoiselle Andrée ne sera la maîtresse du roi.

– Et pourquoi cela, comte ? s'écria madame du Barry.

– Parce que je ne le veux pas, dit Balsamo.

– Oh ! fit madame du Barry, incrédule.

– Vous doutez ?

– N'est-ce point permis ?

– Ne doutez jamais de la science, madame. Vous m'avez cru quand j'ai dit oui ; quand je dis non, croyez-moi.

– Mais enfin vous avez donc des moyens... ?

Elle s'arrêta en souriant.

– Achevez.

– Des moyens capables d'annihiler la volonté du roi ou de combattre ses caprices ?

Balsamo sourit.

– Je crée des sympathies, dit-il.

– Oui, je sais cela.

– Vous y croyez même.

– J'y crois.

– Eh bien, je créerai de même des répugnances, et, au besoin, des impossibilités. Ainsi tranquillisez-vous, comtesse, je veille.

Balsamo répandait tous ces lambeaux de phrases avec un égarement que madame du Barry n'eût pas pris, comme elle le prit, pour de la divination, si elle eut connu toute la soif fiévreuse qu'avait Balsamo de retrouver Lorenza au plus vite.

– Allons, dit-elle, décidément, comte, vous êtes non seulement mon prophète de bonheur, mais encore mon ange gardien. Comte, faites-y bien attention, je vous défendrai, défendez-moi. Alliance ! alliance !

– C'est fait, madame, répliqua Balsamo.

Et il baisa encore une fois la main de la comtesse.

Puis, refermant la portière du carrosse, que la comtesse avait fait arrêter aux Champs-Élysées, il monta sur son cheval, qui hennit de joie, et disparut bientôt dans l'ombre de la nuit.

– À Luciennes ! cria madame du Barry consolée.

Balsamo, cette fois, fit entendre un léger sifflement, pressa légèrement les genoux et enleva Djérid, qui partit au galop.

Cinq minutes après, il était dans le vestibule de la rue Saint-Claude, regardant Fritz.

– Eh bien ? demanda-t-il avec anxiété.

– Oui, maître, répondit le domestique, qui avait l'habitude de lire dans son regard.

– Elle est rentrée ?

– Elle est là-haut.

– Dans quelle chambre ?

– Dans la chambre aux fourrures.

– Dans quel état ?

– Oh ! bien fatiguée ; elle courait si rapidement que, moi qui la vis venir de loin, parce que je la guettais, je n'eus pas même le temps de courir au devant d'elle.

– En vérité !

– Oh ! j'en ai été effrayé ; elle est entrée ici comme une tempête ; elle a monté l'escalier sans prendre haleine, et tout à coup, en entrant dans la chambre, elle est tombée sur la peau du grand lion noir. Vous la trouverez là.

Balsamo monta précipitamment et trouva, en effet, Lorenza qui se débattait sans force contre les premières convulsions d'une crise nerveuse. Il y avait trop longtemps que le fluide pesait sur elle et la forçait à des actes violents. Elle souffrait, elle gémissait ; on eût dit qu'une montagne pesait sur sa poitrine, et que, des deux mains, elle tentait de l'écarter.

Balsamo la regarda un instant d'un œil étincelant de colère, et, l'enlevant entre ses bras, l'emporta dans sa chambre, dont la porte mystérieuse se referma sur lui.

Chapitre CXXVII

L'élixir de vie

On sait dans quelles dispositions Balsamo venait de rentrer dans la chambre de Lorenza.

Il s'apprêtait donc à la réveiller pour lui faire les reproches qui couvaient en sa sourde colère, et il était bien décidé à la punir selon les conseils de cette colère, lorsqu'une triple secousse du plafond l'avertit qu'Althotas avait guetté sa rentrée et voulait lui parler.

Cependant Balsamo attendit encore ; il espérait ou s'être trompé, ou que le signal n'était qu'accidentel, lorsque l'impatient vieillard réitéra son appel coup sur coup ; de sorte que Balsamo, craignant sans doute, soit qu'il ne descendît comme cela lui était arrivé quelquefois, soit que Lorenza, réveillée par une influence contraire à la sienne, ne prît connaissance de quelque nouvelle particularité non moins dangereuse pour lui que ses secrets politiques ; de sorte que Balsamo, disons-nous, après avoir, si l'on peut s'exprimer ainsi, chargé Lorenza d'une nouvelle couche de fluide, sortit pour se rendre près d'Althotas.

Il était temps qu'il arrivât ; la trappe était déjà à moitié chemin du plafond. Althotas avait quitté son fauteuil roulant et se montrait accroupi sur cette partie mobile du plancher qui s'élevait et descendait.

Il vit sortir Balsamo de la chambre de Lorenza.

Ainsi accroupi, le vieillard était à la fois terrible et hideux à voir.

Sa blanche figure – dans quelques parties de cette figure qui semblaient vivantes encore – s'était empourprée du feu de la colère ; ses mains, effilées et noueuses comme celles d'un squelette de main humaine, tremblotaient en cliquetant ; ses yeux caves semblaient vaciller dans leur orbite profonde et, dans une langue inconnue même de son élève, il proférait contre lui les invectives les plus violentes.

Sorti de son fauteuil pour faire jouer le ressort, il semblait ne vivre et ne se mouvoir qu'à l'aide de ses deux longs bras, grêles et arrondis comme ceux de l'araignée ; et, sortant, comme nous l'avons dit, de sa chambré inaccessible à tous, excepté à Balsamo, il était en train de se transporter dans la chambre inférieure.

Pour que ce faible vieillard, si paresseux, eût quitté son fauteuil, intelligente machine qui lui épargnait toute fatigue ; pour qu'il eût consenti à accomplir un de ces actes de la vie vulgaire ; pour qu'il se fût donné le souci et la fatigue d'opérer un pareil changement dans ses habitudes, il fallait qu'une extraordinaire surexcitation l'eût fait sortir de sa vie contemplative et forcé de rentrer dans la vie réelle.

Balsamo, surpris en quelque sorte en flagrant délit, s'en montra d'abord étonné, puis inquiet.

– Ah ! s'écria Althotas, te voilà, fainéant ! te voilà, lâche, qui abandonnes ton maître !

Balsamo, selon son habitude lorsqu'il parlait au vieillard, appela toute sa patience à son aide :

– Mais, répliqua-t-il tout doucement, il me semble, mon ami, que vous venez seulement d'appeler.

– Ton ami ! s'écria Althotas, ton ami ! vile créature humaine ! Je crois que tu me parles, à moi, la langue de tes semblables. Ami pour toi, je le crois bien. Plus qu'ami, père, père qui t'a nourri, qui t'a élevé, instruit, enrichi. Mais ami pour moi, oh ! non ! car tu m'as délaissé, car tu m'affames, car tu m'assassines.

– Voyons, maître ; vous vous troublez la bile, vous vous aigrissez le sang, vous vous rendez malade.

– Malade ! dérision ! ai-je été malade jamais, sinon lorsque tu m'as fait participer, malgré moi, à quelques-unes des misères de la sale condition humaine ? Malade ! as-tu oublié que c'est moi qui guéris les autres ?

— Enfin, maître, repartit froidement Balsamo, me voici : ne perdons pas le temps en vain.

— Oui, je te conseille de me rappeler cela ; le temps, le temps que tu me forces à économiser, moi pour qui cette étoffe mesurée à chaque créature ne devrait avoir ni fin ni limite ; oui, mon temps se passe ; oui, mon temps se perd ; oui, mon temps, comme le temps des autres, tombe minute par minute dans l'éternité, quand mon temps à moi devrait être l'éternité elle-même !

— Allons, maître, dit Balsamo avec une inaltérable patience, tout en abaissant la trappe jusqu'à terre, tout en se plaçant près de lui et tout en faisant jouer le ressort qui le réintégrait dans son appartement, allons, que vous faut-il ? Parlez. Vous dites que je vous affamé ; mais est-ce que vous n'êtes pas dans votre quarantaine de diète absolue ?

— Oui, oui, sans doute ; l'œuvre de régénération est commencée depuis trente-deux jours.

— Alors, dites-moi, de quoi vous plaignez-vous ? Je vois là deux ou trois carafes d'eau de pluie, la seule que vous buviez.

— Sans doute ; mais te figures-tu que je sois un ver à soie pour opérer seul cette grande œuvre du rajeunissement et de la transformation ? Te figures-tu que, n'ayant plus de forces, je pourrai composer seul mon élixir de vie ? Te figures-tu que, couché sur le flanc, amolli par les boissons rafraîchissantes, ma seule nourriture, j'aurai l'esprit bien présent, si tu ne m'y aides pas, pour faire, abandonné à mes seules ressources, le minutieux travail de ma régénération, dans lequel, tu le sais bien, malheureux, je dois être aidé et secouru par un ami ?

— Je suis là, maître, je suis là ; voyons, répondez, dit Balsamo tout en réinstallant presque malgré lui le vieillard dans son fauteuil, comme il eût fait d'un hideux enfant ; voyons, répondez, vous n'avez pas manqué d'eau distillée, puisque, comme je vous le disais, j'en vois là trois pleines carafes ; cette eau a bien été recueillie au mois de mai, vous le savez ; voilà vos biscuits d'orge et de sésame ; je vous ai déjà saigné deux fois sur trois et à chaque jour de décade, je vous ai moi-même administré les gouttes blanches que vous avez prescrites.

– Oui, mais l'élixir ! l'élixir n'est pas composé ; tu ne te rappelles pas cela, tu n'y étais pas : c'était ton père, ton père, plus fidèle que toi ; mais, à ma dernière cinquantaine, je composai l'élixir un mois d'avance. J'avais fait retraite sur le mont Ararat. Un juif me fournit pour son poids en argent un enfant chrétien qui tétait encore sa mère ; je le saignai selon le rite : je pris les trois dernières gouttes de son sang artériel, et en une heure, mon élixir, auquel il ne manquait plus que cet ingrédient, fut composé ; aussi ma régénération de cinquantaine se passa-t-elle merveilleusement bien ; mes cheveux et mes dents tombèrent pendant les convulsions qui succédèrent à l'absorption de cet élixir bienheureux ; mais ils repoussèrent, les dents assez mal, je le sais, parce que je négligeai cette précaution d'introduire mon élixir dans ma gorge avec un conduit d'or. Mais mes cheveux et mes ongles repoussèrent dans cette seconde jeunesse, et je me pris à revivre comme si j'avais quinze ans… Mais voilà que j'ai revieilli de nouveau, voilà que je touche au dernier terme ; voilà que si l'élixir n'est pas prêt, que s'il n'est pas renfermé dans cette bouteille, que si je ne donne pas tout soin à cette œuvre, la science d'un siècle sera anéantie avec moi, et que ce secret admirable, sublime, que je tiens, sera perdu pour l'homme, qui touche en moi et par moi à la divinité ! Oh ! si j'y manque, oh ! si je me trompe, oh ! si je faux, Acharat, c'est toi, toi qui en seras cause ; et, prends-y garde, ma colère sera terrible, terrible !

Et, en prononçant ces derniers mots qui firent jaillir comme une étincelle livide de sa prunelle mourante, le vieillard tomba dans une petite convulsion à laquelle succéda un violent accès de toux.

Balsamo lui prodigua à l'instant même les soins les plus empressés.

Le vieillard revint à lui ; sa pâleur était devenue de la lividité. Ce faible accès avait épuisé ses forces à ce point qu'on eût pu croire qu'il allait mourir.

– Voyons, maître, lui dit alors Balsamo, formulez ce que vous voulez.

– Ce que je veux…, dit-il en regardant fixement Balsamo.

– Oui...

– Ce que je veux, le voici...

– Parlez, je vous écoute et je vous obéis, si la chose que vous désirez est possible.

– Possible... possible ! murmura dédaigneusement le vieillard. Tout est possible, tu le sais bien.

– Oui, sans doute, avec le temps et la science.

– La science, je l'ai ; le temps, je suis sur le point de le vaincre ; ma dose a réussi ; mes forces sont presque totalement disparues ; les gouttes blanches ont provoqué l'expulsion d'une partie des restes de la nature vieillie. La jeunesse, pareille à cette sève des arbres en mai, monte sous la vieille écorce et pousse, pour ainsi dire, l'ancien bois. Tu remarqueras, Acharat, que les symptômes sont excellents : ma voix est affaiblie, ma vue a baissé des trois quarts, je sens par intervalles ma raison s'égarer ; la transition du chaud au froid m'est devenue insensible, il est donc urgent pour moi d'achever mon élixir, afin que, le propre jour de ma seconde cinquantaine, je passe de cent ans à vingt sans hésitation ; mes ingrédients pour cet élixir sont préparés, le conduit est fait ; il ne manque plus que les trois dernières gouttes de sang que je t'ai dit.

Balsamo fit un mouvement de répugnance.

– C'est bien, dit Althotas, renonçons à l'enfant, puisque tu aimes mieux t'enfermer avec ta maîtresse que de me le chercher.

– Vous savez bien, maître, que Lorenza n'est point ma maîtresse, répondit Balsamo.

– Ah ! ah ! ah ! fit Althotas, tu dis cela, tu crois m'en imposer à moi comme à la multitude ; tu veux me faire croire à la créature immaculée et tu es homme !

– Je vous jure, maître, que Lorenza est chaste comme la sainte Mère de Dieu ; je vous jure qu'amour, désirs, voluptés terrestres, j'ai tout sacrifié à mon œuvre ; car, moi aussi, j'ai mon œuvre régénératrice ; seulement, au lieu de s'appliquer à moi seul, elle s'appliquera au monde entier.

– Fou, pauvre fou ! s'écria Althotas ; je crois qu'il va encore me parler de ses cataclysmes de cirons, de ses révolutions de fourmis, quand je lui parle de la vie éternelle, de l'éternelle jeunesse.

– Qui ne peut s'acquérir qu'au prix d'un crime épouvantable, et encore...

– Tu doutes, je crois que tu doutes, malheureux !

– Non, maître ; mais enfin, puisque vous renoncez à votre enfant, dites, voyons, que vous faut-il ?

– Il me faut la première créature vierge qui te tombera sous la main : homme ou femme, peu importe ; cependant une femme vaudrait mieux. J'ai découvert cela à cause de l'affinité des sexes ; trouve-moi donc cela, et hâte toi, car je n'ai plus que huit jours.

– C'est bien, maître, dit Balsamo ; je verrai, je chercherai.

Un nouvel éclair, plus terrible que le premier, passa dans les yeux du vieillard.

– Tu verras, tu chercheras ! s'écria-t-il ; oh ! c'est donc là ta réponse. Je m'y attendais, d'ailleurs, et je ne sais pas comment je m'en étonne. Et depuis quand, infime vermisseau, créature parle-t-elle ainsi à son créateur ? Ah ! tu me vois sans forces, ah ! tu me vois couché, tu me vois sollicitant, et tu es assez sot pour me croire à ta merci ? Oui ou non, Acharat, et n'aie dans les yeux ni embarras ni mensonge ; car je vois et je lis dans ton cœur, car je te juge et je te poursuivrai.

– Maître, répondit Balsamo, prenez garde. votre colère va vous nuire.

– Réponds ! réponds !

– Je ne sais dire à mon maître que ce qui est vrai ; je verrai si je puis vous procurer ce que vous désirez, sans nous nuire à tous deux, sans nous perdre même. Je chercherai un homme qui nous vende la créature dont vous avez besoin ; mais je ne prendrai pas le crime sur moi. Voilà tout ce que je puis vous dire.

– C'est fort délicat, dit Althotas avec un rire amer.

– C'est ainsi, maître, dit Balsamo.

Althotas fit un effort si puissant, qu'à l'aide de ses deux bras appuyés sur ceux de son fauteuil, il se dressa tout debout.

– Oui ou non ! dit-il.

– Maître, oui, si je trouve ; non, si je ne trouve pas.

– Alors, tu m'exposeras à la mort, misérable ; tu économiseras trois gouttes de sang d'un animal immonde et nul comme la créature qu'il me faut pour laisser tomber dans l'abîme éternel la créature parfaite que je suis. Écoute, Acharat, je ne te demande plus rien, dit le vieillard avec un sourire effrayant à voir ; non, je ne te demande absolument rien ; j'attendrai ; mais, si tu ne m'obéis pas, je me servirai moi-même ; si tu m'abandonnes, je me secourrai. Tu m'as entendu, n'est-ce pas ? Va, maintenant.

Balsamo, sans rien répondre à cette menace, prépara autour du vieillard ce qui lui était nécessaire ; il mit à sa portée la boisson et la nourriture, s'acquitta de tous les soins, enfin, qu'un vigilant serviteur aurait eus pour son maître, qu'un fils dévoué aurait eus pour son père ; puis, absorbé dans une autre. pensée que celle qui torturait Althotas, il baissa la trappe pour descendre, sans remarquer que l'œil ironique du vieillard le suivait presque aussi loin qu'allaient son esprit et son cœur.

Althotas souriait encore comme un mauvais génie, lorsque Balsamo se retrouva en face de Lorenza toujours endormie.

Chapitre CXXVIII

Lutte

Là, Balsamo s'arrêta, le cœur gonflé de douloureuses pensées.

Nous disons douloureuses, et non plus violentes.

La scène qui avait eu lieu entre lui et Althotas, en lui faisant envisager peut-être le néant des choses humaines, avait chassé hors de lui toute colère. Il en était à se rappeler ce procédé du philosophe qui récitait l'alphabet grec en entier avant d'écouter la voix de cette noire divinité conseillère d'Achille.

Après un instant de froide et muette contemplation devant ce canapé où était couchée Lorenza :

– Me voici, se dit-il, triste mais résolu et envisageant nettement ma situation ; Lorenza me hait ; Lorenza m'a menacé de me trahir, et elle m'a trahi ; mon secret ne m'appartient plus, je l'ai laissé aux mains de cette femme, qui le jette au vent ; je ressemble au renard qui, du piège aux dents d'acier, a retiré seulement l'os de sa jambe mais qui y a laissé la chair et la peau, de manière que le chasseur peut dire le lendemain : « Le renard a été pris ici, je le reconnaîtrai mort ou vif. »

« Et ce malheur inouï, ce malheur qu'Althotas ne peut comprendre et que, pour cette raison, je ne lui ai pas même raconté ; ce malheur qui brise toutes mes espérances de fortune en ce pays, et, par conséquent, dans ce monde, dont la France est l'âme, c'est à la créature que voici endormie, c'est à cette belle statue au doux sourire que je le dois. Je dois à cet ange sinistre le déshonneur et la ruine, en attendant que je lui doive la captivité, l'exil et la mort.

« Donc, continua-t-il en s'animant, la somme du bien a été dépassée par celle du mal, et Lorenza m'est nuisible.

« O serpent aux replis gracieux, mais qui étouffent ; à la gorge dorée, mais pleine de venin ; dors donc, car je vais être obligé de te tuer quand tu te réveilleras ! »

Et Balsamo, avec un sinistre sourire, se rapprocha lentement de la jeune femme, dont les yeux, chargés de langueur, se levèrent sur lui à mesure qu'il s'approchait, comme s'ouvrent les tournesols et les volubilis au premier rayon du soleil levant.

– Oh ! dit Balsamo, il faudra cependant que je ferme à tout jamais ces yeux qui, à cette heure, me regardent si tendrement ; ces beaux yeux pleins d'éclairs aussitôt qu'ils ne sont pas pleins d'amour.

Lorenza sourit doucement, et, en souriant, montra la double rangée si suave et si pure de ses dents de perles.

– Mais, en tuant celle qui me hait, continua Balsamo en se tordant les bras, je tuerai donc aussi celle qui m'aime !

Et son cœur s'emplit d'un profond chagrin, étrangement mêlé d'un vague désir.

– Non, murmura-t-il, non ; j'ai juré en vain. J'ai menacé inutilement, non, je n'aurai jamais le courage de la tuer ; non, elle vivra, mais elle vivra sans jamais plus être éveillée ; mais elle vivra de cette vie factice qui sera pour elle le bonheur, tandis que l'autre est le désespoir. Puissé-je la rendre heureuse ! Qu'importe le reste... elle n'aura plus qu'une existence, celle que je lui ferai, celle pendant laquelle elle m'aime, celle dont elle vit en ce moment.

Et il étreignit d'un tendre regard le regard amoureux de Lorenza, tout en abaissant lentement une main sur sa tête.

En ce moment, Lorenza, qui semblait lire dans la pensée de Balsamo comme dans un livre ouvert, poussa un long soupir, se souleva doucement et, avec la gracieuse lenteur du sommeil, vint attacher ses deux bras blancs et doux aux épaules de Balsamo, qui sentit son haleine parfumée à deux doigts de ses lèvres.

– Oh ! non, non ! s'écria Balsamo en passant sa main sur son front brûlant et sur ses yeux éblouis ; non, cette vie enivrante conduirait au délire ; non, je ne pourrais résister toujours, et avec ce démon tentateur, avec cette sirène, la gloire, la puissance, l'immortalité m'échapperaient. Non, non, elle se réveillera, je le veux, il le faut.

Éperdu, hors de lui, Balsamo repoussa vivement Lorenza, qui se détacha de lui et, comme un voile flottant comme une ombre, comme un flocon de neige, alla tomber sur le sofa.

La coquette la plus raffinée n'eût pas choisi, pour s'offrir aux regards de son amant, une pose plus enivrante.

Balsamo eut encore la force de faire quelques pas en s'éloignant ; mais, comme Orphée, il se retourna ; comme Orphée, il fut perdu !

– Oh ! si je la réveille, pensa-t-il, la lutte va recommencer ; si je la réveille, elle se tuera, ou me tuera moi-même, ou me forcera de la tuer.

« Abîme ! Abîme !

« Oui, la destinée de cette femme est écrite, il me semble la lire en caractères de feu : mort ! amour !... Lorenza ! Lorenza ! tu es prédestinée à aimer et à mourir. Lorenza ! Lorenza ! je tiens ta vie et ton amour entre mes mains ! »

Pour toute réponse, l'enchanteresse se souleva, marcha droit à Balsamo, tomba à ses pieds, et le regarda de ses yeux noyés dans le sommeil et dans la volupté ; elle prit une de ses mains qu'elle appuya sur son cœur.

– Mort ! dit-elle tout bas, de ses lèvres humides et brillantes comme le corail qui sort de la mer, mort, mais amour !

Balsamo fit deux pas en arrière, la tête renversée, la main sur ses yeux.

Lorenza, haletante, le suivit sur ses genoux.

– Mort ! répéta-t-elle de sa voix enivrante, mais amour ! amour ! amour !

Balsamo ne put résister plus longtemps ; un nuage de flamme l'enveloppa.

– Oh ! dit-il, c'en est trop ; aussi longtemps qu'un être humain peut lutter, je l'ai fait ; démon ou ange de l'avenir, qui que tu sois, tu dois être content : j'ai sacrifié assez longtemps à l'égoïsme et à l'orgueil toutes les passions généreuses qui bouillonnent en moi. Oh ! non, non, je n'ai pas le droit de me révolter ainsi contre le seul sentiment humain qui fermente au fond de mon cœur. J'aime cette femme, je l'aime, et cet amour passionné fait contre elle plus que ne ferait la haine la plus terrible. Cet amour lui donne la mort ; oh ! lâche, oh ! fou féroce que je suis ; je ne sais pas même composer avec mes désirs. Quoi ! lorsque je m'apprêterai à paraître devant Dieu ; moi, le trompeur, moi, le faux prophète, lorsque je dépouillerai mon manteau d'artifice et d'hypocrisie devant le souverain juge, je n'aurai pas une seule action généreuse à m'avouer, pas un seul bonheur dont le souvenir vienne me consoler au milieu des souffrances éternelles !

« Oh ! non, non, Lorenza, je sais bien qu'en t'aimant je perds l'avenir ; je sais bien que mon ange révélateur va remonter aux cieux dès que la femme descendra dans mes bras.

« Mais tu le veux, Lorenza, tu le veux !

– Mon bien-aimé ! soupira-t-elle.

– Alors, tu acceptes cette vie factice, au lieu de la vie réelle ?

– Je la demande à deux genoux, je prie, je supplie ; cette vie, c'est l'amour, c'est le bonheur.

– Et elle te suffira, une fois ma femme ? car je t'aime ardemment, vois-tu.

– Oh ! je le sais, je le sais, puisque je lis dans ton cœur.

– Et jamais tu ne m'accuseras, ni devant les hommes ni devant Dieu, d'avoir surpris ta volonté, d'avoir trompé ton cœur ?

– Jamais, jamais ! oh ! devant les hommes, devant Dieu, au contraire, je te remercierai de m'avoir donné l'amour, le seul bien, la seule perle, le seul diamant de ce monde.

– Jamais tu ne regretteras tes ailes, pauvre colombe ? car, sache-le bien, tu n'iras plus désormais dans les espaces radieux chercher pour moi, près de Jéhovah, le rayon de lumière qu'il mettait autrefois au front de ses prophètes. Quand je voudrai savoir l'avenir, quand je voudrai commander aux hommes, hélas ! hélas ! ta voix ne me répondra plus. J'avais en toi à la fois la femme aimée et le génie auxiliaire ; je n'aurai plus que l'un des deux, et encore...

– Ah ! tu doutes, tu doutes ! s'écria Lorenza ; je vois le doute comme une tache noire sur ton cœur.

– Tu m'aimeras toujours, Lorenza ?

– Toujours, toujours !

Balsamo passa sa main sur son front.

– Eh bien, soit, dit-il. D'ailleurs...

Il resta un instant enseveli dans sa pensée.

– D'ailleurs, ai-je donc absolument besoin de celle-ci ? continua-t-il. Est-elle seule au monde ? Non, non ; tandis que celle-ci me fera heureux, l'autre continuera de me faire riche et puissant. Andrée est aussi prédestinée, aussi voyante que toi. Andrée est jeune, pure, vierge, et je n'aime pas Andrée ; et cependant, pendant son sommeil, Andrée m'est soumise comme toi ; j'ai dans Andrée une victime toute prête pour te remplacer et pour moi celle-là, pour moi, c'est l'âme vile du médecin, et qui peut servir aux expériences ; elle vole aussi loin, plus loin que toi, peut-être, dans les ombres de l'inconnu. Andrée ! Andrée ! je te prends pour ma royauté. Lorenza, viens dans mes bras ; je te garde pour mon amante et pour ma maîtresse. Avec Andrée je suis puissant ; avec Lorenza je suis heureux. À partir de cette heure seulement, ma vie est complète et, moins l'immortalité, j'ai réalisé le rêve d'Althotas ; moins l'immortalité, je suis l'égal des dieux !

Et, relevant Lorenza, il ouvrit sa poitrine haletante contre laquelle Lorenza vint s'enlacer aussi étroitement que s'enlace le lierre au chêne.

Chapitre CXXIX

Amour

Une autre vie avait commencé pour Balsamo, vie inconnue jusqu'alors à cette existence active, troublée, multiple. Depuis trois jours, pour lui plus de colères, plus d'appréhensions, plus de jalousies ; depuis trois jours, il n'avait plus ouï parler de politique, de conspirations, ni de conspirateurs. Auprès de Lorenza, qu'il n'avait point quittée un seul instant, il avait oublié le monde entier. Cet amour étrange, inouï, qui planait en quelque sorte au-dessus de l'humanité, cet amour plein d'ivresse et de mystère, cet amour de fantôme – car il ne pouvait se dissimuler que, d'un mot, il changerait sa douce amante en une ennemie implacable –, cet amour arraché à la haine, grâce à un caprice inexplicable de la nature ou de la science, jetait Balsamo dans une félicité qui tenait tout à la fois de la stupeur et du délire.

Plus d'une fois, dans ces trois journées, se réveillant des torpeurs opiacées de l'amour, Balsamo regardait sa compagne, toujours souriante, toujours extatique ; car désormais, dans l'existence qu'il venait de lui créer, il la reposait de sa vie factice avec l'extase, sommeil également menteur ; et, quand il la voyait calme, douce, heureuse, l'appelant des noms les plus tendres et rêvant tout haut sa mystérieuse volupté, plus d'une fois il se demanda si Dieu ne s'était point irrité contre le titan moderne qui avait essayé de lui ravir ses secrets ; s'il n'avait pas envoyé à Lorenza l'idée de l'abuser par un mensonge, afin d'endormir sa vigilance et, cette vigilance une fois endormie, pour fuir et ne reparaître que pareille à l'Euménide vengeresse.

Dans ces moments-là, Balsamo doutait de cette science, reçue par tradition de l'antiquité, mais dont il n'avait pour preuve que des exemples.

Cependant, bientôt cette perpétuelle flamme, bientôt cette soif de caresses le rassuraient.

– Si Lorenza avait dissimulé, se disait-il, si elle avait l'intention de me fuir, elle chercherait les occasions de m'éloigner, elle trouverait des motifs de solitude ; mais, loin de cela, ce sont toujours ses bras qui m'enferment comme une chaîne inextricable ; c'est toujours son regard brûlant qui me dit : « Ne t'en va pas » ; c'est toujours sa douce voix qui me dit : « Reste. »

Alors Balsamo se reprenait à sa confiance en lui-même et dans la science.

Pourquoi, en effet, ce secret magique, et auquel il devait tout son pouvoir, serait-il devenu tout à coup sans transition, une chimère bonne à jeter au vent comme un souvenir évanoui, comme la fumée d'un feu éteint ? Jamais, relativement à lui, Lorenza n'avait été plus lucide, plus voyante : toutes les pensées qui se formulaient dans son esprit, toutes les impressions qui faisaient tressaillir son cœur, Lorenza les reproduisait à l'instant même.

Restait à savoir si cette lucidité n'était pas de la sympathie ; si, en dehors de lui et de la jeune femme, de l'autre côté du cercle tracé par leur amour, et que leur amour inondait de lumière, restait à savoir si ces yeux de l'âme, si clairvoyants avant la chute de cette nouvelle Ève, pourraient encore percer l'obscurité.

Balsamo n'osait faire d'épreuve décisive, il espérait toujours, et l'espérance faisait une couronne étoilée à son bonheur.

Parfois, Lorenza lui disait avec une douce mélancolie :

– Acharat, tu penses à une autre femme que moi, à une femme du Nord, aux cheveux blonds, aux yeux bleus ; Acharat, ah ! Acharat, cette femme marche toujours à côté de moi dans ta pensée.

Alors Balsamo regardait tendrement Lorenza.

– Tu vois cela en moi ? disait-il.

– Oh ! oui, aussi clairement que je verrais dans un miroir.

– Alors, tu sais si c'est par amour que je pense à cette femme, lui répondait Balsamo ; lis, lis dans mon cœur, chère Lorenza !

– Non, disait celle-ci en secouant la tête, non, je le sais bien ; mais tu partages ta pensée entre nous deux, comme au temps où Lorenza Feliciani te tourmentait, cette méchante Lorenza qui dort et que tu ne veux plus réveiller.

– Non, mon amour, non, s'écriait Balsamo ; je ne pense qu'à toi, avec le cœur, du moins ; vois un peu si je n'ai pas tout oublié, si depuis notre bonheur je n'ai pas tout négligé : études, politique, travaux.

– Et tu as tort, dit Lorenza ; car, dans ces travaux, je puis t'aider, moi.

– Comment ?

– Oui ; ne t'enfermais-tu pas autrefois dans ton laboratoire des heures entières ?

– Certes ; mais je renonce à tous ces vains essais ; ce seraient autant d'heures retranchées de mon existence – car pendant ce temps je ne te verrais pas.

– Et pourquoi ne te suivrais-je pas dans tes travaux comme dans ton amour ? Pourquoi ne te ferais-je pas puissant comme je te fais heureux ?

– Parce que ma Lorenza est belle, c'est vrai, mais que ma Lorenza n'a pas étudié. Dieu donne la beauté et l'amour, mais l'étude seule donne la science.

– L'âme sait toute chose.

– C'est donc bien réellement avec les yeux de l'âme que tu vois ?

– Oui.

– Et tu peux me guider, dis-tu, dans cette grande recherche de la pierre philosophale ?

– Je le crois.

– Viens, alors.

Et Balsamo, entourant de son bras la taille de la jeune femme, la conduisit dans son laboratoire.

Le fourneau gigantesque, que nul n'avait entretenu depuis quatre jours, était éteint.

Les creusets étaient refroidis sur leurs réchauds.

Lorenza regarda tous ces instruments étranges, dernières combinaisons de l'alchimie expirante, sans étonnement : elle semblait connaître la destination de chacun d'eux.

– Tu cherches à faire de l'or ? dit-elle en souriant.

– Oui.

– Tous ces creusets renferment des préparations à différents degrés ?

– Toutes arrêtées, toutes perdues ; mais je ne le regrette pas.

– Et tu as raison ; car ton or à toi ne sera jamais que du mercure coloré ; tu le rendras solide peut-être, mais tu ne le transformeras pas.

– Cependant on peut faire de l'or ?

– Non.

– Et pourtant Daniel de Transylvanie a vendu vingt mille ducats, à Cosme Ier, la recette pour la commutation des métaux.

– Daniel de Transylvanie a trompé Cosme Ier.

– Cependant le Saxon Payken, condamné à mort par Charles II, a racheté sa vie en changeant un lingot de plomb en un lingot d'or, dont on tira quarante ducats, tout en distrayant de ce lingot de quoi faire une médaille qui fut frappée à la plus grande gloire de l'habile alchimiste.

– L'habile alchimiste était un habile escamoteur. Il substitua le lingot d'or au lingot de plomb, voilà tout. Ta plus sûre manière de faire de l'or, Acharat, c'est de fondre en lingots, comme tu le fais, les richesses que tes esclaves t'apportent des quatre parties du monde.

Balsamo demeura pensif.

– Ainsi, dit-il, la transmutation des métaux est impossible ?

– Impossible.

– Mais, par exemple, hasarda Balsamo, le diamant ?

– Oh ! le diamant, c'est autre chose, dit Lorenza.

– On peut donc faire du diamant ?

– Oui ; car faire du diamant n'est pas opérer la transmutation d'un corps dans un autre ; faire du diamant, c'est tenter la simple modification d'un élément connu.

– Mais tu connais donc l'élément dont le diamant se forme ?

– Sans doute ; le diamant, c'est la cristallisation du carbone pur.

Balsamo demeura étourdi ; une lumière éblouissante, inattendue, inouïe, jaillissait à ses yeux : il les couvrit de ses deux mains comme s'il eût été aveuglé de cette flamme.

– Oh ! mon Dieu, dit-il, mon Dieu, tu fais trop pour moi ; quelque danger me menace. Mon Dieu, quel est l'anneau précieux que je puis jeter à la mer pour conjurer ta jalousie ? Assez, assez pour aujourd'hui, Lorenza, assez.

– Ne suis-je pas à toi ? Ordonne, commande.

– Oui, tu es à moi, viens, viens.

Et Balsamo entraîna Lorenza hors du laboratoire, traversa la chambre des fourrures, et, sans faire attention à un léger craquement qu'il entendit au dessus de sa tête, il rentra avec Lorenza dans la chambre grillée.

– Ainsi, demanda la jeune femme, tu es content de ta Lorenza, mon Balsamo bien-aimé ?

– Oh ! fit celui-ci.

– Que craignais-tu donc ? Dis, parle.

Balsamo joignit les mains et regarda Lorenza avec une expression de terreur dont un spectateur qui n'eût pas su lire dans son âme eût eu peine à se rendre compte.

– Oh ! murmura-t-il, moi qui ai failli tuer cet ange, et moi qui ai failli mourir de désespoir avant de résoudre ce problème d'être heureux et puissant à la fois ; moi qui ai oublié que les limites du possible dépassent toujours l'horizon tracé par l'état présent de la science, et que la plupart des vérités, qui sont devenues des faits, ont toujours commencé par être regardées comme des visions ; moi qui croyais tout savoir et qui ne savais rien !

La jeune femme souriait divinement.

– Lorenza, Lorenza, continua Balsamo, il est donc réalisé, ce mystérieux dessein du Créateur, qui fait naître la femme de la chair de l'homme, et qui leur dit de n'avoir qu'un cœur à eux deux ! Ève est ressuscitée pour moi ; Ève, qui ne pensera pas sans moi et dont la vie est suspendue au fil que je tiens ! C'est trop, mon Dieu, pour une seule créature, et je succombe sous le poids de ton bienfait.

Et il tomba à genoux, étreignant avec adoration cette suave beauté, qui lui souriait comme on ne sourit pas sur la terre.

– Eh bien, dit-il, non, tu ne me quitteras plus ; sous ton regard qui perce les ténèbres, je vivrai en toute sécurité ; tu m'aideras dans ces recherches laborieuses que toi seule, comme tu l'as dit, pouvais compléter, et qu'un mot de toi rendra faciles et fécondes ; c'est toi qui me diras si je ne puis faire de l'or, puisque l'or est une matière homogène, un élément primitif, c'est toi qui me diras dans quelle parcelle de sa création Dieu l'a caché ; c'est toi qui me diras où gisent les trésors séculaires engloutis dans les vastes profondeurs de l'océan. Je verrai avec tes yeux s'arrondir la perle dans la coquille nacrée, et grandir la pensée de l'homme sous les couches fangeuses de sa chair. J'entendrai, avec tes oreilles, la sourde sape du ver qui creuse le sol, et les pas de mon ennemi s'approchant de moi. Je serai grand comme Dieu et plus heureux que Dieu, ma Lorenza ; car Dieu n'a pas au ciel son égal et sa compagne, car Dieu est tout-puissant, mais il est seul dans sa majesté divine et ne partage avec aucun autre être, divin comme lui, cette toute-puissance qui le fait Dieu.

Et Lorenza souriait toujours ; et, tout en souriant, elle répondait aux paroles par d'ardentes caresses.

– Et cependant, murmura-t-elle comme si elle eût vu au crâne de son amant chaque pensée qui agitait les fibres de ce cerveau inquiet, et cependant tu doutes encore, Acharat. Tu doutes, comme tu l'as dit, que je puisse franchir le cercle de notre amour, tu doutes que je puisse voir à distance ; mais tu te consoles en disant que, si je ne vois pas, elle verra, elle.

– Qui, elle ?

– La femme blonde : veux-tu que je te dise son nom ?

– Oui.

– Attends... Andrée.

– Oui, c'est cela. Oui, tu lis dans ma pensée ; oui, une dernière crainte me trouble. Vois-tu toujours à travers l'espace, l'espace fût-il coupé par des obstacles matériels ?

– Essaye.

– Donne-moi la main, Lorenza.

La jeune femme saisit passionnément la main de Balsamo.

– Peux-tu me suivre ?

– Partout.

– Viens.

Et Balsamo sortant, par la pensée, de la rue Saint-Claude, entraîna la pensée de Lorenza avec lui.

– Où sommes-nous ? demanda-t-il à Lorenza.

– Nous sommes sur une montagne, répondit la jeune femme.

– Oui, c'est cela, dit Balsamo en tressaillant de joie ; mais que vois-tu ?

– Devant moi ? à gauche, ou à droite ?

– Devant toi.

– Je vois une vaste vallée avec une forêt d'un côté, une ville de l'autre, et une rivière qui les sépare et va se perdre à l'horizon, en longeant la muraille d'un grand château.

– C'est cela, Lorenza. Cette forêt, c'est celle du Vésinet ; cette ville, c'est Saint-Germain ; ce château, c'est le château de Maisons. Entrons, entrons dans le pavillon qui est derrière nous.

– Entrons.

– Que vois-tu ?

– Ah ! d'abord, dans l'antichambre, un petit nègre bizarrement vêtu et mangeant des dragées.

– Zamore, c'est cela. Entrons, entrons.

– Un salon vide, avec un splendide ameublement ; des dessus de porte représentant des déesses et des Amours.

– Le salon est vide ?

– Oui.

– Entrons, entrons toujours.

– Ah ! nous sommes dans un adorable boudoir de satin bleu, broché de fleurs aux couleurs naturelles.

– Est-il vide aussi ?

– Non, une femme est couchée sur un sofa.

– Quelle est cette femme ?

– Attends.

– Ne te semble-t-il pas l'avoir déjà vue ?

– Oui, ici ; c'est madame la comtesse du Barry.

– C'est cela, Lorenza, c'est cela ; tu me rendras fou. Que fait cette femme ?

– Elle pense à toi, Balsamo.

– À moi ?

– Oui.

– Tu peux donc lire dans sa pensée ?

– Oui ; car, je le répète, elle pense à toi.

– Et à quel propos ?

– Tu lui as fait une promesse.

– Oui ; laquelle ?

– Tu lui as promis cette eau de beauté que Vénus, pour se venger de Sapho, avait donnée à Phaon.

– C'est cela, c'est bien cela. Et que fait-elle tout en pensant ?

– Elle prend une décision.

– Laquelle ?

– Attends ; elle étend sa main vers sa sonnette ; elle sonne ; une autre jeune femme entre.

– Brune ? blonde ?

– Brune.

– Grande ? petite ?

– Petite.

– C'est sa sœur. Écoute ce qu'elle va dire.

– Elle veut qu'on mette les chevaux à la voiture.

– Pour aller où ?

– Pour venir ici.

– Tu en es sûre ?

– Elle en donne l'ordre. Tiens, on obéit ; je vois les chevaux, le carrosse ; dans deux heures, elle sera ici.

Balsamo tomba à genoux.

– Oh ! s'écria-t-il, si dans deux heures elle est effectivement ici, je n'aurai plus rien à vous demander, mon Dieu, que d'avoir pitié de mon bonheur.

– Pauvre ami, dit-elle, tu craignais donc ?

– Oui, oui.

– Et que pouvais-tu craindre ? L'amour, qui complète l'existence physique, agrandit aussi l'existence morale. L'amour, comme toute passion généreuse, rapproche de Dieu, et de Dieu vient toute lumière.

– Lorenza, Lorenza, tu me rendras fou de joie.

Et Balsamo laissa tomber sa tête sur les genoux de la jeune femme.

Balsamo attendait une nouvelle preuve pour être complètement heureux.

Cette preuve, c'était l'arrivée de madame du Barry.

Ces deux heures d'attente furent courtes ; la mesure du temps avait complètement disparu pour Balsamo.

Tout à coup la jeune femme tressaillit ; elle tenait la main de Balsamo.

– Tu doutes, encore, dit-elle, et tu voudrais savoir où elle est à ce moment ?

– Oui, dit Balsamo, c'est vrai.

– Eh bien, elle suit le boulevard à grande course de chevaux, elle approche, elle entre dans la rue Saint-Claude, elle s'arrête devant la porte, elle frappe.

La chambre où tous deux étaient enfermés était si retirée, si sourde, que le bruit du marteau de cuivre n'arriva point jusqu'à la porte.

Mais Balsamo, dressé sur un genou, ne demeura pas moins écoutant.

Deux coups frappés par Fritz le firent bondir ; deux coups, on se le rappelle, étaient le signal d'une visite importante.

– Oh ! dit-il, c'est donc vrai !

– Va t'en assurer, Balsamo ; mais reviens vite.

Balsamo s'élança vers la cheminée.

– Laisse-moi te reconduire, dit Lorenza, jusqu'à la porte de l'escalier.

– Viens.

Tous deux repassèrent dans la chambre aux fourrures.

– Tu ne quitteras pas cette chambre ? demanda Balsamo.

– Non, puisque je t'attends. Oh ! sois tranquille, cette Lorenza qui t'aime n'est pas, tu le sais bien, la Lorenza que tu crains. D'ailleurs...

Elle s'arrêta en souriant.

– Quoi ? demanda Balsamo.

– Ne vois-tu donc pas dans mon âme comme je vois dans la tienne ?

– Hélas ! non.

– D'ailleurs, ordonne-moi de dormir jusqu'à ton retour ; ordonne-moi de rester immobile sur ce sofa, et je dormirai, et je resterai immobile.

– Eh bien, soit, ma Lorenza chérie, dors et attends-moi.

Lorenza, luttant déjà contre le sommeil, colla dans un dernier baiser ses lèvres contre les lèvres de Balsamo, et s'en alla chancelante tomber à demi renversée sur le sofa, en murmurant :

– À bientôt, mon Balsamo, à bientôt, n'est-ce pas ?

Balsamo la salua de la main ; Lorenza dormait déjà.

Mais si belle, si pure avec ses longs cheveux dénoués, sa bouche entrouverte, la rougeur fébrile de ses joues et ses yeux noyés – mais si loin de ressembler à une femme, que Balsamo revint près d'elle, lui prit la main, baisa ses bras et son cou, mais n'osa baiser ses lèvres.

Deux autres coups retentirent ; la dame s'impatientait, ou Fritz craignait que son maître n'eût pas entendu.

Balsamo s'élança vers la porte.

Comme il la refermait derrière lui, il crut entendre un second craquement pareil à celui qu'il avait déjà entendu ; il rouvrit la porte, regarda autour de lui et ne vit rien.

Rien que Lorenza couchée et haletante sous le poids de son amour.

Balsamo ferma la porte et courut vers le salon sans inquiétude, sans crainte, sans pressentiment, emportant le paradis dans son cœur.

Balsamo se trompait : ce n'était pas seulement l'amour qui oppressait la poitrine de Lorenza et faisait son souffle haletant.

C'était une espèce de rêve, qui semblait tenir à cette léthargie dans laquelle elle était plongée, léthargie si voisine de la mort.

Lorenza rêvait, et, dans le hideux miroir des sinistres songes, il lui semblait voir au milieu de l'obscurité qui commençait à tout assombrir, il lui semblait voir le plafond de chêne s'ouvrir circulairement, et quelque chose comme une grande rosace s'en détacher et descendre avec un mouvement égal, lent, mesuré, accompagné d'un sifflement lugubre ; il lui semblait que l'air lui manquait peu à peu, comme si elle eût été près d'être étouffée sous la pression de ce cercle mouvant.

Il lui semblait enfin, sur cette espèce de trappe mobile, voir s'agiter quelque chose d'informe comme le Caliban de *La Tempête*, un monstre à visage humain – un vieillard – dont les yeux et les bras seuls étaient vivants, et qui la regardait avec ses yeux effrayants, et qui tendait vers elle ses bras décharnés.

Et elle, la pauvre enfant, elle se tordait en vain sans pouvoir fuir, sans rien deviner du danger qui la menaçait, sans rien sentir, sinon l'étreinte de deux crampons vivants dont l'extrémité saisissait sa robe blanche, l'enlevait à son sofa et la transportait sur la trappe, qui remontait lentement, lentement vers le plafond, avec ce grincement lugubre du fer glissant contre le fer, et un rire hideux, strident, qui s'échappait de la bouche hideuse de ce monstre à face humaine qui l'emportait vers le ciel, sans secousse et sans douleur.

Chapitre CXXX

Le philtre

Comme l'avait prédit Lorenza, c'était madame du Barry qui venait de frapper à la porte.

La belle courtisane avait été introduite dans le salon. Elle attendait Balsamo en feuilletant ce livre curieux de la mort, gravé à Mayence, et dont les planches, dessinées avec un art merveilleux, montrent la mort présidant à toutes les actions de la vie de l'homme, l'attendant à la porte du bal où il vient de serrer la main de la femme qu'il aime, l'attirant au fond de l'eau dans laquelle il se baigne, ou se cachant dans le canon du fusil qu'il emporte à la chasse.

Madame du Barry en était à la planche qui représente une belle femme se fardant et se mirant, lorsque Balsamo poussa la porte et vint la saluer avec le sourire du bonheur épanoui sur tout son visage.

– Pardonnez-moi, madame, de vous avoir fait attendre, mais j'avais mal calculé la distance ou je connaissais mal la vitesse de vos chevaux, je vous croyais encore à la place Louis XV.

– Comment cela ? demanda la comtesse ; vous saviez donc que j'arrivais ?

– Oui, madame ; il y a deux heures à peu près que je vous ai vue dans votre boudoir de satin bleu, donnant des ordres pour qu'on mît les chevaux à la voiture.

– Et vous dites que j'étais dans mon boudoir de satin bleu ?

– Broché de fleurs aux couleurs naturelles. Oui, comtesse, couchée sur un sofa. Une bienheureuse idée vous est alors passée par la tête ; vous vous êtes dit : « Allons voir le comte de Fœnix. » Vous avez sonné alors.

– Et qui est entré ?

– Votre sœur, comtesse. Est-ce cela ? Vous l'avez priée de transmettre vos ordres, qui aussitôt ont été exécutés.

– En vérité, comte, vous êtes sorcier ! Est-ce que vous regardez comme cela dans mon boudoir à tous les instants du jour ? C'est qu'il faudrait me prévenir, entendez-vous bien !

– Oh ! soyez tranquille, comtesse, je ne regarde que par les portes ouvertes.

– Et, en regardant par les portes ouvertes, vous avez vu que je pensais à vous ?

– Certes, et à bonne intention même.

– Oh ! vous avez raison, cher comte ; j'ai pour vous les meilleures intentions du monde ; mais avouez que vous méritez plus que des intentions, vous si bon, si utile ; vous qui paraissez destiné à jouer dans ma vie le rôle de tuteur, c'est-à-dire le rôle le plus difficile que je connaisse.

– En vérité, madame, vous me rendez bien heureux ; j'ai donc pu vous être de quelque utilité ?

– Comment !... vous êtes devin, et vous ne devinez pas ?

– Laissez-moi au moins le mérite d'être modeste.

– Soit, mon cher comte ; je vais, en conséquence, vous parler d'abord de ce que j'ai fait pour vous.

– Je ne le souffrirai pas, madame ; parlons de vous, au contraire, je vous en supplie.

– Eh bien, mon cher comte, commencez par me prêter cette pierre qui rend invisible ; car il m'a semblé reconnaître dans mon voyage, si rapide qu'il fût, un des grisons de M. de Richelieu.

– Et ce grison, madame ?...

– Suivait ma voiture avec un coureur.

– Que pensez-vous de cette circonstance, et dans quel but le duc vous faisait-il suivre ?

– Dans le but de me jouer quelque méchant tour de sa façon. Si modeste que vous soyez, monsieur le comte de Fœnix, croyez que Dieu vous a doué d'assez d'avantages personnels pour rendre un roi jaloux... de mes visites chez vous, ou de vos visites chez moi.

– M. de Richelieu, madame, répondit Balsamo, ne peut être dangereux pour vous en aucune rencontre.

– Mais il l'était, cher comte, il l'était cependant avant l'événement.

Balsamo comprit qu'il y avait là un secret que Lorenza ne lui avait point encore révélé. Il ne se hasarda point, en conséquence, sur le terrain de l'inconnu, et se contenta de répondre par un sourire.

– Il l'était, répéta la comtesse, et j'ai failli être la victime de la trame la mieux ourdie, dans laquelle vous étiez pour quelque chose, comte.

– Moi ! dans une trame contre vous ? Jamais, madame !

– N'était-ce donc pas vous qui aviez donné à M. de Richelieu le philtre ?

– Quel philtre ?

– Un philtre qui fait aimer éperdument.

– Non, madame ; ces philtres-là, M. de Richelieu les compose lui-même, car il en connaît dès longtemps la recette ; je ne lui ai re-mis, moi, qu'un simple narcotique.

– Ah ! vraiment ?

– Sur l'honneur.

– Et M. le duc, attendez donc, M. le duc est venu vous demander ce narcotique, quel jour ? Rappelez-vous bien la date, monsieur, c'est important.

– Madame, ce fut samedi dernier. La veille du jour où j'eus l'honneur de vous adresser par Fritz ce petit billet qui vous priait de venir me retrouver chez M. de Sartine.

– La veille de ce jour, s'écria la comtesse, la veille du jour où le roi fut vu se rendant chez la petite Taverney ? Oh ! tout m'est expliqué maintenant.

– Alors, si tout vous est expliqué, vous voyez que je n'y suis que pour le narcotique.

– Oui, c'est le narcotique qui nous a sauvés.

Balsamo attendit cette fois, il ignorait tout.

– Je suis heureux, madame, répondit-il, de vous être bon à quelque chose, même sans intention.

– Oh ! vous m'êtes excellent toujours. Mais vous pouvez plus encore pour moi que vous n'avez fait jusqu'à présent. Oh ! docteur, j'ai été bien malade, politiquement parlant, et, à l'heure qu'il est, c'est à peine si je crois à ma convalescence.

– Madame, dit Balsamo, le docteur, puisque docteur il y a, demande toujours des détails sur la maladie qu'il a à traiter. Veuillez me donner les détails les plus exacts sur ce que vous avez éprouvé, et, s'il est possible, n'oubliez aucun symptôme.

– Rien de plus simple, cher docteur, ou cher sorcier, comme vous voudrez. La veille du jour où ce narcotique fut employé, Sa Majesté avait refusé de m'accompagner à Luciennes. Elle était restée, sous prétexte de fatigue, à Trianon, cette menteuse Majesté, et cela pour souper, je l'ai su depuis, entre le duc de Richelieu et le baron de Taverney.

– Ah ! ah !

– Vous comprenez, à votre tour. Ce fut pendant ce souper que le philtre d'amour fut versé au roi. Il en tenait déjà pour mademoiselle Andrée ; on savait qu'il ne me verrait pas le lendemain. C'était donc à l'endroit de cette petite qu'il devait opérer.

– Eh bien ?

– Eh bien, il opéra, voilà tout.

– Qu'est-il arrivé alors ?

– Voilà ce qui est difficile à savoir positivement. Des gens bien informés ont vu Sa Majesté se dirigeant vers les communs, c'est-à-dire vers l'appartement de mademoiselle Andrée.

– Je sais où elle demeure ; mais ensuite ?

– Ah ! ensuite, peste ! comme vous y allez, comte ! On ne suit pas sans danger un roi qui se cache.

– Mais enfin ?

– Enfin, tout ce que je puis vous dire, c'est que Sa Majesté, par une affreuse nuit d'orage, revint à Trianon, pâle, tremblante, et avec une fièvre qui tenait du délire.

– Et vous croyez, demanda Balsamo en souriant, que ce n'était pas de l'orage seulement que le roi avait eu peur ?

– Non ; car le valet de chambre l'entendit s'écrier plusieurs fois : « Morte ! morte ! morte ! »

– Oh ! fit Balsamo.

– C'était le narcotique, continua madame du Barry ; rien ne fait peur au roi comme les morts, et, après les morts, comme l'image de la mort. Il a trouvé mademoiselle de Taverney endormie d'un sommeil étrange, il l'aura crue morte.

– Oui, oui, morte en effet, dit Balsamo, qui se rappelait avoir fui sans réveiller Andrée, morte ou du moins présentant toutes les apparences de la mort. C'est cela ! c'est cela ! Après, madame, après ?

– Nul ne sut donc ce qui se passa dans cette nuit, ou plutôt dans le commencement de cette nuit. À sa rentrée chez lui seulement, le roi fut pris d'une fièvre violente et de tressaillements nerveux qui ne se passèrent que le lendemain, lorsque madame la dauphine eut l'idée de faire ouvrir chez le roi, et de montrer à Sa Majesté un beau soleil éclairant des figures riantes. Alors toutes ces visions inconnues disparurent avec la nuit qui les avait enfantées.

« À midi, le roi allait mieux, prenait un bouillon et mangeait une aile de perdrix, et le soir...

La comtesse s'arrêta, regardant Balsamo avec ce sourire qui n'appartenait qu'à elle.

– Et le soir ? répéta Balsamo.

– Eh bien, le soir, répéta madame du Barry, Sa Majesté, qui sans doute ne voulait pas rester à Trianon après sa terreur de la veille, le soir, Sa Majesté venait me trouver à Luciennes, où, cher comte, je m'aperçus, ma foi, que M. de Richelieu était presque aussi grand sorcier que vous.

La figure triomphante de la comtesse, son geste plein de grâce et de coquetterie achevèrent sa pensée et rassurèrent complètement Balsamo à l'endroit de la puissance qu'exerçait encore la favorite sur le roi.

– Alors, dit-il, vous êtes contente de moi, madame ?

– Enthousiasmée, je vous jure, comte ; car vous m'avez, en me parlant des impossibilités que vous aviez créées, dit l'exacte vérité.

Et elle lui tendit en preuve de remerciement, cette main si blanche, si douce, si parfumée, qui n'était pas fraîche comme celle de Lorenza, mais dont la tiédeur avait aussi son éloquence.

– Et maintenant, à vous, comte, dit-elle.

Balsamo s'inclina en homme prêt à écouter.

– Si vous m'avez préservée d'un grand danger, continua madame du Barry, je crois vous avoir sauvé à mon tour d'un péril qui n'était pas mince.

– Moi, dit Balsamo, cachant son émotion, je n'ai point besoin de cela pour vous être reconnaissant ; cependant veuillez me dire...

– Oui, le coffret en question.

– Eh bien, madame ?

– Il contenait bien des chiffres que M. de Sartine a fait traduire à tous ses commis ; tous ont signé leur traduction faite en particulier, et toutes les traductions ont donné le même résultat. De sorte que M. de Sartine est arrivé ce matin à Versailles, tandis que j'y étais, porteur de toutes ces traductions et du dictionnaire des chiffres diplomatiques.

– Ah ! ah ! Et qu'a dit le roi ?

– Le roi a paru surpris d'abord, puis effrayé. On est facilement écouté de Sa Majesté lorsqu'on lui parle danger. Depuis le coup de canif de Damiens, il est un mot qui réussit à tout le monde auprès de Louis XV, c'est : « Prenez garde ! »

– Ainsi M. de Sartine m'a accusé de complot ?

– D'abord, M. de Sartine a essayé de me faire sortir ; mais je m'y suis refusée, déclarant que, comme personne n'était plus attaché que moi au roi, personne n'avait le droit de me faire sortir lorsqu'on lui parlait danger. M. de Sartine insistait ; mais j'ai résisté, et le roi a dit en souriant et me regardant d'une certaine façon à laquelle je me connais :

« – Laissez-la, Sartine, je n'ai rien à lui refuser aujourd'hui. »

« Alors, vous comprenez, comte, moi étant là, M. de Sartine, qui se souvenait de notre adieu si nettement formulé, M. de Sartine a craint de me déplaire en vous chargeant, il s'est rejeté sur les mau-

vais vouloirs du roi de Prusse à l'égard de la France, sur les dispositions des esprits à s'aider du surnaturel pour faciliter la marche de
leur rébellion. Il a accusé en un mot beaucoup de gens, prouvant
toujours, ses chiffres à la main, que ces gens étaient coupables.

– Coupables de quoi ?

– De quoi ?... Comte, dois-je dire le secret de l'État ?

– Qui est notre secret, madame. Oh ! vous ne risquez rien ! J'ai
intérêt, ce me semble, à ne point parler.

– Oui, comte, je le sais, grand intérêt. M. de Sartine a donc voulu prouver qu'une secte nombreuse, puissante, formée d'adeptes
courageux, adroits, résolus, minaient sourdement le respect dû à Sa
Majesté royale, répandant certains bruits sur le roi.

– Quels bruits ?

– Disant, par exemple, que Sa Majesté était accusée d'affamer
son peuple.

– Ce à quoi le roi a répondu ?

– Comme le roi répond toujours, par une plaisanterie.

Balsamo respira.

– Et cette plaisanterie, demanda-t-il, quelle est-elle ?

« – Puisqu'on m'accuse d'affamer mon peuple, a-t-il dit, il n'y a
qu'une seule réponse à faire à cette accusation : nourrissons-le.

« – Comment cela, sire ? a dit M. de Sartine.

« – Je prends à mon compte la nourriture de tous ceux qui ré-
pandent ce bruit, et je leur offre, de plus, un logement dans mon
château de la Bastille. »

Balsamo sentit un léger frisson courir dans ses veines, mais il demeura souriant.

– Ensuite ? demanda-t-il.

– Ensuite, le roi sembla me consulter par un sourire.

« – Sire, lui dis-je alors, on ne me fera jamais croire que ces petits chiffres noirs que vous apporte M. de Sartine veulent dire que vous êtes un mauvais roi.

« Alors le lieutenant de police s'est récrié.

« – Pas plus, ai-je ajouté, qu'ils ne prouveront que vos commis sachent lire. »

– Et qu'a dit le roi, comtesse ? demanda Balsamo.

– Que je pouvais avoir raison, mais que M. de Sartine n'avait pas tort.

– Eh bien, alors ?

– Alors on a expédié beaucoup de lettres de cachet, parmi lesquelles j'ai vu clairement que M. de Sartine cherchait à en glisser une pour vous. Mais je n'ai point fléchi et je l'ai arrêté d'un seul mot.

« – Monsieur, lui ai-je dit tout haut et devant le roi, arrêtez tout Paris si bon vous semble, c'est votre état ; mais qu'on ne s'avise pas de toucher à un seul de mes amis... sinon !...

« – Oh ! oh ! fit le roi, elle se fâche. Gare à vous, Sartine !

« – Mais, sire, l'intérêt du royaume...

« – Oh ! vous n'êtes pas un Sully, lui ai-je dit rouge de colère, et je ne suis pas une Gabrielle.

« – Madame, on veut assassiner le roi comme on a assassiné Henri IV.

« Pour le coup, le roi pâlit, trembla, passa la main sur son front.

« Je me crus vaincue.

« – Sire, dis-je, il faut laisser monsieur continuer ; car ses commis ont sans doute aussi lu dans tous ces chiffres que je conspirais contre vous.

« Et je sortis.

« Dame ! c'était le lendemain du philtre, cher comte. Le roi préféra ma présence à celle de M. de Sartine, et courut après moi.

« – Ah ! par grâce, comtesse, ne vous fâchez pas, dit-il.

« – Alors, chassez ce vilain homme, sire ; il sent la prison.

« – Allons, Sartine, allez-vous-en, dit le roi en haussant les épaules.

« – Et je vous défends à l'avenir, non seulement de vous présenter chez moi, ajoutai-je, mais encore de me saluer.

« Pour le coup, notre magistrat perdit la tête ; il vint à moi, et me baisa humblement la main.

« – Eh bien, soit, dit-il, n'en parlons plus, belle dame ; mais vous perdez l'État. Votre protégé, puisque vous le voulez à toute force, sera respecté par mes agents. »

Balsamo parut plongé dans une rêverie profonde.

– Allons, dit la comtesse, voilà que vous ne me remerciez pas de vous avoir épargné la connaissance de la Bastille, ce qui eût été injuste peut-être, mais n'en eût pas été moins désagréable.

Balsamo ne répondit rien ; seulement, il tira de sa poche un flacon renfermant une liqueur vermeille comme du sang.

– Tenez, madame, dit-il, pour cette liberté que vous me donnez, je vous donne, moi, vingt ans de jeunesse de plus.

La comtesse glissa le flacon dans son corset et partit joyeuse et triomphante.

Balsamo demeura rêveur.

– Ils étaient sauvés peut-être, se dit-il, sans la coquetterie d'une femme. Le petit pied de cette courtisane les précipite au plus pro-fond de l'abîme. Décidément, Dieu est avec nous !

Chapitre CXXXI

Le sang

Madame du Barry n'avait pas encore vu la porte de la maison se refermer derrière elle que Balsamo remontait l'escalier dérobé et rentrait dans la chambre aux fourrures.

La conversation avec la comtesse avait été longue, et son empressement tenait à deux causes.

La première, le désir de revoir Lorenza ; la seconde, la crainte que la jeune femme ne fût fatiguée ; car, dans la vie nouvelle qu'il venait de lui faire, il ne pouvait y avoir place pour l'ennui ; fatiguée en ce qu'elle pouvait passer, comme cela lui arrivait quelquefois, du sommeil magnétique à l'extase.

Or, à l'extase succédaient presque toujours des crises nerveuses qui brisaient Lorenza, si l'intervention du fluide réparateur ne venait pas ramener un équilibre satisfaisant entre les diverses fonctions de l'organisme.

Balsamo, après avoir fermé la porte, jeta donc rapidement les yeux sur le canapé où il avait laissé Lorenza.

Elle n'y était plus.

Seulement, la fine mante de cachemire brodée de fleurs d'or, qui l'enveloppait comme une écharpe, était demeurée seule sur les coussins, comme un témoignage de son séjour dans l'appartement, de son repos sur ce meuble.

Balsamo demeura immobile, les yeux tendus vers le sofa vide. Peut-être Lorenza s'était-elle trouvée incommodée par une odeur étrange qui paraissait s'être répandue dans l'appartement depuis qu'elle en était sortie ; peut-être, par un mouvement machinal, avait-elle usurpé sur les habitudes de la vie réelle, et instinctivement avait-elle changé de place.

La première idée de Balsamo fut que Lorenza était rentrée dans le laboratoire où, un instant auparavant, elle l'avait accompagné.

Il entra dans le laboratoire. Au premier aspect, il paraissait vide ; mais, à l'ombre du fourneau gigantesque, derrière la tapisserie d'orient, une femme pouvait facilement se cacher.

Il souleva donc les tapisseries, il tourna donc autour du fourneau ; nulle part il ne put retrouver même la trace du passage de Lorenza.

Restait la chambre de la jeune femme, où sans doute elle était rentrée.

Cette chambre n'était une prison pour elle que dans son état de veille.

Il courut à la chambre et trouva la plaque fermée.

Ce n'était point une preuve que Lorenza ne fût point rentrée chez elle. Rien ne s'opposait, en effet, à ce que Lorenza, dans son sommeil si lucide, se fût souvenue de ce mécanisme, et, s'en souvenant, eût obéi aux hallucinations d'un rêve mal effacé dans son esprit.

Balsamo poussa le ressort.

La chambre était vide comme le laboratoire : Lorenza ne paraissait pas même y être entrée.

Alors une pensée douloureuse, une pensée qui, on s'en souvient, l'avait déjà mordu au cœur, vint chasser toutes les suppositions, toutes les espérances de l'amant heureux.

Lorenza aurait joué un rôle ; elle aurait feint de dormir, elle aurait ainsi dissipé toute défiance, toute inquiétude, toute vigilance dans l'esprit de son époux et, à la première occasion de liberté, elle se serait enfuie de nouveau, plus sûre de ce qu'elle avait à faire, instruite qu'elle était par une première, ou plutôt par une seconde expérience.

Balsamo bondit à cette idée et sonna Fritz.

Puis, comme, au gré de son impatience, Fritz tardait, il s'élança au-devant de lui et le trouva dans l'escalier dérobé.

– La signora ? dit-il.

– Eh bien, maître ? demanda Fritz comprenant, à l'agitation de Balsamo, qu'il se passait quelque chose d'extraordinaire.

– L'as-tu vue ?

– Non, maître.

– Elle n'est pas sortie ?

– D'où cela ?

– Mais de la maison.

– Personne n'est sorti que la comtesse, derrière laquelle je viens de fermer la porte.

Balsamo remonta comme un fou. Il se figura alors que la folle jeune femme, si différente dans le sommeil de ce qu'elle était dans la veille, avait eu un moment d'espièglerie enfantine ; qu'elle lisait, de quelque coin où elle était cachée, son effroi dans son cœur, et qu'elle se divertissait à l'épouvanter, pour le rassurer ensuite.

Alors commença une recherche minutieuse.

Pas un coin ne fut épargné, pas une armoire oubliée, pas un paravent laissé en place. Il y avait, dans cette recherche de Balsamo, quelque chose de l'homme aveuglé par la passion, du fou qui ne voit plus, de l'homme ivre qui chancelle. Il n'avait plus de force que pour ouvrir les deux bras et pour crier : « Lorenza ! Lorenza ! » espérant que cette adorée créature viendrait s'y précipiter tout à coup avec un grand cri de joie.

Mais le silence seul, un morne et obstiné silence, répondit à sa pensée extravagante et à son appel insensé.

Courir, remuer les meubles, parler aux murs, appeler Lorenza, regarder sans voir, écouter sans entendre, palpiter sans vivre, tressaillir sans penser, voilà l'état dans lequel Balsamo passa trois minutes, c'est-à-dire trois siècles d'agonie.

Il sortit de cet état d'hallucination à moitié fou, trempa sa main dans un vase d'eau glacée, s'en mouilla les tempes, puis, comprimant une de ses mains avec l'autre, comme pour se forcer à l'immobilité, il chassa, par la volonté, le bruit importun de ce battement du sang contre le crâne, bruit fatal, incessant, monotone, qui, lorsqu'il est mouvement et silence, indique la vie, mais qui, lorsqu'il devient tumultueux et perceptible, signifie la mort ou la folie.

– Voyons, raisonnons, dit-il ; Lorenza n'y est plus ; plus de faux-fuyants avec moi-même ; Lorenza n'y est plus ; donc elle est sortie. Oui, sortie, bien sortie !

Et il regarda encore une fois autour de lui, et il appela une fois encore.

– Sortie ! répéta-t-il. En vain Fritz prétend-il ne l'avoir pas vue : elle est sortie, bien sortie.

« Deux cas se présentent :

« Ou il n'a rien vu en effet, ce qui, à tout prendre, est possible, car l'homme est sujet à l'erreur, ou bien il a vu et il a été corrompu par Lorenza.

« Corrompu, Fritz ?

« Pourquoi non ? En vain sa fidélité passée plaide contre cette supposition. Si Lorenza, si l'amour, si la science, ont pu à ce point tromper et mentir, pourquoi la nature si fragile, si faillible d'une créature humaine ne tromperait-elle pas à son tour ?

« Oh ! je saurai tout, je saurai tout ! Ne me reste-t-il pas mademoiselle de Taverney ?

« Oui, par Andrée je saurai la trahison de Fritz ; par Andrée, la trahison de Lorenza ; et, cette fois... oh ! cette fois, comme l'amour aura été mensonger, comme la science aura été une erreur, comme la fidélité aura été un piège... oh ! cette fois, Balsamo punira sans pitié, sans réserve, comme un homme puissant qui se venge, ayant chassé la miséricorde et conservé l'orgueil.

« Voyons, il ne s'agit plus que de sortir au plus vite, de ne rien laisser deviner à Fritz et de courir à Trianon. »

Et Balsamo, saisissant son chapeau, qui avait roulé à terre, s'élança contre la porte.

Mais tout à coup il s'arrêta.

– Oh ! dit-il, avant toute chose... Mon Dieu ! pauvre vieillard, je l'avais oublié ! Avant toute chose, il faut que je voie Althotas ; pendant cet accès de délire, pendant ce spasme d'amour monstrueux, j'ai délaissé le malheureux vieillard. J'ai été ingrat, j'ai été inhumain.

Et Balsamo, avec cette fièvre qui animait à cette heure tous ses mouvements, Balsamo s'approcha du ressort qui faisait jouer la bascule du plafond.

Aussitôt le mobile échafaudage descendit rapidement.

Balsamo se plaça dessus et, à l'aide du contrepoids, commença de monter, mais tout entier encore au trouble de son esprit et de son cœur, et sans songer à autre chose qu'à Lorenza.

À peine toucha-t-il le niveau de la chambre d'Althotas, que la voix du vieillard vint frapper son oreille et le tira de sa douloureuse rêverie.

Mais, au grand étonnement de Balsamo, ses premières paroles ne furent point un reproche, comme il s'y attendait : ce fut un éclat de gaieté naturel et simple qui l'accueillit.

L'élève leva sur le maître un regard étonné.

Le vieillard était renversé sur sa chaise à ressorts ; il respirait bruyamment et avec délices, comme si à chaque aspiration il eût repris un jour de vie ; ses yeux, pleins d'un feu sombre, mais dont le sourire épanoui sur ses lèvres égayait l'expression, ses yeux s'attachaient avec importunité sur son visiteur.

Balsamo recueillit ses forces et rassembla ses idées pour ne rien laisser voir de son trouble au maître, si peu indulgent pour les faiblesses de l'humanité.

Pendant cette minute de recueillement, Balsamo sentit une oppression étrange peser sur sa poitrine. L'air, sans doute, était vicié par une résorption trop constante ; une odeur lourde, fade, tiède, nauséabonde ; cette même odeur qu'il avait déjà respirée en bas, mais à un plus faible degré, nageait dans l'air, et pareille à ces vapeurs qui montent des lacs et des marais en automne, au lever et au coucher du soleil, elle avait pris un corps et terni les vitres.

Dans cette atmosphère épaisse et âcre, le cœur de Balsamo faiblit, sa tête s'embarrassa, un vertige le saisit, il sentit que la respiration et les forces allaient lui manquer à la fois.

– Maître, dit-il en cherchant un point solide où s'appuyer, et en essayant de dilater sa poitrine, maître, vous ne pouvez vivre ici ; on n'y respire point.

– Tu trouves ?

– Oh !

– J'y respire cependant fort bien, moi ! répondit Althotas avec enjouement, et j'y vis, comme tu vois.

– Maître, maître, dit Balsamo de plus en plus étourdi, faites-y attention, et laissez-moi ouvrir une fenêtre, il monte de ce parquet comme une vapeur de sang.

– De sang ! Ah ! tu trouves !... De sang ! s'écria Althotas en éclatant de rire.

– Oh ! oui, oui, je sens les miasmes qui s'exhalent d'un corps fraîchement tué ! je les pèserais, tant ils sont lourds à mon cerveau et à mon cœur.

– C'est cela, dit le vieillard avec son rire ironique, c'est cela, je m'en suis déjà aperçu ; tu as un cœur tendre et un cerveau très fragile, Acharat.

– Maître, dit Balsamo en étendant le doigt vers le vieillard, maître, vous avez du sang sur vos mains ; maître, il y a du sang sur cette table ; maître, il y a du sang partout, jusque dans vos yeux, qui luisent comme deux flammes ; maître, cette odeur qu'on respire ici, cette odeur qui me donne le vertige, cette odeur qui m'étouffe, c'est l'odeur du sang.

– Eh bien, après ? dit tranquillement Althotas ; la sens-tu donc pour la première fois, cette odeur ?

– Non.

– Ne m'as-tu jamais vu faire mes expériences ? N'en as-tu jamais fait toi même ?

– Mais du sang humain ! dit Balsamo passant sa main sur son front ruisselant de sueur.

– Ah ! tu as l'odorat subtil, dit Althotas. Eh bien, je n'aurais pas cru que l'on pût reconnaître le sang de l'homme du sang d'un animal quelconque.

– Le sang de l'homme ! murmura Balsamo.

Et comme, tout chancelant, il cherchait, pour se retenir, quelque saillie de meuble, il aperçut avec horreur un vaste bassin de cuivre, dont les parois brillantes reflétaient la couleur pourpre et laqueuse du sang fraîchement répandu.

L'énorme vase était à moitié rempli.

Balsamo recula épouvanté.

– Oh ! ce sang ! s'écria-t-il ; d'où vient ce sang ?

Althotas ne répondait pas ; mais son regard ne perdait rien des fluctuations, des égarements et des terreurs de Balsamo. Soudain celui-ci poussa un rugissement terrible.

Puis, s'abaissant comme s'il fondait sur une proie, il s'élança vers un point de la chambre et ramassa par terre un ruban de soie broché d'argent après lequel pendait une longue tresse de cheveux noirs.

Après ce cri aigu, douloureux, suprême, un silence mortel régna un instant dans la chambre du vieillard.

Balsamo soulevait lentement ce ruban, examinant en frissonnant les cheveux dont une épingle d'or retenait l'extrémité clouée d'un côté à la soie, tandis que, tranchés nettement de l'autre, ils semblaient une frange dont le bout eût été effleuré par un flot de sang, car des gouttes rouges et mousseuses perlaient à l'extrémité de cette frange.

À mesure que Balsamo relevait sa main, sa main devenait plus tremblante.

À mesure que Balsamo attachait son regard plus sûrement sur le ruban souillé, ses joues devenaient plus livides.

– Oh ! d'où vient cela ? murmura-t-il, mais assez haut cependant pour que ses paroles devinssent une question pour un autre que lui-même.

– Cela ? dit Althotas.

– Oui, cela.

– Eh bien, c'est un ruban de soie enveloppant des cheveux.

– Mais ces cheveux, ces cheveux, dans quoi ont-ils trempé ?

– Tu le vois bien, dans le sang.

– Dans quel sang ?

– Eh ! parbleu ! dans le sang qu'il me fallait pour mon élixir, dans le sang que tu me refusais et que j'ai dû, à ton refus, me procurer moi-même.

– Mais ces cheveux, cette tresse, ce ruban, où les avez-vous pris ? Ce n'est point là la coiffure d'un enfant.

– Et qui t'a dit que ce fût un enfant que j'ai égorgé ? demanda tranquillement Althotas.

– Ne vous fallait-il pas, pour votre élixir, le sang d'un enfant ? s'écria Balsamo. Voyons, ne m'avez-vous pas dit cela ?

– Ou d'une vierge, Acharat, ou d'une vierge.

Et Althotas allongea sa main amaigrie sur le bras du fauteuil, et y prit une fiole dont il savoura le contenu avec délices.

Puis, de son ton le plus naturel et avec son accent le plus affectueux :

– C'est bien à toi, dit-il, Acharat, tu as été sage et prévoyant en plaçant là cette femme sous mon plancher, presque à la portée de ma main ; l'humanité n'a pas à se plaindre, la loi n'a rien à reprendre. Eh ! eh ! ce n'est pas toi qui m'as livré la vierge sans laquelle j'allais mourir ; non, c'est moi qui l'ai prise. Eh ! eh ! merci, mon cher élève, merci mon petit Acharat.

Et il approcha encore une fois la fiole de ses lèvres.

Balsamo laissa tomber la mèche de cheveux qu'il tenait ; une horrible lumière venait d'éblouir ses yeux.

En face de lui, la table du vieillard, cette immense table de marbre, toujours remplie de plantes, de livres, de fioles ; devant lui cette table était recouverte d'un long drap de damas blanc à fleurs sombres, sur lequel la lampe d'Althotas envoyait sa rougeâtre lueur et dessinait de sinistres formes que Balsamo n'avait pas encore remarquées.

Balsamo prit un des coins du drap et le tira violemment à lui.

Mais alors ses cheveux se hérissèrent, sa bouche ouverte ne put laisser échapper l'horrible cri étouffé au fond de sa gorge.

Il venait, sous ce linceul, d'apercevoir le cadavre de Lorenza, de Lorenza étendue sur cette table, la tête livide et cependant souriante encore, et pendant en arrière comme entraînée par le poids de ses longs cheveux.

Une large blessure s'ouvrait béante au-dessus de la clavicule et ne laissant plus échapper une seule goutte de sang.

Les mains étaient roidies et les yeux fermés sous leurs paupières violettes.

– Oui, du sang, du sang de vierge, les trois dernières gouttes du sang artériel d'une vierge ; voilà ce qu'il me fallait, dit le vieillard en recourant pour la troisième fois à sa fiole.

– Misérable ! s'écria Balsamo, dont le cri de désespoir s'exhala enfin par chacun de ses pores, meurs donc, car, depuis quatre jours, elle était ma maîtresse, mon amour, ma femme ! Tu l'as assassinée pour rien... Elle n'était pas vierge !

Les yeux d'Althotas tremblèrent à ces paroles, comme si une secousse électrique les eût fait rebondir dans leur orbite ; ses prunelles se dilatèrent effroyablement ; ses gencives grincèrent à défaut de dents ; sa main laissa échapper la fiole, qui tomba sur le parquet et se brisa en mille morceaux, tandis que lui, stupéfait, anéanti, frappé à la fois au cœur et au cerveau, il se renversait lourdement sur son fauteuil.

Quant à Balsamo, il se pencha avec un sanglot sur le corps de Lorenza et s'évanouit en baisant ses cheveux sanglants.

Chapitre CXXXII

L'homme et Dieu

Les heures, ces étranges sœurs qui se tiennent par la main, qui passent d'un vol si lent pour l'infortuné, si rapide pour l'homme heureux ; les heures s'abattirent silencieusement en repliant leurs ailes pesantes sur cette chambre pleine de soupirs et de sanglots.

D'un côté, la mort ; de l'autre, l'agonie.

Au milieu, le désespoir, douloureux comme l'agonie, profond comme la mort.

Balsamo n'avait plus proféré une seule parole depuis le cri qui avait déchiré sa gorge.

Depuis cette foudroyante révélation qui avait abattu la féroce joie d'Althotas, Balsamo n'avait pas fait un mouvement.

Quant au hideux vieillard, rejeté violemment dans la vie telle que Dieu l'a faite aux hommes, il semblait aussi dépaysé dans cet élément nouveau pour lui que l'est l'oiseau atteint d'un grain de plomb et tombé du haut d'un nuage dans un lac, à la surface duquel il se débat, sans parvenir à enfler ses ailes.

La stupéfaction de cette figure livide et bouleversée révélait l'incommensurable étendue de son désappointement.

En effet, Althotas ne prenait plus même la peine de penser, depuis que ses pensées avaient vu le but vers lequel elles se dirigeaient et auquel elles croyaient la solidité du roc, s'évanouir comme une fumée.

Son désespoir morne et silencieux avait quelque chose de l'hébétement. Pour un esprit peu accoutumé à mesurer le sien, ce silence eût peut-être été un indice de recherche ; pour Balsamo qui, du reste, ne le regardait même pas, c'était l'agonie de la puissance, de la raison, de la vie.

Althotas ne quittait pas du regard cette fiole brisée, image du néant de ses espérances ; on eût dit qu'il comptait ces mille débris qui avaient, en s'éparpillant, diminué sa vie d'autant de jours ; on eût dit qu'il eût voulu pomper du regard cette liqueur précieuse répandue sur le parquet et qu'un instant il avait crue l'immortalité.

Parfois aussi, lorsque la douleur de cette désillusion était trop vive, le vieillard levait son œil terni sur Balsamo ; puis, de Balsamo, son regard passait au cadavre de Lorenza.

Il ressemblait alors à ces brutes, surprises au piège, que le chasseur trouve le matin, arrêtées par la jambe, et qu'il tourmente longtemps du pied sans leur faire tourner la tête, et qui, s'il les pique de son couteau de chasse ou de la baïonnette de son fusil, lèvent obliquement leur œil sanglant tout chargé de haine, de vengeance, de reproche et de surprise.

– Est-il possible, disait ce regard encore si expressif dans son atonie, est-il croyable que tant de malheurs, que tant d'échecs viennent à moi, de la part d'un être aussi infime que cet homme que je vois là agenouillé à quatre pas de moi, aux pieds d'un objet aussi vulgaire que cette femme morte ? N'est-ce pas un bouleversement de la nature, un bouleversement de la science, un cataclysme de la raison, que l'élève si grossier ait abusé le maître si sublime ? N'est-ce pas monstrueux, enfin, que le grain de poussière ait arrêté court la roue du char superbe et rapide dans son tout-puissant, dans son immortel essor ?

Quant à Balsamo, à Balsamo brisé, anéanti, sans voix, sans mouvement, presque sans vie, nulle pensée humaine ne s'était encore fait jour à travers les sanglantes vapeurs de son cerveau.

Lorenza, sa Lorenza ! Lorenza, sa femme, son idole, cette créature doublement précieuse à titre d'ange et d'amante, Lorenza, c'est-à-dire le plaisir et la gloire, le présent et l'avenir, la force et la foi ; Lorenza, c'est-à-dire tout ce qu'il aimait, tout ce qu'il désirait, tout ce qu'il ambitionnait au monde. Lorenza était perdue pour lui à jamais !

Il ne pleurait pas, il ne criait pas, il ne soupirait même pas.

À peine avait-il le temps de s'étonner qu'un si épouvantable malheur eût fondu sur sa tête. Il ressemblait à ces infortunés que l'inondation saisit dans leur lit, au milieu des ténèbres, qui rêvent que l'eau les a gagnés, qui s'éveillent, qui ouvrent les yeux et qui, voyant sur leur tête une vague mugissante, n'ont pas même le temps de pousser un grand cri en passant de la vie à la mort.

Balsamo, pendant trois heures, se crut englouti dans les plus profonds abîmes du tombeau ; à travers son immense douleur, il prenait ce qui lui arrivait pour un de ces sinistres songes qui visitent les trépassés dans la nuit éternelle et silencieuse du sépulcre.

Pour lui, plus d'Althotas, c'est-à-dire plus de haine, plus de vengeance.

Pour lui, plus de Lorenza, c'est-à-dire plus de vie, plus d'amour.

Le sommeil, la nuit, le néant !

Voilà comment le temps s'écoula, lugubre, silencieux, infini, dans cette chambre où le sang refroidissait après avoir envoyé sa part de fécondité aux atomes qui la réclament.

Tout à coup, au milieu du silence et de la nuit, une sonnette sonna trois fois.

Sans doute, Fritz savait que son maître était chez Althotas, car une sonnette tinta dans la chambre même.

Mais elle eut beau retentir trois fois avec un bruit insolemment étrange, le son s'évanouit dans l'espace.

Balsamo ne leva point la tête.

Au bout de quelques minutes, le même tintement, plus sonore, retentit une seconde fois, mais sans plus que la première arracher Balsamo à sa torpeur.

Puis, à un intervalle mesuré, mais moins éloigné que celui qui avait séparé le premier tintement du second, la sonnette irritée fit une troisième fois jaillir dans la chambre un éclat multiple de sons criards et impatients.

Balsamo, sans tressaillir, souleva lentement son front et interrogea l'espace avec la froide solennité d'un mort qui sort de son tombeau.

Ainsi dut regarder Lazare quand la voix du Christ l'appela trois fois.

La sonnette ne cessait point de tinter.

Son énergie, toujours croissante, éveilla enfin l'intelligence chez l'amant de Lorenza.

Il détacha sa main de la main du cadavre.

Toute la chaleur avait quitté son corps, sans passer dans celui de Lorenza.

– Une grande nouvelle ou un grand danger, se dit Balsamo. Pourvu que ce soit un grand danger !

Et il se leva tout à fait.

– Mais pourquoi répondrais-je à cet appel ? continua-t-il sans s'apercevoir du lugubre effet de ses paroles sous cette voûte sombre, dans cette chambre funèbre ; est-ce que désormais quelque chose peut m'intéresser ou m'effrayer en ce monde ?

La sonnette alors, comme pour lui répondre, heurta si brutalement ses flancs de bronze avec son battant d'airain, que le battant se détacha et tomba sur une cornue de verre qui, brisée avec un bruit métallique, alla joncher le parquet de ses débris.

Balsamo ne résista plus ; il était, d'ailleurs, important que nul, pas même Fritz, ne le vînt relancer où il était.

Il marcha d'un pas tranquille vers le ressort, le poussa et alla se placer sur la trappe, qui descendit lentement et le déposa au milieu de la chambre aux fourrures.

En passant près du sofa, il effleura la mante qui était tombée des épaules de Lorenza lorsque l'impitoyable vieillard, impassible comme la mort, l'avait enlevée entre ses deux bras.

Le contact, plus vivant que Lorenza elle-même, imprima un frisson douloureux à Balsamo.

Il prit l'écharpe et la baisa en étouffant ses cris avec l'écharpe même.

Puis il alla ouvrir la porte de l'escalier.

Sur les plus hautes marches, Fritz, tout pâle, tout haletant, Fritz tenant un flambeau d'une main et de l'autre le cordon de sonnette que, dans sa terreur et son impatience, il continuait d'agiter convulsivement, Fritz l'attendait.

À la vue de son maître, il poussa un cri de satisfaction d'abord, puis un second cri de surprise et d'épouvante.

Mais Balsamo, ignorant la cause de ce doublé cri, ne répondit que par une muette interrogation.

Fritz ne dit rien ; mais il se hasarda, lui si respectueux d'ordinaire, à prendre son maître par la main et à le conduire devant le grand miroir de Venise qui garnissait le dessus de la cheminée par laquelle on passait dans la chambre de Lorenza.

– Oh ! voyez, Excellence, dit-il en lui indiquant sa propre image dans le cristal.

Balsamo frémit.

Puis un sourire, un de ces sourires qui sont fils d'une douleur infinie et inguérissable, un sourire mortel passa sur ses lèvres.

En effet, il avait compris l'épouvante de Fritz.

Balsamo avait vieilli de vingt ans en une heure ; plus d'éclat dans les yeux, plus de sang sous la peau, une expression de stupeur et d'inintelligence répandue sur tous ses traits, une écume sanglante frangeant ses lèvres, une large tache de sang sur la batiste si blanche de sa chemise.

Balsamo se regarda lui-même un instant sans pouvoir se reconnaître ; puis il plongea résolument ses yeux dans les yeux du personnage étrange que reflétait le miroir.

– Oui, Fritz, oui, dit-il, tu as raison.

Puis, remarquant l'air inquiet du fidèle serviteur :

– Mais pourquoi m'appelais-tu donc ? lui demanda-t-il.

– Oh ! maître, pour eux.

– Eux ?

– Oui.

– Eux, qui cela ?

– Excellence, murmura Fritz en approchant sa bouche de l'oreille de Balsamo, eux, les cinq maîtres.

Balsamo tressaillit.

– Tous ? demanda-t-il.

– Oui, tous.

– Et ils sont là ?

– Là.

– Seuls ?

– Non ; avec chacun un serviteur armé qui attend dans la cour.

– Ils sont venus ensemble ?

– Ensemble, oui, maître ; et ils s'impatientent ; voilà pourquoi j'ai sonné tant de fois et si fort.

Balsamo, sans même cacher sous un pli de son jabot de dentelles la tache de sang, sans chercher à réparer le désordre de sa toilette, Balsamo se mit en marche et commença de descendre l'escalier après avoir demandé à Fritz si ses hôtes étaient installés dans le salon ou dans le grand cabinet.

– Dans le salon, Excellence, répondit Fritz en suivant son maître.

Puis, au bas de l'escalier, se hasardant à arrêter Balsamo :

– Votre Excellence a-t-elle des ordres à me donner ? dit-il.

– Aucun ordre, Fritz.

– Votre Excellence..., continua Fritz en balbutiant.

– Et bien ? demanda Balsamo avec une douceur infinie.

– Votre Excellence se rend-elle près d'eux sans armes ?

– Sans armes, oui.

– Même sans votre épée ?

– Et pourquoi prendrais-je mon épée, Fritz ?

– Mais je ne sais, dit le fidèle serviteur en baissant les yeux ; je pensais, je croyais, j'avais peur...

– C'est bien, retirez-vous, Fritz.

Fritz fit quelques pas pour obéir et revint.

– N'avez-vous pas entendu ? demanda Balsamo.

– Excellence, je voulais vous dire que vos pistolets à deux coups sont dans le coffret d'ébène, sur le guéridon doré.

– Allez, vous dis-je, répondit Balsamo.

Et il entra dans le salon.

Chapitre CXXXIII

Le jugement

Fritz avait bien raison, les hôtes de Balsamo n'étaient pas entrés rue Saint-Claude avec un appareil pacifique, pas plus qu'avec un extérieur bienveillant.

Cinq hommes à cheval escortaient la voiture de voyage dans laquelle les maîtres étaient venus ; cinq hommes de mine altière et sombre, armés jusqu'aux dents, avaient refermé la porte de la rue et la gardaient, tout en paraissant attendre leurs maîtres.

Un cocher, deux laquais, sur le siège de ce carrosse, tenaient sous leur manteau des couteaux de chasse et des mousquetons. C'était bien plutôt pour une expédition que pour une visite que tout ce monde était venu rue Saint Claude.

Aussi cette invasion nocturne de gens terribles que Fritz avait reconnus, cette prise d'assaut de l'hôtel avait-elle imposé tout d'abord à l'Allemand une terreur indicible. Il avait essayé de refuser l'entrée à tout le monde, lorsqu'il avait vu par le guichet l'escorte et deviné les armes ; mais ces signes tout-puissants, irrésistible témoignage du droit des arrivants, ne lui avaient plus permis de contester. À peine maîtres de la place, les étrangers s'étaient postés, comme d'habiles capitaines, à chaque issue de la maison, sans prendre la peine de dissimuler leurs intentions malveillantes.

Les prétendus valets dans la cour et dans les passages, les prétendus maîtres dans le salon, ne présageaient rien de bon à Fritz : voilà pourquoi il avait brisé la sonnette.

Balsamo, sans s'étonner, sans se préparer, entra dans le salon, que Fritz, pour faire honneur comme il le devait à tout visiteur, avait éclairé convenablement.

Il vit assis sur des fauteuils les cinq visiteurs dont pas un ne se leva quand il parut.

Lui, le maître du logis, les ayant vus tous, les salua civilement.

Ce fut alors seulement qu'ils se levèrent et lui rendirent gravement son salut.

Il prit un fauteuil en face des leurs, sans remarquer ou sans paraître remarquer l'étrange ordonnance de cette assistance. En effet, les cinq fauteuils formaient un hémicycle pareil à ceux des tribunaux antiques, avec un président dominant deux assesseurs, et son fauteuil à lui, Balsamo, établi en face de celui du président, occupant la place qu'on donne à l'accusé dans les conciles ou les prétoires.

Balsamo ne prit pas le premier la parole, comme il l'eût fait en toute autre circonstance ; il regardait sans bien voir, toujours par suite de cette douloureuse somnolence qui lui était restée après le choc.

– Tu nous as compris, à ce qu'il paraît, frère, dit le président, ou plutôt celui qui occupait le fauteuil du milieu. Tu as cependant bien tardé à venir, et nous délibérions déjà pour savoir si l'on enverrait à ta recherche.

– Je ne vous comprends pas, répondit simplement Balsamo.

– Ce n'est pas ce que j'avais cru en te voyant prendre vis-à-vis de nous la place et l'attitude de l'accusé.

– De l'accusé ? balbutia vaguement Balsamo.

Et il haussa les épaules.

– Je ne comprends pas, dit-il.

– Nous allons te faire comprendre, et cela ne sera pas difficile, si j'en crois ton front pâle, tes yeux éteints, ta voix qui tremble... On dirait que tu n'entends pas.

– Si fait, j'entends, répondit Balsamo en secouant la tête comme pour en faire tomber des pensées qui l'obsédaient.

– Te souvient-il, frère, continua le président, que, dans ses dernières communications, le comité supérieur t'ait donné avis d'une trahison méditée par un des grands appuis de l'ordre ?

– Peut-être... oui... je ne dis pas non.

– Tu réponds comme il convient à une conscience tumultueuse et troublée ; mais remets-toi... ne te laisse point abattre ; réponds avec la clarté, la précision que te commande une position terrible ; réponds-moi d'après cette certitude que tu peux nous convaincre, car nous n'apportons ici ni préventions ni haine ; nous sommes la loi : elle ne parle qu'après que le juge a écouté.

Balsamo ne répliqua rien.

– Je te le répète, Balsamo, et mon avertissement une fois donné sera comme l'avis que se donnent des combattants avant de s'attaquer l'un l'autre ; je vais t'attaquer avec des armes loyales mais puissantes ; défends toi.

Les assistants, voyant le flegme et l'immobilité de Balsamo, se regardèrent non sans étonnement, puis reportèrent leurs yeux sur le président.

– Tu m'as entendu, n'est-ce pas, Balsamo ? répéta ce dernier.

Balsamo fit de la tête un signe affirmatif.

– J'ai donc, en frère plein de loyauté, de bienveillance, averti ton esprit et fait pressentir le but de mon interrogatoire. Tu es averti ; garde-toi, je recommence.

« Après cet avertissement, continua le président, l'association délégua cinq de ses membres pour surveiller à Paris les démarches de celui qu'on nous signalait comme un traître.

« Or, nos révélations à nous ne sont pas sujettes à l'erreur ; nous les tenons ordinairement, tu le sais toi-même, soit d'agents dévoués parmi les hommes, soit d'indices certains parmi les choses, soit de symptômes et de signes infaillibles parmi les mystérieuses combinaisons que la nature n'a encore révélées qu'à nous. Or, l'un de nous avait eu sa vision par rapport à toi ; nous savons qu'il ne s'est jamais trompé ; nous nous sommes tenus sur nos gardes, et nous t'avons surveillé. »

Balsamo écouta le tout sans donner la moindre marque d'impatience ou même d'intelligence. Le président continua :

– Ce n'était pas chose aisée que de surveiller un homme tel que toi ; tu entres partout, ta mission est de prendre pied partout où nos ennemis ont une maison, un pouvoir quelconque. Tu as à ta disposition toutes tes ressources naturelles, qui sont immenses, celles que l'association te donne pour faire triompher sa cause. Longtemps nous avons flotté dans le doute en voyant venir chez toi des ennemis tels qu'un Richelieu, une du Barry, un Rohan. Il y avait eu, d'ailleurs, dans la dernière assemblée de la rue Plâtrière, un discours prononcé par toi, discours plein d'habiles paradoxes qui nous ont laissé croire que tu jouais un rôle en flattant, en fréquentant cette race incorrigible qu'il s'agit d'extirper de la terre. Nous avons respecté pendant un temps les mystères de ta conduite, espérant un heureux résultat ; mais enfin la désillusion est arrivée.

Balsamo conserva son immobilité, son impassibilité, de sorte que le président se laissa gagner par l'impatience.

– Il y a trois jours, dit-il, cinq lettres de cachet furent expédiées. Elles avaient été demandées au roi par M. de Sartine ; remplies aussitôt qu'elles furent signées, elles furent présentées, le même jour, à cinq de nos principaux agents, frères très fidèles, très dévoués, qui habitent à Paris. Tous cinq furent arrêtés et conduits, deux à la Bastille, où ils sont écroués au plus profond secret ; deux à Vincennes, dans l'oubliette ; un à Bicêtre, dans le plus mortel des cabanons. Connaissais-tu cette particularité ?

– Non, dit Balsamo.

– Cela est étrange, d'après les relations que nous te connaissons avec les puissants du royaume. Mais ce qui est plus étrange encore, le voici.

Balsamo écouta.

– M. de Sartine, pour faire arrêter ces cinq fidèles amis, devait avoir eu sous les yeux la seule note qui renferme lisiblement les cinq noms des victimes. Cette note t'a été adressée par le conseil suprême en 1769, et c'est toi-même qui as dû recevoir les nouveaux membres et leur donner immédiatement le rang que le conseil suprême leur assignait.

Balsamo témoigna par un geste qu'il ne se rappelait rien.

– Je vais aider ta mémoire. Les cinq personnes dont il s'agit étaient représentées par cinq caractères arabes, et les caractères correspondaient, sur la note à toi communiquée, aux noms et aux chiffres des nouveaux frères.

– Soit, dit Balsamo.

– Tu reconnais ?

– Ce que vous voudrez.

Le président regarda ses assesseurs pour prendre acte de cet aveu.

– Eh bien, continua-t-il, sur cette même note, la seule, entends-tu bien, qui ait pu compromettre les frères, un sixième nom se trouvait ; t'en souviens tu ?

Balsamo ne répliqua point.

– Ce nom était celui-ci : *comte de Fœnix !*

– D'accord, dit Balsamo.

– Pourquoi alors, si les cinq noms des frères ont figuré sur cinq lettres de cachet, pourquoi le tien, respecté, caressé, est-il entendu avec faveur à la cour ou dans les antichambres des ministres ? Si nos frères méritaient la prison, tu la mérites aussi ; qu'as-tu à répondre ?

– Rien.

– Ah ! je devine ton objection ; tu peux dire que la police a, par des moyens à elle, surpris les noms des frères plus obscurs, mais qu'elle a dû respecter le tien, nom d'ambassadeur, nom d'homme puissant ; tu diras même qu'elle n'a pas su soupçonner ce nom.

– Je ne dirai rien du tout.

– Ton orgueil survit à ton honneur ; ces noms, la police ne les a découverts qu'en lisant la note confidentielle que le conseil suprême t'avait adressée, et voici comment elle l'a lue... Tu l'avais enfermée dans un coffret ; est-ce vrai ?

« Un jour, une femme est sortie de chez toi portant le coffret sous son bras ; elle a été vue par nos agents de surveillance et suivie jusqu'à l'hôtel du lieutenant de police, dans le faubourg Saint-Germain. Nous pouvions arrêter le malheur dans sa source ; car, en prenant le coffret, en arrêtant cette femme, tout devenait pour nous calme et sûr. Mais nous avons obéi aux articles de la constitution, qui prescrit de respecter les moyens occultes à l'aide desquels certains associés entendent servir la cause, même lorsque ces moyens auraient une apparence de trahison ou d'imprudence. »

Balsamo parut approuver cette assertion, mais par un geste si peu marqué, que, sans son immobilité passée, le geste eût paru insensible.

– Cette femme parvint jusqu'au lieutenant de police, dit le président ; cette femme donna le coffret, et tout fut découvert. Est-ce vrai ?

– Parfaitement vrai.

Le président se leva.

– Qu'était cette femme ? s'écria-t-il. Belle, passionnée, dévouée à toi corps et âme, tendrement aimée de toi ; aussi spirituelle, aussi adroite, aussi souple qu'un des anges des ténèbres qui aident l'homme à réussir dans le mal ; Lorenza Feliciani est ta femme, Balsamo !

Balsamo laissa échapper un rugissement de désespoir.

– Tu es convaincu ? dit le président.

– Concluez, dit Balsamo.

– Je n'ai pas encore achevé. Un quart d'heure après son entrée chez le lieutenant de police, tu y entras toi-même. Elle avait semé la trahison ; tu venais récolter la récompense. Elle avait pris sur elle, en obéissante servante, la perpétration du crime ; tu venais, toi, élégamment donner un dernier tour à l'œuvre infâme. Lorenza ressortit seule. Tu la reniais sans doute, et tu ne voulais pas être compromis en l'accompagnant. Toi, tu sortis triomphant avec madame du Barry, appelée là pour recueillir de ta bouche les indices que tu voulais te faire payer... Tu es monté dans le carrosse de cette prostituée, comme le batelier dans le bateau avec la pécheresse Marie l'Égyptienne ; tu laissais les notes qui nous perdaient chez M. de Sartine, mais tu emportais le coffret qui pouvait te perdre près de nous. Heureusement, nous avons vu ! la lumière de Dieu ne nous manque pas dans les bonnes occasions...

Balsamo s'inclina sans rien dire.

– Maintenant, je puis conclure, ajouta le président. Deux coupables ont été signalés à l'ordre : une femme, ta complice, qui, peut-être innocemment, mais qui, de fait, a porté préjudice à la cause en révélant un de nos secrets ; toi secondement, toi le maître, toi le grand cophte ; toi le rayon lumineux qui as eu la lâcheté de t'abriter derrière cette femme pour que l'on vît moins clairement la trahison.

Balsamo souleva lentement sa tête pâle, attacha sur les commissaires un regard étincelant de tout le feu qui avait couvé dans sa poitrine depuis le commencement de l'interrogatoire.

– Pourquoi accusez-vous cette femme ? dit-il.

– Ah ! nous savons que tu essayeras de la défendre ; nous savons que tu l'aimes avec idolâtrie, que tu la préfères à tout. Nous savons qu'elle est ton trésor de science, de bonheur et de fortune ; nous savons qu'elle est pour toi un instrument plus précieux que tout le monde.

– Vous savez cela ? dit Balsamo.

– Oui, nous le savons, et nous te frapperons bien plus par elle que par toi.

– Achevez...

Le président se leva.

– Voici la sentence : Joseph Balsamo est un traître ; il a manqué à ses serments ; mais sa science est immense, elle est utile à l'ordre. Balsamo doit vivre pour la cause qu'il a trahie ; il appartient à ses frères, bien qu'il les ait reniés.

– Ah ! ah ! dit Balsamo sombre et farouche.

– Une prison perpétuelle protégera l'association contre ses nouvelles perfidies, en même temps qu'elle permettra aux frères de recueillir de Balsamo l'utilité qu'elle a droit d'attendre de chacun de ses membres. Quant à Lorenza Feliciani, un châtiment terrible...

– Attendez, dit Balsamo avec le plus grand calme dans la voix. Vous oubliez que je ne me suis pas défendu ; l'accusé doit être entendu dans sa justification... Un mot me suffira, un seul document. Attendez-moi une minute, je vais rapporter la preuve que j'ai promise.

Les commissaires se consultèrent un moment.

– Oh ! vous craignez que je ne me tue ? dit Balsamo avec un sourire amer. Si je l'eusse voulu, ce serait fait. Il y a dans cette bague de quoi vous tuer tous cinq si je l'ouvrais. Vous craignez que je ne m'enfuie ? Faites-moi accompagner si cela vous convient.

– Va ! dit le président.

Balsamo disparut pendant une minute ; puis on l'entendit redescendre pesamment l'escalier ; il rentra.

Il tenait sur son épaule le cadavre roidi, froid et décoloré de Lorenza, dont la blanche main pendait vers la terre.

– Cette femme que j'adorais, cette femme qui était mon trésor, mon bien unique, ma vie, cette femme qui a trahi, comme vous dites, s'écria-t-il, la voici, prenez-la ! Dieu ne vous a pas attendus pour punir, messieurs, ajouta t-il.

Et, par un mouvement prompt comme l'éclair, il fit glisser le cadavre sur ses bras et l'envoya rouler sur le tapis jusqu'aux pieds des juges, que les froids cheveux et les mains inertes de la morte allèrent effleurer dans leur horreur profonde, tandis qu'à la lueur des lampes, on voyait la blessure d'un rouge sinistre et profond s'ouvrir au milieu de son cou d'une blancheur de cygne.

– Prononcez, maintenant, ajouta Balsamo.

Les juges, épouvantés, poussèrent un cri terrible, et, saisis d'une vertigineuse terreur, ils s'enfuirent dans une confusion inexprimable. On entendit bientôt les chevaux hennir et piétiner dans la cour ; la porte gronda sur ses gonds, puis le silence, le silence solennel revint s'asseoir auprès de la mort et du désespoir.

Chapitre CXXXIV

L'homme et Dieu

Tandis que la scène terrible que nous venons de raconter s'accomplissait entre Balsamo et les cinq maîtres, rien n'était changé en apparence dans le reste de la maison ; seulement, le vieillard avait vu Balsamo rentrer chez lui et emporter le cadavre de Lorenza, et cette nouvelle démonstration l'avait rappelé au sentiment de tout ce qui se passait autour de lui.

En voyant Balsamo charger sur ses épaules le corps et redescendre avec lui dans les étages inférieurs, il crut que c'était le dernier, l'éternel adieu de cet homme dont il avait brisé le cœur, et la peur le prit d'un abandon qui, pour lui, pour lui surtout qui avait tout fait pour ne pas mourir, doublait les horreurs de la mort.

Ne sachant pas dans quel but Balsamo s'éloignait, ne sachant pas où il était allé, il commença à appeler :

– Acharat ! Acharat !

C'était son nom d'enfant : il espérait que c'était celui qui aurait conservé le plus d'influence sur l'homme.

Balsamo cependant descendait toujours ; une fois descendu, il ne songea pas même à faire remonter la trappe et se perdit dans les profondeurs du corridor.

– Ah ! s'écria Althotas, voilà donc ce que c'est que l'homme, animal aveugle et ingrat. Reviens, Acharat, reviens ! Ah ! tu préfères le ridicule objet qu'on appelle une femme à la perfection de l'humanité que je représente ! Tu préfères le fragment de la vie à l'immortalité !

« Mais non ! s'écriait-il après un instant ; non, le scélérat a trompé son maître, il a joué comme un vil brigand avec ma confiance ; il craignait de me voir vivre, moi qui le dépasse de si loin en science ; il a voulu hériter de l'œuvre laborieuse que j'avais presque menée à fin ; il a tendu un piège à moi, à moi son maître, son bienfaiteur. Oh ! Acharat !... »

Et peu à peu la colère du vieillard s'allumait, ses joues reprenaient un coloris fébrile ; dans ses yeux, à peine ouverts, se ranimait l'éclat sombre de ces lumières phosphorescentes que les enfants sacrilèges placent dans les orbites d'une tête de mort.

Alors il s'écriait :

— Reviens, Acharat, reviens ! Prends garde à toi : tu sais que je connais des conjurations qui évoquent le feu, qui suscitent les esprits surnaturels ; j'ai évoqué Satan, celui que les mages nommaient Phégor, dans les montagnes de Gad, et Satan, forcé d'abandonner les abîmes sombres, Satan m'est apparu ; j'ai causé avec les sept anges ministres de la colère de Dieu, sur cette même montagne où Moïse a reçu les Tables de la Loi ; j'ai, par le seul acte de ma volonté, allumé le grand trépied à sept flammes que Trajan a ravi aux Juifs : prends garde, Acharat, prends garde !

Mais rien ne lui répondait.

Et alors, sa tête s'embarrassant de plus en plus :

— Tu ne vois donc pas, malheureux, disait-il d'une voix étranglée, que la mort va me prendre comme une créature vulgaire : écoute, tu peux revenir, Acharat ; je ne te ferai pas de mal ; reviens ! Je renonce au feu, tu n'as rien à craindre du mauvais esprit, tu n'as rien à craindre des sept anges vengeurs ; je renonce à la vengeance, et cependant je pourrais te frapper d'une telle épouvante, que tu deviendrais idiot et froid comme le marbre, car je sais arrêter la circulation du sang. Acharat. Reviens donc, je ne te ferai aucun mal ; mais, au contraire, vois-tu, je puis te faire tant de bien... Acharat, au lieu de m'abandonner, veille sur ma vie, et tous mes trésors, tous mes secrets sont à toi ; fais-moi vivre, Acharat, fais-moi vivre pour te les apprendre ; vois !... vois !...

Et il montrait des yeux et d'un doigt tremblant les millions d'objets, de papiers et de rouleaux épars dans cette vaste chambre.

Puis il attendait, renaissant, pour écouter ses forces défaillantes de plus en plus.

– Ah ! tu ne reviens pas, continuait-il ; ah ! tu crois que je mourrai ainsi ? Tu crois que tout t'appartiendra par ce meurtre, car c'est toi qui me tues ? Insensé, quand bien même tu saurais lire les manuscrits que mes yeux seuls ont pu déchiffrer ; quand même pour une vie, deux fois, trois fois centenaire, l'esprit te donnerait ma science, l'usage enfin de tous ces matériaux recueillis par moi, eh bien, non, cent fois non, tu n'hériterais pas encore de moi : arrête-toi, Acharat ; Acharat, reviens, reviens un moment, ne fût-ce que pour assister à la ruine de toute cette maison, ne fût-ce que pour contempler ce beau spectacle que je te prépare. Acharat ! Acharat ! Acharat !

Rien ne lui répondait ; car, pendant ce temps, Balsamo répondait à l'accusation des maîtres en leur montrant le corps de Lorenza assassinée ; et les cris du vieillard abandonné devenaient de plus en plus perçants, et le désespoir doublait ses forces, et ses rauques hurlements, s'engouffrant dans les corridors, allaient porter au loin l'épouvante, comme font les rugissements du tigre qui a rompu sa chaîne ou faussé les barreaux de sa cage.

– Ah ! tu ne reviens pas ! hurlait Althotas ; ah ! tu me méprises ! ah ! tu comptes sur ma faiblesse ! Eh bien, tu vas voir. Au feu ! au feu ! au feu !

Il articula ces cris avec une telle rage, que Balsamo, débarrassé de ses visiteurs épouvantés, en fut réveillé au fond de sa douleur ; il reprit dans ses bras le corps de Lorenza, remonta l'escalier, déposa le cadavre sur le sofa où, deux heures auparavant, il avait reposé dans le sommeil, et, se replaçant sur le plancher mobile, il apparut tout à coup aux yeux d'Althotas.

– Ah ! enfin, cria le vieillard ivre de joie, tu as peur ! tu as vu que je pouvais me venger : tu es venu, et tu as bien fait de venir ; car, un moment plus tard, je mettais le feu à cette chambre.

Balsamo le regarda en haussant les épaules, mais sans daigner répondre un seul mot.

– J'ai soif, cria Althotas ; j'ai soif ! donne-moi à boire, Acharat.

Balsamo ne répondit point, ne bougea point ; il regardait le moribond comme s'il n'eût voulu rien perdre de son agonie.

– M'entends-tu ? hurlait Althotas, m'entends-tu ?

Même silence, même immobilité de la part du morne spectateur.

– M'entends-tu, Acharat ? vociféra le vieillard en déchirant son gosier pour faire passage à cette dernière irruption de sa colère. Mon eau, donne-moi mon eau !

La figure d'Althotas se décomposait rapidement.

Plus de feu dans son regard, des lueurs sinistres et infernales seulement ; plus de sang sous sa peau, plus de geste, presque plus de souffle. Ses longs bras si nerveux, dans lesquels il avait emporté Lorenza comme un enfant, ses longs bras se soulevaient, mais inertes et flottants comme les membranes du polype ; la colère avait usé le peu de forces ressuscitées un instant en lui par le désespoir.

– Ah ! dit-il, ah ! tu trouves que je ne meurs pas assez vite ; ah ! tu veux me faire mourir de soif ! ah ! tu couves des yeux mes manuscrits, mes trésors ! ah ! tu crois déjà les tenir ! eh bien, attends ! attends !

Et Althotas, faisant un suprême effort, prit sous les coussins de son fauteuil un flacon qu'il déboucha. Au contact de l'air, une flamme liquide jaillit du récipient de verre et Althotas, pareil à une créature magique, secoua cette flamme autour de lui.

À l'instant même, ces manuscrits empilés autour du fauteuil du vieillard, ces livres épars dans la chambre, ces rouleaux de papier arrachés avec tant de peine aux pyramides de Chéops et aux premières fouilles d'Herculanum, prirent feu avec la rapidité de la poudre ; une nappe de flamme s'étendit sur le plancher de marbre, et présenta aux yeux de Balsamo quelque chose de pareil à un de ces cercles flamboyants de l'enfer dont parle Dante.

Althotas s'attendait sans doute à ce que Balsamo allait se précipiter au milieu de la flamme pour sauver ce premier héritage, que le vieillard anéantissait avec lui ; mais il se trompait : Balsamo demeura calme, il s'isola sur le plancher mobile, de manière que la flamme ne pût l'atteindre.

Cette flamme enveloppait Althotas ; mais, au lieu de l'épouvanter, on eût dit que le vieillard se retrouvait dans son élément, et que la flamme, comme elle fait sur la salamandre sculptée au fronton de nos vieux châteaux, le caressait au lieu de le brûler.

Balsamo le regardait toujours ; la flamme gagnait les boiseries, enveloppait complètement le vieillard ; elle rampait au pied du fauteuil de chêne massif sur lequel il était assis, et, chose étrange, quoiqu'elle dévorât déjà le bas de son corps, il semblait ne pas la sentir.

Au contraire, au contact de ce feu qui semblait épurateur, les muscles du moribond se détendirent graduellement, et une sérénité inconnue envahit comme un masque tous les traits de son visage. Isolé du corps à cette dernière heure, le vieux prophète, sur son char de feu, semblait prêt à monter au ciel. Tout-puissant à cette dernière heure, l'esprit oubliait la matière, et, sûr de n'avoir rien à attendre, il se porta énergiquement vers les sphères supérieures où le feu semblait l'enlever.

Dès ce moment, les yeux d'Althotas, qui semblaient retrouver leur vie au premier reflet de la flamme, prirent un point de vue vague, perdu, qui n'était ni le ciel ni la terre, mais qui semblait vouloir percer l'horizon. Calme et résigné, analysant toute sensation, écoutant toute douleur, comme une dernière voix de la terre, le vieux mage laissa échapper sourdement ses adieux à la puissance, à la vie, à l'espoir.

– Allons, allons, dit-il, je meurs sans regret ; j'ai tout possédé sur la terre ; j'ai tout connu ; j'ai pu tout ce qu'il est donné à la créature de pouvoir ; j'allais atteindre à l'immortalité.

Balsamo fit entendre un sombre rire dont le sinistre éclat rappe-la l'attention du vieillard.

Alors Althotas, lui lançant à travers les flammes qui lui faisaient comme un voile un regard empreint d'une majesté farouche :

– Oui, tu as raison, dit-il, il y a une chose que je n'avais pas pré-vue : je n'avais pas prévu Dieu.

Et, comme si ce mot puissant eût déraciné toute son âme, Altho-tas se renversa sur son fauteuil ; il avait rendu à Dieu ce dernier sou-pir qu'il avait espéré soustraire à Dieu.

Balsamo poussa un soupir ; et, sans essayer de rien soustraire au bûcher précieux sur lequel cet autre Zoroastre s'était couché pour mourir, il redescendit près de Lorenza et lâcha le ressort de la trappe, qui alla se rajuster au plafond, dérobant à ses yeux l'immense fournaise qui bouillonnait, pareille au cratère d'un volcan.

Pendant toute la nuit, la flamme gronda au-dessus de la tête de Balsamo comme un ouragan, sans que Balsamo fit rien pour l'éteindre ou pour la fuir, insensible qu'il était à tout danger près du corps insensible de Lorenza ; mais, contre son attente, après avoir tout dévoré, après avoir mis à nu la voûte de brique dont il avait anéanti les précieux ornements, le feu s'éteignit, et Balsamo entendit ses derniers rugissements, qui, pareils à ceux d'Althotas, dégéné-raient en plaintes et mouraient en soupirs.

Chapitre CXXXV

Où l'on redescend sur la terre

M. le duc de Richelieu était dans la chambre à coucher de son hôtel de Versailles, où il prenait son chocolat à la vanille, en compagnie de M. Rafté, lequel lui demandait ses comptes.

Le duc, fort occupé de son visage, qu'il regardait de loin dans une glace, ne prêtait qu'une fort médiocre attention aux calculs plus ou moins exacts de M. son secrétaire.

Tout à coup, un certain bruit de souliers craquant dans l'antichambre annonça une visite, et le duc expédia promptement le reste de son chocolat en regardant avec inquiétude du côté de la porte.

Il y avait des heures où M. de Richelieu, comme les vieilles coquettes, n'aimait pas à recevoir tout le monde.

Le valet de chambre annonça M. de Taverney.

Le duc allait sans doute répondre par quelque échappatoire, qui eut remis à un autre jour, ou du moins à une autre heure la visite de son ami ; mais, aussitôt la porte ouverte, le pétulant vieillard se précipita dans la chambre, tendit, en passant, un bout de doigt au maréchal et courut s'ensevelir dans une immense bergère qui gémit sous le choc bien plus que sous le poids.

Richelieu vit passer son ami, pareil à un de ces hommes fantastiques à l'existence desquels Hoffmann nous a fait croire depuis. Il entendit le craquement de la bergère, il entendit un soupir énorme et, se retournant vers son hôte :

– Eh ! baron, dit-il, qu'y a-t-il donc de nouveau ? Tu me sembles triste comme la mort.

– Triste, dit Taverney, triste !

– Pardieu ! ce n'est pas un soupir de joie que tu as poussé là, ce me semble.

Le baron regarda le maréchal d'un air qui voulait dire que, tant que Rafté serait là, on n'aurait pas l'explication de ce soupir.

Rafté comprit sans avoir la peine de se retourner ; car lui aussi, comme son maître, regardait parfois dans les glaces.

Ayant compris, il se retira donc discrètement.

Le baron le suivit des yeux, et, comme la porte se refermait derrière lui :

– Ne dis pas triste, duc, fit le baron ; dis inquiet, et inquiet mortellement.

– Bah !

– En vérité, s'écria Taverney en joignant les mains, je te conseille de faire l'étonné. Voilà près d'un grand mois que tu me promènes avec des mots vagues, tels que ceux-ci : « Je n'ai pas vu le roi » ; ou bien encore : « Le roi ne m'a pas vu » ou bien : « Le roi me boude. » Cordieu ! duc, ce n'est pas ainsi qu'on répond à un vieil ami. Un mois, comprends donc ! mais c'est l'éternité.

Richelieu haussa les épaules.

– Que diable veux-tu que je dise, baron ? répliqua-t-il.

– Eh ! la vérité.

– Mordieu ! je te l'ai dite, la vérité ; mordieu ! je te la corne aux oreilles, la vérité ; seulement, tu ne veux pas la croire, voilà tout.

– Comment, toi, un duc et pair, un maréchal de France, un gentilhomme de la chambre, tu veux me faire accroire que tu ne vois pas le roi, toi qui vas tous les matins au lever ? Allons donc !

– Je te l'ai dit et je te le répète, cela n'est pas croyable, mais c'est ainsi ; depuis trois semaines, je vais tous les jours au lever, moi duc et pair, moi maréchal de France, moi gentilhomme de la chambre !

– Et le roi ne te parle pas, interrompit Taverney, et tu ne parles pas au roi ? Et tu veux me faire avaler une pareille bourde ?

– Eh ! baron, mon cher, tu deviens impertinent ; tendre ami, tu me démens, en vérité, comme si nous avions quarante ans de moins et le coup de pointe facile.

– Mais c'est à enrager, duc.

– Ah ! cela, c'est autre chose ; enrage, mon cher ; j'enrage bien, moi.

– Tu enrages ?

– Il y a de quoi. Puisque je te dis que, depuis ce jour, le roi ne m'a pas regardé ! Puisque je te dis que Sa Majesté m'a constamment tourné le dos ! Puisque, chaque fois que j'ai cru devoir lui sourire agréablement, le roi m'a répondu par une affreuse grimace ! Puisque enfin je suis las d'aller me faire bafouer à Versailles ! Voyons, que veux-tu que j'y fasse ?

Taverney se mordait cruellement les ongles pendant cette réplique du maréchal.

– Je n'y comprends rien, dit-il enfin.

– Ni moi, baron.

– En vérité, c'est à croire que le roi s'amuse de tes inquiétudes ; car enfin...

– Oui, c'est ce que je me dis, baron. Enfin !...

– Voyons, duc, il s'agit de nous sortir de cet embarras ; il s'agit de tenter quelque adroite démarche par laquelle tout s'explique.

– Baron, baron, reprit Richelieu, il y a du danger à provoquer les explications des rois.

– Tu penses ?

– Oui. Veux-tu que je te dise ?

– Parle.

– Eh bien, je me défie de quelque chose.

– Et de quoi ? demanda le baron fièrement.

– Ah ! voilà que tu te fâches.

– Il y a de quoi, ce me semble.

– Alors, n'en parlons plus.

– Au contraire, parlons-en ; mais explique-toi.

– Tu as le diable au corps avec tes explications ; en vérité, c'est une monomanie. Prends-y garde.

– Je te trouve charmant, duc ; tu vois tous nos plans arrêtés, tu vois une stagnation inexplicable dans la marche de mes affaires, et tu me conseilles d'attendre !

– Quelle stagnation ? Voyons.

– D'abord, tiens.

– Une lettre ?

– Oui, de mon fils.

– Ah ! le colonel.

– Beau colonel !

– Bon ! qu'y a-t-il encore par là ?

– Il y a que, depuis près d'un mois aussi, Philippe attend à Reims la nomination que le roi lui a promise, que cette nomination n'arrive pas, et que le régiment va partir dans deux jours.

– Diable ! le régiment part ?

– Oui, pour Strasbourg. De sorte que, si dans deux jours Philippe n'a pas reçu ce brevet...

– Eh bien ?

– Dans deux jours, Philippe sera ici.

– Oui, je comprends, on l'a oublié, le pauvre garçon : c'est là l'ordinaire dans les bureaux organisés comme ceux du nouveau ministère. Ah ! si j'eusse été ministre, le brevet serait parti !

– Hum ! reprit Taverney.

– Tu dis ?

– Je dis que je n'en crois pas un mot.

– Comment ?

– Si tu eusses été ministre, tu eusses envoyé Philippe aux cinq cents diables.

– Oh !

– Et son père aussi.

– Oh ! oh !

– Et sa sœur encore plus loin.

– Il y a du plaisir à causer avec toi, Taverney ; tu es rempli d'esprit ; mais brisons là.

– Je ne demande pas mieux pour moi ; mais mon fils ne peut briser là, lui ! sa position n'est pas tenable. Duc, il faut absolument voir le roi.

– Eh ! je ne fais que cela, te dis-je.

– Lui parler.

– Eh ! mon cher, on ne parle pas au roi, s'il ne vous parle pas.

– Le forcer.

– Ah ! je ne suis pas le pape, moi.

– Alors, dit Taverney, je vais me décider à parler à ma fille ; car il y a dans tout ceci du louche, monsieur le duc.

Ce mot fut magique.

Richelieu avait sondé Taverney ; il le connaissait roué, comme M. Lafare ou M. de Nocé, ses amis de jeunesse, dont la belle réputation s'était conservée intacte. Il craignait l'alliance du père et de la fille ; il craignait quelque chose d'inconnu, enfin, qui lui causerait disgrâce.

– Eh bien, ne te fâche pas, dit-il ; je tenterai encore une démarche. Mais il me faut un prétexte.

– Ce prétexte, tu l'as.

– Moi ?

– Sans doute.

– Lequel ?

– Le roi a fait une promesse.

– À qui ?

– À mon fils. Et cette promesse...

– Eh bien ?

– On peut la lui rappeler.

– En effet, c'est un biais. As-tu cette lettre ?

– Oui.

– Donne-la-moi.

Taverney la tira de la poche de sa veste, et la tendit au duc en lui recommandant la hardiesse et la circonspection tout à la fois.

– Le feu et l'eau, dit Richelieu ; allons, on voit bien que nous extravaguons. N'importe, le vin est tiré, il faut le boire.

Il sonna.

– Qu'on m'habille, et qu'on attelle, dit le duc.

Puis, se tournant vers Taverney :

– Est-ce que tu veux assister à ma toilette, baron ? demanda-t-il d'un air inquiet.

Taverney comprit qu'il désobligerait fort son ami en acceptant.

– Non, mon cher, impossible, dit-il ; j'ai une course à faire par la ville ; donne-moi un rendez-vous quelque part.

– Mais, au château.

– Soit, au château.

– Il importe que, toi aussi, tu voies Sa Majesté.

– Tu crois ? dit Taverney enchanté.

– Je l'exige ; je veux que tu t'assures par toi-même de l'exactitude de ma parole.

– Je ne doute pas ; mais enfin, puisque tu le veux...

– Tu aimes autant cela, hein ?

– Mais oui, franchement.

– Eh bien, dans la galerie des Glaces, à onze heures, pendant que moi, j'entrerai chez Sa Majesté.

– Soit, adieu.

– Sans rancune, cher baron, dit Richelieu, qui, jusqu'au dernier moment, tenait à ne pas se faire un ennemi dont la force était encore inconnue.

Taverney remonta dans son carrosse et partit pour faire, seul et pensif, une longue promenade dans le jardin, tandis que Richelieu, laissé aux soins de ses valets de chambre, se rajeunissait à son aise, importante occupation qui ne prit pas moins de deux heures à l'illustre vainqueur de Mahon.

C'était, cependant, bien moins de temps encore que Taverney ne lui en avait accordé dans son esprit, et le baron aux aguets vit, à onze heures précises, le carrosse du maréchal s'arrêter devant le perron du palais, où les officiers de service saluèrent Richelieu tandis que les huissiers l'introduisirent.

Le cœur de Taverney battait avec violence : il abandonna sa promenade, et lentement, plus lentement que son esprit ardent ne l'eût permis, il se rendit dans la galerie des Glaces, où bon nombre de courtisans peu favorisés, d'officiers porteurs de placets et de gentillâtres ambitieux, posaient comme des statues sur le parquet glissant, piédestal fort bien approprié au genre de figures amoureuses de la Fortune.

Taverney se perdit en soupirant dans la foule, avec cette précaution, cependant, de prendre une encoignure à portée du maréchal, lorsqu'il sortirait de chez Sa Majesté.

– Oh ! murmurait-il entre ses dents, être relégué avec les hobereaux et ces plumets sales, moi, moi qui, il y a un mois, soupais en tête à tête avec Sa Majesté !

Et de son sourcil plissé s'échappait plus d'un soupçon infâme qui eût fait rougir la pauvre Andrée.

Chapitre CXXXVI

La mémoire des rois

Richelieu, comme il l'avait promis, s'était allé poster bravement sous le regard de Sa Majesté au moment où M. de Condé lui tendait sa chemise.

Le roi, en apercevant le maréchal, fit un si brusque mouvement pour se détourner, que la chemise faillit tomber à terre, et que le prince, tout surpris, se recula.

– Pardon, mon cousin, dit Louis XV, afin de bien prouver au prince qu'il n'y avait rien de personnel pour lui dans ce brusque mouvement.

Aussi Richelieu comprit-il parfaitement que la colère était pour lui.

Mais, comme il était venu décidé à provoquer toute cette colère, si besoin était, afin d'avoir une explication sérieuse, il changea de face comme à Fontenoy, et s'alla poster à l'endroit où le roi devait passer pour entrer dans son cabinet.

Le roi, ne voyant plus le maréchal, se remit à parler librement et gracieusement ; il s'habilla, projeta une chasse à Marly, et consulta longuement son cousin ; car MM. de Condé ont toujours eu la réputation d'être grands chasseurs.

Mais, au moment de passer dans son cabinet, alors que tout le monde était déjà parti, il aperçut Richelieu posant avec toutes ses grâces pour la plus charmante révérence qu'on eût faite depuis Lauzun, qui, on se le rappelle, saluait si bien.

Louis XV s'arrêta presque décontenancé.

– Encore ici, monsieur de Richelieu ? dit-il.

– Aux ordres de Sa Majesté ; oui, sire.

– Mais vous ne quittez donc pas Versailles ?

– Depuis quarante ans, sire, il est bien rare que je m'en sois éloigné pour autre chose que pour le service de Votre Majesté.

Le roi s'arrêta en face du maréchal.

– Voyons, dit-il, vous me voulez quelque chose, n'est-ce pas ?

– Moi, sire ? fit Richelieu souriant ; eh ! quoi donc ?

– Mais vous me poursuivez, duc, morbleu ! Je m'en aperçois bien, ce me semble.

– Oui ! sire, de mon amour et de mon respect ; merci, sire.

– Oh ! vous faites semblant de ne pas m'entendre ; mais vous me comprenez à merveille. Eh bien, moi, sachez-le, monsieur le maréchal, je n'ai rien à vous dire.

– Rien, sire ?

– Absolument rien.

Richelieu s'arma d'une profonde indifférence.

– Sire, dit-il, j'ai toujours eu le bonheur de me dire, en mon âme et conscience, que mon assiduité près du roi était désintéressée : un grand point, sire, depuis ces quarante ans dont je parlais à Votre Majesté ; aussi, les envieux ne diront pas que jamais le roi m'ait accordé quelque chose. Là dessus, heureusement, ma réputation est faite.

– Eh ! duc, demandez pour vous si vous avez besoin de quelque chose, mais demandez vite.

– Sire, je n'ai absolument besoin de rien et, pour le présent, je me borne à supplier Votre Majesté...

– De quoi ?

– De vouloir bien admettre à la remercier...

– Qui cela ?

– Sire, quelqu'un qui a une bien grande obligation au roi.

– Mais enfin ?

– Quelqu'un, sire, à qui Votre Majesté a fait l'honneur insigne... Ah ! c'est que, quand on a eu l'honneur de s'asseoir à la table de Votre Majesté, lorsqu'on a goûté de cette conversation si délicate, de cette gaieté si charmante, qui fait de Votre Majesté le plus divin convive, c'est qu'alors, sire, on n'oublie jamais, et qu'on prend vite une si douce habitude.

– Vous êtes une langue dorée, monsieur de Richelieu.

– Oh ! sire...

– En somme, de qui voulez-vous parler ?

– De mon ami Taverney.

– De votre ami ? s'écria le roi.

– Pardon, sire.

– Taverney ! reprit le roi avec une espèce d'épouvante qui étonna fort le duc.

– Que voulez-vous, sire ! un vieux camarade...

Il s'arrêta un instant.

– Un homme qui a servi sous Villars avec moi.

Il s'arrêta encore.

– Vous le savez, sire, on appelle ami, en ce monde, tout ce qu'on connaît, tout ce qui n'est pas ennemi ; c'est un mot poli qui ne couvre souvent pas grand-chose.

– C'est un mot compromettant, duc, reprit le roi avec aigreur ; c'est un mot dont il convient d'user avec réserve.

– Les conseils de Votre Majesté sont des préceptes de sagesse. M. de Taverney, donc...

– M. de Taverney est un homme immoral.

– Eh bien, sire, dit Richelieu, foi de gentilhomme, je m'en étais douté.

– Un homme sans délicatesse, monsieur le maréchal.

– Quant à sa délicatesse, sire, je n'en parlerai pas devant Sa Majesté ; je ne garantis que ce que je connais.

– Comment ! vous ne garantissez pas la délicatesse de votre ami, d'un vieux serviteur, d'un homme qui a servi avec vous sous Villars, d'un homme que vous m'avez présenté, enfin ? Vous le connaissez, cependant, lui !

– Lui, certainement, sire ; mais sa délicatesse, non. Sully disait à votre aïeul Henri IV qu'il avait vu sortir sa fièvre habillée d'une robe verte ; moi, j'avoue bien humblement, sire, que je n'ai jamais su comment s'habillait la délicatesse de Taverney.

– Enfin, maréchal, c'est moi qui vous le dis, c'est un vilain homme, et qui a joué un vilain rôle.

– Oh ! si c'est Votre Majesté qui me le dit...

– Oui, monsieur, c'est moi !

– Eh bien, répondit Richelieu, Votre Majesté me met tout à fait à mon aise en parlant de la sorte. Non, je l'avoue, Taverney n'est pas une fleur de délicatesse, et je m'en suis bien aperçu ; mais, enfin, sire, tant que Votre Majesté n'a pas daigné me faire connaître son opinion...

– La voici, monsieur : je le déteste.

– Ah ! l'arrêt est prononcé, sire ; heureusement pour cet infortuné, continua Richelieu, qu'une intercession puissante plaide pour lui près de Votre Majesté.

– Que voulez-vous dire ?

– Si le père a eu le malheur de déplaire au roi...

– Et très fort.

– Je ne dis pas non, sire.

– Que dites-vous alors ?

– Je dis que certain ange aux yeux bleus et aux cheveux blonds...

– Je ne vous comprends pas, duc.

– Cela se conçoit, sire.

– Cependant, je désirerais vous comprendre, je l'avoue.

– Un profane tel que moi, sire, tremble à l'idée de lever un coin du voile sous lequel s'abritent tant de mystères amoureux et charmants ; mais, je le répète, combien Taverney ne doit-il pas d'actions de grâces à celle qui adoucit en sa faveur l'indignation royale ! Oh ! oui, mademoiselle Andrée doit être un ange !

– Mademoiselle Andrée est un petit monstre au physique comme son père l'est au moral ! s'écria le roi.

– Bah ! fit Richelieu au comble de la stupeur, nous nous trompions tous, et cette belle apparence... ?

– Ne me parlez jamais de cette fille, duc ; le frisson me gagne rien que d'y penser.

Richelieu joignit hypocritement les deux mains.

– Oh ! mon Dieu ! dit-il, les dehors devenus... Si Votre Majesté, le premier appréciateur du royaume, si Votre Majesté, l'infaillibilité en personne, ne m'assurait cela, comment pourrais-je le croire ?... Quoi ! sire, contrefaite à ce point ?

– Plus que cela, monsieur : atteinte d'une maladie... affreuse... un guet-apens, duc. Mais, pour Dieu, plus un mot sur elle, vous me feriez mourir.

– O ciel ! s'écria Richelieu, je n'en ouvrirai plus la bouche, sire. Faire mourir Votre Majesté ! oh ! quelle tristesse ! Quelle famille ! doit-il être malheureux, ce pauvre garçon !

– Mais de qui donc me parlez-vous encore ?

– Oh ! cette fois, d'un fidèle, d'un sincère, d'un dévoué serviteur de Votre Majesté. Oh ! par exemple, sire, voilà un modèle, et vous l'avez bien jugé, celui-là. Pour cette fois, j'en réponds, vos faveurs ne sont point tombées à faux.

– Mais de qui donc est-il question, duc ? Achevez, j'ai hâte.

– Je veux parler, répondit moelleusement Richelieu, du fils de l'un, sire, et du frère de l'autre. Je veux parler de Philippe de Taverney, de ce brave jeune homme à qui Votre Majesté a donné un régiment.

– Moi ! j'ai donné un régiment à quelqu'un ?

– Oui, sire, un régiment que Philippe de Taverney attend toujours, c'est vrai, mais que vous avez donné, enfin.

– Moi ?

– Dame ! je le crois, sire.

– Vous êtes fou !

– Bah !

– Je n'ai rien donné du tout, maréchal.

– Vraiment ?

– Mais de quoi diable vous mêlez-vous ?

– Mais, sire...

– Est-ce que cela vous regarde ?

– Moi, pas le moins du monde.

– Vous avez donc juré alors de me brûler à petit feu avec ce fagot d'épines ?

– Que voulez-vous, sire ! il me semblait – je vois bien que je me trompe maintenant – il me semblait que Votre Majesté avait promis...

– Mais ce n'est pas mon affaire, duc. Mais j'ai un ministre de la Guerre. Je ne donne pas de régiment, moi... Un régiment ! la belle bourde qu'on vous a contée là. Ah ! vous êtes l'avocat de cette nichée ? Quand je vous disais que vous aviez tort de me parler ; voilà que vous m'avez mis tout le sang à l'envers.

– Oh ! sire.

– Oui, à l'envers. Le diable soit de l'avocat, je ne digérerai pas de toute la journée.

Et, là-dessus, le roi tourna le dos au duc et se réfugia tout furieux dans son cabinet, laissant Richelieu plus malheureux qu'on ne saurait dire.

– Ah ! pour cette fois, murmura le vieux maréchal, on sait à quoi s'en tenir.

Et, s'époussetant avec son mouchoir, car dans la chaleur du choc il s'était tout empoudré, Richelieu se dirigea vers la galerie à l'angle de laquelle son ami l'attendait avec une impatience dévorante.

À peine le maréchal parut-il que, semblable à l'araignée qui fond sur sa proie, le baron courut sur les nouvelles fraîches.

L'œil éveillé, la bouche en cœur, les bras en guirlande, il se présenta.

– Eh bien, quoi de nouveau ? demanda-t-il.

– Il y a de nouveau, monsieur, répondit Richelieu en se redressant avec une bouche dédaigneuse et une méprisante attaque à son jabot, il y a que je vous prie de ne plus m'adresser la parole.

Taverney regarda le duc avec des yeux ébahis.

– Oui, vous avez fort déplu au roi, continua Richelieu, et qui déplaît au roi m'offense.

Taverney, comme si ses pieds eussent pris racine dans le marbre, resta cloué dans sa stupéfaction.

Cependant Richelieu continua son chemin.

Puis, arrivé à la porte de la galerie des Glaces où l'attendait son valet de pied :

– À Luciennes ! cria-t-il.

Et il disparut.

Chapitre CXXXVII

Les évanouissements d'Andrée

Taverney, lorsqu'il eut repris ses sens et approfondi ce qu'il appelait son malheur, comprit que le moment était venu d'avoir une explication sérieuse avec la cause première de tant d'alarmes.

En conséquence, bouillant de colère et d'indignation, il se dirigea vers la demeure d'Andrée.

La jeune fille donnait la dernière main à sa toilette, levant ses bras arrondis pour boucler derrière l'oreille deux tresses de cheveux rebelles.

Andrée entendit le pas de son père dans l'antichambre, au moment où, son livre sous le bras, elle allait franchir le seuil de son appartement.

– Ah ! bonjour, Andrée, dit M. de Taverney ; vous sortez ?

– Oui, mon père.

– Seule ?

– Vous voyez.

– Vous êtes donc encore seule ?

– Depuis la disparition de Nicole, je n'ai pas repris de fille de chambre.

– Mais vous ne pouvez vous habiller, Andrée, cela vous fait tort ; une femme ainsi mise n'a aucun succès à la cour ; je vous avais recommandé tout autre chose, Andrée.

– Pardon, mon père, mais madame la dauphine m'attend.

– Je vous assure, Andrée, répliqua Taverney s'échauffant à mesure qu'il parlait, je vous assure, mademoiselle, qu'avec cette simplicité, vous finirez par être ridiculisée ici.

– Mon père...

– Le ridicule tue partout, et fait plus à la cour.

– Monsieur, j'aviserai. Mais, pour l'instant, madame la dauphine me saura gré de me vêtir moins élégamment, en faveur de mon empressement à me rendre auprès d'elle.

– Allez donc et revenez, je vous prie, aussitôt que vous serez libre ; car j'ai à vous entretenir d'une affaire sérieuse.

– Oui, mon père, dit Andrée.

Et elle essaya de continuer son chemin.

Le baron la regardait de tous ses yeux.

– Attendez, attendez, cria-t-il, vous ne pouvez sortir ainsi ; vous avez oublié votre rouge, mademoiselle ; vous êtes d'une pâleur repoussante.

– Moi, mon père ? fit Andrée s'arrêtant.

– Mais, en vérité, quand vous vous regardez au miroir, à quoi pensez-vous donc ? Vos joues sont blanches comme cire, vos yeux cernés d'un demi-pied. On ne sort pas comme cela, mademoiselle, sous peine de faire peur aux gens.

– Je n'ai plus le temps de rien changer à ma toilette, mon père.

– C'est odieux, en vérité, c'est odieux ! s'écria Taverney en haussant les épaules ; il n'y a qu'une femme comme celle-là au monde, et je l'ai pour fille ! Quelle atroce chance ! Andrée ! Andrée !

Mais Andrée était déjà au bas de l'escalier.

Elle se retourna.

– Au moins, s'écria Taverney, dites que vous êtes malade ; rendez-vous intéressante, mordieu ! si vous ne voulez pas vous faire belle !

– Oh ! quant à cela, mon père, ce me sera chose facile, et je dirai que je suis malade sans mentir, car je me sens réellement souffrante en ce moment.

– Bien, grommela le baron ; il ne nous manque plus que cela... malade !

Puis, entre ses dents :

– Peste soit des bégueules ! ajouta-t-il.

Et il rentra dans la chambre de sa fille, où minutieusement il s'occupa de chercher tout ce qui pouvait aider ses conjectures et lui faire une opinion.

Pendant ce temps, Andrée traversait l'esplanade et longeait les parterres. Elle levait parfois la tête pour chercher en l'air de plus vigoureuses aspirations ; car le parfum des fleurs nouvelles montait trop violemment à son cerveau et en ébranlait chaque fibre.

Ainsi frappée, chancelante sous le soleil, et cherchant un appui autour d'elle, la jeune fille parvint, en combattant un malaise inconnu, jusqu'aux antichambres de Trianon, où madame de Noailles, debout sur le seuil du cabinet de la dauphine, fit comprendre du premier mot à Andrée qu'il était l'heure et qu'on l'attendait.

En effet, l'abbé ***, lecteur en titre de la princesse, déjeunait avec Son Altesse royale, qui admettait souvent à de pareilles faveurs les personnes de son intimité.

L'abbé vantait l'excellence de ces pains au beurre que les ménagères allemandes savent entasser si industrieusement autour d'une tasse de café à la crème.

L'abbé parlait au lieu de lire et racontait à la dauphine toutes les nouvelles de Vienne qu'il avait recueillies chez les gazetiers et chez les diplomates ; car, à cette époque, la politique se faisait en plein air, aussi bonne, ma foi, que dans les antres les plus secrets des chancelleries, et il n'était point rare, au ministère, d'apprendre des nouvelles que ces messieurs du Palais-Royal ou des quinconces de Versailles avaient devinées, sinon forgées.

L'abbé causait surtout des dernières rumeurs d'une émeute clandestine à propos de la cherté des grains, émeute, disait-il, que M. de Sartine avait arrêtée tout net en faisant conduire à la Bastille cinq des plus forts accapareurs.

Andrée entra : la dauphine, elle aussi, avait ses jours de fantaisie et de migraine ; l'abbé l'avait intéressée : le livre d'Andrée arrivant après la causerie l'ennuya.

En conséquence, elle dit à sa lectrice en second de faire en sorte de ne pas manquer l'heure, ajoutant que telle chose bonne en soi l'était surtout dans son opportunité.

Andrée, confuse du reproche et pénétrée surtout de l'injustice, ne répliqua rien, quoiqu'elle eût pu dire qu'elle avait été retenue par son père et forcée de venir lentement, attendu qu'elle était souffrante.

Non, troublée, oppressée, elle pencha la tête, et, comme ci elle allait mourir, ferma les yeux et perdit l'équilibre.

Sans madame de Noailles, elle tombait.

– Que vous avez peu de maintien, mademoiselle ! murmura madame l'Étiquette.

Andrée ne répondit pas.

– Mais, duchesse, elle se trouve mal ! s'écria la dauphine en se levant pour courir à Andrée.

– Non, non, répliqua vivement Andrée, les yeux pleins de larmes, non, Votre Altesse, je suis bien, ou plutôt je suis mieux.

– Mais elle est blanche comme son mouchoir, duchesse, voyez donc. Au fait, c'est ma faute, je l'ai grondée. Pauvre enfant, asseyez-vous, je le veux.

– Madame...

– Voyons, quand j'ordonne !... Donnez-lui votre pliant, l'abbé.

Andrée s'assit, et peu à peu, sous la douce influence de cette bonté, son esprit se rasséréna, les couleurs remontèrent à ses joues.

– Eh bien, mademoiselle, pouvez-vous lire, maintenant ? demanda la dauphine.

– Oh ! oui, bien certainement ; je l'espère, du moins.

Et Andrée ouvrit le livre à l'endroit où elle avait abandonné sa lecture de la veille, et, d'une voix qu'elle essayait de poser pour la rendre la plus intelligible et la plus agréable possible, elle commença.

Mais à peine ses regards eurent-ils parcouru la valeur de deux ou trois pages, que des petits atomes noirs voltigeant devant ses yeux se mirent à tourbillonner, à trembloter, et devinrent indéchiffrables.

Andrée pâlit de nouveau ; une sueur froide monta de sa poitrine à son front, et ce cercle noir que Taverney reprochait si amèrement aux paupières de sa fille s'agrandit, s'agrandit de telle façon, que la dauphine, à qui l'hésitation d'Andrée avait fait lever la tête, s'écria :

– Encore !... Voyez, duchesse, en vérité cette enfant est malade, elle perd connaissance.

Et, cette fois, la dauphine elle-même recourut à un flacon de sels qu'elle fit respirer à sa lectrice. Ainsi ranimée, Andrée voulut essayer de ramasser le livre, mais ce fut en vain ; ses mains avaient conservé un tremblement nerveux que rien ne put apaiser durant quelques minutes.

– Décidément, duchesse, dit la dauphine, Andrée est souffrante, et je ne veux pas qu'elle aggrave son mal en restant ici.

– Alors il faut que mademoiselle retourne promptement chez elle, fit la duchesse.

– Et pourquoi cela, madame ? demanda la dauphine.

– Parce que, répliqua la dame d'honneur avec une profonde révérence, parce que c'est ainsi que commence la petite vérole.

– La petite vérole ?...

– Oui, des évanouissements, des syncopes, des frissons.

L'abbé se crut essentiellement compromis dans le danger que signalait madame de Noailles, car il leva le siège et, grâce à la liberté que lui donnait cette indisposition d'une femme, il s'esquiva sur la pointe du pied et si adroitement, que personne ne remarqua sa disparition.

Lorsque Andrée se vit pour ainsi dire entre les bras de la dauphine, la honte d'avoir incommodé à ce point une aussi grande princesse lui rendit des forces, ou plutôt du courage ; elle s'approcha donc de la fenêtre pour respirer.

– Ce n'est pas ainsi qu'il faut prendre l'air, ma chère demoiselle, dit madame la dauphine ; retournez chez vous, je vous ferai accompagner.

– Oh ! je vous assure, madame, dit Andrée, que me voilà tout à fait remise ; j'irai bien chez moi seule, puisque Votre Altesse veut bien me donner la permission de me retirer.

– Oui, oui et, soyez tranquille, reprit la dauphine, on ne vous grondera plus, puisque vous êtes si sensible, petite rusée.

Andrée, touchée de cette bonté, qui ressemblait à une amitié de sœur, baisa la main de sa protectrice et sortit de l'appartement, tandis que la dauphine la suivait des yeux avec inquiétude.

Lorsqu'elle fut au bas des degrés, la dauphine lui cria de la fenêtre :

— Ne rentrez pas tout de suite, mademoiselle, promenez-vous un peu dans les parterres, ce soleil vous fera du bien.

— Oh ! mon Dieu, madame, que de grâces ! murmura Andrée.

— Et puis faites-moi le plaisir de me renvoyer l'abbé, qui fait làbas son cours de botanique dans un carré de tulipes de Hollande.

Andrée, pour aller joindre l'abbé, fut contrainte de faire un détour ; elle traversa le parterre.

Elle allait tête baissée, un peu lourde encore du poids des étourdissements étranges qui la faisaient souffrir depuis le matin ; elle ne donnait aucune attention aux oiseaux qui se poursuivaient effarouchés sur les haies et les charmilles en fleurs, ni aux abeilles bourdonnant sur le thym et le lilas.

Elle ne remarquait pas même, à vingt pas d'elle, deux hommes qui causaient ensemble, et dont l'un la suivait d'un regard troublé et inquiet.

C'étaient Gilbert et M. de Jussieu.

Le premier, appuyé sur sa bêche, écoutait le savant professeur, qui lui expliquait la manière d'arroser les plantes légères, de façon à ce que l'eau passât seulement par les terres sans y séjourner.

Gilbert semblait écouter la démonstration avec avidité, et M. de Jussieu ne trouvait rien que de naturel dans cette ardeur pour la science, car la démonstration était de celles qui soulèvent les applaudissements sur les bancs des écoliers, dans un cours public ; or, pour un pauvre garçon jardinier, n'était-ce point une bonne fortune inappréciable que la leçon d'un si grand maître donnée en présence même de la nature ?

— Vous avez, voyez-vous, mon enfant, vous avez ici quatre sortes de terrains, disait M. de Jussieu, et, si je voulais, j'en découvrirais dix autres mêlés à ces quatre principaux. Mais, pour l'apprenti jardinier, la distinction serait un peu subtile. Toujours est-il que le fleuriste doit goûter la terre, comme le jardinier doit goûter les fruits. Vous m'entendez bien, n'est-ce pas, Gilbert ?

– Oui, monsieur, répondit Gilbert, les yeux fixes, la bouche entrouverte, car il avait vu Andrée et, placé comme il l'était, il pouvait continuer à la regarder sans laisser au professeur le soupçon que sa démonstration n'était pas religieusement écoutée et comprise.

– Pour goûter la terre, dit M. de Jussieu, toujours abusé par l'hiatus de Gilbert, renfermez-en une poignée dans un clayon, versez quelques gouttes d'eau doucement par-dessus et goûtez cette eau lorsqu'elle sortira filtrée par la terre même en dessous du clayon. Les saveurs salines, ou âcres, ou fades, ou parfumées de certaines essences naturelles s'approprieront à merveille aux sucs des plantes que vous voulez y faire pousser ; car, dans la nature, dit M. Rousseau, votre ancien patron, tout n'est qu'analogie, assimilation, tendance à l'homogénéité.

– Oh ! mon Dieu ! s'écria Gilbert en étendant les bras devant lui.

– Qu'y a-t-il donc ?

– Elle s'évanouit, monsieur, elle s'évanouit !

– Qui cela ? Êtes-vous fou ?

– Elle, elle !

– Elle ?

– Oui, reprit vivement Gilbert, une dame.

Et son épouvante et sa pâleur l'eussent trahi aussi bien que le mot *elle*, si M. de Jussieu n'eût pas détourné les yeux de dessus lui pour suivre la direction de sa main.

En suivant cette direction, M. de Jussieu vit, en effet, Andrée qui s'était traînée derrière une charmille et qui, arrivée là, était tombée sur un banc et qui, là, demeurait immobile et près de perdre le dernier souffle de sentiment qui lui restât.

C'était l'heure à laquelle le roi avait l'habitude de faire sa visite à madame la dauphine et débouchait par le verger, passant du grand au petit Trianon.

Sa Majesté déboucha donc tout à coup.

Elle tenait une pêche vermeille, miracle de précocité, et se demandait, en vrai roi égoïste, s'il ne vaudrait pas beaucoup mieux, pour le bonheur de la France, que cette pêche fût savourée par lui que par madame la dauphine.

L'empressement de M. de Jussieu à courir vers Andrée, que le roi, avec sa vue faible, distinguait à peine et ne reconnaissait pas du tout ; les cris étouffés de Gilbert qui indiquaient la terreur la plus profonde, accélérèrent la marche de Sa Majesté.

– Qu'y a-t-il ? qu'y a-t-il ? demanda Louis XV en s'approchant de la charmille, dont il n'était plus séparé que par la largeur d'une allée.

– Le roi ! s'écria M. de Jussieu soutenant dans ses bras la jeune fille.

– Le roi ! murmura Andrée en s'évanouissant tout à fait.

– Mais qui donc est là ? répéta Louis XV ; une femme ? Que lui arrive-t-il, à cette femme ?

– Sire, un évanouissement.

– Ah ! voyons, dit Louis XV.

– Elle est sans connaissance, sire, ajouta M. de Jussieu en montrant la jeune fille étendue raide et immobile sur le banc où il venait de la déposer.

Le roi s'approcha, reconnut Andrée et s'écria en frissonnant :

– Encore !... Oh ! mais c'est épouvantable, cela ; quand on a de pareilles maladies, on reste chez soi ; ce n'est pas propre de mourir comme cela toute la journée devant le monde !

Et Louis XV rebroussa chemin pour gagner le pavillon du petit Trianon, en grommelant mille choses désagréables pour la pauvre Andrée.

M. de Jussieu, qui ignorait les antécédents, demeura un instant stupéfait ; puis, se retournant et voyant Gilbert à dix pas dans l'attitude de la crainte et de l'anxiété :

– Arrive ici, Gilbert, cria-t-il ; tu es fort ; tu vas emporter mademoiselle de Taverney jusque chez elle.

– Moi ! s'écria Gilbert frémissant, moi, l'emporter, la toucher ? Non, non, elle ne me le pardonnerait pas ; non, jamais !

Et il s'enfuit éperdu en appelant au secours.

Chapitre CXXXVIII

Le docteur Louis

À quelques pas de l'endroit où Andrée s'était évanouie, travaillaient deux aides jardiniers, qui accoururent aux cris de Gilbert et, s'étant mis aux ordres de M. de Jussieu, transportèrent Andrée dans sa chambre, tandis que Gilbert suivait de loin, et la tête baissée, ce corps inerte, morne, comme l'assassin qui marche derrière le corps de sa victime.

M. de Jussieu, arrivé au perron des communs, débarrassa les jardiniers de leur fardeau ; Andrée venait d'ouvrir les yeux.

Le bruit des voix et cet empressement significatif qui a lieu autour de tout accident attira M. de Taverney hors de la chambre : il vit sa fille, chancelante encore, essayer de se redresser pour monter les degrés avec l'appui de M. de Jussieu.

Il accourut en demandant, comme le roi :

– Qu'y a-t-il ? Qu'y a-t-il ?

– Rien, mon père, répliqua faiblement Andrée, un malaise, une migraine.

– Mademoiselle est votre fille, monsieur ? dit M. de Jussieu en saluant le baron.

– Oui, monsieur.

– Je ne puis donc la laisser en de meilleures mains ; mais, au nom du Ciel, consultez un médecin.

– Oh ! ce n'est rien, dit Andrée.

Et Taverney répéta :

– Certainement, ce n'est rien.

– Je le souhaite, dit M. de Jussieu ; mais, en vérité, mademoiselle était bien pâle.

Et, là-dessus, après avoir donné la main à Andrée jusqu'au haut du perron, M. de Jussieu prit congé.

Le père et la fille demeurèrent seuls.

Taverney, qui, pendant l'absence d'Andrée, avait mis certainement le temps à profit pour de bonnes réflexions, vint prendre la main d'Andrée, restée debout, la conduisit à un sofa, la fit asseoir et s'assit près d'elle.

– Pardon, monsieur, dit Andrée ; mais soyez assez bon pour ouvrir la fenêtre ; je manque d'air.

– C'est que je voulais causer un peu sérieusement avec vous, Andrée, et, dans cette cage que l'on vous a donnée pour demeure, un souffle s'entend de tous les côtés ; mais il n'importe, je parlerai bas.

Et il ouvrit la fenêtre.

Puis, revenant s'asseoir en secouant la tête près de sa fille :

– Il faut avouer, dit-il, que le roi, qui nous avait d'abord témoigné tant d'intérêt, ne fait pas preuve de galanterie en vous laissant habiter un pareil taudis.

– Mon père, répondit Andrée, il n'y a pas de logement à Trianon ; vous savez que c'est le grand défaut de cette résidence.

– Qu'il n'y ait pas de logement pour d'autres, dit Taverney avec un sourire insinuant, je le concevrais à la rigueur, ma fille ; mais, pour vous, en vérité, je ne le conçois pas.

– Vous avez trop bonne opinion de moi, monsieur, répliqua Andrée en souriant, et, malheureusement, tout le monde n'est pas comme vous.

– Tous ceux qui vous connaissent, ma fille, sont, au contraire, comme moi.

Andrée s'inclina comme elle eût fait pour remercier un étranger ; car ces compliments, de la part de son père, commençaient à lui donner quelque inquiétude.

– Et, continua Taverney avec son même ton doucereux, et... le roi vous connaît, je suppose ?

Et, tout en parlant, il dardait sur la jeune fille un regard dont l'inquisition était insupportable.

– Mais le roi me connaît à peine, répliqua Andrée le plus naturellement du monde, et je suis peu de chose pour lui, à ce que je présume.

Ces mots firent bondir le baron.

– Peu de chose ! s'écria-t-il ; mais, en vérité, je ne conçois rien à vos paroles, mademoiselle ; peu de chose ! par exemple, vous mettez un bien bas prix à votre personne !

Andrée regarda son père avec étonnement.

– Oui, oui, continua le baron, je le dis et je le répète, vous êtes d'une modestie qui va jusqu'à l'oubli de la dignité personnelle.

– Oh ! monsieur, vous exagérez tout : le roi s'est intéressé aux malheurs de notre famille, c'est vrai ; le roi a daigné faire quelque chose pour nous ; mais il y a tant d'infortunes autour du trône de Sa Majesté, il s'échappe tant de largesses de sa main royale, que l'oubli devait nécessairement nous envelopper après le bienfait.

Taverney regarda fixement sa fille, et non sans une certaine admiration de sa réserve et de sa discrétion impénétrable.

– Voyons, lui dit-il en se rapprochant d'elle, voyons, ma chère Andrée, votre père sera le premier solliciteur qui s'adresse à vous et, à ce titre, j'espère que vous ne le repousserez pas.

Andrée, à son tour, regarda son père en femme qui demande une explication.

– Voyons, continua-t-il, nous vous en prions tous, intercédez pour nous, faites quelque chose pour votre famille...

– Mais à quel propos me dites-vous cela ? Mais que voulez-vous donc que je fasse ? s'écria Andrée, stupéfaite du ton et du sens des paroles.

– Êtes-vous disposée, oui ou non, à demander quelque chose pour moi et pour votre frère ? Dites.

– Monsieur, répondit Andrée, je ferai tout ce que vous m'ordonnerez de faire ; mais, en vérité, ne craignez-vous pas que nous ne paraissions trop avides ? Déjà le roi m'a fait don d'une parure qui vaut, dites-vous, plus de cent mille livres. Sa Majesté a, en outre, promis un régiment à mon frère ; nous absorbons ainsi une part considérable des bienfaits de la cour.

Taverney ne put retenir un éclat de rire strident et dédaigneux.

– Ainsi, dit-il, vous trouvez que c'est assez payé, mademoiselle ?

– Je sais, monsieur, que vos services valent beaucoup, répondit Andrée.

– Eh ! s'écria Taverney impatienté, qui diable vous parle de mes services ?

– Mais de quoi me parlez-vous donc, alors ?

– En vérité, vous jouez avec moi un jeu de dissimulation absurde !

– Qu'ai-je donc à dissimuler, mon Dieu ? demanda Andrée.

– Mais je sais tout, ma fille !

– Vous savez ?...

– Tout, vous dis-je.

– Tout, quoi, monsieur ?

Et le visage d'Andrée se couvrit d'une rougeur instinctive née de cette attaque grossière à la plus pudique des consciences.

Le respect du père envers l'enfant arrêta Taverney sur la pente devenue si rapide de ses interrogations.

– Allons ! soit, tant qu'il vous plaira, dit-il ; vous voulez faire la réservée, à ce qu'il paraît, la mystérieuse ! soit. Vous laissez croupir votre père et votre frère dans l'obscurité de l'oubli, c'est bien ; mais rappelez-vous mes paroles : quand ce n'est pas dès le début qu'on prend de l'empire, on s'expose à n'avoir de l'empire jamais.

Et Taverney fit une pirouette sur le talon.

– Je ne vous comprends pas, monsieur, dit Andrée.

– Très bien ; mais je me comprends, moi, répondit Taverney.

– Cela ne suffit point, lorsqu'on parle à deux.

– Eh bien, je serai plus clair : employez toute la diplomatie dont vous êtes pourvue naturellement, et qui est une vertu de la famille, à faire, pendant que l'occasion s'en présente, la fortune de votre famille et la vôtre ; et, la première fois que vous verrez le roi, dites-lui que votre frère attend son brevet, et que vous vous étiolez dans un logement sans air et sans vue ; en un mot, ne soyez pas assez ridicule pour avoir trop d'amour ou trop de désintéressement.

– Mais, monsieur...

– Dites cela au roi, dès ce soir.

– Mais où voulez-vous que je voie le roi ?

– Et ajoutez qu'il n'est pas même convenable pour Sa Majesté de venir...

Au moment où Taverney allait sans doute, par des paroles plus explicites, soulever la tempête qui s'amassait sourdement dans la poitrine d'Andrée et provoquer l'explication qui eut éclairci le mystère, on entendit des pas dans l'escalier.

Le baron s'interrompit aussitôt et courut à la rampe pour voir qui venait chez sa fille.

Andrée vit avec étonnement son père se ranger contre la muraille.

Presque au même moment, la dauphine, suivie d'un homme vêtu de noir et appuyé sur une longue canne, entra dans le petit appartement.

– Votre Altesse ! s'écria Andrée en réunissant toutes ses forces pour aller au-devant de la dauphine.

– Oui, petite malade, répondit la princesse, je vous amène la consolation et le médecin. Venez, docteur. Ah ! monsieur de Taverney, continua la princesse en reconnaissant le baron, votre fille est souffrante, et vous n'avez guère soin de cette enfant.

– Madame..., balbutia Taverney.

– Venez, docteur, dit la dauphine avec cette bonté charmante qui n'appartenait qu'à elle ; venez, tâtez ce pouls, interrogez ces yeux battus, et dites-moi la maladie de ma protégée.

– Oh ! madame, madame, que de bonté !... murmura la jeune fille. Comment osé-je recevoir Votre Altesse royale... ?

– Dans ce taudis, voulez-vous dire, chère enfant ; tant pis pour moi, pour moi qui vous loge si mal ; j'aviserai à cela. Voyons, mon enfant, donnez votre main à M. Louis, mon chirurgien, et prenez garde : c'est un philosophe qui devine, en même temps que c'est un savant qui voit.

Andrée, souriante, tendit sa main au docteur.

Celui-ci, homme jeune encore et dont la physionomie intelligente tenait tout ce que la dauphine avait promis pour lui, n'avait point cessé, depuis son entrée dans la chambre, de considérer la malade d'abord, puis la localité, puis cette étrange figure de père qui n'annonçait que la gêne et pas du tout l'inquiétude.

Le savant allait voir, le philosophe avait peut-être déjà deviné.

Le docteur Louis étudia longtemps le pouls de la jeune fille, et l'interrogea sur ce qu'elle ressentait.

— Un profond dégoût pour toute nourriture, répondit Andrée ; des tiraillements subits, des chaleurs qui montent tout à coup à la tête, des spasmes, des palpitations, des défaillances.

À mesure qu'Andrée parlait, le docteur s'assombrissait de plus en plus.

Il finit par abandonner la main de la jeune fille et par détourner les yeux.

— Eh bien, docteur, dit la princesse au médecin, *quid* ? comme disent les consultants. L'enfant est-elle menacée, et la condamnez-vous à mort ?

Le docteur reporta ses yeux sur Andrée, et l'examina une fois encore en silence.

— Madame, dit-il, la maladie de mademoiselle est des plus naturelles.

— Et dangereuse ?

— Non, pas ordinairement, répondit le docteur en souriant.

– Ah ! fort bien, dit la princesse en respirant plus librement ; ne la tourmentez pas trop.

– Oh ! je ne la tourmenterai pas du tout, madame.

– Comment ! vous n'ordonnez aucune prescription ?

– Il n'y a absolument rien à faire à la maladie de mademoiselle.

– Vrai ?

– Non, madame.

– Rien ?

– Rien.

Et le docteur, comme pour éviter une plus longue explication, prit congé de la princesse sous prétexte que ses malades le réclamaient.

– Docteur, docteur, dit la dauphine, si ce que vous dites n'est pas seulement pour me rassurer, je suis bien plus malade alors que mademoiselle de Taverney ; apportez-moi donc sans faute, à votre visite de ce soir, les dragées que vous m'avez promises pour me faire dormir.

– Madame, je les préparerai moi-même en rentrant chez moi.

Et il partit.

La dauphine resta près de sa lectrice.

– Rassurez-vous donc, ma chère Andrée, dit-elle avec un bienveillant sourire. votre maladie n'offre rien de bien inquiétant, car je docteur Louis s'en va sans vous rien prescrire.

– Tant mieux, madame, répliqua Andrée ; car alors rien n'interrompra mon service auprès de Votre Altesse royale, et c'est cette interruption que je craignais par-dessus toute chose ; cependant, n'en déplaise au savant docteur, je souffre bien, madame, je vous jure.

– Ce ne doit cependant pas être une grande souffrance qu'un mal dont rit le médecin. Dormez donc, mon enfant ; je vais vous envoyer quelqu'un pour vous servir, car je remarque que vous êtes seule. Veuillez m'accompagner, monsieur de Taverney.

Elle tendit la main à Andrée et partit après l'avoir consolée, ainsi qu'elle l'avait promis.

Chapitre CXXXIX

Les jeux de mots de M. de Richelieu

M. le duc de Richelieu, comme nous l'avons vu, s'était porté sur Luciennes avec cette rapidité de décision et cette sûreté d'intelligence qui caractérisaient l'ambassadeur à Vienne et le vainqueur de Mahon.

Il arriva l'air joyeux et dégagé, monta comme un jeune homme les marches du perron, tira les oreilles de Zamore ainsi qu'aux beaux jours de leur intelligence, et força pour ainsi dire la porte de ce fameux boudoir de satin bleu où la pauvre Lorenza avait vu madame du Barry préparant son voyage de la rue Saint-Claude.

La comtesse, couchée sur son sofa, donnait à M. d'Aiguillon ses ordres du matin.

Tous deux se retournèrent au bruit et demeurèrent stupéfaits en apercevant le maréchal.

– Ah ! M. le duc ! s'écria la comtesse.

– Ah ! mon oncle ! fit M. d'Aiguillon.

– Eh ! oui, madame ! eh ! oui, mon neveu.

– Comment, c'est vous ?

– C'est moi, moi-même, en personne.

– Mieux vaut tard que jamais, répliqua la comtesse.

– Madame, dit le maréchal, quand on vieillit, on devient capricieux.

– Ce qui veut dire que vous êtes repris pour Luciennes...

– D'un grand amour qui ne m'avait quitté que par caprice. C'est tout à fait cela, et vous achevez admirablement ma pensée.

– De sorte que vous revenez...

– De sorte que je reviens ; c'est cela, dit Richelieu en s'installant dans le meilleur fauteuil qu'il avait distingué du premier regard.

– Oh ! oh ! dit la comtesse, il y a peut-être bien encore quelque autre chose que vous ne dites pas ; le caprice... ce n'est guère pour un homme comme vous.

– Comtesse, vous auriez tort de m'accabler, je vaux mieux que ma réputation, et, si je reviens, voyez-vous, c'est...

– C'est... ? interrogea la comtesse.

– De tout cœur.

M. d'Aiguillon et la comtesse éclatèrent de rire.

– Que nous sommes heureux d'avoir un peu d'esprit, dit la comtesse, pour comprendre tout l'esprit que vous avez !

– Comment ?

– Oui, je vous jure que des imbéciles ne comprendraient pas, resteraient tout ébahis, et chercheraient tout autre part la cause de ce retour ; en vérité, foi de du Barry, il n'y a que vous, cher duc, pour faire des entrées et des sorties ; Molé, Molé lui-même, est un acteur de bois auprès de vous.

– Alors, vous ne croyez pas que c'est le cœur qui me ramène ? s'écria Richelieu. Comtesse, comtesse, prenez garde ! vous me donnerez de vous une mauvaise idée ; oh ! ne riez pas, mon neveu, ou je vous appelle *Pierre*, et je ne bâtis rien sur vous.

– Pas même un petit ministère ? demanda la comtesse.

Et, pour la seconde fois, la comtesse éclata de rire avec une franchise qu'elle ne cherchait point à déguiser.

– Bon ! frappez, frappez, fit Richelieu en faisant le gros dos, je ne vous le rendrai pas, hélas ! je suis trop vieux, je n'ai plus de défense ; abusez, comtesse, abusez, c'est maintenant un plaisir sans danger.

– Prenez garde, au contraire, comtesse, dit d'Aiguillon ; si mon oncle vous parle encore une fois de sa faiblesse, nous sommes perdus. Non, monsieur le duc, nous ne vous battrons pas, car, tout faible que vous êtes ou que vous prétendez être, vous nous rendriez les coups avec usure ; non, voici toute la vérité, on vous voit revenir avec joie.

– Oui, dit la folle comtesse, et, en honneur de ce retour, on tire les boîtes, les fusées ; et vous le savez, duc...

– Je ne sais rien, madame, dit le maréchal avec une naïveté d'enfant.

– Eh bien, dans les feux d'artifice, il y a toujours quelque perruque roussie par les étincelles, quelque chapeau crevé par les baguettes.

Le duc porta la main à sa perruque et regarda son chapeau.

– C'est cela, c'est cela, dit la comtesse ; mais vous nous revenez, c'est au mieux ; quant à moi, je suis, comme vous le disait M. d'Aiguillon, d'une gaieté folle ; savez-vous pourquoi ?

– Comtesse, comtesse, vous allez encore me dire quelque méchanceté.

– Oui ; mais ce sera la dernière.

– Eh bien, dites.

– Je suis gaie, maréchal, parce que votre retour m'annonce le beau temps.

Richelieu s'inclina.

– Oui, continua la comtesse, vous êtes comme les oiseaux poétiques qui prédisent le calme ; comment appelle-t-on ces oiseaux-là, monsieur d'Aiguillon, vous qui faites des vers ?

– Des alcyons, madame.

– Justement ! Ah ! maréchal, vous ne vous fâcherez pas, j'espère ; je vous compare à un oiseau qui a un bien joli nom.

– Je me fâcherai d'autant moins, madame, fit Richelieu avec sa petite grimace qui annonçait la satisfaction, et la satisfaction de Richelieu présageait toujours quelque bonne noirceur, je me fâcherai d'autant moins que la comparaison est exacte.

– Voyez-vous !

– Oui, j'apporte de bonnes, d'excellentes nouvelles.

– Ah ! fit la comtesse.

– Lesquelles ? demanda d'Aiguillon.

– Que diable ! mon cher duc, vous êtes bien pressé, dit la comtesse ; laissez donc le temps au maréchal de les faire.

– Non, le diable m'emporte ; je puis vous les dire tout de suite ; elles sont toutes faites, et même elles sont déjà d'ancienne date.

– Maréchal, si vous nous apportez des vieilleries...

– Dame ! fit le maréchal, c'est à prendre ou à laisser, comtesse.

– Eh bien, soit ! prenons.

– Il paraît, comtesse, que le roi a donné dans le piège.

– Dans le piège ?

– Oui, complètement.

– Dans quel piège ?

– Dans celui que vous lui aviez tendu.

– Moi, fit la comtesse, j'avais tendu un piège au roi ?

– Parbleu ! vous le savez bien.

– Non, sur ma parole, je ne le sais pas.

– Ah ! comtesse, ce n'est pas aimable de me mystifier ainsi.

– Vrai, maréchal, je n'y suis pas ; expliquez-vous donc, je vous en supplie.

– Oui, mon oncle, expliquez-vous, dit d'Aiguillon, qui devinait quelque méchant dessein sous le sourire ambigu du maréchal ; madame attend et est tout inquiète.

Le vieux duc se retourna vers son neveu.

– Pardieu ! dit-il, il serait drôle que madame la comtesse ne vous eût pas mis dans sa confidence, mon cher d'Aiguillon ; ah ! dans ce cas, ce serait bien autrement profond encore que je ne croyais.

– Moi, mon oncle ?

– Lui ?

– Sans doute, toi ; sans doute, lui ; voyons, comtesse, de la franchise : l'avez-vous mis de moitié dans vos petites conspirations contre Sa Majesté… ce pauvre duc, qui y a joué un si grand rôle ?

Madame du Barry rougit. Il était si matin, qu'elle n'avait encore ni rouge ni mouches ; rougir était donc possible.

Mais rougir était surtout dangereux.

– Vous me regardez tous deux avec vos grands beaux yeux étonnés, dit Richelieu ; il faut donc que je vous instruise de vos propres affaires ?

– Instruisez, instruisez, dirent à la fois le duc et la comtesse.

– Eh bien, le roi aura pénétré tout, grâce à sa merveilleuse sagacité, et il aura pris peur.

– Qu'aura-t-il pénétré ? Voyons, demanda la comtesse ; car, en vérité, maréchal, vous me faites mourir d'impatience.

– Mais votre semblant d'intelligence avec mon beau neveu que voici...

D'Aiguillon pâlit et sembla dire par son regard à la comtesse : « Voyez vous, j'étais sûr d'une méchanceté. »

Les femmes sont braves, en pareil cas, beaucoup plus braves que les hommes. La comtesse en vint tout de suite au combat.

– Duc, dit-elle, je crains les énigmes lorsque vous remplissez le rôle de sphinx ; car alors, un peu plus tôt, un peu plus tard, il me semble que je vais être immanquablement dévorée : tirez-moi d'inquiétude, et, si c'est une plaisanterie, eh bien, permettez-moi de la trouver mauvaise.

– Mauvaise, comtesse ! mais c'est qu'au contraire elle est excellente, s'écria Richelieu ; pas la mienne, la vôtre, bien entendu.

– Je n'y suis aucunement, maréchal, fit madame du Barry en pinçant ses lèvres avec une impatience que son petit pied mutin décelait plus visiblement encore.

– Allons, allons, pas d'amour-propre, comtesse, continua Richelieu. C'est bien ; vous avez redouté que le roi ne s'attachât à mademoiselle de Taverney. Oh ! ne contestez pas, c'est démontré pour moi jusqu'à l'évidence.

– Oh ! c'est vrai, je ne m'en cache point.

– Eh bien ! ayant redouté cela, vous avez voulu de votre côté, autant que possible, piquer au jeu Sa Majesté.

– Je n'en disconviens pas. Après ?

– Nous arrivons, comtesse nous arrivons. Mais, pour piquer Sa Majesté, dont l'épiderme est un peu coriace, il fallait quelque aiguillon bien fin... Ah ! ah ! ah ! voila, ma foi ! un méchant jeu de mots qui m'est échappé. Comprenez-vous ?

Et le maréchal se mit à rire ou à feindre de rire aux éclats, pour observer mieux, dans les convulsions de cette hilarité, la physionomie tout anxieuse de ses deux victimes.

– Quel jeu de mots voyez-vous donc là, mon oncle ? demanda d'Aiguillon, remis le premier et jouant la naïveté.

– Tu ne l'as pas compris ? dit le maréchal. Ah ! tant mieux ! il était exécrable. Eh bien, je voulais dire que madame la comtesse avait voulu donner de la jalousie au roi, et qu'elle avait choisi pour cela un seigneur de bonne mine, d'esprit, une merveille de la nature enfin.

– Qui dit cela ? s'écria la comtesse, furieuse comme tous ceux qui sont puissants et qui ont tort.

– Qui dit cela ?... Mais tout le monde, madame.

– Tout le monde, ce n'est personne. vous le savez bien, duc.

– Au contraire, madame ; tout le monde, c'est cent mille âmes pour Versailles seulement ; c'est six cent mille pour Paris ; c'est vingt-cinq millions pour la France ! et remarquez bien que je ne compte pas La Haye, Hambourg, Rotterdam, Londres, Berlin, où il se fait autant de gazettes qu'il se fait de propos à Paris.

– Et l'on dit à Versailles, à Paris, en France, à La Haye, à Hambourg, à Rotterdam, à Londres et à Berlin ?...

– Eh bien, on dit que vous êtes la plus spirituelle, la plus charmante femme de l'Europe ; on dit que, grâce à cet ingénieux stratagème de paraître avoir pris un amant...

– Un amant ! et sur quoi fonde-t-on, je vous prie, cette stupide accusation ?

– Accusation ! que dites-vous, comtesse ? admiration ! On sait qu'au fond il n'en est rien ; mais on admire le stratagème. Sur quoi on fonde cette admiration, cet enthousiasme ? On le fonde sur votre conduite étincelante d'esprit, sur votre tactique savante ; on le fonde sur ce que vous avez feint, avec un art miraculeux, de rester seule la nuit, vous savez, la nuit où j'étais chez vous, où le roi était chez vous, et où M. d'Aiguillon était chez vous, la nuit où je suis sorti le premier, où le roi est sorti le second, et M. d'Aiguillon le troisième...

– Eh bien, achevez.

– Sur ce que vous avez feint de rester seule avec d'Aiguillon, comme s'il était votre amant ; de le faire sortir à petit bruit, le matin, de Luciennes, toujours comme s'il était votre amant ; et cela de façon que deux ou trois imbéciles, deux ou trois gobe-mouches, comme moi, par exemple, le vissent pour l'aller crier sur les toits ; de sorte que le roi l'aura su, aura pris peur, et vite, vite, pour ne pas vous perdre, aura quitté la petite Taverney.

Madame du Barry et d'Aiguillon ne savaient plus quelle contenance tenir.

Richelieu ne les gênait cependant ni par ses regards, ni par ses gestes ; sa tabatière et son jabot paraissaient, au contraire, absorber tout son attention.

– Car enfin, continua le maréchal tout en chiquenaudant son jabot, il paraît certain que le roi a quitté cette petite.

– Duc, reprit madame du Barry, je vous déclare que je ne comprends pas un mot à toutes vos imaginations ; et je suis certaine d'une chose, c'est que le roi, si on lui en parlait, n'y comprendrait pas davantage.

– Vraiment ! fit le duc.

– Oui, vraiment ; et vous m'attribuez, et le monde m'attribue beaucoup plus d'imagination que je n'en ai ; jamais je n'ai voulu piquer la jalousie de Sa Majesté par les moyens que vous dites.

– Comtesse !

– Je vous jure.

– Comtesse, la parfaite diplomatie, et il n'y a pas de meilleurs diplomates que les femmes, la parfaite diplomatie n'avoue jamais qu'elle a rusé en vain ; car il y a un axiome en politique, je le sais, moi qui fus ambassadeur, un axiome qui dit : « Ne donnez à personne le moyen qui vous a réussi une fois, car il peut vous réussir deux fois. »

– Mais, duc...

– Le moyen a réussi, voilà tout. Et le roi est au plus mal avec tous les Taverney.

– Mais, en vérité, duc, s'écria madame du Barry, vous avez une façon de supposer les choses qui n'appartient qu'à vous.

– Ah ! vous ne croyez pas le roi brouillé avec les Taverney ? fit Richelieu en éludant la querelle.

– Ce n'est pas cela que je veux dire.

Richelieu essaya de prendre la main de la comtesse.

– Vous êtes un oiseau, dit-il.

– Et vous, un serpent.

– Ah ! c'est bien ; une autre fois, on s'empressera de vous apporter de bonnes nouvelles pour être récompensé ainsi.

– Mon oncle, détrompez-vous, dit vivement d'Aiguillon, qui avait senti toute la portée de la manœuvre de Richelieu, nul ne vous apprécie autant que madame la comtesse, et elle me le disait encore au moment où l'on vous a annoncé.

– Le fait est, dit le maréchal, que j'aime fort mes amis ; aussi ai-je voulu le premier vous apporter l'assurance de votre triomphe, comtesse. Savez-vous que Taverney le père voulait vendre sa fille au roi ?

– Mais c'est fait, je pense, dit madame du Barry.

– Oh ! comtesse, que cet homme est adroit ! C'est lui qui est un serpent ; figurez-vous que, moi, je m'étais laissé endormir à ses contes d'amitié, de vieille fraternité d'armes. On me prend toujours par le cœur, moi ; et puis comment croire que cet Aristide de province viendra exprès à Paris pour essayer de couper l'herbe sous le pied à Jean du Barry, c'est-à-dire au plus spirituel des hommes ? Il a, en vérité, fallu tout mon dévouement à vos intérêts, comtesse, pour me rendre un peu de bon sens et de clairvoyance : d'honneur, j'étais aveugle...

– Et c'est fini, à ce que vous dites du moins ? demanda madame du Barry.

– Oh ! tout à fait fini, je vous en réponds. J'ai tancé si vertement ce digne pourvoyeur, qu'il doit avoir pris son parti maintenant, et que nous sommes maîtres du terrain.

– Mais le roi ?

– Le roi ?

– Oui.

– Sur trois points, j'ai confessé Sa Majesté.

– Le premier ?

– Le père.

– Le second ?

– La fille.

– Et le troisième ?

– Le fils... Or, Sa Majesté a daigné nommer le père un... complaisant ; sa fille, une pimbêche ; et quant au fils, Sa Majesté ne l'a pas nommé du tout, car elle ne s'en est pas même souvenue.

– Très bien ; nous voilà débarrassés de la race tout entière.

– Je le crois.

– Est-ce la peine de faire renvoyer cela dans son trou ?

– Je ne le pense pas : ils en sont aux expédients.

– Et vous dites que ce fils, à qui le roi avait promis un régiment... ?

– Ah ! vous avez meilleure mémoire que le roi, comtesse. Il est vrai que messire Philippe est un fort joli garçon qui vous envoyait force œillades, et des plus assassines, même. Dame ! il n'est plus ni colonel, ni capitaine, ni frère de favorite ; mais il lui reste d'avoir été distingué par vous.

En disant cela, le vieux duc essayait d'égratigner le cœur de son neveu avec les ongles de la jalousie.

Mais M. d'Aiguillon ne songeait pas à la jalousie pour le moment.

Il cherchait à se rendre compte de la démarche du vieux maréchal et à distinguer le véritable motif de son retour.

Après quelques réflexions, il espéra que le vent de la faveur avait seul poussé Richelieu à Luciennes.

Il fit à madame du Barry un signe que le vieux duc aperçut dans un trumeau, tout en ajustant sa perruque, et aussitôt la comtesse invita Richelieu à prendre le chocolat avec elle.

D'Aiguillon prit congé avec mille caresses faites à son oncle et rendues par Richelieu.

Ce dernier resta seul avec la comtesse devant le guéridon que venait de charger Zamore.

Le vieux maréchal regardait tout ce manège de la favorite en murmurant tout bas :

— Il y a vingt ans, j'eusse regardé la pendule en disant : « Dans une heure, il faut que je sois ministre », et je l'eusse été. Quelle sotte chose que la vie, continua-t-il, toujours se parlant à lui-même : pendant la première partie, on met le corps au service de l'esprit ; pendant la seconde, l'esprit, qui seul a survécu, devient le valet du corps : c'est absurde.

— Cher maréchal, dit la comtesse interrompant le monologue intérieur de son hôte, maintenant que nous sommes bien amis, et surtout maintenant que nous ne sommes plus que deux, dites-moi pourquoi vous vous êtes donné tant de mal à pousser cette petite mijaurée dans le lit du roi ?

— Ma foi, comtesse, répondit Richelieu en effleurant sa tasse de chocolat du bout de ses lèvres, c'est ce que je me demandais à moi-même : je n'en sais rien.

Chapitre CXL

Retour

M. de Richelieu savait à quoi s'en tenir sur Philippe et il aurait pu sciemment annoncer son retour ; car, le matin, en sortant de Versailles pour se rendre à Luciennes, il l'avait rencontré sur la grand-route, se dirigeant vers Trianon, et il l'avait croisé d'assez près pour avoir remarqué sur son visage tous les symptômes de la tristesse et de l'inquiétude.

Philippe, en effet, oublié à Reims ; Philippe, après avoir passé par tous les degrés de la faveur, puis de l'indifférence et de l'oubli ; Philippe, ennuyé d'abord de recevoir toutes les marques d'amitié de tous les officiers jaloux de son avancement, puis les attentions même de ses supérieurs ; Philippe, au fur et à mesure que la défaveur avait terni de son souffle cette brillante fortune, Philippe s'était dégoûté de voir les amitiés changées en froideur, les attentions en rebuffades ; et, dans cette âme si délicate, la douleur avait pris tous les caractères du regret.

Philippe regrettait donc bien sa lieutenance de Strasbourg, alors que la dauphine était entrée en France ; il regrettait ses bons amis, ses égaux, ses camarades ; il regrettait surtout l'intérieur calme et pur de la maison paternelle, auprès du foyer dont La Brie était le grand prêtre. Toute peine trouvait sa consolation dans le silence et l'oubli, ce sommeil des esprits actifs ; puis la solitude de Taverney, qui attestait la décadence des choses aussi bien que la ruine des individus, avait quelque chose de philosophique qui parlait d'une voix puissante au cœur du jeune homme.

Mais ce que Philippe regrettait surtout, c'était de n'avoir plus le bras de sa sœur, et son conseil presque toujours si juste, conseil né de la fierté bien plutôt que de l'expérience ; car les âmes nobles ont cela de remarquable et d'éminent, qu'elles planent involontairement et par leur nature même au-dessus du vulgaire, et souvent aussi, par leur élévation même, échappent aux froissements, aux blessures et aux pièges, ce que l'adresse des insectes humains d'un ordre inférieur, si habitués qu'ils soient à louvoyer, à ruser, à méditer dans la fange, ne réussit pas toujours à éviter.

Aussitôt que Philippe eut senti l'ennui, le découragement lui vint, et le jeune homme se trouva si malheureux dans son isolement, qu'il ne voulut pas croire qu'Andrée, cette moitié de lui-même, pût être heureuse à Versailles, lorsque lui, moitié d'Andrée, souffrait si cruellement à Reims.

Il écrivit donc au baron la lettre que l'on connaît, et dans laquelle il lui annonçait son prochain retour. Cette lettre n'étonna personne et surtout pas le baron ; ce qui l'étonnait, au contraire, c'était que Philippe eût eu cette patience d'attendre ainsi, lorsque lui était sur des charbons ardents et, depuis quinze jours, suppliait Richelieu, chaque fois qu'il le voyait, de brusquer l'aventure.

Philippe, n'ayant pas reçu le brevet dans le délai qu'il avait fixé lui-même, prit donc congé de ses officiers sans paraître remarquer leurs dédains et leurs sarcasmes, dédains et sarcasmes assez voilés d'ailleurs par la politesse, qui était encore une vertu française à cette époque, et par le respect naturel qu'inspire toujours un homme de cœur.

En conséquence, à l'heure où il était convenu avec lui-même qu'il partirait, heure jusqu'à laquelle il avait attendu son brevet avec plus de crainte que de désir de le voir arriver, il monta à cheval et reprit la route de Paris.

Les trois jours de voyage qu'il avait à faire lui parurent d'une longueur mortelle et, plus il approchait, plus le silence de son père à son égard, et surtout celui de sa sœur, qui avait tant promis de lui écrire au moins deux fois la semaine, prenaient des proportions effrayantes.

Philippe arrivait donc vers midi à Versailles, nous l'avons dit, comme M. de Richelieu en sortait. Philippe avait marché une partie de la nuit, n'ayant défini que quelques heures à Melun ; il était si préoccupé, qu'il ne vit pas M. de Richelieu dans sa voiture et ne reconnut même pas sa livrée.

Il se dirigea tout droit vers la grille du parc où il avait fait ses adieux à Andrée, le jour de son départ, alors que la jeune fille, sans raison aucune de s'affliger, puisque la prospérité de la famille était au comble, sentait pourtant monter à son cerveau les prophétiques vapeurs d'une tristesse incompréhensible.

Aussi, ce jour-là, Philippe avait-il été frappé d'une crédulité superstitieuse aux douleurs d'Andrée ; mais, peu à peu, l'esprit redevenu maître de lui-même avait secoué le joug et, par un étrange hasard, c'était lui, Philippe, qui, sans raison, après tout, revenait aux mêmes lieux en proie aux mêmes alarmes, et sans trouver, hélas ! même dans sa pensée, de consolation probable à cette insurmontable tristesse qui semblait un pressentiment, n'ayant pas de cause.

Au moment où son cheval, lancé sur les cailloux de la contre-allée, faisait jaillir le bruit avec les étincelles, quelqu'un, attiré sans doute par ce bruit, sortit des haies taillées en charmilles.

C'était Gilbert tenant une serpe à la main.

Le jardinier reconnut son ancien maître.

De son côté, Philippe reconnut Gilbert.

Gilbert errait ainsi depuis un mois ; ainsi qu'une âme en peine, il ne savait où faire halte.

Ce jour-là, habile comme il l'était à suivre l'exécution de sa pensée, il était occupé à choisir des points de vue dans les allées pour apercevoir le pavillon ou la fenêtre d'Andrée, et pour avoir constamment un regard sur cette maison, sans que nul regard remarquât sa préoccupation, ses frissons et ses soupirs.

La serpe en main pour se donner une contenance, il parcourait taillis et plates-bandes, tranchant ici les branches chargées de fleurs, sous prétexte d'émonder ; arrachant là l'écorce toute saine des jeunes tilleuls, sous prétexte d'enlever la résine et la gomme ; d'ailleurs, toujours écoutant, toujours regardant, souhaitant et regrettant.

Le jeune homme avait bien pâli depuis ce mois qui venait de s'écouler ; la jeunesse ne se connaissait plus sur son visage qu'au feu étrange de ses yeux et à la blancheur mate et unie de son teint ; mais sa bouche, crispée par la dissimulation, son regard oblique, la mobilité frissonnante des muscles de son visage, appartenaient déjà aux années plus sombres de l'âge mûr.

Gilbert avait reconnu Philippe, nous l'avons dit, et, en le reconnaissant, il avait fait un mouvement pour rentrer dans le taillis.

Mais Philippe poussa son cheval vers lui en criant :

– Gilbert ! hé ! Gilbert !

Le premier mouvement de Gilbert avait été de fuir ; encore une seconde et le vertige de la terreur, et ce délire sans explication possible, que les anciens, qui cherchaient une cause à tout, attribuaient au dieu Pan, allait s'emparer de lui et l'entraîner comme un fou par les allées, par les bosquets, à travers les charmilles, dans les pièces d'eau même.

Une parole pleine de douceur que prononça Philippe fut heureusement entendue et comprise du sauvage enfant.

– Tu ne me reconnais donc pas, Gilbert ? lui cria Philippe.

Gilbert comprit sa folie et s'arrêta court.

Puis il revint sur ses pas, mais lentement et avec défiance.

– Non, monsieur le chevalier, dit le jeune homme tout tremblant ; non, je ne vous reconnaissais pas ; je vous avais pris pour un des gardes et, comme je ne suis pas à mon ouvrage, j'ai craint d'être reconnu ici et noté pour une punition.

Philippe se contenta de l'explication, mit pied à terre, passa dans son bras la bride de son cheval et, appuyant l'autre main sur l'épaule de Gilbert, qui frissonna visiblement :

– Qu'as-tu donc, Gilbert ? demanda-t-il.

– Rien, monsieur, répondit celui-ci.

Philippe sourit avec tristesse.

– Tu ne nous aimes pas, Gilbert, dit-il.

Le jeune homme tressaillit une seconde fois.

– Oui, je comprends, continua Philippe ; mon père t'a traité avec injustice et dureté ; mais moi, Gilbert ?

– Oh ! vous..., murmura le jeune homme.

– Moi, je t'ai toujours aimé, soutenu.

– C'est vrai.

– Ainsi, oublie le mal pour le bien ; ma sœur aussi a toujours été bonne pour toi.

– Oh ! non, pour cela non ! répondit vivement l'enfant avec une expression que nul n'eut pu comprendre ; car elle renfermait une accusation contre Andrée, une excuse pour lui-même ; car elle éclatait comme l'orgueil, en même temps qu'elle gémissait comme un remords.

– Oui, oui, dit à son tour Philippe, oui, je comprends ; ma sœur est un peu hautaine, mais au fond elle est bonne.

Puis, après une pause, car toute cette conversation n'avait eu lieu que pour retarder une entrevue qu'un pressentiment lui faisait pleine de crainte :

– Sais-tu où elle est en ce moment, ma bonne Andrée ? Dis, Gilbert.

Ce nom frappa Gilbert douloureusement au cœur ; il répondit d'une voix étranglée :

– Mais chez elle, monsieur, à ce que je présume... Comment voulez-vous que, moi, je sache... ?

– Seule, comme toujours, et s'ennuyant, pauvre sœur ! interrompit Philippe.

– Seule en ce moment, oui, monsieur, selon toute probabilité ; car, depuis la fuite de mademoiselle Nicole...

– Comment ! Nicole a fui ?

– Oui, monsieur, avec son amant.

– Avec son amant ?

– Du moins à ce que je présume, dit Gilbert, qui vit qu'il s'était trop avancé. On disait cela aux communs.

– Mais, en vérité, Gilbert, dit Philippe de plus en plus inquiet, je n'y comprends rien. Il faut t'arracher les paroles. Sois donc un peu plus aimable. Tu as de l'esprit, tu ne manques pas de distinction naturelle ; voyons, ne gâte pas ces bonnes qualités par une sauvagerie affectée, par une brusquerie qui ne va pas à ta condition, qui n'irait à aucune.

– Mais c'est que je ne sais pas tout ce que vous me demandez, vous, monsieur, et que, si vous y réfléchissez, vous verrez que je ne puis le savoir. Je travaille toute la journée dans les jardins, et ce qu'on fait au château, dame ! je l'ignore.

– Gilbert, Gilbert, j'aurais cru cependant que tu avais des yeux.

– Moi ?

– Oui, et que tu t'intéressais à ceux qui portent mon nom ; car enfin, si mauvaise qu'ait été l'hospitalité de Taverney, tu l'as eue.

– Aussi, monsieur Philippe, je m'intéresse beaucoup à vous, dit Gilbert d'un son de voix strident et rauque, car la mansuétude de Philippe et un autre sentiment que celui-ci ne pouvait deviner avaient amolli ce cœur farouche ; oui, je vous aime, vous ; voilà pourquoi je vous dirai que mademoiselle votre sœur est bien malade.

– Bien malade ! ma sœur ! s'écria Philippe avec explosion ; bien malade, ma sœur ! bien malade ! et tu ne me dis pas cela tout de suite !

Et aussitôt, quittant le pas mesuré pour prendre le pas de course :

– Qu'a-t-elle, mon Dieu ? demanda-t-il.

– Dame ! dit Gilbert, on ne sait.

– Mais enfin ?

– Seulement, elle s'est évanouie trois fois aujourd'hui en plein parterre, et même, à l'heure qu'il est, le médecin de madame la dauphine l'a déjà visitée, M. le baron aussi.

Philippe n'en entendit pas davantage ; ses pressentiments s'étaient réalisés et, en face du danger réel, il avait retrouvé tout son courage.

Il laissa son cheval aux mains de Gilbert, et courut à toutes jambes vers le bâtiment des communs.

Quant à Gilbert, demeuré seul, il conduisit précipitamment le cheval aux écuries, et s'enfuit comme ces oiseaux sauvages ou malfaisants qui ne veulent jamais rester à la portée de l'homme.

Chapitre CXLI

Le frère et la sœur

Philippe trouva sa sœur couchée sur le petit sofa dont nous avons déjà eu occasion de parler.

En entrant dans l'antichambre, le jeune homme remarqua qu'Andrée avait soigneusement écarté toutes les fleurs, elle qui les aimait tant ; car, depuis son malaise, le parfum des fleurs lui causait des douleurs insupportables, et elle rapportait à cette irritation des fibres cérébrales toutes les indispositions qui s'étaient succédé depuis quinze jours.

Au moment où Philippe entra, Andrée rêvait ; son beau front chargé d'un nuage penchait lourdement, et ses yeux vacillaient dans leurs orbites douloureuses. Elle avait les mains pendantes et, quoique dans cette situation le sang eût dû y descendre, ses mains étaient blanches comme celles d'une statue de cire.

Son immobilité était telle, qu'elle ne vivait point en apparence, et que, pour bien se convaincre qu'elle n'était pas morte, il fallait l'entendre respirer.

Philippe avait toujours été d'un pas plus rapide depuis le moment où Gilbert lui avait dit que sa sœur était malade, de sorte qu'il était arrivé tout haletant au bas de l'escalier ; mais, là, il avait fait une halte, la raison était revenue, et il avait monté les degrés d'un pas plus calme, en sorte qu'au seuil de la chambre, il ne faisait plus que poser le pied sans bruit et sans mouvement comme s'il eût été un sylphe.

Il voulait se rendre compte par lui-même, avec cette sollicitude particulière aux gens qui aiment, de la maladie par les symptômes ; il savait Andrée si tendre et si bonne que, aussitôt après l'avoir vu et entendu, elle composerait son geste et son maintien pour ne pas l'alarmer.

Il entra donc en poussant si doucement la porte vitrée, qu'Andrée ne l'entendit pas, de sorte qu'il fut au milieu de la chambre avant qu'elle se doutât de rien.

Philippe eut donc le temps de la regarder, de voir cette pâleur, cette immobilité, cette atonie ; il surprit l'expression étrange de ces yeux qui s'abîmaient dans le vide et, plus alarmé qu'il ne croyait lui-même pouvoir l'être, il prit tout de suite cette idée que le moral entrait pour une notable part dans les souffrances de sa sœur.

À cet aspect qui faisait courir un frisson dans son cœur, Philippe ne put retenir un mouvement d'effroi.

Andrée leva les yeux et, poussant un grand cri, elle se dressa comme une morte qui ressuscite ; et, toute haletante à son tour, elle courut se pendre au cou de son frère.

– Vous, vous, Philippe ! dit-elle.

Et la force l'abandonna avant qu'elle pût en dire davantage.

D'ailleurs, que pouvait-elle dire autre chose, puisqu'elle ne pensait que cela ?

– Oui, oui, moi, répondit Philippe en l'embrassant et en la soutenant, car il la sentait fléchir entre ses bras, moi qui reviens et qui vous trouve malade ! Ah ! pauvre sœur, qu'as-tu donc ?

Andrée se mit à rire d'un rire nerveux qui fit mal à Philippe, bien loin de le rassurer, comme la malade l'aurait voulu.

– Ce que j'ai, demandez-vous ? ai-je donc l'air malade, Philippe ?

– Oh ! oui, Andrée, vous êtes toute pâle et toute tremblante.

– Mais où donc avez-vous vu cela, mon frère ? Je ne suis pas même indisposée ; qui donc vous a si mal renseigné, mon Dieu ? Qui donc a eu la sottise de vous alarmer ? Mais, en vérité, je ne sais ce que vous voulez dire et je me porte à merveille, sauf quelques légers éblouissements qui passeront comme ils sont venus.

– Oh ! mais vous êtes si pâle, Andrée...

– Ai-je donc ordinairement beaucoup de couleurs ?

– Non ; mais vous vivez au moins, tandis qu'aujourd'hui...

– Ce n'est rien.

– Tenez, tenez, vos mains, qui étaient brûlantes tout à l'heure, sont froides maintenant comme la glace.

– C'est tout simple, Philippe, quand je vous ai vu entrer...

– Eh bien ?...

– J'ai éprouvé une vive sensation de joie, et le sang s'est porté au cœur, voilà tout.

– Mais vous chancelez, Andrée, vous vous retenez après moi.

– Non, je vous embrasse, voilà tout ; ne voulez-vous point que je vous embrasse, Philippe ?

– Oh ! chère Andrée !

Et il serra la jeune fille sur son cœur.

Au même instant, Andrée sentit ses forces l'abandonner de nouveau ; vainement elle essaya de se retenir au cou de son frère, sa main glissa raide et presque morte, et elle retomba sur le sofa, plus blanche que les rideaux de mousseline sur lesquels se profilait sa charmante figure.

– Voyez-vous, voyez-vous que vous me trompiez ! cria Philippe. Ah ! chère sœur, vous souffrez, vous vous trouvez mal.

– Le flacon ! le flacon ! murmura Andrée en contraignant l'expression de son visage à un sourire qui l'accompagnait jusque dans la mort.

Et son œil défaillant, et sa main soulevée avec peine, indiquaient à Philippe un flacon placé sur le petit chiffonnier près de la fenêtre.

Philippe se précipita vers le meuble, les yeux toujours fixés vers sa sœur, qu'il quittait à regret.

Puis, ouvrant la fenêtre, il revint placer le flacon sous les narines crispées de la jeune fille.

– Là, là, fit-elle en respirant à longs traits l'air et la vie, vous voyez que me voilà ressuscitée ; allons, me croyez-vous bien malade ? Parlez.

Mais Philippe ne songeait pas même à répondre ; il regardait sa sœur.

Andrée se remit peu à peu, se redressa sur le sofa, prit entre ses mains moites la main tremblante de Philippe, et son regard s'adoucissant, le sang remontant à ses joues, elle parut plus belle qu'elle n'avait jamais été.

– Ah ! mon Dieu ! dit-elle, vous le voyez bien, Philippe, c'est fini, et je gage que, sans la surprise que vous m'avez faite à si bonne intention, les spasmes n'eussent point reparu, et que j'étais guérie ; mais arriver ainsi devant moi, vous comprenez, Philippe, devant moi qui vous aime tant... vous, vous qui êtes le mobile, l'événement de ma vie, mais ce serait vouloir me tuer, même si je me portais bien.

– Oui, tout cela est très gracieux et très charmant, Andrée ; en attendant, dites-moi, je vous prie, à quoi vous attribuez ce malaise ?

– Que sais-je, ami ? au retour du printemps, à la saison des fleurs ; vous savez comme je suis nerveuse ; hier déjà, l'odeur des lilas perses du parterre m'a suffoquée ; vous savez combien ces plumets magnifiques, qui se balancent aux premières brises de l'année, dégagent de senteurs enivrantes ; eh bien, hier... Oh ! mon Dieu !

tenez, Philippe, je n'y veux plus penser, car je crois que le mal me reprendrait.

– Oui, vous avez raison, et peut-être est-ce cela. c'est fort dangereux, les fleurs ; vous rappelez-vous qu'étant enfant, je m'avisai, à Taverney, d'entourer mon lit d'une bordure de lilas coupés dans la haie ? C'était joli comme un reposoir, disions-nous tous deux ; mais, le lendemain, je ne me réveillai pas, vous le savez ; le lendemain, tout le monde me crut mort, excepté vous, qui ne voulûtes jamais comprendre que je vous eusse quittée ainsi sans vous dire adieu, et ce fut vous seule, pauvre Andrée – vous aviez six ans à peine à cette époque –, et ce fut vous seule qui me fîtes revenir à force de baisers et de larmes.

– Et d'air, Philippe, car c'est de l'air qu'il faut en pareille occurrence ; l'air semble toujours me manquer, à moi.

– Ah ! ma sœur, ma sœur, vous ne vous êtes plus souvenue de cela, vous aurez fait apporter des fleurs dans votre chambre.

– Non, Philippe, non, en vérité, il y a plus de quinze jours qu'il n'y est entré une pâquerette ! Chose étrange ! moi qui aimais tant les fleurs, je les ai prises en exécration. Mais laissons là les fleurs. Donc, j'ai eu la migraine ; mademoiselle de Taverney a eu la migraine, cher Philippe, et comme c'est une heureuse personne que cette demoiselle de Taverney !... car, pour cette migraine, qui a amené un évanouissement, elle a intéressé à son sort la cour et la ville.

– Comment cela ?

– Sans doute : madame la dauphine a eu la bonté de me venir voir... Oh ! Philippe, quelle charmante protectrice, quelle délicate amie que madame la dauphine ; elle m'a soignée, dorlotée, amené son premier médecin, et, quand ce grave personnage, dont les arrêts sont infaillibles, m'a eu palpé le pouls, et regardé les yeux et la langue, savez-vous le dernier bonheur que j'ai eu ?

– Non.

– Eh bien, il s'est trouvé purement et simplement que je n'étais pas malade le moins du monde, que le docteur Louis n'a pas trouvé une seule potion à m'ordonner, une seule pilule à me prescrire, lui qui abat chaque jour des bras et des jambes à faire frémir, à ce qu'on dit ; donc, Philippe, vous le voyez, je me porte à merveille. Maintenant, dites-moi qui vous a effrayé ?

– C'est ce petit niais de Gilbert, pardieu !

– Gilbert ? dit Andrée avec un mouvement visible d'impatience.

– Oui, il m'a dit que vous étiez fort malade.

– Et vous avez cru ce petit idiot, ce fainéant qui n'est bon qu'à faire le mal ou à le dire ?

– Andrée, Andrée !

– Eh bien ?

– Vous pâlissez encore.

– Non, mais c'est que ce Gilbert m'agace ; ce n'est pas assez de le rencontrer sur mon chemin, il faut que j'entende encore parler de lui quand il n'est pas là.

– Allons, vous allez encore vous évanouir.

– Oh ! oui, oui, mon Dieu !... Mais c'est qu'aussi...

Et les lèvres d'Andrée blêmirent et sa voix s'arrêta.

– Voilà qui est étrange ! murmura Philippe.

Andrée fit un effort.

– Non, ce n'est rien, dit-elle ; ne faites point attention à toutes ces bluettes et à toutes ces vapeurs ; me voilà sur mes pieds, Philippe ; tenez, si vous m'en croyez, nous irons faire un tour ensemble et, dans dix minutes, je serai guérie.

– Je crois que vous vous abusez sur vos propres forces, Andrée.

– Non ; Philippe revenu serait la santé au cas où je serais mourante ; voulez-vous que nous sortions, Philippe ?

– Tout à l'heure, chère Andrée, dit Philippe en arrêtant doucement sa sœur ; vous ne m'avez pas encore rassuré complètement, laissez-vous remettre.

– Soit.

Andrée se laissa retomber sur le sofa, entraînant auprès d'elle Philippe, qu'elle tenait par la main.

– Et pourquoi, continua-t-elle, vous voit-on ainsi tout à coup sans nouvelles de vous ?

– Mais, répondez-moi, chère Andrée, pourquoi vous-même avez-vous cessé de m'écrire ?

– Oui, c'est vrai ; mais depuis quelques jours seulement.

– Depuis près de quinze jours, Andrée.

Andrée baissa la tête.

– Négligente ! dit Philippe avec un doux reproche.

– Non, mais souffrante, Philippe. Tenez, vous avez raison, mon malaise remonte au jour où vous avez cessé de recevoir des nouvelles de moi : depuis ce jour, les choses les plus chères m'ont été une fatigue, un dégoût.

– Enfin, je suis fort content, au milieu de tout cela, du mot que vous avez dit tout à l'heure.

– Quel mot ai-je dit ?

– Vous avez dit que vous étiez bien heureuse ; tant mieux, car, si l'on vous aime ici et si l'on y pense bien à vous, il n'en est pas de même pour moi.

– Pour vous ?

– Oui, pour moi, qui étais complètement oublié là-bas, même par ma sœur.

– Oh ! Philippe !

– Croiriez-vous, ma chère Andrée, que, depuis mon départ, que l'on m'avait dit si pressé, je n'ai eu aucune nouvelle de ce prétendu régiment dont on m'envoyait prendre possession, et que le roi m'avait fait promettre par M. de Richelieu, par mon père même ?

– Oh ! cela ne m'étonne pas, dit Andrée.

– Comment, cela ne vous étonne pas ?

– Non. Si vous saviez, Philippe. M. de Richelieu et mon père sont tout bouleversés, ils semblent deux corps sans âme. Je ne comprends rien à la vie de tous ces gens-là. Le matin, mon père s'en va courir après son vieil ami, comme il l'appelle ; il le pousse à Versailles, chez le roi ; puis il revient l'attendre ici, où il passe son temps à me faire des questions que je ne comprends pas. La journée s'écoule ; pas de nouvelles. Alors M. de Taverney entre dans ses grandes colères. Le duc le fait aller, dit-il, le duc trahit. Qui le duc trahit-il ? Je vous le demande ; car, moi, je n'en sais rien, et je vous avoue que je tiens peu à le savoir. M. de Taverney vit ainsi comme un damné dans le purgatoire, attendant toujours quelque chose qu'on n'apporte pas, quelqu'un qui ne vient jamais.

– Mais le roi, Andrée, le roi ?

– Comment, le roi ?

– Oui, le roi, si bien disposé pour nous.

Andrée regarda timidement autour d'elle.

– Quoi ?

– Écoutez ! le roi – parlons bas – je crois le roi très capricieux, Philippe. Sa Majesté m'avait d'abord, comme vous savez, témoigné beaucoup d'intérêt, comme à vous, comme à notre père, comme à la famille ; mais tout à coup cet intérêt s'est refroidi sans que je puisse deviner ni pourquoi ni comment. Le fait est que Sa Majesté ne me regarde plus, me tourne le dos même, et qu'hier encore, quand je me suis évanouie dans le parterre...

– Ah ! voyez-vous, Gilbert avait raison ; vous vous êtes donc évanouie, Andrée ?

– Ce misérable petit M. Gilbert avait, en vérité, bien besoin de vous dire cela, de le dire à tout le monde, peut-être ! Que lui importe, que je m'évanouisse, oui ou non ? Je sais bien, cher Philippe, ajouta Andrée en riant, qu'il n'est pas convenable de s'évanouir dans une maison royale ; mais, enfin, on ne s'évanouit pas par plaisir et je ne l'ai point fait exprès.

– Mais qui vous en blâme, chère sœur ?

– Eh ! mais, le roi.

– Le roi ?

– Oui ; Sa Majesté débouchait du grand Trianon par le verger, juste au moment fatal. J'étais toute sotte et toute stupide étendue sur un banc, dans les bras de ce bon M. de Jussieu, qui me secourait de son mieux, lorsque le roi m'a aperçue. Vous le savez, Philippe, l'évanouissement n'ôte point toute perception, toute conscience de ce qui se passe autour de nous. Eh bien, lorsque le roi m'a aperçue, si insensible que je fusse en apparence, j'ai cru remarquer un froncement de sourcils, un regard de colère et quelques paroles fort désobligeantes que le roi grommelait entre ses dents ; puis Sa Majesté s'est sauvée, fort scandalisée, je suppose, que je me sois permis de me trouver mal dans ses jardins. En vérité, cher Philippe, ce n'était cependant point ma faute.

– Pauvre chère, dit Philippe en serrant affectueusement les mains de la jeune fille, je le crois bien que ce n'était point ta faute ; ensuite, ensuite ?

– Voilà tout, mon ami ; et M. Gilbert aurait dû me faire grâce de ses commentaires.

– Allons, voilà que tu écrases encore le pauvre enfant.

– Oh ! oui, prenez sa défense, un charmant sujet !

– Andrée, par grâce, ne sois pas si rude envers ce garçon, tu le froisses, tu le rudoies, je t'ai vue à l'œuvre !... Oh ! mon Dieu, mon Dieu, Andrée, qu'as-tu encore ?

Cette fois, Andrée était tombée à la renverse sur les coussins du sofa, sans proférer une parole ; cette fois, le flacon ne put la faire revenir ; il fallut attendre que l'éblouissement fût fini, que la circulation fût rétablie.

– Décidément, murmura Philippe, vous souffrez, ma sœur, de façon à effrayer des gens plus courageux que je ne le suis lorsqu'il s'agit de vos souffrances ; vous direz tout ce qu'il vous plaira, mais cette indisposition ne me paraît pas devoir être traitée avec la légèreté que vous affectez.

– Mais enfin, Philippe, puisque le docteur a dit...

– Le docteur ne me persuade pas et ne me persuadera jamais. Que ne lui ai-je parlé moi-même ! Où le voit-on, ce docteur ?

– Il vient tous les jours à Trianon.

– Mais à quelle heure, tous les jours ? Est-ce le matin ?

– Le matin et le soir, quand il est de service.

– Est-il de service en ce moment ?

– Oui, mon ami ; et, à sept heures précises du soir, car il est exact, il montera le perron qui conduit aux logements de madame la dauphine.

– Bien, dit Philippe plus tranquille, j'attendrai chez vous.

Chapitre CXLII

Méprise

Philippe prolongea la conversation sans affectation, tout en surveillant du coin de l'œil sa sœur, qui cherchait elle-même à reprendre assez d'empire sur elle pour ne le plus inquiéter par de nouvelles défaillances.

Philippe parla beaucoup de ses mécomptes, de l'oubli du roi, de l'inconstance de M. de Richelieu, et, lorsque l'on entendit sonner sept heures, il sortit brusquement, s'inquiétant peu de laisser deviner à Andrée ce qu'il voulait faire.

Il marcha droit au pavillon de la reine, et s'arrêta à une distance assez grande pour ne pas être interpellé par les gens de service, assez rapproché pour que personne ne pût passer sans que lui, Philippe, reconnût la personne qui passait.

Il n'était pas là depuis cinq minutes, qu'il vit venir à lui la figure roide et presque majestueuse du docteur qu'Andrée lui avait signalé.

Le jour baissait et, malgré la difficulté qu'il devait éprouver à lire, le digne docteur feuilletait un traité récemment publié à Cologne sur les causes et les résultats des paralysies de l'estomac. Peu à peu l'obscurité se faisait autour de lui et le docteur devinait déjà plutôt qu'il ne lisait, lorsqu'un corps ambulant et opaque acheva d'intercepter ce qui restait de lumière aux yeux du savant praticien.

Il leva la tête, vit un homme devant lui et demanda :

– Qu'y a-t-il ?

– Pardonnez-moi, monsieur, dit Philippe ; est-ce bien à M. le docteur Louis que j'ai l'honneur de parler ?

– Oui, monsieur, répliqua le docteur en fermant son livre.

– Alors, monsieur, un mot, s'il vous plaît, dit Philippe.

– Monsieur, excusez-moi ; mais mon service m'appelle chez madame la dauphine. Il est l'heure de me rendre auprès d'elle, et je ne puis me faire attendre.

– Monsieur – et Philippe fit un mouvement de prière pour s'opposer au passage du docteur – ...monsieur, la personne pour laquelle je sollicite vos soins est au service de madame la dauphine. Elle souffre beaucoup, tandis que madame la dauphine n'est point malade, elle.

– De qui me parlez-vous d'abord ? demanda le docteur.

– D'une personne chez laquelle vous avez été introduit par madame la dauphine elle-même.

– Ah ! ah ! serait-il question de mademoiselle Andrée de Taverney, par hasard ?

– Justement, monsieur.

– Ah ! ah ! fit le docteur en levant vivement la tête pour examiner le jeune homme.

– Alors, vous savez qu'elle est fort souffrante.

– Oui, des spasmes, n'est-ce pas ?

– Des défaillances continuelles, oui, monsieur. Aujourd'hui, dans l'espace de quelques heures, elle s'est évanouie trois ou quatre fois dans mes bras.

– Est-ce que la jeune dame est plus mal ?

– Hélas ! je ne sais ; mais vous comprenez, docteur, quand on aime les gens...

– Vous aimez mademoiselle Andrée de Taverney ?

– Oh ! plus que ma vie, docteur !

Philippe prononça ces mots avec une telle exaltation d'amour fraternel, que le docteur Louis se trompa à leur signification.

– Ah ! ah ! dit-il, c'est donc vous… ?

Le docteur s'arrêta hésitant.

– Que voulez-vous dire, monsieur ? demanda Philippe.

– C'est donc vous qui êtes… ?

– Qui suis, quoi, monsieur ?

– Eh ! parbleu ! qui êtes l'amant, fit le docteur avec impatience.

Philippe fit deux pas en arrière, en portant la main à son front et en devenant pâle comme la mort.

– Monsieur, dit-il, prenez garde ! vous insultez ma sœur.

– Votre sœur ! Mademoiselle Andrée de Taverney est votre sœur ?

– Oui, monsieur, et je croyais n'avoir rien dit qui pût donner lieu, de votre part, à une si étrange méprise.

– Excusez-moi, monsieur, l'heure à laquelle vous m'abordez, l'air de mystère avec lequel vous m'adressiez la parole… J'ai cru, j'ai supposé qu'un intérêt plus tendre encore que l'intérêt fraternel…

– Oh ! monsieur, amant ou mari n'aimera ma sœur d'un amour plus profond que je ne l'aime.

– Très bien ; en ce cas, je comprends que ma supposition vous ait blessé, et je vous en présente mes excuses ; voulez-vous permettre, monsieur ?…

Et le docteur fit un mouvement pour passer.

– Docteur, insista Philippe, je vous en supplie, ne me quittez pas sans m'avoir rassuré sur l'état de ma sœur.

– Mais qui donc vous a inquiété sur cet état ?

– Eh ! mon Dieu, ce que j'ai vu.

– Vous avez vu des symptômes qui annoncent une indisposition...

– Grave ! docteur.

– C'est selon.

– Écoutez, docteur, il y a dans tout ceci quelque chose d'étrange ; on dirait que vous ne voulez pas, que vous n'osez pas me répondre.

– Supposez plutôt, monsieur, que, dans mon impatience de me rendre près de madame la dauphine, qui m'attend...

– Docteur, docteur, dit Philippe en passant sa main sur son front ruisselant, vous m'avez pris pour l'amant de mademoiselle de Taverney ?

– Oui ; mais vous m'avez détrompé.

– Vous pensez donc que mademoiselle de Taverney a un amant ?

– Pardon, monsieur, mais je ne vous dois pas compte de mes pensées.

– Docteur, ayez pitié de moi ; docteur, vous avez laissé échapper une parole qui est restée dans mon cœur comme la lame brisée d'un poignard ; docteur, n'essayez pas de me donner le change ; vous êtes en vain un homme délicat et habile, docteur, quelle est cette maladie dont vous deviez compte à un amant et que vous voulez cacher à un frère ? Docteur, je vous en supplie, répondez-moi.

– Je vous demanderai, au contraire, de me dispenser de vous répondre, monsieur ; car, à la façon dont vous m'interrogez, je vois que vous ne vous possédez plus.

– Oh ! mon Dieu, vous ne comprenez donc pas, monsieur, que chacun des mots que vous prononcez me pousse plus avant vers cet abîme que je frémis d'entrevoir.

– Monsieur !

– Docteur ! s'écria Philippe avec une véhémence nouvelle, c'est donc à dire que vous avez à m'annoncer un si terrible secret que j'ai besoin pour l'entendre de tout mon sang-froid et de tout mon courage ?

– Mais je ne sais dans quelle supposition vous vous égarez, monsieur de Taverney ; je n'ai rien dit de tout cela.

– Oh ! vous faites cent fois plus que de me dire !... vous me laissez croire des choses !... Oh ! ce n'est pas de la charité, docteur ; vous voyez que je me ronge le cœur devant vous ; vous voyez que je prie, que je supplie ; parlez, mais parlez donc ! Tenez, je vous le jure, j'ai du sang-froid, du courage... Cette maladie, ce déshonneur peut-être... Oh ! mon Dieu ! vous ne m'interrompez pas, docteur, docteur !

– Monsieur de Taverney, je n'ai rien dit, ni à madame la dauphine, ni à votre père, ni à vous ; ne me demandez rien de plus.

– Oui, oui... mais vous voyez que j'interprète votre silence ; vous voyez que je suis votre pensée dans le chemin sombre et fatal où elle s'enfonce ; arrêtez-moi au moins si je m'égare.

– Adieu, monsieur, répondit le docteur d'un ton pénétré.

– Oh ! vous ne me quitterez pas ainsi sans me dire oui ou non. Un mot, un seul, c'est tout ce que je vous demande.

Le docteur s'arrêta.

– Monsieur, dit-il, tout à l'heure, et cela amena la méprise fatale qui vous a blessé...

– Ne parlons plus de cela, monsieur.

–. Au contraire, parlons-en ; tout à l'heure, un peu tard peut-être, vous me dites que mademoiselle de Taverney était votre sœur. Mais, auparavant, avec une exaltation qui a causé mon erreur, vous m'aviez dit que vous aimiez mademoiselle Andrée plus que votre vie.

– C'est vrai.

– Si votre amour pour elle est si grand, elle doit le payer d'un semblable retour ?

– Oh ! monsieur, Andrée m'aime comme elle n'aime personne au monde.

– Eh bien, alors, retournez près d'elle, interrogez-la, monsieur ; interrogez-la dans cette voie où je suis forcé, moi, de vous abandonner ; et, si elle vous aime comme vous l'aimez, eh bien, elle répondra à vos questions. Il y a bien des choses que l'on dit à un ami que l'on ne dit pas à un médecin ; alors peut-être consentira-t-elle à vous dire, à vous, ce que je ne voudrais pas, pour un doigt de ma main, vous avoir laissé entrevoir. Adieu, monsieur.

Et le docteur fit de nouveau un pas vers le pavillon.

– Oh ! non, non, c'est impossible ! s'écria Philippe fou de douleur et entrecoupant chacune de ses paroles d'un sanglot ; non, docteur, j'ai mal entendu ; non, vous ne pouvez m'avoir dit cela !

Le docteur se dégagea doucement ; puis, avec une douceur pleine de commisération :

– Faites ce que je viens de vous prescrire, monsieur de Taverney, et, croyez-moi, c'est ce que vous avez de mieux à faire.

– Oh ! mais, songez-y donc, vous croire, c'est renoncer à la religion de toute ma vie, c'est accuser un ange, c'est tenter Dieu, docteur ; si vous exigez que je croie, prouvez au moins, prouvez.

– Adieu, monsieur.

– Docteur ! s'écria Philippe au désespoir.

– Prenez garde, si vous parlez avec cette véhémence, vous allez faire connaître ce que je m'étais promis, moi, de taire à tout le monde, et ce que j'eusse voulu cacher à vous-même.

– Oui, oui ; vous avez raison, docteur, dit Philippe d'une voix si basse, que le souffle mourait en sortant de ses lèvres ; mais enfin la science peut se tromper, et vous avouez que, vous-même, vous vous êtes trompé quelquefois.

– Rarement, monsieur, répondit le docteur ; je suis un homme d'études sévères, et ma bouche ne dit oui que lorsque mes yeux et mon esprit ont dit : « J'ai vu – je sais – je suis sûr. » Oui, certes, vous avez raison, monsieur, parfois j'ai pu me tromper comme se trompe toute créature faillible ; mais, selon toute probabilité, ce n'est point cette fois-ci. Allons, du calme, et séparons-nous.

Mais Philippe ne pouvait se résigner ainsi. Il posa la main sur le bras du docteur avec un air de si profonde supplication que celui-ci s'arrêta.

– Une dernière, une suprême grâce, monsieur, dit-il ; vous voyez dans quel désordre se trouve ma raison ; j'éprouve quelque chose qui ressemble comme à de la folie ; j'ai besoin, pour savoir si je dois vivre ou mourir, d'une confirmation de cette réalité qui me menace. Je rentre près de ma sœur, je ne lui parlerai que lorsque vous l'aurez revue ; réfléchissez.

– C'est à vous de réfléchir, monsieur ; car, pour moi, je n'ai pas un mot à ajouter à ce que j'ai dit.

– Monsieur, promettez-moi – mon Dieu ! c'est une grâce que le bourreau ne refuserait pas à la victime, – promettez-moi de revenir chez ma sœur après votre visite à Son Altesse madame la dauphine ; docteur, au nom du ciel, promettez-moi cela !

– C'est inutile, monsieur ; mais vous y tenez, il est de mon devoir de faire ce que vous désirez ; en sortant de chez madame la dauphine, j'irai voir votre sœur.

– Oh ! merci, merci. Oui, venez, et alors vous avouerez vous-même que vous vous êtes trompé.

– Je le désire de tout mon cœur, monsieur, et, si je me suis trompé, je l'avouerai avec joie. Adieu !

Et le docteur, rendu à la liberté, partit laissant Philippe sur l'esplanade, Philippe tremblant de fièvre, inondé d'une sueur glacée, et ne connaissant plus, dans son transport délirant, ni l'endroit où il se trouvait, ni l'homme avec lequel il avait causé, ni le secret qu'il venait d'apprendre.

Pendant quelques minutes, il regarda, sans comprendre, le ciel qui s'illuminait insensiblement d'étoiles et le pavillon qui s'éclairait.

Chapitre CXLIII

Interrogatoire

Aussitôt que Philippe eut repris ses sens et fut parvenu à se rendre maître de sa raison, il se dirigea vers l'appartement d'Andrée.

Mais, à mesure qu'il s'avançait vers le pavillon, le fantôme de son malheur s'évanouissait peu à peu ; il lui semblait que c'était un rêve qu'il venait de faire, et non une réalité avec laquelle il avait un instant lutté. Plus il s'éloignait du docteur, plus il devenait incrédule à ses menaces. Bien certainement, la science s'était trompée, mais la vertu n'avait pas failli.

Le docteur ne lui avait-il pas donné complètement raison en promettant de revenir chez sa sœur ?

Cependant, lorsque Philippe se retrouva en face d'Andrée, il était si changé, si pâle, si défait, que ce fut à elle à son tour de s'inquiéter pour son frère et de lui demander comment il se pouvait qu'en si peu de temps un si terrible changement se fût opéré en lui.

Une seule chose pouvait avoir produit un pareil effet sur Philippe.

– Mon Dieu ! mon frère, demanda Andrée, je suis donc bien malade ?

– Pourquoi ? demanda Philippe.

– Parce que la consultation du docteur Louis vous aura effrayé.

– Non, ma sœur, dit Philippe ; le docteur n'est pas inquiet, et vous m'avez dit la vérité. J'ai même eu grand-peine à le déterminer à revenir.

– Ah ! il revient ? dit Andrée.

– Oui, il revient ; cela ne vous contrarie pas, Andrée ?

Et Philippe plongea ses regards dans ceux de la jeune fille en prononçant ces paroles.

– Non, répondit-elle simplement, et, pourvu que cette visite vous rassure un peu, voilà tout ce que je demande ; mais, en attendant, d'où vient cette affreuse pâleur qui me bouleverse ?

– Cela vous inquiète, Andrée ?

– Vous le demandez !

– Vous m'aimez donc tendrement, Andrée ?

– Plaît-il ? fit la jeune fille.

– Je demande, Andrée, si vous m'aimez toujours comme au temps de notre jeunesse ?

– Oh ! Philippe ! Philippe !

– Ainsi, je suis pour vous une des plus précieuses têtes que vous ayez sur la terre ?

– Oh ! la plus précieuse, la seule, s'écria Andrée.

Puis, rougissante et confuse :

– Excusez-moi, Philippe, dit-elle, j'oubliais…

– Notre père, n'est-ce pas, Andrée ?

– Oui.

Philippe prit la main de sa sœur et, la regardant tendrement :

– Andrée, dit-il, ne croyez point que je vous blâmasse jamais si votre cœur renfermait une affection qui ne fût ni l'amour que vous portez à votre père, ni celui que vous avez pour moi...

Puis, s'asseyant près d'elle, il continua :

– Vous êtes dans un âge, Andrée, où le cœur des jeunes filles leur parle plus vivement qu'elles ne le veulent elles-mêmes, et, vous le savez, un précepte divin commande aux femmes de quitter parents et famille pour suivre leur époux.

Andrée regarda Philippe quelque temps, comme elle eût fait s'il lui eût parlé une langue étrangère qu'elle ne comprit pas.

Puis, se mettant à rire avec une naïveté que rien ne saurait rendre :

– Mon époux ! dit-elle, n'avez-vous point parlé de mon époux, Philippe ? Eh ! mon Dieu, il est encore à naître, ou du moins je ne le connais pas.

Philippe, touché de cette exclamation si vraie d'Andrée, se rapprocha d'elle et, enfermant sa main entre les siennes, il répondit :

– Avant d'avoir un époux, ma bonne Andrée, on a un fiancé, un amant.

Andrée regarda Philippe tout étonnée, souffrant que le jeune homme plongeât ses yeux avides jusqu'au fond de son clair regard de vierge, où se reflétait son âme tout entière.

– Ma sœur, dit Philippe, depuis votre naissance vous m'avez tenu pour votre meilleur ami ; moi, je vous ai, de mon côté, regardée comme ma seule amie ; jamais je ne vous ai quittée, vous le savez, pour les jeux de mes camarades. Nous avons grandi ensemble, et rien n'a troublé la confiance que l'un de nous mettait aveuglément dans l'autre ; pourquoi faut-il que, depuis quelque temps, Andrée, vous ayez ainsi, sans motifs, et la première, changé à mon égard ?

– Changé, moi ! j'ai changé à votre égard, Philippe ? Expliquez-vous. En vérité, je ne comprends rien à ce que vous me dites depuis que vous êtes rentré.

– Oui, Andrée, dit le jeune homme en la pressant sur sa poitrine ; oui, ma douce sœur, les passions de la jeunesse ont succédé aux affections de l'enfance, et vous ne m'avez plus trouvé assez bon ou assez sûr pour me montrer votre cœur envahi par l'amour.

– Mon frère, mon ami, fit Andrée de plus en plus étonnée, mais que me dites-vous donc là ? Que parlez-vous d'amour, à moi ?

– Andrée, j'aborde courageusement une question pleine de dangers pour vous, pleine d'angoisses pour moi-même. Je sais bien que solliciter ou plutôt exiger votre confiance en ce moment, c'est me perdre dans votre esprit ; mais j'aime mieux, et croyez que c'est cruel à dire pour moi, j'aime mieux sentir que vous m'aimez moins, que de vous laisser en proie aux malheurs qui vous menacent, malheurs effrayants, Andrée, si vous persévérez dans le silence que je déplore, et dont je ne vous eusse pas crue capable vis-à-vis d'un frère, d'un ami.

– Mon frère, mon ami, dit Andrée, je vous jure que je ne comprends rien à vos reproches.

– Andrée, voulez-vous que je vous fasse comprendre ?

– Oh ! oui... certes, oui.

– Mais alors si, encouragé par vous, je parle avec trop de précision, si je provoque la rougeur à monter sur votre front, la honte à peser sur votre cœur, alors, ne vous en prenez qu'à vous, à vous qui m'avez forcé par d'injustes défiances à fouiller jusqu'au fond de cette âme pour en arracher votre secret.

– Faites, Philippe, et je vous jure que je ne saurais vous en vouloir de ce que vous ferez.

Philippe regarda sa sœur, se leva tout agité, et parcourut la chambre à grands pas. Il y avait, dans l'accusation qu'il formulait contre elle dans son esprit, et la tranquillité de cette jeune fille, une si étrange opposition, qu'il ne savait à quelle idée s'arrêter.

Andrée, de son côté, considérait son frère avec stupeur et se glaçait peu à peu au contact de cette solennité, si différente de la douce autorité fraternelle.

Aussi, avant que Philippe eût repris la parole, Andrée se leva-t-elle à son tour et alla-t-elle passer son bras sous celui de son frère.

Alors, le regardant avec une tendresse inexprimable :

– Écoute, Philippe, dit-elle, regarde-moi comme je te regarde !

– Oh ! je ne demande pas mieux, répondit le jeune homme en fixant sur elle ses yeux ardents ; que veux-tu me dire ?

– Je veux te dire, Philippe, que tu as toujours été un peu jaloux de mon amitié ; c'est naturel, puisque, de mon côté, j'étais jalouse de tes soins et de ton affection ; eh bien, regarde-moi comme je te l'ai dit.

La jeune fille sourit.

– Vois-tu un secret dans mes yeux ? continua-t-elle.

– Oui, oui, j'en vois un, dit Philippe. Andrée, tu aimes quelqu'un.

– Moi ? s'écria la jeune fille avec un étonnement si naturel, que la plus habile comédienne n'eût certes jamais pu imiter l'accent de cette seule parole.

Et elle se mit à rire.

– Moi, j'aime quelqu'un ? dit-elle.

– On t'aime, alors ?

– Ma foi, tant pis ; car, comme cette personne inconnue ne s'est jamais fait connaître et, par conséquent, ne s'est pas expliquée, c'est de l'amour en pure perte.

Alors, voyant sa sœur rire et plaisanter sur cette question avec tant de franchise, voyant l'azur si limpide de ses yeux, la candeur si chaste de son maintien, Philippe, qui sentait battre d'un mouvement égal le cœur d'Andrée sur son cœur, se dit qu'un mois d'absence ne pouvait amener un tel changement dans le caractère d'une jeune fille irréprochable ; que la pauvre Andrée était soupçonnée indignement ; que la science mentait ; il s'avoua que le docteur Louis avait une excuse, lui qui ne connaissait ni la pureté ni les instincts exquis d'Andrée ; lui qui pouvait la croire pareille à toutes ces filles de noblesse qui, fascinées par des exemples indignes, ou entraînées par la chaleur précoce d'un sang corrompu, abdiquaient la virginité sans regrets, sans ambition même.

Un dernier regard jeté sur Andrée expliqua à Philippe la faillibilité du docteur ; et Philippe se trouva si heureux de son explication, qu'il embrassa sa sœur comme ces martyrs qui confessaient la pureté de la Vierge Marie, en confessant du même coup leur croyance à son divin Fils.

Ce fut à cette période des fluctuations que Philippe entendit dans l'escalier les pas du docteur Louis, fidèle à la promesse qu'il lui avait faite.

Andrée tressaillit : tout lui devenait un événement dans la situation où elle était.

– Qui vient là ? demanda-t-elle.

– Mais le docteur Louis, probablement, dit Philippe.

Au même instant, la porte s'ouvrit, et le médecin, attendu avec tant d'anxiété de la part de Philippe, parut en effet dans la chambre.

C'était, nous l'avons dit, un de ces hommes graves et honnêtes pour qui toute science est un sacerdoce et qui en étudient les mystères avec religion.

À cette époque toute matérialiste, le docteur Louis, chose rare, cherchait, sous les maladies du corps, à découvrir les maladies de l'âme ; il allait franchement, brusquement, dans cette voie, s'inquiétant peu des rumeurs et des obstacles, économisant son temps, ce patrimoine des gens laborieux, avec une avarice qui le rendait brutal pour les oisifs et les bavards.

C'est pour cela qu'il avait si rudement traité Philippe à leur première entrevue : il l'avait pris pour un de ces muguets de cour qui viennent cajoler le médecin, afin d'obtenir des compliments sur leurs prouesses amoureuses, et qui sont tout fiers d'avoir une discrétion à payer. Mais, sitôt que la médaille s'était retournée, et qu'au lieu du fat plus ou moins amoureux, le docteur avait vu apparaître la sombre et menaçante figure du frère ; sitôt qu'à la place d'un désagrément, il avait vu s'esquisser un malheur, le praticien philosophe, l'homme de cœur s'était ému et, depuis les dernières paroles de Philippe, le docteur s'était dit à lui-même :

– Non seulement j'ai pu me tromper, mais encore je voudrais m'être trompé.

Voilà pourquoi, même sans la prière instante de Philippe, il fût venu trouver Andrée, pour se rendre compte, par un examen plus décisif, de ce que la première épreuve lui avait fourni de probabilités.

Il entra donc, et son premier coup d'œil, cette prise de possession du médecin et de l'observateur, s'attacha dès l'antichambre sur Andrée, qu'il ne quitta plus.

Justement, soit émotion causée par la visite du docteur, soit accident naturel, Andrée venait d'être saisie d'une de ces attaques qui avaient effrayé Philippe, et elle chancelait, portant avec douleur son mouchoir à ses lèvres.

Philippe, tout occupé de recevoir le docteur, n'avait rien vu.

– Docteur, dit-il, soyez le bienvenu et pardonnez-moi ma façon un peu brusque ; quand je vous ai abordé, il y a une heure, j'étais aussi agité que je suis calme en ce moment.

Le docteur cessa pour un instant de regarder Andrée et laissa tomber son observation sur le jeune homme, dont il analysa le sourire et l'épanouissement.

– Vous avez causé avec mademoiselle votre sœur, comme je vous en ai donné le conseil ? demanda-t-il.

– Oui, docteur, oui.

– Et vous êtes rassuré ?

– J'ai le ciel de plus et l'enfer de moins dans le cœur.

Le docteur prit la main d'Andrée et tâta longuement le pouls de la jeune fille.

Philippe la regardait et semblait dire :

« Oh ! faites, docteur ; je ne crains plus maintenant les commentaires du médecin. »

– Eh bien, monsieur ? dit-il d'un air de triomphe.

– Monsieur le chevalier, répondit le docteur Louis, veuillez me laisser seul avec votre sœur.

Ces mots, prononcés simplement, abattirent l'orgueil du jeune homme.

– Quoi ! encore ? dit-il.

Le docteur fit un geste.

– C'est bien, je vous laisse, monsieur, répliqua Philippe d'un air sombre.

Puis, à sa sœur :

– Andrée, continua-t-il, soyez loyale et franche avec le docteur.

La jeune fille haussa les épaules, comme si elle ne pouvait même pas comprendre ce qu'on lui voulait dire.

Philippe reprit :

– Mais, tandis qu'il va vous questionner sur votre santé, j'irai faire un tour dans le parc. L'heure à laquelle j'ai demandé mon cheval n'est point encore venue, en sorte que je pourrai te revoir avant mon départ, et causer encore un instant avec toi.

Et il serra la main d'Andrée en essayant de sourire.

Mais il y avait pour la jeune fille quelque chose de contraint et de convulsif dans ce serrement et dans ce sourire.

Le docteur reconduisit gravement Philippe jusqu'à la porte d'entrée, qu'il ferma.

Après quoi, il revint s'asseoir sur le même sofa où Andrée était assise.

Chapitre CXLIV

La consultation

Le plus profond silence régnait dehors.

Pas un souffle de vent ne passait dans l'air, pas une voix humaine ne retentissait ; la nature était calme.

D'un autre côté, tout le service de Trianon était terminé ; les gens des écuries et des remises avaient regagné leurs chambres ; la petite cour était déserte.

Andrée sentait bien au fond de son cœur quelque émotion de l'espèce d'importance que Philippe et le médecin donnaient à cette maladie.

Elle s'étonnait bien un peu de cette singularité du retour du docteur Louis, qui, le matin même, avait déclaré la maladie insignifiante et les remèdes inutiles ; mais, grâce à sa candeur profonde, le miroir resplendissant de l'âme n'était pas même terni par le souffle de tous ces soupçons divers.

Tout à coup, le médecin, qui n'avait cessé de la regarder, après avoir dirigé sur elle la lumière de la lampe, lui prit la main comme un ami ou un confesseur, et non plus le pouls comme un médecin.

Ce geste inattendu étonna beaucoup la susceptible Andrée ; elle fut un moment près de retirer sa main.

– Mademoiselle, demanda le docteur, est-ce vous qui avez désiré me voir, ou n'ai-je cédé, en revenant, qu'au désir de votre frère ?

– Monsieur, répondit Andrée, mon frère est rentré en m'annonçant que vous alliez revenir ; mais, d'après ce que vous m'aviez fait l'honneur de me dire ce matin du peu de gravité de ma maladie, je n'eusse point pris la liberté de vous déranger de nouveau.

Le docteur s'inclina.

– Monsieur votre frère, continua-t-il, paraît très emporté, jaloux de son honneur, et intraitable sur certaines matières ; voilà sans doute pourquoi vous avez refusé de vous ouvrir à lui ?

Andrée regarda le docteur comme elle avait regardé Philippe.

– Vous aussi, monsieur ? dit-elle avec une suprême hauteur.

– Pardon, mademoiselle, laissez-moi achever.

Andrée fit un geste qui indiquait la patience, ou plutôt la résignation.

– Il est donc naturel, continua le docteur, qu'en voyant la douleur et qu'en pressentant la colère de ce jeune homme, vous ayez obstinément gardé votre secret ; mais vis-à-vis de moi, mademoiselle, de moi qui suis, croyez-le bien, le médecin des âmes autant que celui du corps, de moi qui vois et qui sais, de moi qui, par conséquent, vous épargne la moitié du pénible chemin des révélations, j'ai le droit d'attendre que vous soyez plus franche.

– Monsieur, répondit Andrée, si je n'avais vu le visage de mon frère s'assombrir et prendre le caractère d'une véritable douleur, si je ne consultais votre extérieur vénérable et la réputation de gravité dont vous jouissez, je croirais que vous vous entendez tous deux pour jouer une comédie à mes dépens, et pour me faire prendre, à la suite de la consultation, par suite de la peur que vous m'auriez faite, quelque médecine bien noire et bien amère.

Le docteur fronça le sourcil.

– Mademoiselle, dit-il, je vous en supplie, arrêtez-vous dans cette voie de dissimulation.

– De dissimulation ! s'écria Andrée.

– Aimez-vous mieux que je dise d'hypocrisie ?

– Mais, monsieur, s'écria la jeune fille, vous m'offensez !

– Dites que je vous devine.

– Monsieur !

Andrée se leva ; mais le docteur la força doucement à se rasseoir.

– Non, continua-t-il, non, mon enfant, je ne vous offense pas, je vous sers ; et, si je vous convaincs, je vous sauve !... Ainsi, ni votre regard courroucé, ni l'indignation feinte qui vous anime, ne me feront changer de résolution.

– Mais que voulez-vous, qu'exigez-vous, mon Dieu ?

– Avouez, ou, sur mon honneur, vous me donnerez de vous une misérable opinion.

– Monsieur, encore une fois, mon frère n'est point là pour me défendre, et je vous dis que vous m'insultez, et que je ne comprends pas, et que je vous somme de vous expliquer clairement, nettement, à propos de cette prétendue maladie.

– Pour la dernière fois, mademoiselle, reprit le docteur étonné, voulez-vous m'épargner la douleur de vous faire rougir ?

– Je ne vous comprends pas ! je ne vous comprends pas ! je ne vous comprends pas ! répéta trois fois Andrée regardant le docteur avec des yeux étincelants d'interrogation, de défi et presque de menace.

– Eh bien, moi, je vous comprends, mademoiselle : vous doutez de la science, et vous espérez cacher votre état à tout le monde ; mais, détrompez vous, d'un seul mot j'abattrai tout votre orgueil : vous êtes enceinte !...

Andrée poussa un cri terrible et tomba renversée sur le sofa.

Ce cri fut suivi d'un bruit de porte violemment poussée, et Philippe bondit au milieu de la chambre, l'épée au poing, l'œil sanglant, les lèvres tremblantes.

– Misérable ! dit-il au docteur, vous mentez.

Le docteur se tourna lentement vers le jeune homme, sans avoir quitté le pouls d'Andrée, qui palpitait demi-morte.

– J'ai dit ce que j'ai dit, monsieur, répliqua le docteur avec mépris, et ce n'est point votre épée, nue ou au fourreau, qui me fera mentir.

– Docteur ! murmura Philippe en laissant tomber son épée.

– Vous avez désiré que je contrôlasse, par une seconde épreuve, mon premier examen ; je l'ai fait : maintenant, la certitude est fondée, acquise, rien ne me l'arrachera du cœur. Je le regrette vivement, jeune homme ; car vous m'avez inspiré autant de sympathie que cette jeune fille m'inspire d'aversion par sa persévérance dans le mensonge.

Andrée demeurait immobile ; mais Philippe fit un mouvement.

– Je suis père de famille, monsieur, continua le docteur, et je comprends tout ce que vous pouvez, tout ce que vous devez souffrir. Je vous offre donc mes services, comme je vous promets ma discrétion. Ma parole est sacrée, monsieur, et tout le monde vous dira que je tiens plus à ma parole qu'à ma vie.

– Oh ! mais, monsieur, c'est impossible !

– Je ne sais si c'est impossible, mais c'est vrai. Adieu, monsieur de Taverney.

Et le docteur s'en retourna du même pas calme et lent, après avoir affectueusement regardé le jeune homme, qui se tordait de douleur et qui, au moment où se refermait la porte, tombait abîmé de douleur sur un fauteuil, à deux pas d'Andrée.

Le médecin parti, Philippe se leva, alla fermer la porte du corridor, celle de la chambre, les fenêtres, et, s'approchant d'Andrée, qui le regardait avec stupeur faire ces sinistres préparatifs :

— Vous m'avez lâchement et stupidement trompé, dit-il en se croisant les bras ; lâchement, parce que je suis votre frère, parce que j'ai eu la faiblesse de vous aimer, de vous préférer à tout, de vous estimer plus que tout, et que cette confiance de ma part devait au moins provoquer la vôtre à défaut de tendresse ; stupidement, parce qu'aujourd'hui l'infâme secret qui nous déshonore est au pouvoir d'un tiers ; parce que, malgré votre discrétion, peut-être il a éclaté à d'autres yeux ; parce que enfin, si vous m'eussiez avoué à moi tout d'abord la situation où vous vous trouvez, je vous eusse sauvée de la honte, sinon par affection, du moins par égoïsme ; car, enfin, je m'épargnais en vous sauvant. Voilà comment et en quoi vous avez failli surtout. Votre honneur, tant que vous n'êtes pas mariée, appartient en commun à tous ceux dont vous portez, c'est-à-dire dont vous souillez le nom. Or, maintenant, je ne suis plus votre frère, puisque vous m'avez dénié ce titre ; maintenant, je suis un homme intéressé à vous arracher par tous les moyens possibles le secret tout entier, afin que, de cet aveu, il jaillisse pour moi une réparation quelconque. Je viens donc à vous plein de colère et de résolution, et je vous dis : Puisque vous avez été assez lâche pour espérer en un mensonge, vous serez punie comme on punit les lâches. Avouez-moi donc votre crime, ou…

— Des menaces ! s'écria la fière Andrée, des menaces à une femme !

Et elle se leva pâle et menaçante elle-même.

— Oui, des menaces, non pas à une femme, mais à une créature sans foi, sans honneur.

— Des menaces ! continua Andrée en s'exaspérant peu à peu ; des menaces à moi qui ne sais rien, qui ne comprends rien, qui vous regarde tous comme des fous sanguinaires ligués pour me faire mourir de chagrin, sinon de honte !

— Eh bien, oui ! s'écria Philippe, meurs donc ! meurs donc, si tu n'avoues ; meurs à l'instant même. Dieu te juge, et je vais te frapper.

Et le jeune homme ramassa convulsivement son épée, et, prompt comme l'éclair, en appuya la pointe sur la poitrine de sa sœur.

– Bien, bien, tuez-moi ! s'écria celle-ci sans s'effrayer de l'éclair qui jaillit de la lame, sans chercher à éviter la douleur de la piqûre.

Et elle s'élança en avant, pleine de douleur et de démence, et son élan fut si vif, que l'épée lui eût traversé la poitrine sans la subite terreur de Philippe et la vue de quelques gouttes de sang qui tachèrent la mousseline jetée autour du cou de sa sœur.

Le jeune homme était au bout de sa force et de sa colère : il recula, laissa échapper le fer de ses mains et, tombant à genoux avec des sanglots, il entoura de ses bras le corps de la jeune fille.

– Andrée ! Andrée ! s'écria-t-il, non ! non ! c'est moi qui mourrai. Tu ne m'aimes plus, tu ne me connais plus, je n'ai plus rien à faire en ce monde. Oh ! tu aimes quelqu'un à ce point, Andrée, que tu préfères la mort à un aveu versé dans mon sein ? O Andrée ! ce n'est pas toi qui dois mourir, c'est moi qui mourrai.

Et il fit un mouvement pour fuir ; mais déjà Andrée l'avait saisi par le cou avec ses deux mains, égarée, le couvrant de baisers, le baignant de larmes.

– Non, non, dit-elle, tu avais raison d'abord. Tue-moi, Philippe ; car on dit que je suis coupable. Mais toi, si noble, si pur, si bon, toi que personne n'accuse, vis, et seulement plains-moi au lieu de me maudire.

– Eh bien, ma sœur, reprit le jeune homme, au nom du ciel, au nom de notre amitié d'autrefois, voyons, ne crains rien, ni pour toi, ni pour celui que tu aimes ; celui-là, quel qu'il soit, me sera sacré, fût-il mon plus grand ennemi, fût-il le dernier des hommes. Mais je n'ai pas d'ennemi, Andrée ; mais tu es si noble de cœur et de pensée, que tu dois avoir bien choisi ton amant. Eh bien, celui que tu as choisi, je vais l'aller trouver, je vais l'appeler mon frère. Tu ne dis rien ; mais un mariage entre toi et lui est donc impossible ? Est-ce cela que tu veux dire ? Eh bien, soit ! je me résignerai, je garderai toute ma douleur pour moi, j'étoufferai cette voix impérieuse de l'honneur qui demande du sang. Je n'exige plus rien de toi, pas

même le nom de cet homme. Soit, cet homme t'a plu, il m'est cher...
Seulement, nous quitterons la France, nous fuirons ensemble. Le roi
t'a fait don d'une riche parure, à ce qu'on m'a dit : eh bien, nous la
vendrons ; nous enverrons la moitié du prix à notre père ; puis, avec
l'autre, nous vivrons ignorés ; je serai tout pour toi, Andrée. Tu seras
tout pour moi. Moi, moi, je n'aime personne ; tu vois bien que je te
suis dévoué. Andrée, tu vois ce que je fais ; tu vois que tu peux compter sur mon amitié ; voyons, me refuseras-tu encore ta confiance,
après ce que je viens de dire ? Voyons, voyons, ne m'appelleras-tu
pas ton frère ?

Andrée avait écouté en silence tout ce que venait de dire le jeune
homme éperdu.

Le battement de son cœur indiquait seul la vie ; son regard seul
indiquait la raison.

– Philippe, dit-elle après un long silence, tu as pensé que je ne
t'aimais plus, pauvre frère ! tu as pensé que j'avais aimé un autre
homme ; tu as pensé que j'avais oublié la loi de l'honneur, moi qui
suis fille noble et qui comprends tous les devoirs que ce mot
m'impose !... Mon ami, je te le pardonne ; oui, oui, en vain m'as-tu
crue infâme, en vain m'as-tu appelée lâche ; oui, oui, je te pardonne,
mais je ne te pardonnerai pas si tu me crois assez impie, assez vile
pour te faire un faux serment. Je te jure, Philippe, par le Dieu qui
m'entend, par l'âme de ma mère, qui ne m'a point assez protégée,
hélas ! à ce qu'il paraît ; je te jure, par mon ardent amour pour toi,
que jamais une pensée d'amour n'a distrait ma raison ; que jamais
homme ne m'a dit : « Je t'aime », que jamais bouche ne m'a baisé la
main ; que je suis pure d'esprit, vierge de désirs, et cela comme au
jour de ma naissance. Maintenant, Philippe, maintenant Dieu ait
mon âme, tu tiens mon corps entre tes mains.

– C'est bien, dit Philippe après un long silence ; c'est bien, Andrée, je te remercie. À présent, je vois clair jusqu'au fond de ton
cœur. Oui, tu es pure, innocente, chère victime ; mais il est des boissons magiques, des philtres empoisonnés ; quelqu'un t'a tendu un
piège infâme : ce que, vivante, nul n'eût pu t'arracher avec la vie, eh
bien, on te l'aura dérobé pendant ton sommeil. Tu es tombée dans
quelque piège, Andrée ; mais maintenant nous voilà unis ; par conséquent, maintenant, nous voilà forts. Tu me confies le soin de ton
honneur, n'est-ce pas, et celui de ta vengeance ?

– Oh ! oui, oui, dit vivement Andrée avec un sombre éclat ; oui, car, si tu me venges, ce sera d'un crime.

– Eh bien, continua Philippe, voyons, aide-moi, soutiens-moi. Cherchons ensemble, remontons heure à heure les jours écoulés ; suivons le fil secourable du souvenir et, au premier nœud de cette trame obscure...

– Oh ! je le veux ! je le veux ! dit Andrée ; cherchons.

– Voyons, as-tu remarqué que quelqu'un te suivit, te guettât ?

– Non.

– Personne ne t'a écrit ?

– Personne.

– Pas un homme ne t'a dit qu'il t'aimait ?

– Pas un.

– Les femmes ont pour cela un instinct remarquable ; à défaut de lettres, à défaut d'aveu, as-tu jamais remarqué que quelqu'un te... désirât ?

– Je n'ai jamais rien remarqué de pareil.

– Chère sœur, cherche dans les circonstances de ta vie, dans les détails intimes.

– Guide-moi.

– As-tu fait quelque promenade seule ?

– Jamais, que je me rappelle, si ce n'est pour aller chez madame la dauphine.

– Quand tu t'éloignais dans le parc, dans la forêt ?

– Nicole m'accompagnait toujours.

– À propos, Nicole, elle t'a quittée ?

– Oui.

– Quel jour ?

– Le jour même de ton départ, à ce que je crois.

– C'était une fille de mœurs suspectes. As-tu connu les détails de sa fuite ? Cherche bien.

– Non ; je sais seulement qu'elle est partie avec un jeune homme qu'elle aimait.

– Quels sont tes derniers rapports avec cette fille ?

– Oh ! mon Dieu, vers neuf heures, elle est entrée, comme d'habitude, dans ma chambre, m'a déshabillée, m'a préparé mon verre d'eau et est sortie.

– Tu n'as point remarqué qu'elle mêlât une liqueur quelconque dans cette eau ?

– Non ; d'ailleurs, cette circonstance n'aurait aucune importance, car je me rappelle qu'au moment où je portais le verre à ma bouche, j'ai éprouvé une sensation étrange.

– Laquelle ?

– La même que j'avais éprouvée un jour à Taverney.

– À Taverney ?

– Oui, lors du passage de cet étranger.

– De quel étranger ?

– Du comte de Balsamo.

– Du comte de Balsamo ? Et quelle était cette sensation ?

– Oh ! quelque chose comme un vertige, comme un éblouissement, puis la perte de toutes mes facultés.

– Et tu avais éprouvé cette impression à Taverney, dis-tu ?

– Oui.

– Dans quelle circonstance ?

– J'étais à mon piano, je me sentis défaillir : je regardai devant moi, j'aperçus le comte dans une glace. À partir de ce moment, je ne me souviens plus de rien, si ce n'est que je me réveillai à mon piano sans pouvoir mesurer le temps que j'avais dormi.

– C'est la seule fois, dis-tu, que tu as éprouvé cette singulière sensation ?

– Et une fois encore, le jour ou plutôt la nuit du feu d'artifice. J'étais entraînée par toute cette foule, sur le point d'être broyée, anéantie ; je réunissais toutes mes forces pour lutter ; tout à coup, mes bras raidis se détendirent, un nuage enveloppa mes yeux ; mais, à travers ce nuage, j'eus encore le temps de voir ce même homme.

– Le comte de Balsamo ?

– Oui.

– Et tu t'endormis ?

– Je m'endormis ou m'évanouis, je ne puis dire. Tu sais comment il m'emporta et comment il me ramena chez mon père.

– Oui, oui ; et cette nuit, cette nuit du départ de Nicole, tu l'as revu ?

– Non ; mais j'ai éprouvé tous les symptômes qui annonçaient sa présence : la même sensation étrange, le même éblouissement nerveux, le même engourdissement, le même sommeil.

– Le même sommeil ?

– Oui, sommeil plein de vertiges, dont, tout en luttant, je reconnaissais l'influence mystérieuse, et auquel j'ai succombé.

– Grand Dieu ! s'écria Philippe, continue, continue.

– Je m'endormis.

– Où cela ?

– Sur mon lit, j'en suis bien sûre, et je me retrouvai à terre, sur le tapis, seule, souffrante et glacée comme une morte qui ressuscite ; en me réveillant, j'appelai Nicole, mais en vain : Nicole avait disparu.

– Et ce sommeil, c'était bien le même ?

– Oui.

– Le même qu'à Taverney ? le même que le jour des fêtes ?

– Oui, oui.

– Les deux premières fois, avant de succomber, tu avais vu ce Joseph Balsamo, ce comte de Fœnix ?

– Parfaitement.

– Et la troisième fois, tu ne le revis pas ?

– Non, dit Andrée avec effroi, car elle commençait à comprendre, non ; mais je le devinai.

– Bien ! s'écria Philippe, maintenant, sois tranquille, sois rassurée, sois fière, Andrée, je sais le secret. Merci, chère sœur, merci ! Ah ! nous sommes sauvés !

Philippe prit Andrée entre ses bras, la pressa tendrement sur son cœur et, emporté par la fougue de la résolution, il s'élança hors de la chambre sans vouloir attendre ni entendre.

Il courut à l'écurie, sella lui-même son cheval, s'élança sur son dos et prit, en toute hâte, le chemin de Paris.

Chapitre CXLV

La conscience de Gilbert

Toutes les scènes que nous venons de décrire avaient frappé un contrecoup terrible sur Gilbert.

La susceptibilité très équivoque de ce jeune homme se voyait mise à une trop rude épreuve, lorsque, du fond de la retraite qu'il savait choisir dans un coin quelconque des jardins, il voyait chaque jour les progrès de la maladie sur le visage et dans la démarche d'Andrée ; lorsque cette pâleur qui, la veille, l'avait alarmé, venait, le lendemain, lui paraître plus marquée, plus accusatrice, alors que mademoiselle de Taverney se mettait à sa fenêtre aux premiers rayons du matin. Alors, quiconque eût observé le regard de Gilbert n'eût pas méconnu en lui les traits caractéristiques du remords, devenu un dessin classique chez les peintres de l'Antiquité.

Gilbert aimait la beauté d'Andrée et, par contre, il la détestait. Cette beauté brillante, jointe à tant d'autres supériorités, établissait une nouvelle ligne de démarcation entre lui et la jeune fille ; cette beauté cependant lui paraissait un nouveau trésor à conquérir. Telles étaient les raisons de son amour et de sa haine, de son désir ou de son mépris.

Mais, du jour où cette beauté se ternissait, où les traits d'Andrée devenaient les révélateurs d'une souffrance ou d'une honte ; du jour, enfin, où il y avait danger pour Andrée, danger pour Gilbert, la situation changeait complètement, et Gilbert, esprit éminemment juste, changeait avec elle de point de vue.

Disons-le, son premier sentiment fut une profonde tristesse. Il ne vit pas sans douleur se flétrir la beauté, la santé de sa maîtresse. Il éprouva le délicieux orgueil de plaindre cette femme si fière, si dédaigneuse avec lui, et de lui rendre la pitié pour tous les opprobres dont elle l'avait couvert.

Ce n'est pas là cependant que nous trouverons Gilbert excusable. L'orgueil ne justifie rien. Aussi n'entra-t-il que de l'orgueil dans l'habitude qu'il prit d'envisager la situation. Chaque fois que mademoiselle de Taverney, pâle, souffrante et inclinée, paraissait comme un fantôme aux yeux de Gilbert, le cœur de celui-ci bondissait, le sang montait à ses paupières comme font les larmes, et il appuyait sur sa poitrine une main crispée, inquiète, qui cherchait à comprimer la révolte de sa conscience.

– C'est par moi qu'elle est perdue, murmurait-il.

Et, après l'avoir couvée d'un regard furieux et dévorant, il s'enfuyait, croyant toujours la revoir et l'entendre gémir.

Alors il lui venait au cœur, il ressentait une des plus poignantes douleurs qu'il soit donné à l'homme de supporter. Son furieux amour avait besoin d'un soulagement, et il eût parfois sacrifié sa vie pour avoir le droit de tomber aux genoux d'Andrée, de lui prendre la main, de la consoler, de la rappeler à la vie quand elle s'évanouissait. Son impuissance dans ces occasions était un supplice dont rien au monde ne saurait décrire les tortures.

Gilbert supporta trois jours ce martyre.

Le premier, il avait remarqué le changement, la lente décomposition qui s'opérait chez Andrée. Là où nul ne voyait encore rien, lui, le complice, devinait et expliquait tout. Il y a plus : après avoir étudié la marche du mal, il supputa l'époque précise où la crise éclaterait.

Le jour des évanouissements se passa pour lui en transes, en sueurs, en vagues démarches, indices certains d'une conscience aux abois. Toutes ces allées et venues, ces airs d'indifférence ou d'empressement, ces élans de sympathie ou de sarcasme que Gilbert considérait, lui, comme des chefs-d'œuvre de dissimulation et de tactique, le moindre clerc du Châtelet, le moindre porte-clefs de Saint-Lazare les eût aussi parfaitement analysés et traduits que la Fouine de M. de Sartine lisait et transcrivait les correspondances en chiffres.

On ne voit pas un homme courir à perdre haleine, puis s'arrêter soudain, pousser des sons inarticulés, puis se plonger tout à coup dans le silence le plus noir ; on ne le voit pas écouter dans l'air les bruits indifférents, ou gratter la terre, ou hacher les arbres avec une sorte de rage, sans s'arrêter pour dire : « Celui-là est un fou, s'il n'est pas un coupable. »

Après le premier épanchement du remords, Gilbert avait passé de la commisération à l'égoïsme. Il sentait que les évanouissements si fréquents d'Andrée ne paraîtraient pas à tout le monde une maladie naturelle, et qu'on en rechercherait la cause.

Gilbert se rappelait alors les formes brutales et expéditives de la justice qui s'informe, les interrogations, les recherches, les analogies inconnues au reste du monde et qui mettent sur la piste d'un coupable ces limiers pleins de ressources qu'on appelle les instructeurs, de tous les genres de vols qui peuvent déshonorer un homme.

Or, celui que Gilbert avait commis lui paraissait, en morale, le plus odieux et le plus punissable.

Il se mit donc à trembler sérieusement ; car il redouta que les souffrances d'Andrée ne suscitassent une enquête.

Dès lors, pareil au criminel de ce tableau célèbre que poursuit l'ange du remords avec le feu pâle de sa torche, Gilbert ne cessa de tourner sur tout ce qui l'entourait des regards effarés. Les bruits, les chuchotements lui devinrent suspects. Il écoutait chaque parole prononcée devant lui, et, si insignifiante qu'elle fût, elle lui semblait avoir rapport à mademoiselle de Taverney ou à lui.

Il avait vu M. de Richelieu aller chez le roi, M. de Taverney aller chez sa fille. La maison lui avait semblé, ce jour-là, prendre un air de conspiration et de défiance qui n'était pas habituel.

Ce fut bien pis encore lorsqu'il aperçut le médecin de la dauphine se dirigeant vers la chambre d'Andrée.

Gilbert était de ces sceptiques qui ne croient à rien : peu lui importait le regard des hommes et du Ciel ; mais il reconnaissait pour dieu la science et proclamait son omnipotence.

En certains moments, Gilbert eût nié la pénétration infaillible de l'Être suprême ; jamais il n'eût douté de la clairvoyance du médecin. L'arrivée du docteur Louis près d'Andrée fut un coup dont le moral de Gilbert ne se releva pas.

Il courut à sa chambre, interrompant tout travail et sourd comme une statue aux injonctions de ses chefs. Là, derrière le pauvre rideau qu'il s'était improvisé pour masquer ses espionnages, il aiguisa toutes ses facultés pour tâcher de surprendre un mot, un geste qui lui révélassent le résultat de la consultation.

Rien ne vint l'éclairer. Il aperçut seulement une fois le visage de la dauphine qui s'approcha de la fenêtre pour regarder derrière les vitres la cour, que peut-être elle n'avait jamais vue.

Il put aussi distinguer le docteur Louis ouvrant cette fenêtre, afin de laisser passer un peu d'air dans la chambre. Quant à entendre ce qui se disait, quant à voir le jeu des physionomies, Gilbert ne le put ; un épais rideau, qui servait de store, retomba le long de la fenêtre et intercepta tout le sens de la scène.

On peut juger des angoisses du jeune homme. Le médecin, à l'œil de lynx, avait découvert le mystère. L'éclat devait avoir lieu, non pas immédiatement, car Gilbert supposait avec raison que la présence de la dauphine serait un obstacle, mais tout à l'heure, entre le père et la fille, après le départ des deux personnes étrangères.

Gilbert, ivre de douleur et d'impatience, battait avec sa tête les deux parois de la mansarde.

Il vit M. de Taverney sortir avec madame la dauphine, et le docteur était déjà parti.

C'est entre M. de Taverney et la dauphine, se dit-il, que l'explication aura lieu.

Le baron ne revint pas trouver sa fille ; Andrée resta seule chez elle et passa le temps sur son sofa, tantôt à une lecture que les spasmes et la migraine la forçaient d'interrompre, tantôt dans des méditations d'une profondeur et d'une impassibilité tellement étranges, que Gilbert les prenait pour des extases, lorsqu'il en surprenait une période par l'entrebâillement du rideau que le vent soulevait.

Andrée, fatiguée de douleurs et d'émotions, s'endormit. Gilbert profita de ce répit pour aller recueillir au dehors les bruits et les commentaires.

Ce temps lui fut précieux, à cause des réflexions qu'il lui donna le temps de faire.

Le danger était tellement imminent, qu'il s'agissait de le combattre par une résolution soudaine, héroïque.

Ce fut le premier point d'appui sur lequel cet esprit chancelant, à force d'être subtil, retrouva du ressort et du repos.

Mais quelle résolution prendre ? Un changement dans des circonstances pareilles est une révélation. La fuite ? Ah ! oui ! la fuite, avec cette énergie de la jeunesse, avec cette vigueur du désespoir et de la peur, qui doublent les forces d'un homme et les égalent à celles de toute une armée... Se cacher le jour, marcher la nuit, et parvenir enfin...

Où ?

En quel endroit se cacher si bien, que ne puisse y atteindre le bras vengeur de la justice du roi ?

Gilbert connaissait les mœurs de la campagne. Que pense-t-on dans des pays presque sauvages, presque déserts – car, pour les villes, il n'y faut pas songer – ? Que pense-t-on dans une bourgade, dans un hameau, de l'étranger qui vient mendier un jour son pain, ou qu'on soupçonne de le voler ? Et puis Gilbert se savait par cœur : une figure remarquable, une figure qui désormais porterait l'empreinte indélébile d'un secret terrible, attirerait l'attention du premier observateur. Fuir était déjà un danger ; mais être découvert, c'était une honte.

La fuite devait faire juger Gilbert coupable ; il repoussa cette idée et, comme si son esprit n'eût eu de forces que tout juste pour trouver une idée, le malheureux, après la fuite, trouva la mort.

C'était la première fois qu'il y songeait ; l'apparition de ce lugubre fantôme qu'il évoqua ne lui occasionna aucune peur.

– Il sera toujours temps, se dit-il, de songer à la mort lorsque toutes les ressources seront épuisées. D'ailleurs, c'est une lâcheté que de se tuer, M. Rousseau l'a dit ; souffrir est plus noble.

Sur ce paradoxe, Gilbert releva la tête et recommença ses courses vagues dans les jardins.

Il en était aux premières lueurs de la sécurité, lorsque tout à coup Philippe, arrivant comme nous l'avons vu, bouleversa toutes ses idées et le jeta dans une nouvelle série de perplexités.

Le frère ! le frère appelé ! c'était donc bien avéré ! La famille prenait le parti du silence ; oui, mais avec toutes les investigations, tous les raffinements de détails qui, pour Gilbert, valait tout l'appareil tortionnaire de la Conciergerie, du Châtelet et de la Tournelle. C'est alors qu'on le traînerait devant Andrée, qu'on le forcerait à s'agenouiller, à confesser bassement son crime, et qu'on le tuerait comme un chien avec le bâton ou le couteau. Vengeance légitime qui d'avance avait son immunité dans les précédents d'une foule d'aventures.

Le roi Louis XV était fort complaisant pour la noblesse en semblables occasions.

Et puis Philippe était le plus redoutable vengeur que mademoiselle de Taverney pût appeler à l'aide ; Philippe, le seul de la famille qui eût montré à Gilbert des sentiments d'homme et presque d'égal, Philippe ne tuerait-il pas aussi sûrement le coupable avec un mot qu'avec le fer, si ce mot était : « Gilbert, vous avez mangé notre pain, et vous nous déshonorez ! »

Aussi avons-nous vu Gilbert se dérobant dès la première apparition de Philippe ; aussi, en revenant, n'obéit-il qu'à son instinct pour ne pas s'accuser lui-même et, dès cet instant, concentra-t-il toutes ses forces vers un seul but : la résistance.

Il suivit Philippe, le vit monter chez Andrée, causer avec le docteur Louis ; il épia tout, jugea tout, comprit le désespoir de Philippe. Il vit naître et grandir cette douleur : sa terrible scène avec Andrée, il la devina au jeu des ombres derrière le rideau.

– Je suis perdu, pensa-t-il.

Et aussitôt, sa raison s'égarant, il s'empara d'un couteau pour tuer Philippe, qu'il s'attendait à voir paraître à sa porte..., ou pour se tuer lui-même, s'il le fallait.

Tout au contraire, Philippe se réconcilia avec sa sœur ; Gilbert le vit à genoux, baisant les mains d'Andrée. C'était un espoir nouveau, une porte de salut. Si Philippe n'était pas encore monté avec des cris de fureur, c'était parce qu'Andrée ignorait complètement le nom du coupable. Si elle, le seul témoin, le seul accusateur ne savait rien, nul ne savait donc rien. Si Andrée, fol espoir, savait et n'avait pas dit, c'était plus que le salut, c'était le bonheur, c'était le triomphe.

Dès ce moment, Gilbert se haussa résolument jusqu'au niveau de la situation. Rien ne l'arrêta plus dans sa marche aussitôt qu'il eut recouvré la netteté de son coup d'œil.

– Où sont les traces, dit-il, si mademoiselle de Taverney ne m'accuse pas ? Et, fou que je suis, est-ce du résultat qu'elle m'accuserait, ou du crime ? Or, elle ne m'a pas reproché le crime : rien, depuis trois semaines, ne m'a indiqué qu'elle me détestât ou m'évitât plus qu'auparavant.

« Si donc elle n'a pas connu la cause, rien dans l'effet ne trahit moi plus qu'un autre. J'ai vu, moi, le roi lui-même dans la chambre de mademoiselle Andrée. J'en témoignerais, au besoin, devant le frère et, malgré toutes les dénégations de Sa Majesté, on me croirait... Oui ; mais ce serait là un bien périlleux parti... Je me tairai : le roi a trop de moyens de prouver son innocence ou d'écraser mon témoignage. Mais, à défaut du roi, dont le nom ne peut être invoqué en tout ceci sous peine de prison perpétuelle ou de mort, n'ai-je pas cet homme inconnu qui, la même nuit, a fait descendre mademoiselle de Taverney dans le jardin ?... Celui-là comment se défendra-t-il ? Celui-là, comment le devinerait-on ? Comment le retrouverait-on si on le devinait ? Celui-là n'est qu'un homme ordinaire ; je le vaux bien, et je me défendrai toujours bien contre lui. D'ailleurs, on ne songe pas même à moi. Dieu seul m'a vu..., ajouta-t-il en riant avec amertume. Mais ce Dieu qui tant de fois vit mes larmes et mes douleurs sans rien dire, pourquoi commettrait-il l'injustice de me révéler en cette occasion, la première qu'il m'ait fournie d'être heureux ?...

« Au surplus, si le crime existe, il est à lui et non à moi, et M. de Voltaire prouve surabondamment qu'il n'y a plus de miracles. Je suis sauvé, je suis tranquille, mon secret m'appartient. L'avenir est à moi. »

Après ces réflexions, ou plutôt après cette composition avec sa conscience, Gilbert serra ses outils aratoires, alla prendre avec ses compagnons le repas du soir. Il fut gai, insouciant, provoquant même. Il avait eu des remords, il avait eu peur c'est une double faiblesse qu'un homme, un philosophe, devait se hâter d'effacer. Seulement, il comptait sans sa conscience : Gilbert ne dormit pas.

Chapitre CXLVI

Deux douleurs

Gilbert avait jugé sainement la position lorsqu'il disait, en parlant de l'homme inconnu surpris par lui dans les jardins pendant cette soirée qui avait été si fatale à mademoiselle de Taverney : « Le retrouvera-t-on ? »

En effet, Philippe ignorait complètement où demeurait Joseph Balsamo, comte de Fœnix.

Mais il se rappela cette dame de condition, cette marquise de Saverny, chez laquelle, au 31 mai, Andrée avait été conduite pour recevoir des soins.

Il n'était point une heure tellement avancée, qu'on ne pût se présenter chez cette dame, qui logeait rue Saint-Honoré. Philippe comprima toute agitation de son esprit et de ses sens : il monta chez la dame, et la femme de chambre lui donna aussitôt, sans hésitation, l'adresse de Balsamo, rue Saint-Claude, au Marais.

Philippe se dirigea aussitôt vers la rue indiquée.

Mais ce ne fut pas sans une émotion profonde qu'il toucha le marteau de cette maison suspecte, où, selon ses conjectures, se tenaient engloutis à jamais le repos et l'honneur de la pauvre Andrée. Mais, avec un appel de sa volonté, il eut bientôt surmonté l'indignation et la sensibilité, pour se réserver bien intactes les forces dont il comptait avoir besoin.

Il frappa donc à la maison d'une main assez assurée et, selon les habitudes du lieu, la porte s'ouvrit.

Philippe entra dans la cour en tenant son cheval par la bride.

Mais il n'eut pas fait quatre pas, que Fritz sortant du vestibule et apparaissant au haut des degrés, vint l'arrêter avec cette question :

– Que veut monsieur ?

Philippe tressaillit comme à un obstacle imprévu.

Il regarda l'Allemand en fronçant le sourcil comme si Fritz n'eût pas accompli un simple devoir de serviteur.

– Je veux, dit-il, parler au maître du logis, au comte de Fœnix, répliqua Philippe en passant la bride de son cheval à un anneau et en marchant vers la maison, dans laquelle il entra.

– Monsieur n'est point chez lui, dit Fritz en laissant cependant passer Philippe, avec cette politesse d'un serviteur bien dressé.

Chose étrange, Philippe semblait avoir tout prévu, excepté cette simple réponse.

Il demeura un instant interdit.

– Où le trouverai-je ? demanda-t-il.

– Je ne sais, monsieur.

– Vous devez savoir cependant ?

– Je vous demande pardon, monsieur ne me rend pas de comptes.

– Mon ami, dit Philippe, il faut pourtant que je parle à votre maître ce soir.

– Je doute que cela soit possible.

– Il le faut ; c'est pour une affaire de la plus haute importance.

Fritz s'inclina sans répondre.

– Il est donc sorti ? demanda Philippe.

– Oui, monsieur.

– Il rentrera sans doute ?

– Je ne crois pas, monsieur.

– Ah ! vous ne croyez pas ?

– Non.

– Très bien, dit Philippe avec un commencement de fièvre ; en attendant, allez dire à votre maître...

– Mais j'ai l'honneur de vous dire, répliqua imperturbablement Fritz, que monsieur n'est pas ici.

– Je sais ce que valent les consignes, mon ami, dit Philippe, et la vôtre est respectable ; mais elle ne peut, en vérité, s'appliquer à moi, dont votre maître ne pouvait prévoir la visite, et qui viens ici par exception.

– La consigne est pour tout le monde, monsieur, répondit maladroitement Fritz.

– Alors, puisqu'il y a consigne, dit Philippe, le comte de Fœnix est ici ?

– Eh bien, après ? dit à son tour Fritz, que tant d'insistance commençait à impatienter.

– Eh bien, je l'y attendrai.

– Monsieur n'est pas ici, vous dis-je, répliqua-t-il ; le feu a pris il y a quelque temps à la maison et, à la suite de cet incendie, elle est devenue inhabitable.

– Tu l'habites cependant, toi, dit Philippe, maladroit à son tour.

– Je l'habite comme gardien.

Philippe haussa les épaules en homme qui ne croit pas un mot de ce qu'on lui dit.

Fritz commençait à s'irriter.

– Au reste, dit-il, que M. le comte y soit ou n'y soit pas, on n'a pas, soit en sa présence, soit en son absence, l'habitude de pénétrer chez lui de force ; et, si vous ne vous conformez pas aux habitudes, je vais être contraint...

Fritz s'arrêta.

– À quoi ? demanda Philippe s'oubliant.

– À vous mettre dehors, répondit tranquillement Fritz.

– Toi ? s'écria Philippe, l'œil étincelant.

– Moi, répliqua Fritz reprenant, avec le caractère particulier à sa nation, toutes les apparences du sang-froid à mesure que grandissait sa colère.

Et il fit un pas vers le jeune homme, qui, exaspéré, hors de lui, mit l'épée à la main.

Fritz, sans s'émouvoir à la vue du fer, sans appeler – peut-être d'ailleurs était-il seul –, Fritz saisit à une panoplie une espèce de pieu armé d'un fer court mais aigu et, s'élançant sur Philippe en bâtonniste plutôt qu'en escrimeur, il fit, du premier choc, voler en éclats la lame de cette petite épée.

Philippe poussa un cri de colère et, s'élançant à son tour vers le trophée, chercha à y saisir une arme.

En ce moment, la porte secrète du corridor s'ouvrit et, se détachant sur le cadre sombre, le comte apparut.

– Qu'y a-t-il, Fritz ? demanda-t-il.

– Rien, monsieur, répliqua le serviteur en abaissant son épieu, mais en se plaçant comme une barrière en face de son maître, qui, debout sur les degrés de l'escalier dérobé, le dominait de la moitié du corps.

– Monsieur le comte de Fœnix, dit Philippe, est-ce l'habitude de votre pays que les laquais reçoivent un gentilhomme l'épieu à la main, ou est-ce une consigne particulière à votre noble maison ?

Fritz abaissa son épieu et, sur un signe du maître, le déposa dans un angle du vestibule.

– Qui êtes-vous, monsieur ? demanda le comte distinguant mal Philippe à la lueur de la lampe qui éclairait l'antichambre.

– Quelqu'un qui veut absolument vous parler.

– Qui veut ?

– Oui.

– Voilà un mot qui excuse bien Fritz, monsieur ; car, moi, je ne veux parler à personne et, quand je suis chez moi, je ne reconnais à personne le droit de vouloir me parler. Vous êtes donc coupable d'un tort vis-à-vis de moi ; mais, ajouta Balsamo avec un soupir, je vous le pardonne, à la condition cependant que vous vous retirerez et ne troublerez pas davantage mon repos.

– Il vous sied bien, en vérité, s'écria Philippe, de demander du repos, vous qui m'avez ôté le mien !

– Moi, je vous ai ôté votre repos ? demanda le comte.

– Je suis Philippe de Taverney ! s'écria le jeune homme croyant que, pour la conscience du comte, ce mot répondait à tout.

– Philippe de Taverney ?... Monsieur, dit le comte, j'ai été bien reçu chez votre père, soyez le bien reçu chez moi.

– Ah ! c'est fort heureux ! murmura Philippe.

– Veuillez me suivre, monsieur.

Balsamo referma la porte de l'escalier dérobé, et, marchant devant Philippe, il le conduisit au salon où nous avons vu nécessairement se dérouler quelques-unes des scènes de cette histoire, et particulièrement la plus récente de toutes celles qui s'y étaient passées, celle des cinq maîtres.

Le salon était éclairé comme si on eût attendu quelqu'un ; mais il était évident que c'était par une des habitudes luxueuses de la maison.

– Bonsoir, monsieur de Taverney, dit Balsamo d'un son de voix doux et voilé qui força Philippe de lever les yeux sur lui.

Mais, à la vue de Balsamo, Philippe fit un pas en arrière.

Le comte, en effet, n'était plus que l'ombre de lui-même : ses yeux caves n'avaient plus de lumière ; ses joues, en maigrissant, avaient encadré la bouche de deux plis, et l'angle facial, nu et osseux, faisait ressembler toute la tête à une tête de mort.

Philippe demeura atterré. Balsamo regarda son étonnement, et un sourire d'une tristesse mortelle effleura ses lèvres pâles.

– Monsieur, dit-il, je vous fais mes excuses pour mon serviteur ; mais, en vérité, il suivait sa consigne, et c'est vous, permettez-moi de vous le dire, qui vous étiez mis dans votre tort en la forçant.

– Monsieur, dit Philippe, il y a, vous le savez, dans la vie des situations extrêmes, et j'étais dans une de ces situations-là.

Balsamo ne répondit point.

– Je voulais vous voir, continua Philippe, je voulais vous parler ; j'eusse, pour pénétrer jusqu'à vous, bravé la mort.

Balsamo continuait de garder le silence et semblait attendre un éclaircissement aux paroles du jeune homme, sans avoir la force ni la curiosité de le demander.

– Je vous tiens, continua Philippe, je vous tiens enfin, et nous allons nous expliquer, s'il vous plaît ; mais veuillez d'abord congédier cet homme.

Et, du doigt, Philippe désignait Fritz, qui venait de soulever la portière comme pour demander à son maître ses derniers ordres à l'égard de l'importun visiteur.

Balsamo attacha sur Philippe un regard dont le but était de pénétrer ses intentions ; mais, en se retrouvant en face d'un homme son égal par le rang et par la distinction, Philippe avait repris son calme et sa force. Il fut impénétrable.

Alors Balsamo, d'un simple mouvement de la tête, ou plutôt des sourcils, congédia Fritz, et les deux hommes s'assirent en face l'un de l'autre, Philippe le dos tourné à la cheminée, Balsamo le coude appuyé sur un guéridon.

– Parlez vite et clairement, s'il vous plaît, monsieur, dit Balsamo ; car je ne vous écoute que par bienveillance et, je vous en préviens, je me lasserais promptement.

– Je parlerai comme je dois, monsieur, et autant que je le jugerai convenable, dit Philippe ; et, sauf votre bon plaisir, je vais commencer par une interrogation.

À ce mot, un froncement terrible de sourcils dégagea des yeux de Balsamo un éclair électrique.

Ce mot lui rappelait de tels souvenirs, que Philippe eût frémi s'il avait su ce qu'il remuait au fond du cœur de cet homme.

Cependant, après un moment de silence employé à reprendre son empire sur lui-même :

– Interrogez, dit Balsamo.

– Monsieur, répondit Philippe, vous ne m'avez jamais bien expliqué l'emploi de votre temps pendant cette fameuse nuit du 31 mai, à partir de ce moment où vous enlevâtes ma sœur du milieu des mourants et des morts qui encombraient la place Louis XV ?

– Qu'est-ce que cela signifie ? demanda Balsamo.

– Cela signifie, monsieur le comte, que toute votre conduite, cette nuit-là, m'a été et m'est plus que jamais suspecte.

– Suspecte ?

– Oui, et que, selon toute probabilité, elle n'a point été celle d'un homme d'honneur.

– Monsieur, dit Balsamo, je ne vous comprends pas ; vous devez remarquer que ma tête est fatiguée, affaiblie, et que cette faiblesse me cause naturellement des impatiences.

– Monsieur ! s'écria à son tour Philippe, irrité du ton plein de hauteur et de calme à la fois que Balsamo gardait avec lui.

– Monsieur, continua Balsamo du même ton, depuis que j'ai eu l'honneur de vous voir, j'ai éprouvé un grand malheur ; ma maison a brûlé en partie, et divers objets précieux, très précieux, entendez-vous bien, ont été perdus pour moi ; il en résulte que j'ai conservé de ce chagrin quelque égarement. Soyez donc fort clair, je vous prie, ou bien je prendrai congé de vous immédiatement.

– Oh ! non pas, monsieur, dit Philippe, non pas, vous ne prendrez point congé de moi aussi facilement que vous le dites ; je respecterai vos chagrins si vous vous montrez compatissant aux miens ; à moi aussi, monsieur, il est arrivé un malheur bien grand, bien plus grand qu'à vous, j'en suis sûr.

Balsamo sourit de ce sourire désespéré que Philippe avait déjà vu errer sur ses lèvres.

– Moi, monsieur, continua Philippe, j'ai perdu l'honneur de ma famille.

– Eh bien, monsieur, répliqua Balsamo, que puis-je faire à ce malheur, moi ?

– Ce que vous pouvez y faire ? s'écria Philippe les yeux étincelants.

– Sans doute.

– Vous pouvez me rendre ce que j'ai perdu, monsieur !

– Ah çà ! vous êtes fou, monsieur ! s'écria Balsamo.

Et il étendit sa main vers la sonnette.

Mais il fit ce geste si mollement et avec si peu de colère que le bras de Philippe l'arrêta aussitôt.

– Je suis fou ? s'écria Philippe d'une voix saccadée. Mais ne comprenez-vous donc pas qu'il s'agit de ma sœur, de ma sœur que vous avez tenue évanouie dans vos bras, le 31 mai ; de ma sœur que vous avez conduite dans une maison, selon vous honorable, selon moi infâme ; de ma sœur, en un mot, dont je vous demande l'honneur l'épée à la main ?

Balsamo haussa les épaules.

– Eh ! bon Dieu ! murmura-t-il, que de détours pour en arriver à une chose si simple !

– Malheureux ! s'écria Philippe.

– Quelle déplorable voix vous avez, monsieur ! dit Balsamo avec la même impatience triste ; vous m'assourdissez. Voyons, ne venez-vous pas de me dire que j'avais insulté votre sœur ?

– Oui, lâche !

– Encore un cri et une insulte inutiles, monsieur ; qui diable vous a donc dit que j'eusse insulté votre sœur ?

Philippe hésita ; le ton avec lequel Balsamo avait prononcé ces paroles le frappait de stupeur. C'était le comble de l'impudence, ou c'était le cri d'une conscience pure.

– Qui me l'a dit ? reprit le jeune homme.

– Oui, je vous le demande.

– C'est ma sœur elle-même, monsieur.

– Eh bien, monsieur, votre sœur...

– Vous alliez dire ? s'écria Philippe avec un geste menaçant.

– J'allais dire, monsieur, que vous me donnez, en vérité, de vous et de votre sœur une bien triste idée. C'est la plus laide spéculation du monde, savez-vous, que celle que font certaines femmes sur leur déshonneur. Or, vous êtes venu, la menace à la bouche, comme les frères barbus de la comédie italienne, pour me forcer, l'épée à la main, ou à épouser votre sœur, ce qui prouve qu'elle a grand besoin d'un mari, ou à vous donner de l'argent, parce que vous savez que je fais de l'or. Eh bien, mon cher monsieur, vous vous êtes trompé sur les deux points : vous n'aurez point d'argent, et votre sœur restera fille.

– Alors, j'aurai de vous le sang que vous avez dans les veines, s'écria Philippe, si toutefois vous en avez.

– Non, pas même cela, monsieur.

– Comment ?

– Le sang que j'ai, je le garde, et j'avais pour le répandre, si j'eusse voulu, une occasion plus sérieuse que celle que vous m'offrez. Ainsi, monsieur, obligez-moi de vous en retourner tranquillement et, si vous faites du bruit, comme ce bruit me fera mal à la tête, j'appellerai Fritz ; Fritz viendra, et, sur un signe de moi, il vous brisera en deux comme un roseau. Allez.

Cette fois, Balsamo sonna, et, comme Philippe voulait l'en empêcher, il ouvrit un coffre d'ébène posé sur le guéridon, prit dans ce
coffre un pistolet à deux coups qu'il arma.

– Eh bien, j'aime mieux cela, s'écria Philippe, tuez-moi !

– Pourquoi vous tuerais-je ?

– Parce que vous m'avez déshonoré.

Le jeune homme prononça à son tour ces paroles avec un tel accent de vérité, que Balsamo, le regardant d'un œil plein de douceur :

– Serait-il donc possible, dit-il, que vous fussiez de bonne foi ?

– Vous en doutez ? Vous doutez de la parole d'un gentilhomme ?

– Et, continua Balsamo, que mademoiselle de Taverney eût
seule conçu l'indigne idée, qu'elle vous eût poussé en avant ?... Je
veux l'admettre ; je vais donc vous donner une satisfaction. Je vous
jure sur l'honneur que ma conduite envers mademoiselle votre sœur,
dans la nuit du 31 mai, est irréprochable ; que ni point d'honneur, ni
tribunal humain, ni justice divine, ne peuvent trouver quoi que ce
soit de contraire à la plus parfaite prud'homie ; me croyez-vous ?

– Monsieur ! fit le jeune homme étonné.

– Vous savez que je ne crains pas un duel, cela se lit dans les
yeux, n'est-ce pas ? Quant à ma faiblesse, ne vous y trompez pas, elle
n'est qu'apparente. J'ai peu de sang au visage, c'est vrai ; mais mes
muscles n'ont rien perdu de leur force. En voulez-vous une preuve ?
Tenez...

Et Balsamo souleva d'une seule main, et sans effort, un énorme
vase de bronze posé sur un meuble de Boule.

– Eh bien, soit, monsieur, dit Philippe, je vous crois quant au 31
mai ; mais c'est un subterfuge que vous employez, vous mettez votre
parole sous la garantie d'une erreur de date. Depuis, vous avez revu
ma sœur.

Balsamo hésita à son tour.

– C'est vrai, dit-il, je l'ai revue.

Et son front, éclairci un instant, s'assombrit d'une façon terrible.

– Ah ! vous voyez bien ! dit Philippe.

– Eh bien, que j'aie revu votre sœur, qu'est-ce que cela prouve contre moi ?

– Cela prouve que vous l'avez plongée dans ce sommeil inexplicable dont trois fois déjà, à votre approche, elle a senti les atteintes, et que vous avez abusé de cette insensibilité pour obtenir le secret du crime.

– Encore une fois, qui dit cela ? s'écria à son tour Balsamo.

– Ma sœur !

– Comment le sait-elle, puisqu'elle dormait ?

– Ah ! vous avouez donc qu'elle était endormie ?

– Il y a plus, monsieur : j'avoue l'avoir endormie moi-même.

– Endormie ?

– oui.

– Et dans quel but, si ce n'est pour la déshonorer ?

– Dans quel but, hélas ! dit Balsamo, laissant retomber sa tête sur sa poitrine.

– Parlez, parlez donc !

– Dans le but, monsieur, de lui faire révéler un secret qui m'était plus précieux que la vie.

– Oh ! ruse, subterfuge !

– Et c'est dans cette nuit, continua Balsamo suivant sa pensée bien plutôt qu'il ne répondait à l'interrogation injurieuse de Philippe, c'est dans cette nuit que votre sœur ?...

– À été déshonorée, oui, monsieur.

– Déshonorée ?

– Ma sœur est mère !

Balsamo poussa un cri.

– Oh ! c'est vrai, c'est vrai, dit-il, je me rappelle ; je suis parti sans la réveiller.

– Vous avouez, vous avouez ! s'écria Philippe.

– Oui, et quelque infâme, pendant cette nuit terrible, oh ! terrible pour nous tous, monsieur, quelque infâme aura profité de son sommeil.

– Ah ! voulez-vous me railler, monsieur ?

– Non, je veux vous convaincre.

– Ce sera difficile.

– Où se trouve en ce moment votre sœur ?

– Là où vous l'avez si bien découverte.

– À Trianon ?

– Oui.

– Je vais à Trianon avec vous, monsieur.

Philippe demeura immobile d'étonnement.

– J'ai commis une faute, monsieur, dit Balsamo, mais je suis pur de tout crime. J'ai laissé cette enfant dans le sommeil magnétique. Eh bien, en compensation de cette faute, qu'il est juste de me pardonner, je vous apprendrai, moi, le nom du coupable.

– Dites-le, dites-le !

– Je ne le sais pas, moi, dit Balsamo.

– Qui donc le sait, alors ?

– Votre sœur.

– Mais elle a refusé de me le dire.

– Peut-être, mais elle me le dira, à moi.

– Ma sœur ?

– Si votre sœur accuse quelqu'un, la croirez-vous ?

– Oui, car ma sœur, c'est l'ange de la pureté.

Balsamo sonna.

– Fritz, un carrosse ! dit-il en voyant apparaître l'Allemand.

Philippe arpentait le salon comme un fou.

– Le coupable ! disait-il, vous promettez de faire connaître le coupable ?

– Monsieur, dit Balsamo, votre épée a été brisée dans la lutte, voulez-vous me permettre de vous en offrir une autre ?

Et il prit sur un fauteuil une magnifique épée à poignée de vermeil, qu'il passa dans la ceinture de Philippe.

– Mais vous ? dit le jeune homme.

– Moi, monsieur, je n'ai pas besoin d'armes, répliqua Balsamo ; ma défense est à Trianon, et mon défenseur, ce sera vous-même, quand votre sœur aura parlé.

Un quart d'heure après, ils montaient en carrosse, et Fritz, au grand galop de deux excellents chevaux, les conduisait sur la route de Versailles.

Chapitre CXLVII

La route de Trianon

Toutes ces courses et toute cette explication avaient pris du temps, de sorte qu'il était plus de deux heures du matin quand on sortit de la rue Saint-Claude.

On mit une heure un quart pour arriver à Versailles, et dix minutes pour aller de Versailles à Trianon ; de sorte que ce ne fut qu'à trois heures et demie que les deux hommes furent rendus à leur destination.

Pendant la seconde partie de la route, déjà l'aube diaprait de sa teinte rosée les bois pleins de fraîcheur et les coteaux de Sèvres. Comme si un voile eût été lentement soulevé à leurs yeux, les étangs de Ville-d'Avray et ceux plus éloignés de Buc s'étaient illuminés, pareils à des miroirs.

Puis étaient enfin apparus à leurs yeux les colonnades et les toits de Versailles, empourprés déjà par les rayons d'un soleil invisible encore.

De temps en temps, une vitre où se reflétait un rayon de flamme étincelait et trouait de sa lumière la teinte violacée du brouillard du matin.

En arrivant au bout de l'avenue qui conduit de Versailles à Trianon, Philippe avait fait arrêter la voiture ; et, s'adressant à son compagnon, qui, pendant tout le voyage, avait gardé un morne silence :

– Monsieur, lui dit-il, force nous sera, j'en ai bien peur, d'attendre quelque temps ici. Les portes ne s'ouvrent pas à Trianon avant cinq heures du matin, et je craindrais, en forçant la consigne, que notre arrivée ne semblât suspecte aux surveillants et aux gardes.

Balsamo ne répondit rien, mais témoigna, par un mouvement de tête, qu'il acquiesçait à la proposition.

– D'ailleurs, monsieur, continua Philippe, ce retard me donnera le temps de vous communiquer quelques réflexions faites pendant mon voyage.

Balsamo leva sur Philippe un regard vague tout chargé d'ennui et d'indifférence.

– Comme il vous plaira, monsieur, dit-il ; parlez, je vous écoute.

– Vous m'avez dit, monsieur, reprit Philippe, que, pendant la nuit du 31 mai, vous aviez déposé ma sœur chez madame la marquise de Saverny ?

– Vous vous en êtes assuré vous-même, monsieur, dit Balsamo, puisque vous avez fait une visite de remerciement à cette dame.

– Vous avez donc ajouté que, puisqu'un domestique des écuries du roi vous avait accompagné de l'hôtel de la marquise chez nous, c'est-à-dire rue Coq-Héron, vous ne vous étiez point trouvé seul avec elle ; je vous ai cru sur la foi de votre honneur.

– Et vous avez bien fait, monsieur.

– Mais, en ramenant ma pensée sur des circonstances plus récentes, j'ai été forcé de me dire qu'il y a un mois, à Trianon, pour lui parler, cette nuit où vous avez trouvé moyen de vous glisser dans les jardins, vous avez dû entrer dans sa chambre.

– Je ne suis jamais entré, à Trianon, dans la chambre de votre sœur, monsieur.

– Écoutez, cependant !... Voyez-vous, avant que d'arriver en face d'Andrée, il faut que toutes choses soient claires.

– Éclaircissez les choses, monsieur le chevalier, je ne demande pas mieux, et nous sommes venus pour cela.

– Eh bien, ce soir-là – faites attention à votre réponse, car ce que je vais vous dire est positif, et je le tiens de la bouche même de ma sœur –, ce soir-là, dis-je, ma sœur s'était couchée de bonne heure ; c'est donc au lit que vous l'avez surprise ?

Balsamo secoua la tête en signe de dénégation.

– Vous niez ; prenez-y garde ! dit Philippe.

– Je ne nie pas, monsieur ; vous m'interrogez, je réponds.

– Eh bien, je continue d'interroger ; continuez donc de répondre.

Balsamo ne s'irrita point, mais, au contraire, fit signe à Philippe qu'il attendait.

– Lorsque vous êtes monté chez ma sœur, continua Philippe s'animant de plus en plus, lorsque vous l'avez surprise et endormie par votre infernal pouvoir, Andrée était couchée, elle lisait, elle a senti l'invasion de cette torpeur que votre présence lui impose toujours, et elle a perdu connaissance. Or, vous dites que vous n'avez fait que de l'interroger ; seulement, ajoutez-vous, vous êtes parti en oubliant de la réveiller, et cependant, ajouta Philippe en saisissant le poignet de Balsamo et en le serrant convulsivement, cependant, lorsqu'elle a repris ses sens, le lendemain, elle était, non plus dans son lit, mais au pied de son sofa, demi-nue... Répondez à cette accusation, monsieur, et ne tergiversez pas.

Pendant cette interpellation, Balsamo, pareil à un homme qu'on réveille lui même, chassait une à une les noires idées qui assombrissaient son esprit.

– En vérité, monsieur, dit-il, vous n'eussiez pas dû revenir sur ce sujet et me chercher ainsi une éternelle querelle : je suis venu ici par condescendance et par intérêt pour vous ; il me semble que vous l'oubliez. Vous êtes jeune, vous êtes officier, vous avez l'habitude de parler haut en mettant la main sur un pommeau d'épée : tout cela vous fait raisonner faux en de graves circonstances. J'ai fait là-bas, chez moi, plus que je n'eusse dû faire pour vous convaincre et obtenir de vous un peu de repos. Vous recommencez ; prenez-y garde, car, si vous me fatiguez, je m'endormirai dans la profondeur de mes chagrins, auprès desquels les vôtres, je vous jure, sont des passe-temps folâtres, et, quand je dors ainsi, monsieur, malheur à qui me réveille ! Je ne suis point entré dans la chambre de votre sœur, voilà tout ce que je puis vous dire ; c'est votre sœur qui, de son propre mouvement, auquel, je vous l'avoue, ma volonté avait une grande part, c'est votre sœur qui est venue me trouver au jardin.

Philippe fit un mouvement, mais Balsamo l'arrêta.

– Je vous ai promis une preuve, continua-t-il, je vous la donnerai. Est-ce tout de suite ? Soit. Entrons à Trianon, plutôt que de perdre le temps à des inutilités. Préférez-vous attendre ? Attendons, mais en silence et sans commotion, s'il vous plaît.

Cela dit, et de l'air que nos lecteurs lui connaissent, Balsamo éteignit l'éclair fugitif de son regard et se replongea dans sa méditation.

Philippe poussa un sourd rugissement, comme fait la bête farouche qui s'apprête à mordre ; puis, changeant soudain d'attitude et de pensée :

– Avec cet homme, dit-il, il faut persuader ou dominer par une supériorité quelconque. Je n'ai pour l'heure aucun moyen de domination ou de persuasion ; prenons patience.

Mais, comme il lui était impossible de prendre patience près de Balsamo, il sauta à bas de la voiture et commença d'arpenter l'allée verdoyante dans laquelle le carrosse était arrêté.

Au bout de dix minutes, Philippe sentit qu'il lui était impossible d'attendre plus longtemps.

Il préféra donc se faire ouvrir la grille avant l'heure, au risque d'éveiller les soupçons.

– D'ailleurs, murmurait Philippe caressant une idée qui, plusieurs fois déjà, s'était présentée à son esprit, d'ailleurs, quels soupçons peut concevoir le suisse si je lui dis que la santé de ma sœur m'a inquiété à ce point d'aller à Paris chercher un médecin, et d'amener ce médecin ici dès le lever du soleil ?

Adoptant cette idée, qui, par le désir qu'il avait de la mettre à exécution, avait peu à peu perdu tous ses dangers, il courut au carrosse.

– Oui, monsieur, dit-il, vous aviez raison, il est inutile d'attendre plus longtemps. Venez, venez...

Mais il fallut qu'il renouvelât cet avertissement ; à la seconde fois seulement, Balsamo se débarrassa de son manteau, dans lequel il était enveloppé, ferma sa houppelande sombre à boutons d'acier bruni, et sortit du carrosse.

Philippe prit un sentier qui le conduisit à la grille du parc, avec toute l'économie des diagonales.

– Marchons vite, dit-il à Balsamo.

Et son pas devint en effet si rapide, que Balsamo eut peine à le suivre.

La grille s'ouvrit, Philippe donna son explication au suisse, les deux hommes passèrent.

Lorsque la grille fut refermée sur eux, Philippe s'arrêta encore une fois.

– Monsieur, lui dit-il, un dernier mot... Nous voici au terme ; je ne sais quelle question vous allez poser à ma sœur ; épargnez-lui au moins le détail de l'horrible scène qui a pu se passer durant son sommeil. Épargnez la pureté de l'âme, puisque c'en est fait de la virginité du corps.

– Monsieur, répondit Balsamo, écoutez bien ceci : je ne suis jamais entré dans le parc plus loin que ces futaies que vous voyez là-bas, en face des bâtiments où loge votre sœur. Je n'ai, par conséquent jamais pénétré dans la chambre de mademoiselle de Taverney, comme j'ai déjà eu l'honneur de vous le dire. Quant à la scène dont vous redoutez l'effet sur l'esprit de mademoiselle votre sœur, cet effet ne se produira que pour vous, et sur une personne endormie, attendu que, dès à présent, dès ce pas que je fais, je vais ordonner à mademoiselle votre sœur de tomber dans le sommeil magnétique.

Balsamo fit une halte, croisa ses bras, se tourna vers le pavillon qu'habitait Andrée, et demeura un instant immobile, les sourcils froncés et avec l'expression de la volonté toute-puissante étendue sur sa physionomie.

– Et tenez, dit-il en laissant retomber ses bras, mademoiselle Andrée doit être endormie à cette heure.

La physionomie de Philippe exprima le doute.

– Ah ! vous ne me croyez pas ? reprit Balsamo. Eh bien ! attendez. Pour bien vous prouver que je n'ai pas eu besoin d'entrer chez elle, je vais lui commander, tout endormie qu'elle est, de venir nous trouver au bas des degrés, à l'endroit même où je lui parlai lors de notre derrière entrevue.

– Soit, dit Philippe ; quand je verrai cela, je croirai.

– Approchons-nous jusque dans cette allée, et attendons derrière la charmille.

Philippe et Balsamo allèrent prendre la place désignée.

Balsamo étendit la main vers l'appartement d'Andrée.

Mais il était à peine dans cette attitude qu'un léger bruit se fit entendre dans la charmille voisine.

– Un homme ! dit Balsamo. Prenons garde.

– Où cela ? demanda Philippe en cherchant des yeux celui que lui signalait le comte.

– Là, dans le taillis à gauche, dit celui-ci.

– Ah ! oui, dit Philippe, c'est Gilbert, un ancien serviteur à nous.

– Avez-vous quelque chose à craindre de ce jeune homme ?

– Non, je ne crois pas ; mais n'importe, arrêtez, monsieur : si Gilbert est levé, d'autres peuvent être levés comme lui.

Pendant ce temps, Gilbert s'éloignait épouvanté ; car, en apercevant ensemble Philippe et Balsamo, il comprenait instinctivement qu'il était perdu.

– Eh bien, monsieur, demanda Balsamo, à quoi vous décidez-vous ?

– Monsieur, dit Philippe éprouvant malgré lui l'espèce de charme magnétique que cet homme répandait autour de lui, monsieur, si réellement votre pouvoir est assez grand pour amener mademoiselle de Taverney jusqu'à nous, manifestez ce pouvoir par un signe quelconque, mais n'amenez pas ma sœur à un endroit découvert comme celui-ci, où le premier venu puisse entendre vos questions et ses réponses.

– Il était temps, dit Balsamo, saisissant le bras du jeune homme et lui montrant, à la fenêtre du corridor des communs, Andrée, blanche et sévère, qui sortait de sa chambre, et, obéissant à l'ordre de Balsamo, s'apprêtait à descendre l'escalier.

– Arrêtez-la, arrêtez-la, dit Philippe éperdu et stupéfait à la fois.

– Soit, dit Balsamo.

Le comte étendit le bras dans la direction de mademoiselle de Taverney, qui s'arrêta aussitôt.

Puis, comme la statue qui marche au festin de pierre, après une halte d'un instant, elle fit volte-face et rentra dans sa chambre.

Philippe se précipita derrière elle ; Balsamo le suivit.

Philippe entra presque en même temps qu'Andrée dans la chambre ; et, saisissant la jeune fille dans ses bras, il la fit asseoir.

Quelques instants après Philippe, Balsamo entra et ferma la porte derrière lui.

Mais, si rapide qu'eût été l'intervalle qui séparait ces entrées, un troisième personnage avait eu le temps de se glisser entre les deux hommes et de pénétrer dans le cabinet de Nicole, où il s'était caché, comprenant que sa vie allait dépendre de cet entretien.

Ce troisième personnage, c'était Gilbert.

Chapitre CXLVIII

Révélation

Balsamo ferma la porte derrière lui, et, apparaissant sur le seuil au moment où Philippe contemplait sa sœur avec une terreur mêlée de curiosité :

– Êtes-vous prêt, chevalier ? demanda-t-il.

– Oui, monsieur, oui, balbutia Philippe tout tremblant.

– Nous pouvons donc commencer à interroger votre sœur ?

– S'il vous plaît, dit Philippe en essayant de soulever avec sa respiration le poids qui écrasait sa poitrine.

– Mais, avant tout, dit Balsamo, regardez votre sœur.

– Je la vois, monsieur.

– Vous croyez bien qu'elle dort, n'est-ce pas ?

– Oui.

– Et que, par conséquent, elle n'a aucune conscience de ce qui se passe ici ?

Philippe ne répondit pas, il fit seulement un geste de doute.

Alors Balsamo alla au foyer et alluma une bougie qu'il passa devant les yeux d'Andrée, sans que la flamme lui fît baisser la paupière.

– Oui, oui, elle dort, c'est visible, dit Philippe ; mais de quel étrange sommeil, mon Dieu !

– Eh bien, je vais l'interroger, continua Balsamo ; ou plutôt, vous avez manifesté la crainte que je n'adressasse à votre sœur quelque indiscrète question, interrogez vous-même, chevalier.

– Mais je lui ai parlé, mais je l'ai touchée tout à l'heure : elle n'a point paru m'entendre, elle n'a point paru me sentir.

– C'est que vous n'étiez pas en rapport avec elle. Je vais vous y mettre.

Et Balsamo prit la main de Philippe et la mit dans celle d'Andrée.

Aussitôt la jeune fille sourit et murmura :

– Ah ! c'est toi, mon frère ?

– Vous voyez, dit Balsamo, elle vous reconnaît maintenant.

– Oui. C'est étrange.

– Interrogez, elle répondra.

– Mais, si elle ne se souvenait pas éveillée, comment se souviendra-t-elle endormie ?

– C'est un des mystères de la science.

Et Balsamo, poussant un soupir, alla dans un coin s'asseoir sur un fauteuil.

Philippe restait immobile, sa main dans la main d'Andrée. Comment allait-il commencer ses interrogations, dont le résultat serait pour lui la certitude de son déshonneur et la révélation d'un coupable, à qui peut-être sa vengeance ne pourrait s'adresser ?

Quant à Andrée, elle était dans un calme voisin de l'extase, et sa physionomie indiquait plutôt la quiétude que tout autre sentiment.

Tout frémissant, il obéit néanmoins au coup d'œil expressif de Balsamo qui lui disait de se préparer.

Mais, à mesure qu'il pensait à son malheur, à mesure que son visage s'assombrissait, celui d'Andrée se couvrait d'un nuage, et ce fut elle qui commença par lui dire :

– Oui, tu as raison, frère, c'est un grand malheur pour la famille.

Andrée traduisait ainsi la pensée qu'elle lisait dans l'esprit de son frère.

Philippe ne s'attendait pas à ce début ; il tressaillit.

– Quel malheur ? demanda-t-il sans trop savoir ce qu'il répondait.

– Ah ! tu le sais bien, mon frère.

– Forcez-la de parler, monsieur, elle parlera.

– Comment puis-je la forcer ?

– Veuillez qu'elle parle, voilà tout.

Philippe regarda sa sœur en formulant une volonté intérieure.

Andrée rougit.

– Oh ! dit la jeune fille, comme c'est mal à toi, Philippe, de croire qu'Andrée t'a trompé.

– Tu n'aimes donc personne ? demanda Philippe.

– Personne.

– Alors ce n'est pas un complice, c'est un coupable qu'il me faut punir ?

– Je ne vous comprends pas, mon frère.

Philippe regarda le comte comme pour lui demander avis.

– Pressez-la, dit Balsamo.

– Que je la presse ?

– Oui, interrogez franchement.

– Sans respect pour la pudeur de cette enfant ?

– Oh ! soyez tranquille, à son réveil, elle ne se souviendra de rien.

– Mais pourra-t-elle répondre à mes questions ?

– Voyez-vous bien ? demanda Balsamo à Andrée.

Andrée tressaillit au son de cette voix ; elle tourna son regard sans rayon du côté de Balsamo.

– Moins bien, dit-elle, que si c'était vous qui m'interrogeassiez ; mais cependant j'y vois.

– Eh bien, demanda Philippe, si tu y vois, ma sœur, raconte-moi en détail cette nuit de ton évanouissement.

– Ne commencez-vous point par la nuit du 31 mai, monsieur ? Vos soupçons remontaient à cette nuit, ce me semble ? Le moment est venu de tout éclaircir à la fois.

– Non, monsieur, répondit Philippe, c'est inutile, et, depuis un instant, je crois à votre parole. Celui qui dispose d'un pouvoir tcl que le vôtre n'en use pas pour arriver à un but vulgaire. Ma sœur, répéta Philippe, racontez-moi tout ce qui s'est passé dans cette nuit de votre évanouissement.

– Je ne me rappelle pas, dit Andrée.

– Vous entendez, monsieur le comte ?

– Il faut qu'elle se rappelle, il faut qu'elle parle ; ordonnez-le-lui.

– Mais, si elle était dans le sommeil ?...

– L'âme veillait.

Alors il se leva, étendit la main vers Andrée et, avec un froncement de sourcils qui indiquait un redoublement de volonté et d'action :

– Souvenez-vous, dit-il, je le veux.

– Je me souviens, dit Andrée.

– Oh ! fit Philippe essuyant son front.

– Que voulez-vous savoir ?

– Tout !

– À partir de quel moment ?

– À partir du moment où vous vous êtes couchée.

– Vous voyez-vous vous-même ? demanda Balsamo.

– Oui, je me vois. Je tiens à la main le verre préparé par Nicole... Oh ! mon Dieu !

– Quoi ? Qu'y a-t-il ?

– Oh ! la misérable !

– Parle, ma sœur, parle.

– Ce verre contient un breuvage préparé ; si je le bois, je suis perdue.

– Un breuvage préparé ! s'écria Philippe : dans quel but ?

– Attends ! attends !

– D'abord le breuvage.

– J'allais le porter à mes lèvres, mais… en ce moment…

– Eh bien ?

– Le comte m'appela.

– Quel comte ?

– Lui, dit Andrée étendant sa main vers Balsamo.

– Et alors ?

– Alors, je reposai le verre et je m'endormis.

– Après ? après ? demanda Philippe.

– Je me levai, et j'allai le rejoindre.

– Où était le comte ?

– Sous les tilleuls, en face de ma fenêtre.

– Et le comte n'est jamais entré chez vous, ma sœur ?

– Jamais.

Un regard de Balsamo adressé à Philippe lui dit clairement : « Vous voyez si je vous trompais, monsieur ? »

– Et vous dites que vous allâtes rejoindre le comte ?

– Oui. Je lui obéis quand il m'appelle.

– Que vous voulait le comte ?

Andrée hésita.

– Dites, dites, s'écria Balsamo ; je n'écouterai pas.

Et il retomba sur son fauteuil en ensevelissant sa tête dans ses mains, comme pour empêcher le bruit de la parole d'Andrée de venir jusqu'à lui.

– Dites, que vous voulait le comte ? répéta Philippe.

– Il voulait me demander des nouvelles...

Elle s'arrêta de nouveau ; on eût dit qu'elle craignait de briser le cœur du comte.

– Continuez, ma sœur, continuez, dit Philippe.

– D'une personne qui s'était évadée de sa maison, et – Andrée baissa la voix –, et qui est morte depuis.

Si bas qu'Andrée eût prononcé ces paroles, Balsamo les entendit ou les devina, car il poussa un sombre gémissement.

Philippe s'arrêta ; il y eut un moment de silence.

– Continuez, continuez, dit Balsamo, votre frère veut tout savoir, mademoiselle ; il faut que votre frère sache tout. Après que cet homme eut reçu les renseignements qu'il désirait, que fit-il ?

– Il s'enfuit, dit Andrée.

– Vous laissant dans le jardin ? demanda Philippe.

– Oui.

– Que fîtes-vous alors ?

– Comme il s'éloignait de moi, comme la force qui me soutenait s'éloignait avec lui, je tombai.

– Évanouie ?

– Non, toujours endormie, mais d'un sommeil de plomb.

– Pouvez-vous rappeler ce qui vous arriva pendant ce sommeil ?

– Je tâcherai.

– Eh bien, qu'est-il arrivé ? Dites.

– Un homme est sorti d'un buisson, m'a prise dans ses bras et m'a apportée...

– Où cela ?

– Ici, dans mon appartement.

– Ah !... et cet homme, le voyez-vous ?

– Attendez... oui... oui... Oh ! continua Andrée avec un sentiment de dégoût et de malaise. Ah ! c'est encore ce petit Gilbert !

– Gilbert ?

– Oui.

– Que fit-il ?

– Il me déposa sur ce sofa.

– Après ?

– Attendez...

– Voyez, voyez, dit Balsamo, je veux que vous voyiez.

– Il écoute… il va dans l'autre chambre… il recule comme effrayé… il entre dans le cabinet de Nicole… Mon Dieu ! mon Dieu !

– Quoi !

– Un homme le suit ; et moi, moi qui ne peux pas me lever, me défendre, crier, moi qui dors !

– Quel est cet homme ?

– Mon frère ! mon frère !

Et le visage d'Andrée exprima la plus profonde douleur.

– Dites quel est cet homme, ordonna Balsamo, je le veux !

– Le roi, murmura Andrée, c'est le roi.

Philippe frissonna.

– Ah ! murmura Balsamo, je m'en doutais.

– Il s'approche de moi, continua Andrée, il me parle, il me prend dans ses bras, il m'embrasse. Oh ! mon frère ! mon frère !

De grosses larmes roulaient dans les yeux de Philippe, tandis que sa main étreignait la poignée de l'épée que lui avait donnée Balsamo.

– Parlez ! parlez ! continua le comte d'un ton de plus en plus impératif.

– Oh ! quel bonheur ! il se trouble… il s'arrête… il me regarde… il a peur… il fuit… Andrée est sauvée !

Philippe aspirait, haletant, chaque parole qui sortait de la bouche de sa sœur.

– Sauvée ! Andrée est sauvée ! répéta-t-il machinalement.

– Attends, mon frère, attends !

Et la jeune fille, comme pour se soutenir, cherchait l'appui du bras de Philippe.

– Après ? après ? demanda Philippe.

– J'avais oublié.

– Quoi ?

– Là, là, dans le cabinet de Nicole, un couteau à la main...

– Un couteau à la main ?

– Je le vois, il est pâle comme la mort.

– Qui ?

– Gilbert.

Philippe retenait son haleine.

– Il suit le roi, continua Andrée ; il ferme la porte derrière lui ; il met le pied sur la bougie qui brûlait le tapis ; il s'avance vers moi. Oh !...

La jeune fille se dressa dans les bras de son frère. Chaque muscle de son corps se raidit, comme s'il eût été près de se rompre.

– Oh ! le misérable ! dit-elle enfin.

Et elle retomba sans force.

– Mon Dieu ! dit Philippe n'osant interrompre.

– C'est lui ! c'est lui ! murmura la jeune fille.

Puis, se dressant jusqu'à l'oreille de son frère, l'œil étincelant et la voix frémissante :

– Tu le tueras, n'est-ce pas, Philippe ?

– Ah ! oui, s'écria le jeune homme en bondissant.

Et il rencontra derrière lui un guéridon chargé de porcelaines qu'il renversa.

Les porcelaines se brisèrent.

Au bruit de cette chute se mêla un bruit sourd et une commotion soudaine des cloisons, puis un cri d'Andrée qui domina le tout.

– Qu'est cela ? dit Balsamo. Une porte s'est ouverte.

– Nous écoutait-on ? s'écria Philippe en mettant l'épée à la main.

– C'était lui, dit Andrée ; encore lui.

– Mais qui donc, lui ?

– Gilbert, Gilbert, toujours. Ah ! tu le tueras, n'est-ce pas, Philippe, tu le tueras ?

– Oh ! oui, oui, oui ! s'écria le jeune homme.

Et il s'élança dans l'antichambre, l'épée à la main, tandis qu'Andrée était retombée sur le sofa.

Balsamo s'élança après le jeune homme et le retint par le bras.

– Prenez garde, monsieur ! dit-il ; ce qui est secret deviendrait public ; il fait jour, et l'écho des maisons royales est bruyant.

– Oh ! Gilbert, Gilbert, murmurait Philippe ; et il était caché là, il nous entendait ; je pouvais le tuer. Oh ! malheur sur le misérable !

– Oui, mais silence ; vous retrouverez ce jeune homme ; c'est de votre sœur qu'il faut vous occuper, monsieur. Vous le voyez, elle commence à être fatiguée de tant d'émotions.

– Oh ! oui, je comprends ce qu'elle souffre par ce que je souffre moi-même ; ce malheur est si affreux, si peu réparable ! Oh ! monsieur, monsieur j'en mourrai !

– Vous vivrez pour elle, au contraire, chevalier ; car elle a besoin de vous, n'ayant que vous : aimez-la, plaignez-la, conservez-la... Et maintenant, continua-t-il après quelques secondes de silence, vous n'avez plus besoin de moi, n'est-ce pas ?

– Non, monsieur ; pardonnez-moi mes soupçons, pardonnez-moi mes offenses ; et cependant tout le mal vient de vous, monsieur.

– Je ne m'excuse point, chevalier ; mais vous oubliez ce qu'a dit votre sœur ?...

– Qu'a-t-elle dit ? Ma tête se perd.

– Si je ne fusse pas venu, elle buvait le breuvage préparé par Nicole, et alors c'était le roi... Eussiez-vous trouvé le malheur moins grand ?

– Non, monsieur, il eut été égal toujours ; et, je le vois bien, nous étions condamnés. Réveillez ma sœur, monsieur.

– Mais elle me verra, mais elle comprendra peut-être ce qui s'est passé ; mieux vaut que je la réveille comme je l'ai endormie, à distance.

– Merci ! merci !

– Alors, à mon tour, adieu, monsieur.

– Un mot encore, comte. Vous êtes homme d'honneur ?

– Oh ! le secret, voulez-vous dire ?

– Comte...

– C'est une recommandation inutile, monsieur ; d'abord, parce que je suis homme d'honneur ; ensuite, parce que, décidé à ne plus avoir rien de commun avec les hommes, je vais oublier les hommes et leurs secrets ; toutefois, monsieur, comptez sur moi si je puis jamais vous être utile. Mais non, mais non, je ne suis plus utile à rien, je ne vaux plus rien sur la terre. Adieu, monsieur, adieu !

Et, s'inclinant devant Philippe, Balsamo regarda encore une fois Andrée, dont la tête penchait en arrière avec tous les symptômes de la douleur et de la lassitude.

– O science, murmura-t-il, que de victimes pour un résultat sans valeur !

Et il disparut.

À mesure qu'il s'éloignait, Andrée se ranimait ; elle souleva sa tête pesante comme si elle eût été de plomb et, regardant son frère avec des yeux étonnés :

– Oh ! Philippe, murmura-t-elle, que vient-il donc de se passer ?

Philippe comprima le sanglot qui l'étouffait et, souriant avec héroïsme :

– Rien, ma sœur, dit-il.

– Rien ?

– Non.

– Et cependant, il me semble que j'ai été folle et que j'ai rêvé !

– Rêvé ? et qu'as-tu rêvé, chère et bonne Andrée ?

– Oh ! le docteur Louis, le docteur Louis, mon frère !

– Andrée ! s'écria Philippe en lui serrant la main, Andrée, tu es pure comme la lumière du jour ; mais tout t'accuse, tout te perd ; un secret terrible nous est imposé à tous deux. Je vais aller trouver le docteur Louis, pour qu'il dise à madame la dauphine que tu es atteinte de ce mal inexorable du pays, que le séjour seul de Taverney peut te guérir, et puis nous partirons, soit pour Taverney, soit pour quelque autre lieu du monde ; puis, tous deux isolés ici-bas, nous aimant, nous consolant...

– Cependant, mon frère, dit Andrée, si je suis pure comme tu dis ?...

– Chère Andrée, je t'expliquerai tout cela ; en attendant, prépare-toi au départ.

– Mais mon père ?

– Mon père, dit Philippe d'un air sombre, mon père, cela me regarde, je le préparerai.

– Il nous accompagnera donc ?

– Mon père, oh ! impossible ; nous deux, Andrée, nous deux seuls, te dis-je.

– Oh ! que tu m'effraies, ami ! que tu m'épouvantes, mon frère ! que je souffre, Philippe !

– Dieu est au bout de tout, Andrée, dit le jeune homme ; ainsi donc, du courage. Je cours trouver le docteur ; toi, Andrée, toi, ce qui te rend malade, c'est le chagrin d'avoir quitté Taverney, chagrin que tu cachais par respect pour madame la dauphine. Allons, allons, sois forte, ma sœur ; il y va de notre honneur à tous deux.

Et Philippe se hâta d'embrasser sa sœur, car il suffoquait.

Puis il ramassa son épée qu'il avait laissée tomber, la remit au fourreau d'une main tremblante et s'élança dans l'escalier.

Un quart d'heure après, il frappait à la porte du docteur Louis, qui, tout le temps que la cour habitait Trianon, habitait Versailles.

Chapitre CXLIX

Le petit jardin du docteur Louis

Le docteur Louis, à la porte duquel nous avons laissé Philippe, se promenait dans un petit jardin enterré entre quatre grands murs et qui faisait partie des dépendances d'un vieux couvent d'ursulines, transformé en un magasin de fourrage pour MM. les dragons de la maison du roi.

Le docteur Louis lisait, en marchant, les épreuves d'un nouvel ouvrage qu'il était en train de faire imprimer, et se baissait de temps en temps pour arracher de l'allée dans laquelle il se promenait, ou des plates-bandes qui s'allongeaient a sa droite et à sa gauche, les mauvaises herbes qui choquaient son instinct de symétrie et d'ordre.

Une seule servante un peu bourrue, comme tout domestique d'un homme de travail qui ne veut pas être dérangé, tenait toute la maison du docteur.

Au bruit que fit le marteau de bronze raisonnant sous la main de Philippe, elle s'approcha de la porte et l'entrebâilla.

Mais le jeune homme, au lieu de parlementer avec la servante, poussa la porte et entra. Une fois maître de l'allée, il aperçut le jardin, et dans le jardin le docteur.

Alors, sans faire attention aux allocutions et aux cris de la vigilante gardienne, il s'élança dans le jardin.

Au bruit de ses pas, le docteur leva la tête.

– Ah ! ah ! dit-il, c'est vous ?

– Pardonnez-moi, docteur, d'avoir ainsi forcé votre porte et troublé votre solitude, mais le moment que vous avez prévu est arrivé ; j'ai besoin de vous et je viens réclamer votre assistance.

– Je vous l'ai promise, monsieur, dit le docteur, et je vous la promets.

Philippe s'inclina, trop ému pour entamer de lui-même la conversation.

Le docteur Louis comprit son hésitation.

– Comment se porte la malade ? demanda-t-il inquiet de cette pâleur de Philippe, et craignant quelque catastrophe à l'issue de ce drame.

– Fort bien, Dieu merci, docteur, et ma sœur est une si digne et si honnête jeune fille, qu'en vérité Dieu ne serait pas juste s'il lui envoyait la souffrance et le danger.

Le docteur regarda Philippe, comme pour l'interroger : ses paroles lui semblaient une suite des dénégations de la veille.

– Alors, dit-il, elle a donc été victime de quelque surprise ou de quelque piège ?

– Oui, docteur, victime d'une surprise inouïe, victime d'un piège infâme.

Le praticien joignit les mains et leva les yeux au ciel.

– Hélas ! dit-il, nous vivons, sous ce rapport dans un horrible temps et je crois qu'il est urgent que viennent à leur tour les médecins des nations, comme sont venus depuis longtemps ceux des individus.

– Oui, dit Philippe, oui, qu'ils viennent ; nul ne les verra venir d'un air plus joyeux que moi ; mais, en attendant...

Et Philippe fit un geste de sombre menace.

– Ah ! dit le docteur, vous êtes, je le vois, monsieur, de ceux qui font consister la réparation du crime dans la violence et le meurtre.

– Oui, docteur, répondit tranquillement Philippe, oui, je suis de ceux-là.

– Un duel, soupira le docteur ; un duel qui ne rendra pas l'honneur à votre sœur, au cas où vous tuerez le coupable, et qui la plongera dans le désespoir si vous êtes tué. Ah ! monsieur, je vous croyais un esprit droit, je vous croyais un cœur intelligent ! Il me semblait vous avoir entendu exprimer le désir que sur toute cette affaire le secret fût gardé ?

Philippe posa sa main sur le bras du docteur.

– Monsieur, lui dit-il, vous vous trompez étrangement sur moi ; j'ai un raisonnement assez ferme, qui naît d'une conviction profonde et d'une conscience immaculée ; je veux, non pas me faire justice, mais faire justice ; je veux, non pas exposer ma sœur à l'abandon et à la mort en me faisant tuer, mais la venger en tuant le misérable.

– Vous le tuerez, vous, gentilhomme ? Vous commettrez un as-sassinat ?

– Monsieur, si je l'eusse vu, dix minutes avant le crime, se glis-ser comme un larron dans cette chambre, où sa misérable condition ne lui donnait pas le droit de mettre le pied, et que je l'eusse tué alors, chacun eut dit que j'avais bien fait : pourquoi donc l'épargnerais-je maintenant ? Le crime l'a-t-il fait sacré ?

– Ainsi, ce projet sanglant est résolu dans votre esprit, arrêté dans votre cœur ?

– Arrêté, résolu ! Je le trouverai certainement un jour, bien qu'il se cache, et ce jour, je vous le dis, monsieur, sans pitié, sans re-mords, je le tuerai, comme un chien !

– Alors, fit le docteur Louis, alors vous commettrez un crime égal à celui qui fut commis, un crime plus odieux peut-être : car sait-on jamais où un mot imprudent, où un geste de coquetterie échappé à une femme, peuvent jeter le désir et le penchant de l'homme. Assassiner ! quand vous avez d'autres réparations possibles, quand un mariage…

Philippe releva la tête.

— Ignorez-vous, monsieur, que les Taverney-Maison-Rouge datent des croisades, et que ma sœur est noble comme une infante ou une archiduchesse ?

— Oui, je comprends, et le coupable ne l'est pas, lui ; c'est un manant, un vilain, comme vous dites vous autres gens de race. Oui, oui, continua-t-il avec un sourire amer, oui, c'est vrai, Dieu a fait des hommes d'une certaine argile inférieure, pour être tués par d'autres hommes d'une argile plus délicate. Oh ! oui, vous avez raison, tuez, monsieur, tuez.

Et le docteur tourna le dos à Philippe, et se remit à arracher çà et là les mauvaises herbes de son jardin.

Philippe croisa les bras.

— Docteur, écoutez-moi, dit-il, il ne s'agit point ici d'un séducteur à qui une coquette a donné plus ou moins d'encouragements ; il ne s'agit point d'un homme enfin provoqué, comme vous disiez ; il s'agit d'un misérable élevé chez nous, et qui, après avoir mangé le pain de la pitié, la nuit, abusant d'un sommeil factice, d'un évanouissement, d'une mort, pour ainsi dire, a souillé traîtreusement, lâchement, la plus sainte et la plus pure des femmes, que pendant la lumière du jour il n'osait regarder en face. Devant un tribunal, ce coupable serait certainement condamné à mort ; eh bien, je le jugerai, moi, aussi impartialement qu'un tribunal, et je le tuerai. Maintenant, docteur, allez-vous, vous que j'ai cru si généreux et si grand, allez-vous me faire acheter ce service ou m'imposer une condition, en me le rendant ? Ferez-vous comme ceux qui cherchent à s'obliger et à se satisfaire en obligeant autrui ? S'il en est ainsi, docteur, vous n'êtes point ce sage que j'ai admiré, vous n'êtes qu'un homme ordinaire et, malgré le dédain que vous me témoigniez tout à l'heure, je suis supérieur à vous, moi qui, sans arrière pensée, vous ai confié mon secret tout entier.

— Vous dites, répliqua le docteur pensif, vous dites que le coupable a fui ?

246/396

– Oui, docteur ; sans doute il avait deviné que l'éclaircissement allait avoir lieu ; il a entendu qu'on l'accusait, et aussitôt il a pris la fuite.

– Bien. Maintenant, que désirez-vous, monsieur ? demanda le docteur.

– Votre assistance pour retirer ma sœur de Versailles, pour ensevelir dans une ombre encore plus épaisse et plus muette le secret terrible qui nous déshonore, s'il éclate.

– Je ne vous poserai qu'une seule question.

Philippe se révolta.

– Écoutez, continua le docteur avec un geste qui commandait le calme, écoutez-moi. Un philosophe chrétien dont vous venez de faire un confesseur est obligé de vous imposer, non pas la condition en faveur du service rendu, mais en vertu du droit de conscience. L'humanité est une fonction, monsieur, elle n'est pas une vertu ; vous me parlez de tuer un homme ; moi, je dois vous en empêcher comme j'eusse empêché par tout moyen en mon pouvoir, par la violence même, l'exécution du crime commis sur votre sœur. Donc, monsieur, je vous adjure de me faire un serment.

– Oh ! jamais ! jamais !

– Vous le ferez, s'écria le docteur Louis avec véhémence, vous le ferez, homme de sang ; reconnaissez partout la main de Dieu et n'en faussez jamais le coup ni la portée. Le coupable, dites-vous, était sous votre main ?

– Oui docteur ; en ouvrant une porte, si j'eusse pu deviner qu'il était là, je me fusse trouvé face à face avec lui.

– Eh bien, il a fui, il tremble, son supplice commence. Ah ! vous souriez, ce que fait Dieu vous paraît faible ! le remords vous semble insuffisant ! attendez ! attendez donc ! Vous resterez près de votre sœur, et vous me promettrez de ne jamais poursuivre le coupable. Si vous le rencontrez, c'est-à-dire si Dieu vous le livre, eh bien, je suis homme aussi, moi ! alors vous verrez !

– Dérision, monsieur ; ne me fuira-t-il point toujours ?

– Qui sait ? eh mon Dieu ! l'assassin fuit, l'assassin cherche une retraite, l'assassin redoute l'échafaud, et pourtant, comme s'il était aimanté, le fer de la justice attire ce coupable, qui vient se courber fatalement sous la main du bourreau. D'ailleurs, s'agit-il, à présent, de défaire ce que vous avez entrepris de faire si péniblement ? C'est pour le monde où vous vivez et à qui vous ne pouvez expliquer l'innocence de votre sœur, c'est pour tous ces curieux oisifs que vous tuerez l'homme, et vous repaîtrez deux fois leur curiosité, par l'aveu de l'attentat d'abord, puis par le scandale du châtiment. Non, non, croyez-moi, gardez le silence, ensevelissez ce malheur.

– Oh ! qui saura, quand j'aurai tué ce misérable, si c'est pour ma sœur que je l'aurai tué ?

– Il faudra bien trouver une cause à ce meurtre.

– Eh bien, soit, docteur, j'obéirai, je ne poursuivrai pas le coupable, mais Dieu sera juste ; oh ! oui, Dieu emploie l'impunité comme amorce, Dieu me renverra le criminel.

– Alors, c'est que Dieu l'aura condamne. Donnez-moi votre main, monsieur.

– La voilà.

– Que faut-il faire pour mademoiselle de Taverney ? Dites.

– Il faudrait, cher docteur, lui trouver, près de madame la dauphine, un prétexte de l'éloigner pour quelque temps : le regret du pays, l'air, le régime...

– C'est facile.

– Oui, cela vous regarde, et je m'en rapporte à vous. Alors j'emmènerai ma sœur en un coin quelconque de la France, à Taverney, par exemple, loin de tous les yeux, loin de tous les soupçons.

– Non, non, monsieur, ce serait impossible ; la pauvre enfant a besoin de soins permanents, de consolations assidues ; elle aura besoin de tous les secours de la science. Laissez-moi donc lui trouver près d'ici, dans un canton que je connais, une retraite cent fois plus cachée, cent fois plus sûre que ne le serait le pays sauvage où vous la conduiriez.

– Oh ! docteur, vous croirez ?

– Oui, je crois, et avec raison. Le soupçon tend toujours à s'éloigner des centres, comme font ces cercles grandissant causés par la pierre qui tombe dans l'eau ; la pierre cependant ne s'éloigne pas, elle, et, quand les ondulations se sont effacées, nul regard n'en trouve la cause, ensevelie qu'elle est sous la profondeur de l'eau.

– Alors, docteur, mettez-vous à l'œuvre.

– Dès aujourd'hui, monsieur.

– Prévenez madame la dauphine.

– Ce matin même.

– Et pour le reste ?...

– Dans vingt-quatre heures, vous aurez ma réponse.

– Oh ! merci, docteur, vous êtes un dieu pour moi !

– Eh bien, jeune homme, maintenant que tout est convenu entre nous, accomplissez votre mission, retournez vers votre sœur, consolez-la, protégez-la.

– Adieu, docteur, adieu !

Et le docteur, après avoir suivi Philippe des yeux jusqu'à ce que le jeune homme eût disparu, reprit sa promenade, ses épreuves et l'épuration de son petit jardin.

Chapitre CL

Le père et le fils

Lorsque Philippe revint près de sa sœur, il la trouva bien agitée, bien inquiète.

– Ami, lui dit-elle, j'ai pensé en votre absence à tout ce qui m'est arrivé depuis quelque temps. C'est un abîme où va s'engloutir tout ce qui me reste de raison. Voyons, vous avez vu le docteur Louis ?

– J'arrive de chez lui, Andrée.

– Cet homme a porté contre moi une accusation terrible : est-elle juste ?

– Il ne s'était pas trompé, ma sœur.

Andrée pâlit, et un accès nerveux crispa ses doigts si effilés, si blancs.

– Le nom, dit-elle alors, le nom du lâche qui m'a perdue ?

– Ma sœur, vous devez l'ignorer éternellement.

– Oh ! Philippe, vous ne dites pas la vérité ; Philippe, vous mentez à votre propre conscience... Ce nom, il faut que je le sache, afin que, toute faible que je suis et n'ayant pour moi que la prière, je puisse, en priant, armer contre le criminel toute la colère de Dieu... Le nom de cet homme, Philippe.

– Ma sœur, ne parlons jamais de cela.

Andrée lui saisit la main et le regarda en face.

– Oh ! dit-elle, voilà ce que vous me répondez, vous qui avez une épée au côté ?

Philippe pâlit de ce mouvement de rage, et aussitôt, réprimant sa propre fureur :

– Andrée, dit-il, je ne puis vous apprendre ce que je ne sais pas moi-même. Le secret m'est commandé par le destin qui nous accable ; ce secret, qu'un éclat compromettrait avec l'honneur de notre famille, une dernière faveur de Dieu le rend inviolable pour tous.

– Excepté pour un homme, Philippe... pour un homme qui rit, pour un homme qui nous brave !... O mon Dieu ! pour un homme qui rit infernalement de nous, peut-être, dans sa retraite ténébreuse.

Philippe serra les poings, regarda le ciel et ne répondit pas un mot.

– Cet homme, s'écria Andrée en redoublant de colère et d'indignation, je le connais peut-être, moi, cet homme... Enfin, Philippe, permettez-moi de vous le représenter, j'ai déjà indiqué ses étranges influences sur moi ; je croyais vous avoir envoyé à lui...

– Cet homme est innocent, je l'ai vu, j'ai la preuve... Ainsi, ne cherchez plus, Andrée, ne cherchez plus...

– Philippe, remontons ensemble plus haut que cet homme, voulez-vous ?... Allons, jusqu'aux premiers rangs des hommes puissants de ce royaume... Allons jusqu'au roi !

Philippe entoura de ses bras cette pauvre enfant, sublime dans son ignorance et dans son indignation :

– Va, dit-il, tous ceux que tu nommes éveillée, tu les as nommés endormie ; tous ceux que tu accuses avec la férocité de la vertu, tu les as justifiés lorsque tu voyais le crime pour ainsi dire se commettre.

– Alors, j'ai nommé le coupable ? dit-elle les yeux flamboyants.

– Non, répliqua Philippe, non. Ne m'interroge plus ; imite-moi, subis la destinée, le malheur est irréparable ; il se double pour toi de toute l'impunité du criminel. Mais espère, espère... Dieu est au-dessus de tout, Dieu réserve aux malheureux opprimés une triste joie qu'on appelle la vengeance.

– La vengeance !... murmura-t-elle effrayée elle-même de l'accentuation terrible que Philippe avait mise sur ce mot.

– En attendant, repose-toi, ma sœur, de tous les chagrins, de toutes les hontes que ma folle curiosité t'a causés. Si j'avais su ! oh ! si j'avais su !...

Et il cacha sa tête dans ses mains avec un désespoir affreux. Puis, se relevant soudain :

– De quoi me plaindrais-je ? dit-il avec un sourire. Ma sœur est pure, elle m'aime ! jamais elle n'a trahi la confiance ni l'amitié. Ma sœur est jeune comme moi, bonne comme moi ; nous vivrons ensemble, nous vieillirons ensemble... À deux, nous serons plus forts que le monde tout entier !...

À mesure que le jeune homme parlait de consolation, Andrée s'assombrissait ; elle penchait vers la terre un front plus pâle, elle prenait l'attitude et le regard fixe du morne désespoir que Philippe venait de secouer si courageusement.

– Vous ne parlez jamais que de nous deux ! dit-elle en attachant son œil bleu si pénétrant sur la physionomie mobile de son frère.

– De qui voulez-vous que je parle, Andrée ? dit le jeune homme soutenant le regard.

– Mais... nous avons un père... Comment traitera-t-il sa fille ?

– Je vous ai dit hier, répondit froidement Philippe, d'oublier tout chagrin, toute crainte, de chasser, comme le vent chasse une vapeur matinale, tout souvenir et toute affection qui ne seraient pas mon affection et mon souvenir... En effet, ma chère Andrée, vous n'êtes aimée de personne en ce monde, si ce n'est de moi ; je ne suis aimé de personne que de vous. Pauvres orphelins abandonnés, pourquoi subirions-nous un joug de reconnaissance ou de parenté ? Avons-nous reçu des bienfaits, avons-nous senti la protection d'un père ?... Oh ! ajouta-t-il avec un amer sourire, vous savez à fond ma pensée, vous connaissez l'état de mon cœur... S'il fallait aimer celui dont vous parlez, je vous dirais : « Aimez-le ! » Je me tais, Andrée : abstenez vous.

– Alors, mon frère... il faut donc que je croie... ?

– Ma sœur, dans les grandes infortunes, l'homme entend involontairement retentir ces mots peu compris de son enfance : « Crains Dieu !... » Oh ! oui, Dieu s'est cruellement rappelé à notre souvenir !... « Respecte ton père... » O ma sœur, la plus forte preuve de respect que vous puissiez donner au vôtre, c'est de l'effacer de votre souvenir.

– C'est vrai..., murmura Andrée d'un air sombre en retombant sur son fauteuil.

– Mon amie, ne perdons pas le temps en paroles inutiles ; rassemblez tous les effets qui vous appartiennent ; le docteur Louis va trouver madame la dauphine et la prévenir de votre départ. Les raisons qu'il aura alléguées, vous le savez... c'est le besoin d'un changement d'air, souffrance inexplicable... Apprêtez, dis-je, toutes choses pour le départ.

Andrée se leva.

– Les meubles ? dit-elle.

– Oh ! non : linge, habits, bijoux.

Andrée obéit.

Elle rangea tout d'abord les coffres des armoires, les habits de la garde-robe où s'était caché Gilbert ; ensuite elle prit quelques écrins qu'elle s'apprêtait à mettre dans le coffre principal.

– Qu'est cela ?... dit Philippe.

– C'est l'écrin de la parure que Sa Majesté voulut bien m'envoyer lors de ma présentation à Trianon.

Philippe pâlit en voyant la richesse du présent.

– Avec ces bijoux seuls, dit Andrée, nous vivrons partout honorablement. J'ai ouï dire que les perles seules valent cent mille livres.

Philippe referma l'écrin.

– Elles sont très précieuses, en effet, dit-il.

Et, reprenant l'écrin des mains d'Andrée :

– Ma sœur, il y a encore d'autres pierreries, je crois ?

– Oh ! cher ami, elles ne sont pas dignes d'être comparées à celles-ci ; elles ornaient pourtant la toilette de notre bonne mère, il y a quinze ans... La montre, les bracelets, les pendants d'oreille sont enrichis de brillants. Il y a aussi le portrait. Mon père voulait vendre le tout, parce que, disait-il, rien n'était plus de mode.

– Voilà pourtant tout ce qui nous reste, dit Philippe, notre seule ressource. Ma sœur, nous ferons fondre les objets d'or, nous vendrons les pierreries du portrait ; nous aurons de cela vingt mille livres qui font une somme suffisante pour des malheureux.

– Mais... cet écrin de perles est bien à moi ! dit Andrée.

– Ne touchez jamais à ces perles, Andrée ; elles vous brûleraient. Chacune de ces perles est d'une nature étrange, ma sœur... elles font des taches sur les fronts qu'elles touchent...

Andrée frissonna.

– Je garde cet écrin, ma sœur, pour le rendre à qui de droit. Je vous le dis, ce n'est pas notre bien ; non, et nous n'avons pas envie d'y rien prétendre, n'est-ce pas ?

– Comme il vous plaira, mon frère, répliqua Andrée toute frissonnante de honte.

– Chère sœur, habillez-vous une dernière fois pour votre visite à madame la dauphine ; soyez bien calme, bien respectueuse, bien touchée de vous éloigner d'une aussi noble protectrice.

– Oh ! oui, bien touchée, murmura Andrée avec émotion ; c'est une grande douleur dans mon malheur.

– Moi, je vais à Paris, ma sœur, et je reviendrai vers ce soir ; aussitôt arrivé, je vous emmènerai : payez ici tout ce qu'il vous reste devoir.

– Rien, rien ; j'avais Nicole, elle s'est enfuie... Ah ! j'oubliais le petit Gilbert.

Philippe tressaillit ; ses yeux s'allumèrent.

– Vous devez à Gilbert ? s'écria-t-il.

– Oui, dit naturellement Andrée, il m'a fourni des fleurs depuis le commencement de la saison. Or, comme vous me l'avez dit vous-même, parfois je fus injuste et dure envers ce garçon, qui était poli après tout... Je le récompenserai autrement.

– Ne cherchez pas Gilbert, murmura Philippe.

– Pourquoi ?... Il doit être dans les jardins : je le ferai mander, d'ailleurs.

– Non ! non ! vous perdriez un temps précieux... Moi, au contraire, en traversant les allées, je le rencontrerai... je lui parlerai... je le paierai...

– Alors, c'est bien, s'il en est ainsi.

– Oui, adieu ; à ce soir.

Philippe baisa la main de la jeune fille, qui se jeta dans ses bras. Il comprima jusqu'aux battements de son cœur dans cette molle étreinte, et, sans tarder, il partit pour Paris, où le carrosse le déposa devant la porte du petit hôtel de la rue Coq-Héron.

Philippe savait bien rencontrer là son père. Le vieillard, depuis sa rupture étrange avec Richelieu, n'avait plus trouvé la vie supportable à Versailles, et il cherchait, comme tous les esprits surabondants d'activité, à tromper les torpeurs du moral par les agitations du déplacement.

Or, le baron, quand Philippe sonna au guichet de la porte cochère, arpentait avec d'effroyables jurons le petit jardin de l'hôtel et la cour attenant à ce jardin.

Il tressaillit au bruit de la sonnette et vint ouvrir lui-même.

Comme il n'attendait personne, cette visite imprévue lui apportait une espérance : le malheureux, dans sa chute, se rattrapait à toutes branches.

Il reçut donc Philippe avec le sentiment d'un dépit et d'une curiosité insaisissables.

Mais il n'eut pas plus tôt regardé le visage de son interlocuteur, que cette sombre pâleur, cette raideur des lignes et la crispation de la bouche glacèrent la source de questions qu'il s'apprêtait à ouvrir.

– Vous ! dit-il seulement, et par quel hasard ?

– J'aurai honneur de vous expliquer cela, monsieur, dit Philippe.

– Bon ! c'est grave ?

– Assez grave, oui, monsieur.

– Ce garçon a toujours des façons cérémonieuses qui inquiètent... Est-ce un malheur, voyons, ou un bonheur que vous apportez ?

– C'est un malheur, dit gravement Philippe.

Le baron chancela.

– Nous sommes bien seuls ? demanda Philippe.

– Mais oui.

– Voulez-vous que nous entrions dans la maison, monsieur ?

– Pourquoi pas en plein air, sous ces arbres... ?

– Parce qu'il est de certaines choses qui ne se disent pas à la lumière des cieux.

Le baron regarda son fils, obéit à son geste muet, et, tout en affectant l'impassibilité, le sourire même, il le suivit dans la salle basse, dont déjà Philippe avait ouvert la porte.

Lorsque les portes furent soigneusement fermées, Philippe attendit un geste de son père pour commencer la conversation, et, le baron s'étant assis commodément dans le meilleur fauteuil du salon :

– Monsieur, dit Philippe, ma sœur et moi, nous allons prendre congé de vous.

– Comment cela ? fit le baron très surpris. Vous... vous absentez !... Et le service ?

– Il n'y a plus de service pour moi : vous savez que les promesses faites par le roi n'ont pas été réalisées... heureusement.

– Voilà un *heureusement* que je ne comprends pas.

– Monsieur...

– Expliquez-le-moi : comment pouvez-vous être heureux de n'être pas colonel d'un beau régiment ? Vous pousseriez loin la philosophie.

– Je la pousse assez loin pour ne pas préférer le déshonneur à la fortune, voilà tout. Mais n'entrons pas, s'il vous plaît, monsieur, dans des considérations de cet ordre...

– Entrons-y, pardieu !

– Je vous en supplie..., répliqua Philippe avec une fermeté qui signifiait : « Je ne veux pas ! »

Le baron fronça le sourcil.

– Et votre sœur ?... Oublie-t-elle ses devoirs aussi ? son service près de madame... ?

– Ce sont là des devoirs qu'elle doit subordonner à d'autres, monsieur.

– De quelle nature, s'il vous plaît ?

– De la plus impérieuse nécessité.

Le baron se leva.

– C'est une sotte espèce, grommela-t-il, que l'espèce des faiseurs d'énigmes.

– Est-ce bien une énigme pour vous, tout ce que je dis là ?

– Absolument, répondit le baron avec un aplomb qui étonna Philippe.

– Je m'expliquerai donc : ma sœur s'en va parce qu'elle aussi est forcée de fuir pour éviter un déshonneur.

Le baron éclata de rire.

– Tudieu ! les enfants modèles que j'ai là ! s'écria-t-il. Le fils abandonne l'espoir d'un régiment parce qu'il craint le déshonneur, la fille abandonne un tabouret tout acquis parce qu'elle a peur du déshonneur. En vérité, me voilà revenu au temps de Brutus et de Lucrèce ! De mon temps, mauvais temps sans doute, et il ne vaut pas les beaux jours de la philosophie, quand un homme voyait venir de loin un déshonneur, et qu'il portait, comme vous, une épée au côté, et quand, comme vous, il avait pris des leçons de deux maîtres et de trois prévôts, il embrochait le premier déshonneur à la pointe de son épée.

Philippe haussa les épaules.

– Oui, c'est assez pauvre, ce que je dis là, pour un philanthrope qui n'aime pas à voir couler le sang. Mais, enfin, les officiers ne sont pas précisément nés pour être philanthropes.

– Monsieur, j'ai autant que vous la conscience des nécessités qu'impose le point d'honneur ; mais ce n'est pas le sang versé qui rachète...

– Phrases !... phrases de... de philosophe ! s'écria le vieillard irrité au point de devenir majestueux. Je crois que j'allais dire de poltron.

– Vous avez bien fait de ne pas le dire, répliqua Philippe pâle et frémissant.

Le baron soutint fièrement le regard implacable et menaçant de son fils.

– Je disais, reprit-il, et ma logique n'est pas mauvaise autant qu'on voudrait me le faire accroire ; je disais que tout déshonneur en ce monde vient, non pas d'une action, mais d'un propos. Ah ! c'est ainsi !... Soyez criminel devant des sourds et devant des aveugles ou des muets, serez-vous déshonoré ? Vous allez me répondre par ce vers stupide :

Le crime fait la honte et non pas l'échafaud.

C'est bon à dire à des enfants ou à des femmes ; mais à un homme, mordieu ! l'on parle un autre langage... Or, je me figurais, moi, avoir créé un homme... Maintenant que l'aveugle voie, que le sourd ait pu entendre, que le muet parle, et vous frappez sur la garde de votre épée, et vous crevez les yeux à l'un, le tympan à l'autre, vous coupez la langue au dernier ; voilà comment répond à l'attaque du déshonneur un gentilhomme du nom de Taverney-Maison-Rouge !

– Un gentilhomme de ce nom, monsieur, sait toujours, entre les choses qu'il a à faire, que la première, c'est de ne pas commettre une action déshonorante : voilà pourquoi je ne répondrai pas à vos arguments. Seulement, il arrive parfois que l'opprobre est né d'un malheur inévitable ; c'est le cas où nous nous trouvons, ma sœur et moi.

– Je passe à votre sœur. Si, d'après mon système, l'homme ne doit jamais fuir une chose qu'il peut combattre et vaincre, la femme aussi doit attendre de pied ferme. À quoi sert la vertu, monsieur le philosophe, sinon à repousser les attaques du vice ? Où est le triomphe de cette même vertu, sinon dans la défaite du vice ?

Et Taverney se remit à rire.

– Mademoiselle de Taverney a eu bien peur... n'est-ce pas ?... Elle se sent donc faible... Alors...

Philippe, se rapprochant tout à coup :

– Monsieur, dit-il, mademoiselle de Taverney n'a pas été faible, elle est vaincue ! Elle a succombé, elle est tombée dans un piège.

– Dans un piège ?...

– Oui. Gardez, je vous prie, un peu de cette chaleur qui vous animait tout à l'heure pour flétrir ces misérables qui ont comploté lâchement la ruine de cet honneur sans tache.

– Je ne comprends pas...

– Vous allez comprendre... Un lâche, vous dis-je, a introduit quelqu'un dans la chambre de mademoiselle de Taverney...

Le baron pâlit.

– Un lâche, continua Philippe, a voulu que le nom de Taverney... le mien... le vôtre, monsieur, fût souillé d'une tache indélébile... Voyons ! où est votre épée de jeune homme pour répandre un peu de sang ? La chose en vaut-elle la peine ?

– Monsieur Philippe...

– Ah ! ne craignez rien ; je n'accuse personne, moi ; je ne connais personne... Le crime s'est tramé dans l'ombre, exécuté dans l'ombre... le résultat disparaîtra dans l'ombre aussi, je le veux ! moi qui entends à ma mode la gloire de ma maison.

– Mais comment savez-vous ?... s'écria le baron revenu de sa stupeur par l'appât d'une infâme ambition, d'un ignoble espoir ; à quel signe reconnaissez-vous ?...

– C'est ce que ne demandera personne de ceux qui pourraient entrevoir ma sœur, votre fille, dans quelques mois, monsieur le baron !

– Mais alors, Philippe, s'écria le vieillard avec des yeux pleins de joie, alors la fortune et la gloire de la maison ne sont pas évanouies ; alors nous triomphons !

– Alors... vous êtes bien réellement l'homme que je pensais, dit Philippe avec un suprême dégoût ; vous vous êtes trahi vous-même, et vous venez de manquer d'esprit devant un juge, après avoir manqué de cœur devant votre fils.

– Insolent !

– Assez ! répliqua Philippe. Craignez d'éveiller, en parlant si haut, l'ombre, hélas ! trop insensible de ma mère, qui, si elle vivait, eût veillé sur sa fille.

Le baron baissa les paupières devant l'éblouissante clarté qui jaillissait des yeux de son fils.

– Ma fille, reprit-il après un moment, ne me quittera pas sans ma volonté.

– Ma sœur, dit Philippe, ne vous reverra jamais, mon père.

– Est-ce elle qui dit cela ?

– C'est elle qui m'envoie vous le déclarer.

Le baron essuya d'une main tremblante ses lèvres blanches et humides.

– Soit ! dit-il.

Puis, haussant les épaules :

– J'ai eu du malheur en enfants, s'écria-t-il : un sot et une brute.

Philippe ne répliqua rien.

– Bon, bon, continua Taverney ; je n'ai plus besoin de vous ; allez... si la thèse est récitée.

– J'avais encore deux choses à vous dire, monsieur.

– Dites.

– La première est celle-ci : le roi a donné, à vous, un écrin de perles...

– À votre sœur, monsieur...

– À vous, monsieur... D'ailleurs, peu importe... Ma sœur ne porte point de joyaux pareils... Ce n'est pas une prostituée que mademoiselle de Taverney ; elle vous prie de remettre l'écrin à qui l'a donné ; ou, comme vous craindriez de désobliger Sa Majesté, qui a tant fait pour notre famille, de garder l'écrin chez vous.

Philippe tendit l'écrin à son père. Celui-ci le prit, l'ouvrit, regarda les perles et le jeta sur un chiffonnier.

– Après ? dit-il.

– Ensuite, monsieur, comme nous ne sommes pas riches, puisque vous avez engagé ou dépensé jusqu'au bien de notre mère, ce dont je ne vous fais pas reproche, à Dieu ne plaise...

– Il vaudrait mieux, dit le baron en grinçant les dents.

– Mais, enfin, comme nous n'avons que Taverney qui vienne de cette succession modique, nous vous prions de choisir entre Taverney et ce petit hôtel où nous sommes. Habitez l'un, nous nous retirerons dans l'autre.

Le baron froissa son jabot de dentelles avec une fureur qui ne se trahit que par l'agitation de ses doigts, la moiteur de son front, le frémissement de ses lèvres ; Philippe même ne les remarqua pas. Il avait détourné la tête.

– J'aime mieux Taverney, répliqua le baron.

– Alors, nous garderons l'hôtel.

– Comme vous voudrez.

– Quand partirez-vous ?

– Ce soir même... Non, tout de suite.

Philippe s'inclina.

– À Taverney, continua le baron, on paraît roi avec trois mille livres de rente... Je serai deux fois roi.

Il étendit la main vers le chiffonnier pour prendre l'écrin, qu'il serra dans sa poche.

Puis il se dirigea vers la porte.

Tout à coup, revenant sur ses pas, avec un atroce sourire :

– Philippe, dit-il, je vous permets de signer de notre nom le premier traité de philosophie que vous publierez. Quant à Andrée... pour son premier ouvrage... conseillez-lui de l'appeler Louis ou Louise : c'est un nom qui porte bonheur.

Et il sortit en ricanant. Philippe, l'œil sanglant, le front en feu, serra de sa main la garde de son épée, en murmurant :
– Mon Dieu ! donnez-moi la patience, accordez-moi l'oubli !

Chapitre CLI

Le cas de conscience

Après avoir transcrit, avec ce soin méticuleux qui le caractérisait, quelques pages de ses *Rêveries d'un promeneur solitaire*, Rousseau venait de terminer un frugal déjeuner.

Quoiqu'une retraite lui eût été offerte par M. de Girardin dans les délicieux jardins d'Ermenonville, Rousseau, hésitant à se soumettre à l'esclavage des grands, comme il disait dans sa monomanie misanthropique, habitait encore ce petit logement de la rue Plâtrière que nous connaissons.

De son côté, Thérèse, ayant achevé de mettre en ordre le petit ménage, venait de prendre son panier pour aller à la provision.

Il était neuf heures du matin.

La ménagère, selon son habitude, vint demander à Rousseau ce qu'il préférait pour le dîner du jour.

Rousseau sortit de sa rêverie, leva lentement la tête et regarda Thérèse comme fait un homme à moitié éveillé.

– Tout ce que vous voudrez, dit-il, pourvu qu'il y ait des cerises et des fleurs.

– On verra, dit Thérèse, si tout cela n'est pas trop cher.

– Bien entendu, dit Rousseau.

– Car enfin, continua Thérèse, je ne sais pas si ce que vous faites ne vaut rien, mais il me semble qu'on ne vous paie plus comme autrefois.

– Tu te trompes, Thérèse, on me paie le même prix ; mais je me fatigue et travaille moins, et puis mon libraire est en retard avec moi d'un demi-volume.

– Vous verrez que celui-là vous fera encore banqueroute.

– Il faut espérer que non, c'est un honnête homme.

– Un honnête homme, un honnête homme ! Quand vous avez dit cela, vous croyez avoir tout dit.

– J'ai dit beaucoup, au moins, répliqua Rousseau en souriant ; car je ne le dis pas de tout le monde.

– C'est pas étonnant : vous êtes si maussade !

– Thérèse, nous nous éloignons de la question.

– Oui, vous voulez vos cerises, gourmand ; vous voulez vos fleurs, sybarite !

– Que voulez-vous ! ma bonne ménagère, répliqua Rousseau avec une patience d'ange, j'ai le cœur et la tête si malades, que, ne pouvant sortir, je me récréerai, du moins, à voir un peu de ce que Dieu jette à pleines mains dans les campagnes.

En effet, Rousseau était pâle et engourdi, et ses mains paresseuses feuilletaient un livre que ses yeux ne lisaient pas.

Thérèse secoua la tête.

– C'est bon, c'est bon, dit-elle, je sors pour une heure ; souvenez-vous bien que je mets la clef sous le paillasson, et que, si vous en avez besoin...

– Oh ! je ne sortirai pas, dit Rousseau.

– Je sais bien que vous ne sortirez pas, puisque vous ne pouvez pas tenir debout ; mais je vous dis cela pour que vous fassiez un peu attention aux gens qui peuvent venir et que vous ouvriez si l'on sonne ; car, si l'on sonne, vous serez sûr que ce n'est pas moi.

– Merci, bonne Thérèse, merci ; allez.

La gouvernante sortit en grommelant selon son habitude ; mais le bruit de son pas lourd et traînant se fit encore entendre longtemps dans l'escalier.

Mais, aussitôt que la porte fut refermée, Rousseau profita de son isolement pour s'étendre avec délices sur sa chaise, regarda les oiseaux qui becquetaient sur la fenêtre un peu de mie de pain, et respira tout le soleil qui filtrait entre les cheminées des maisons voisines.

Sa pensée, jeune et rapide, n'eut pas plus tôt senti la liberté qu'elle ouvrit ses ailes comme faisaient ces passereaux après leurs joyeux repas.

Tout à coup la porte d'entrée cria sur ses gonds et vint arracher le philosophe à sa douce somnolence.

– Eh quoi ! se dit-il, déjà de retour !... me serais-je endormi quand je croyais rêver seulement ?

La porte de son cabinet s'ouvrit lentement à son tour.

Rousseau tournait le dos à cette porte ; convaincu que c'était Thérèse qui rentrait, il ne se dérangea même pas.

Il se fit un moment de silence.

Puis, au milieu de ce silence :

– Pardon, monsieur, dit une voix qui fit tressaillir le philosophe.

Rousseau se retourna vivement.

– Gilbert ! dit-il.

– Oui, Gilbert ; encore une fois, pardon, monsieur Rousseau.

C'était Gilbert, en effet.

Mais Gilbert hâve et les cheveux épars, cachant mal, sous ses vêtements en désordre, ses membres amaigris et tremblotants ; Gilbert, en un mot, dont l'aspect fit frémir Rousseau et lui arracha une exclamation de pitié qui ressemblait à de l'inquiétude.

Gilbert avait le regard fixe et lumineux des oiseaux de proie affamés ; un sourire de timidité affectée contrastait avec ce regard comme ferait, avec le haut d'une tête sérieuse d'aigle, le bas d'une tête railleuse de loup ou de renard.

– Que venez-vous faire ici ? s'écria vivement Rousseau, qui n'aimait pas le désordre et le regardait chez autrui comme un indice de mauvais dessein.

– Monsieur, répondit Gilbert, j'ai faim.

Rousseau frissonna en entendant le son de cette voix qui proférait le plus terrible mot de la langue humaine.

– Et comment êtes-vous entré ici ? demanda-t-il. La porte était fermée.

– Monsieur, je sais que madame Thérèse met ordinairement la clef sous le paillasson ; j'ai attendu que madame Thérèse fût sortie, car elle ne m'aime pas et aurait peut-être refusé de me recevoir ou de m'introduire près de vous ; alors, vous sachant seul, j'ai monté, j'ai pris la clef dans la cachette, et me voici.

Rousseau se souleva sur les deux bras de son fauteuil.

– Écoutez-moi, dit Gilbert, un moment, un seul moment, et je vous jure, monsieur Rousseau, que je mérite d'être entendu.

– Voyons, répondit Rousseau saisi de stupeur à la vue de cette figure qui n'offrait plus aucune expression des sentiments communs à la généralité des hommes.

– J'aurais dû commencer par vous dire que je suis réduit à une telle extrémité, que je ne sais si je dois voler, me tuer ou faire pis encore... Oh ! ne craignez rien, mon maître et mon protecteur, dit Gilbert d'une voix pleine de douceur ; car je crois, en y réfléchissant, que je n'aurai pas besoin de me tuer et que je mourrai bien sans cela... Depuis huit jours que je me suis enfui de Trianon, je parcours les bois et les plaines sans manger autre chose que des légumes verts ou quelques fruits sauvages dans les bois. Je suis sans forces. Je tombe de fatigue et d'inanition. Quant à voler, ce n'est pas chez vous que je le tenterai ; j'aime trop votre maison, monsieur Rousseau. Quant à cette troisième chose, oh ! pour l'accomplir...

– Eh bien ? fit Rousseau.

– Eh bien, il me faudrait une résolution que je viens chercher ici.

– Êtes-vous fou ? s'écria Rousseau.

– Non, monsieur ; mais je suis bien malheureux, bien désespéré, et je me serais noyé dans la Seine ce matin, sans une réflexion qui m'est venue.

– Laquelle ?

– C'est que vous avez écrit : « Le suicide est un vol fait au genre humain. »

Rousseau regarda le jeune homme comme pour lui dire : «Avez-vous l'amour-propre de croire que c'est à vous que je pensais en écrivant cela ? »

– Oh ! je comprends, murmura Gilbert.

– Je ne crois pas, dit Rousseau.

– Vous voulez dire : « Est-ce que votre mort, à vous, misérable qui n'êtes rien, qui ne possédez rien, qui ne tenez à rien, serait un événement ? »

– Ce n'est point de cela qu'il s'agit, dit Rousseau honteux d'être deviné ; mais vous aviez faim, je crois ?

– Oui, je l'ai dit.

– Eh bien, puisque vous saviez où est la porte, vous savez aussi où est le pain : allez au buffet, prenez du pain, et partez.

Gilbert ne bougea point.

– Si ce n'est pas du pain qu'il vous faut, si c'est de l'argent, je ne vous crois pas assez méchant pour maltraiter un vieillard qui fut votre protecteur, dans la maison même qui vous a donné asile. Contentez-vous donc de ce peu... Tenez.

Et, fouillant à sa poche, il lui présenta quelques pièces de monnaie.

Gilbert lui arrêta la main.

– Oh ! dit-il avec une douleur poignante, ce n'est ni d'argent ni de pain qu'il s'agit ; vous n'avez pas compris ce que je voulais dire quand je parlais de me tuer. Si je ne me tue pas, c'est que maintenant ma vie peut être utile à quelqu'un, c'est que ma mort volerait quelqu'un, monsieur. Vous qui connaissez toutes les lois sociales, toutes les obligations naturelles, est-il en ce monde un lien qui puisse rattacher à la vie un homme qui veut mourir ?

– Il en est beaucoup, dit Rousseau.

– Être père, murmura Gilbert, est-ce un de ces liens-là ? Regardez-moi en me répondant, monsieur Rousseau, que je voie la réponse dans vos yeux.

– Oui, balbutia Rousseau ; oui, bien certainement. À quoi bon cette question de votre part ?

– Monsieur, vos paroles vont être un arrêt pour moi, dit Gilbert ; pesez-les donc bien, je vous en conjure, monsieur ; je suis si malheureux, que je voudrais me tuer ; mais... mais, j'ai un enfant !

Rousseau fit un bond d'étonnement sur son fauteuil.

– Oh ! ne me raillez pas, monsieur, dit humblement Gilbert ; vous croiriez ne faire qu'une égratignure à mon cœur, et vous l'ouvririez comme avec un poignard : je vous le répète, j'ai un enfant.

Rousseau le regarda sans lui répondre.

– Sans cela, je serais déjà mort, continua Gilbert ; dans cette alternative, je me suis dit que vous me donneriez un bon conseil, et je suis venu.

– Mais, demanda Rousseau, pourquoi donc ai-je des conseils à vous donner, moi ? est-ce que vous m'avez consulté quand vous avez fait la faute ?

– Monsieur, cette faute…

Et Gilbert, avec une expression étrange, s'approcha de Rousseau.

– Eh bien ? fit celui-ci.

– Cette faute, reprit Gilbert, il y a des gens qui l'appellent un crime.

– Un crime ! raison de plus alors pour que vous ne m'en parliez pas. Je suis un homme comme vous, et non un confesseur. D'ailleurs, ce que vous me dites ne m'étonne point ; j'ai toujours prévu que vous tourneriez mal ; vous êtes une méchante nature.

– Non, monsieur, répondit Gilbert en secouant mélancoliquement la tête. Non, monsieur, vous vous trompez ; j'ai l'esprit faux ou plutôt faussé ; j'ai lu beaucoup de livres qui m'ont prêché l'égalité des castes, l'orgueil de l'esprit, la noblesse des instincts ; ces livres, monsieur, étaient signés de si illustres noms, qu'un pauvre paysan comme moi a bien pu s'égarer… Je me suis perdu.

– Ah ! ah ! je vois où vous voulez en venir, monsieur Gilbert.

– Moi ?

– Oui ; vous accusez ma doctrine ; n'avez-vous pas le libre ar-
bitre ?

– Je n'accuse pas, monsieur ; je vous dis ce que j'ai lu ; ce que
j'accuse, c'est ma crédulité ; j'ai cru, j'ai failli ; il y a deux causes à
mon crime : vous êtes la première, et je viens d'abord à vous ; j'irai
ensuite à la seconde, mais à son tour et quand il en sera temps.

– Enfin, voyons, que me demandez-vous ?

– Ni bienfait, ni abri, ni pain même, quoique je sois abandonné,
affamé ; non, je vous demande un soutien moral, je vous demande
une sanction de votre doctrine, je vous demande de me rendre par
un mot toute ma force, qui s'est brisée, non pas par l'inanition, en
mes bras et en mes jambes, mais par le doute, en ma tête et en mon
cœur. Monsieur Rousseau, je vous adjure donc de me dire si ce que
j'éprouve depuis huit jours est la douleur de la faim, dans les
muscles de mon estomac, ou si c'est la torture du remords, dans les
organes de ma pensée. J'ai engendré un enfant, monsieur, en com-
mettant un crime ; eh bien, maintenant, dites-moi, faut-il que je
m'arrache les cheveux dans un désespoir amer et que je me roule sur
le sable en criant : « Pardon ! » ou faut-il que je crie, comme la
femme de l'Écriture, en disant : « J'ai fait comme tout le monde ; s'il
en est parmi les hommes un meilleur que moi, qu'il me lapide ? » En
un mot, monsieur Rousseau, vous qui avez dû éprouver ce que
j'éprouve, répondez à cette question. Dites, dites, est-il naturel qu'un
père abandonne son enfant ?

Gilbert n'eut pas plus tôt prononcé cette parole, que Rousseau
devint plus pâle que Gilbert ne l'était lui-même, et que, perdant
toute contenance :

– De quel droit me parlez-vous ainsi ? balbutia-t-il.

– C'est parce que, étant chez vous, monsieur Rousseau, dans
cette mansarde où vous m'aviez donné l'hospitalité, j'ai lu ce que
vous écriviez sur ce sujet ; parce que vous avez déclare que les enfants nés dans la misère sont à l'État, qui doit en prendre soin ; parce
que, enfin, vous vous êtes toujours regardé comme un honnête
homme, bien que vous n'ayez pas reculé devant l'abandon des enfants qui vous étaient nés.

– Malheureux, dit Rousseau, tu avais lu mon livre et tu viens me tenir un pareil langage !

– Eh bien ? fit Gilbert.

– Eh bien, tu n'es qu'un mauvais esprit joint à un mauvais cœur.

– Monsieur Rousseau !

– Tu as mal lu dans mes livres, comme tu lis mal dans la vie humaine ! Tu n'as vu que la surface des feuillets, comme tu ne vois que celle du visage ! Ah ! tu crois me rendre solidaire de ton crime en me citant les livres que j'ai écrits ; en me disant : « Vous avouez avoir fait ceci, donc, je puis le faire ! » Mais, malheureux ! ce que tu ne sais pas, ce que tu n'as pas lu dans mes livres, ce que tu n'as point deviné, c'est que la vie entière de celui que tu as pris pour exemple, cette vie de misère et de souffrance, je pouvais l'échanger contre une existence dorée, voluptueuse, pleine de faste et de plaisir. Ai-je moins de talent que M. de Voltaire, et ne pouvais-je pas produire autant que lui ? En m'appliquant moins que je ne le fais, ne pouvais-je pas vendre mes livres aussi cher qu'il vend les siens et forcer l'argent à venir rouler dans mon coffre, en tenant sans cesse un coffre à moitié plein à la disposition de mes libraires ? L'or attire l'or : ne le sais-tu pas ? J'aurais eu une voiture pour promener une jeune et belle maîtresse et, crois-le bien, ce luxe n'eût point tari en moi la source d'une intarissable poésie. N'ai-je plus de passions ? Dis ! Regarde bien mes yeux qui, à soixante ans, brillent encore des feux de la jeunesse et du désir ? Toi qui as lu ou copié mes livres, voyons, ne te rappelles-tu pas que malgré le déclin des ans, malgré des maux très réels et très graves, mon cœur, toujours jeune, semble avoir hérité, pour mieux souffrir, hérité toutes les forces du reste de mon organisation ? Accablé d'infirmités qui m'empêchent de marcher, je me sens plus de vigueur et de vie pour absorber la douleur que je n'en eus jamais dans la fleur de mon âge pour accueillir les rares félicités que j'ai reçues de Dieu.

– Je sais tout cela, monsieur, dit Gilbert. Je vous ai vu de près et vous ai compris.

– Alors, si tu m'as vu de près, alors, si tu m'as compris, ma vie n'a-t-elle pas pour toi une signification qu'elle n'a pas pour les autres ? Cette abnégation étrange qui n'est pas dans ma nature ne te dit-elle pas que j'ai voulu expier...

– Expier ! murmura Gilbert.

– N'as-tu pas compris, continua le philosophe, que, cette misère m'ayant forcé tout d'abord de prendre une détermination excessive, je n'avais plus trouvé ensuite d'autre excuse à cette détermination que le désintéressement et la persévérance dans la misère ? N'as-tu pas compris que j'ai puni mon esprit par l'humiliation ? Car c'était mon esprit qui était coupable ; mon esprit, qui avait eu recours aux paradoxes pour se justifier, tandis que, d'un autre côté, je punissais mon cœur par la perpétuité du remords.

– Ah ! s'écria Gilbert, c'est ainsi que vous me répondez ! c'est ainsi que, vous autres philosophes, qui jetez des préceptes écrits au genre humain, vous nous plongez dans le désespoir, en nous condamnant si nous nous irritons. Eh ! que m'importe, à moi, votre humiliation, du moment qu'elle est secrète, votre remords, dès qu'il est caché ! Oh ! malheur, malheur à vous, malheur ! et que les crimes commis en votre nom retombent sur votre tête !

– Sur ma tête, dites-vous, la malédiction et le châtiment à la fois, car vous oubliez le châtiment, oh ! ce serait trop ! Vous qui avez péché comme moi, vous condamnez-vous aussi sévèrement que moi !

– Plus sévèrement encore, dit Gilbert ; car ma punition, à moi, sera terrible ; car, à présent que je n'ai plus foi en rien, je me laisserai tuer par mon adversaire, ou plutôt par mon ennemi ; suicide que ma misère me conseille, que ma conscience me pardonne ; car, maintenant, ma mort n'est plus un vol fait à l'humanité, et vous avez écrit là une phrase que vous ne pensiez pas.

– Arrête, malheureux ! dit Rousseau, arrête ; n'as-tu pas fait assez de mal avec l'imbécile crédulité ? Faut-il que tu en fasses plus encore avec le scepticisme stupide ? Tu m'as parlé d'un enfant ? Tu m'as dit que tu étais ou que tu allais être père ?

– Je l'ai dit, répéta Gilbert.

– Sais-tu bien ce que c'est, murmura Rousseau à voix basse, que d'entraîner avec soi, non pas dans la mort, mais dans la honte, des créatures nées pour respirer librement et purement le grand air de la vertu, que Dieu donne pour dot à tout homme sortant du sein de sa mère ? Écoute cependant combien ma situation est horrible : quand j'ai abandonné mes enfants, j'ai compris que la société, que toute supériorité blesse, allait me jeter cette injure à la face comme un reproche infamant ; alors je me suis justifié avec des paradoxes ; alors j'ai employé dix ans de ma vie à donner des conseils aux mères pour l'éducation de leurs enfants, moi qui n'avais pas su être père ; à la patrie pour la formation des citoyens forts et honnêtes, moi qui avais été faible et corrompu. Puis, un jour, le bourreau qui venge la société, la patrie et l'orphelin, le bourreau, ne pouvant s'en prendre à moi, s'en est pris à mon livre, et l'a brûlé comme une honte vivante pour le pays dont ce livre avait empoisonné l'air. Choisis, devine, juge ; ai-je bien fait dans l'action ? Ai-je fait mal dans les préceptes ? Tu ne réponds pas ; Dieu lui-même serait embarrassé ; Dieu, qui tient en ses mains l'inflexible balance du juste et de l'injuste. Eh bien, moi, j'ai un cœur qui résout la question, et ce cœur me dit là, au fond de ma poitrine : « Malheur à toi, père dénaturé, qui as abandonné tes enfants ; malheur à toi si tu rencontres la jeune prostituée qui rit impudemment le soir au coin d'un carrefour, car c'est peut-être ta fille abandonnée que la faim a poussée à l'infamie ; malheur à toi si tu rencontres dans la rue le voleur qu'on arrête, rouge encore de son larcin, car celui-là est peut-être ton fils abandonné, que la faim a poussé au crime ! »

À ces mots, Rousseau, qui s'était soulevé, retomba dans son fauteuil.

– Et, cependant, continua-t-il d'une voix brisée qui avait l'accent d'une prière, moi, je n'ai point été coupable autant qu'on pourrait le croire ; moi, j'ai vu une mère sans entrailles, de moitié dans ma complicité, oublier, comme font les animaux, et je me suis dit : « Dieu a permis que la mère oublie, c'est donc qu'elle doit oublier. » Eh bien, je me suis trompé à ce moment, et, aujourd'hui que tu m'as entendu dire à toi ce que je n'ai jamais dit à personne, aujourd'hui tu n'as plus le droit de t'abuser.

– Ainsi, demanda le jeune homme en fronçant le sourcil, vous n'eussiez jamais abandonné vos enfants si vous aviez eu de l'argent pour les nourrir ?

– Seulement le strict nécessaire, non, jamais, je le jure, jamais !

Et Rousseau étendit solennellement sa main tremblante vers le ciel.

– Vingt mille livres, demanda Gilbert, est-ce assez pour nourrir son enfant ?

– Oui, c'est assez, dit Rousseau.

– Bien, dit Gilbert, merci, monsieur ; maintenant, je sais ce qui me reste à faire.

– Et, dans tous les cas, jeune comme vous l'êtes, avec votre travail, vous pouvez nourrir votre enfant, dit Rousseau. Mais vous avez parlé de crime ; on vous cherche, on vous poursuit peut-être...

– Oui, monsieur.

– Eh bien, cachez-vous ici, mon enfant ; le petit grenier est toujours libre.

– Vous êtes un homme que j'aime, mon maître ! s'écria Gilbert, et l'offre que vous me faites me comble de joie ; je ne vous demande, en effet, qu'un abri ; quant à mon pain, je le gagnerai ; vous savez que je ne suis pas un paresseux.

– Eh bien, dit Rousseau d'un air inquiet, si la chose est convenue ainsi, montez là-haut ; que madame Rousseau ne vous voie pas ici ; elle ne monte plus au grenier, puisque, depuis votre départ, nous n'y serrons plus rien ; votre paillasse y est restée, arrangez-vous du mieux possible.

– Merci, monsieur ; cela étant ainsi, je serai plus heureux que je ne le mérite.

– Maintenant, est-ce là tout ce que vous désirez ? dit Rousseau en poussant du regard Gilbert hors de la chambre.

– Non, monsieur ; mais encore un mot, s'il vous plaît.

– Dites.

– Vous m'avez un jour, à Luciennes, accusé de vous avoir trahi ;
je ne trahissais personne, monsieur, je suivais mon amour.

– Ne parlons plus de cela. Est-ce tout ?

– Oui ; maintenant, monsieur Rousseau, quand on ne sait pas
l'adresse de quelqu'un à Paris, est-il possible de se la procurer ?

– Sans doute, quand cette personne est connue.

– Celle dont je veux parler est fort connue.

– Son nom ?

– M. le comte Joseph Balsamo.

Rousseau frissonna ; il n'avait pas oublié la séance de la rue Plâtrière.

– Que voulez-vous à cet homme ? demanda-t-il.

– Une chose toute simple. Je vous avais accusé, vous, mon
maître, d'être moralement la cause de mon crime, puisque je croyais
n'avoir obéi qu'à la loi naturelle.

– Et je vous ai détrompé ? s'écria Rousseau tremblant à l'idée de
cette responsabilité.

– Vous m'avez éclairé, du moins.

– Eh bien, que voulez-vous dire ?

– Que mon crime a non seulement eu une cause morale, mais
une cause physique.

– Et ce comte de Balsamo est la cause physique, n'est-ce pas ?

– Oui. J'ai copié des exemples, j'ai saisi une occasion, et, en cela, je le reconnais maintenant, j'ai agi en animal sauvage, et non en homme. L'exemple, c'est vous ; l'occasion, c'est M. le comte de Balsamo. Où demeure-t-il ? le savez-vous ?

– Oui.

– Donnez-moi son adresse, alors.

– Rue Saint-Claude, au Marais.

– Merci, je vais chez lui de ce pas.

– Prenez garde, mon enfant, s'écria Rousseau en le retenant, c'est un homme puissant et profond.

– Ne craignez rien, monsieur Rousseau, je suis résolu, et vous m'avez appris à me posséder.

– Vite, vite, montez là-haut ! s'écria Rousseau, j'entends se fermer la porte de l'allée ; c'est sans doute madame Rousseau qui rentre ; cachez-vous dans ce grenier jusqu'à ce qu'elle soit revenue ici ; ensuite vous sortirez.

– La clef, s'il vous plaît ?

– Au clou, dans la cuisine, comme d'habitude.

– Adieu, monsieur, adieu.

– Prenez du pain, je vous préparerai du travail pour cette nuit.

– Merci !

Et Gilbert s'esquiva si légèrement, qu'il était déjà dans son grenier avant que Thérèse eût monté le premier étage.

Muni du précieux renseignement que lui avait donné Rousseau, Gilbert ne fut pas long à exécuter son projet.

En effet, Thérèse n'eut pas plus tôt refermé la porte de son appartement, que le jeune homme, qui, de la porte de la mansarde, avait suivi tous ses mouvements, descendit l'escalier avec autant de rapidité que s'il n'eût pas été affaibli par un long jeûne. Il avait la tête pleine d'idées d'espérance, de rancunes, et derrière tout cela planait une ombre vengeresse qui l'aiguillonnait de ses plaintes et de ses accusations.

Il arriva rue Saint-Claude dans un état difficile à décrire.

Comme il entrait dans la cour de l'hôtel, Balsamo reconduisait jusqu'à la porte le prince de Rohan, qu'un devoir de politesse avait amené chez son généreux alchimiste.

Or, comme le prince en sortait, s'arrêtant une dernière fois pour renouveler ses remerciements à Balsamo, le pauvre enfant, déguenillé, s'y glissait comme un chien, n'osant regarder autour de lui de peur de s'éblouir.

Le carrosse du prince Louis l'attendait au boulevard ; le prélat traversa lestement l'espace qui le séparait de sa voiture, qui partit avec rapidité dès que la portière fut refermée sur lui.

Balsamo l'avait suivi d'un regard mélancolique et, quand la voiture eut disparu, il se tourna vers le perron.

Sur ce perron était une espèce de mendiant dans l'attitude de la supplication.

Balsamo marcha à lui ; quoique sa bouche fût muette, son regard expressif interrogeait.

– Un quart d'heure d'audience, s'il vous plaît, monsieur le comte, dit le jeune homme aux habits déguenillés.

– Qui êtes-vous, mon ami ? demanda Balsamo avec une suprême douceur.

– Ne me reconnaissez-vous pas ? demanda Gilbert.

– Non ; mais n'importe, venez, répliqua Balsamo sans s'inquiéter de la mine étrange du solliciteur, non plus que de ses vêtements et de son importunité.

Et, marchant devant lui, il le conduisit dans la première chambre, où, s'étant assis, sans changer de ton et de visage :

– Vous demandiez si je vous reconnaissais ? dit-il.

– Oui, monsieur le comte.

– En effet, il me semble vous avoir vu quelque part.

– À Taverney, monsieur, lorsque vous y vîntes, la veille du jour du passage de la dauphine.

– Que faisiez-vous à Taverney ?

– J'y demeurais.

– Comme serviteur de la famille ?

– Non pas ; comme commensal.

– Vous avez quitté Taverney ?

– Oui, monsieur, voilà près de trois ans.

– Et vous êtes venu ?...

– À Paris, où d'abord j'ai étudié chez M. Rousseau ; après quoi, j'ai été placé dans les jardins de Trianon en qualité d'aide-jardinier-fleuriste, par la protection de M. de Jussieu.

– Voilà de beaux noms que vous me citez là, mon ami. Que me voulez vous ?

– Je vais vous le dire.

Et, faisant une pause, il fixa sur Balsamo un regard qui ne manquait pas de fermeté.

– Vous rappelez-vous, continua-t-il, être venu à Trianon pendant la nuit du grand orage, il y aura vendredi six semaines ?

Balsamo devint sombre, de sérieux qu'il était.

– Oui, je me souviens, dit-il ; m'auriez-vous vu, par hasard ?

– Je vous ai vu.

– Alors, vous venez pour vous faire payer le secret ? dit Balsamo d'un ton menaçant.

– Non, monsieur ; car ce secret, j'ai plus d'intérêt encore que vous à le garder.

– Alors vous êtes celui qu'on nomme Gilbert ? dit Balsamo.

– Oui, monsieur le comte.

Balsamo enveloppa de son regard profond et dévorant le jeune homme dont le nom emportait une accusation si terrible.

Il fut surpris, lui qui se connaissait en hommes, de l'assurance de son maintien, de la dignité de sa parole.

Gilbert s'était posé devant une table sur laquelle il ne s'appuyait pas ; une de ses mains effilées, blanches même malgré l'habitude des travaux rustiques, était cachée dans sa poitrine ; l'autre tombait avec grâce à son côté.

– Je vois à votre contenance, dit Balsamo, ce que vous venez faire ici : vous savez qu'une dénonciation terrible a été faite contre vous par mademoiselle de Taverney, qu'avec l'aide de la science j'ai forcée de dire la vérité ; vous venez me reprocher ce témoignage, n'est-ce pas ? cette évocation d'un secret qui, sans moi, fût resté enveloppé dans les ténèbres comme dans une tombe ?

Gilbert se contenta de secouer la tête.

– Vous auriez tort cependant, continua Balsamo ; car, en admettant que j'eusse voulu vous dénoncer sans y être forcé par mon intérêt, à moi que l'on accusait ; en admettant que je vous eusse traité en ennemi, que je vous eusse attaqué tandis que je me contentais de me défendre ; en admettant, dis-je, tout cela, vous n'avez le droit de rien dire, car, en vérité, vous avez commis une lâche action.

Gilbert froissa rudement sa poitrine avec ses ongles, mais il ne répondit encore rien.

– Le frère vous poursuivra, et la sœur vous fera tuer, reprit Balsamo, si vous avez l'imprudence de vous promener comme vous faites dans les rues de Paris.

– Oh ! quant à cela, peu m'importe, dit Gilbert.

– Comment, peu vous importe ?

– Oui ; j'aimais mademoiselle Andrée ; je l'aimais comme elle ne sera aimée de personne ; mais elle m'a méprisé, moi qui avais des sentiments si respectueux pour elle ; elle m'a méprisé, moi qui déjà deux fois l'avais tenue entre mes bras, sans même oser approcher mes lèvres du bas de sa robe.

– C'est cela, et vous lui avez fait payer ce respect : vous vous êtes vengé de ses mépris, par quoi ? par un guet-apens.

– Oh ! non, non ; le guet-apens ne vient pas de moi ; une occasion de commettre le crime m'a été fournie.

– Par qui ?

– Par vous.

Balsamo se redressa comme si un serpent l'eût piqué.

– Par moi ? s'écria-t-il.

– Par vous, oui, monsieur, par vous, répéta Gilbert ; monsieur, vous avez endormi mademoiselle Andrée ; puis vous vous êtes enfui ; à mesure que vous vous éloigniez, les jambes lui manquaient ; elle a fini par tomber. Je l'ai prise dans mes bras alors pour la reporter dans sa chambre ; j'ai senti sa chair près de ma chair : un marbre fût devenu vivant !... moi, qui aimais, j'ai cédé à mon amour. Suis-je donc aussi criminel qu'on le dit, monsieur ? Je vous le demande à vous, à vous la cause de mon malheur.

Balsamo reporta sur Gilbert son regard chargé de tristesse et de pitié.

– Tu as raison, enfant, dit-il, c'est moi qui ai causé ton crime et l'infortune de cette jeune fille.

– Et, au lieu d'y porter remède, vous qui êtes un homme si puissant et qui devriez être si bon, vous avez aggravé le malheur de la jeune fille, vous avez suspendu la mort sur la tête du coupable.

– C'est vrai, répliqua Balsamo, et tu parles sagement. Depuis quelque temps, vois-tu, jeune homme, je suis une créature maudite, et tous mes desseins en sortant de mon cerveau, prennent des formes menaçantes et nuisibles ; cela tient à des malheurs que, moi aussi, j'ai subis, et que tu ne comprends pas. Toutefois, ce n'est point une raison pour que je fasse souffrir les autres : que demandes-tu ? Voyons.

– Je vous demande le moyen de tout réparer, monsieur le comte, crime et malheur.

– Tu aimes cette jeune fille ?

– Oh ! oui.

– Il y a bien des sortes d'amour. De quel amour l'aimes-tu ?

– Avant de la posséder, je l'aimais avec délire ; aujourd'hui, je l'aime avec fureur. Je mourrais de douleur si elle me recevait avec colère ; je mourrais de joie si elle me permettait de baiser ses pieds.

– Elle est fille noble, mais elle est pauvre, dit Balsamo réfléchissant.

– Oui.

– Cependant, son frère est un homme de cœur que je crois peu entiché du vain privilège de la noblesse. Qu'arriverait-il si tu demandais à ce frère d'épouser sa sœur ?

– Il me tuerait, répondit froidement Gilbert ; cependant, comme je désire plutôt la mort que je ne la crains, si vous me conseillez de faire cette demande, je la ferai.

Balsamo réfléchit.

– Tu es un homme d'esprit, dit-il, et l'on dirait encore que tu es un homme de cœur, bien que tes actions soient vraiment criminelles, ma complicité à part. Eh bien, va trouver, non pas M. de Taverney le fils, mais le baron de Taverney, son père, et dis-lui, dis-lui, entends-tu bien, que le jour où il t'aura permis d'épouser sa fille, tu apporteras une dot à mademoiselle Andrée.

– Je ne puis pas dire cela, monsieur le comte : je n'ai rien.

– Et moi, je te dis que tu lui porteras en dot cent mille écus que je te donnerai pour réparer le malheur et le crime, ainsi que tu le disais tout à l'heure.

– Il ne me croira pas, il me sait pauvre.

– Eh bien, s'il ne te croit pas, tu lui montreras ces billets de caisse, et, en les voyant, il ne doutera plus.

En disant ces mots, Balsamo ouvrit le tiroir d'une table et compta trente billets de caisse de dix mille livres chacun.

Puis il les remit à Gilbert.

– Et c'est de l'argent, cela ? demanda le jeune homme.

– Lis.

Gilbert jeta un avide regard sur la liasse qu'il tenait à la main et reconnut la vérité de ce que lui disait Balsamo.

Un éclair de joie brilla dans ses yeux.

– Il serait possible ! s'écria-t-il. Mais non, une pareille générosité serait trop sublime.

– Tu es défiant, dit Balsamo ; tu as raison, mais habitue-toi à choisir tes sujets de défiance. Prends donc ces cent mille écus, et va chez M. de Taverney.

– Monsieur, dit Gilbert, tant qu'une pareille somme m'aura été donnée sur une simple parole, je ne croirai pas à la réalité de ce don.

Balsamo prit une plume et écrivit :

« Je donne en dot à Gilbert, le jour où il signera son contrat de mariage avec mademoiselle Andrée de Taverney, la somme de cent mille écus que je lui ai remise d'avance, dans l'espoir d'une heureuse négociation.

« Joseph Balsamo. »

– Prends ce papier, va, et ne doute plus.

Gilbert reçut le papier d'une main tremblante.

– Monsieur, dit-il, si je vous dois un pareil bonheur, vous serez le dieu que j'adorerai sur la terre.

– Il n'y a qu'un Dieu qu'il faille adorer, répondit gravement Balsamo, et ce n'est pas moi. Allez, mon ami.

– Une dernière grâce, monsieur ?

– Laquelle ?

– Donnez-moi cinquante livres.

– Tu me demandes cinquante livres quand tu en tiens trois cent mille entre tes mains ?

– Ces trois cent mille livres ne seront à moi, dit Gilbert, que le jour où mademoiselle Andrée consentira à m'épouser.

– Et pourquoi faire ces cinquante livres ?

– Afin que j'achète un habit décent avec lequel je puisse me présenter chez le baron.

– Tenez, mon ami. voilà, dit Balsamo.

Et il lui donna les cinquante livres qu'il désirait.

Là-dessus, il congédia Gilbert d'un signe de tête, et, du même pas lent et triste, il rentra dans ses appartements.

Chapitre CLII

Les projets de Gilbert

Une fois dans la rue, Gilbert laissa refroidir cette fiévreuse imagination qui, aux derniers mots du comte, l'avait emporté au delà, non seulement du probable, mais encore du possible.

Arrivé à la rue Pastourel, il s'assit sur une borne, et, jetant les yeux autour de lui pour s'assurer que personne ne l'espionnait, il tira de sa poche les billets de caisse tout froissés par le serrement de sa main.

C'est qu'une idée terrible lui était passée par l'esprit et lui avait fait venir la sueur au front.

– Voyons, dit-il en regardant les billets, si cet homme ne m'a point trompé ; voyons s'il ne m'a pas tendu un piège ; voyons s'il ne m'envoie pas à une mort certaine sous le prétexte de me procurer un bonheur certain ; voyons s'il ne fait pas pour moi ce que l'on fait pour le mouton qu'on attire à l'abattoir en lui offrant une poignée d'herbe fleurie. J'ai ouï dire qu'il courait un grand nombre de faux billets de caisse, à l'aide desquels les roués de la cour trompaient les filles d'Opéra. Voyons si le comte ne m'aurait pas pris pour dupe.

Et il détacha de la liasse un de ces billets de dix mille livres ; puis, entrant chez un marchand, il demanda, en montrant le billet, l'adresse d'un banquier pour le changer, ainsi que son maître, disait-il, l'en avait chargé.

Le marchand regarda le billet, le tourna et le retourna en l'admirant fort, car la somme était pompeuse et sa boutique bien modeste ; puis il indiqua, rue Saint-Avoie, le financier dont Gilbert avait besoin.

Donc, le billet était bon.

Gilbert, joyeux et tout gonflé de sa joie, rendit aussitôt les rênes à son imagination, serra plus précieusement que jamais la liasse dans son mouchoir, et, avisant rue Saint-Avoie un fripier dont l'étalage le séduisit, il fit emplette pour vingt-cinq livres, c'est-à-dire pour un des deux louis que Balsamo lui avait donnés, d'un habit complet de petit drap marron, dont la propreté le charma, d'une paire de bas de soie noire un peu fanés, et de souliers à boucles luisantes ; une chemise de toile assez fine compléta le costume, plus décent que riche, dans lequel Gilbert s'admira par un seul coup d'œil donné dans le miroir du fripier.

Puis, laissant ses vieilles hardes comme appoint des vingt-cinq livres, il serra le précieux mouchoir dans sa poche et passa de la boutique du fripier dans celle du perruquier, lequel, en un quart d'heure, acheva de rendre élégante et même belle cette tête si remarquable du protégé de Balsamo.

Enfin, lorsque toutes ces opérations furent accomplies, Gilbert entra chez un boulanger qui demeurait près de la place Louis XV, et acheta dans sa boutique pour deux sous de pain, qu'il mangea rapidement en suivant la route de Versailles.

À la fontaine de la Conférence, il s'arrêta pour boire.

Puis il reprit son chemin, refusant toujours les propositions des voiturins, qui ne comprenaient pas qu'un jeune homme si proprement mis économisât quinze sous aux dépens de son cirage à l'œuf.

Qu'eussent-ils dit s'ils eussent su que ce jeune homme, qui allait ainsi à pied, avait dans sa poche trois cent mille livres ?

Mais Gilbert avait ses raisons pour aller à pied. D'abord, à cause de la ferme résolution qu'il avait prise de ne pas excéder d'un liard le strict nécessaire ; ensuite, le besoin d'isolement pour se livrer plus commodément à la pantomime et aux monologues.

Dieu seul sait tout ce qu'il se joua de dénouement heureux dans la tête de ce jeune homme, pendant les deux heures et demie qu'il marcha.

En deux heures et demie, il avait fait plus de quatre lieues, et cela sans s'apercevoir de la distance, sans ressentir la moindre fatigue, tant c'était une puissante organisation que celle de ce jeune homme.

Tous ses plans étaient faits, et il s'était arrêté à cette façon d'introduire sa demande :

Aborder le père Taverney avec de pompeuses paroles ; puis, quand il aurait l'autorisation du baron, mademoiselle Andrée, avec des discours d'une telle éloquence, que non seulement elle pardonnât, mais encore qu'elle conçût du respect et de l'affection pour l'auteur de la pathétique harangue qu'il avait préparée.

À force d'y songer, l'espérance avait pris le dessus sur la crainte, et il semblait impossible à Gilbert qu'une fille, dans la position où se trouvait Andrée, n'acceptât point la réparation offerte par l'amour, quand cet amour se présentait avec une somme de cent mille écus.

Gilbert, bâtissant tous ces châteaux en Espagne, était naïf et honnête comme le plus simple enfant des patriarches. Il oubliait tout le mal qu'il avait fait, ce qui était peut-être d'un cœur plus honnête qu'on ne le pense.

Toutes ses batteries préparées, il arriva, le cœur dans un étau, sur le territoire de Trianon. Une fois là, il était prêt à tout : aux premières fureurs de Philippe, que la générosité de sa démarche devait cependant, selon lui, dissuader ; aux premiers dédains d'Andrée, que son amour devait soumettre ; aux premières insultes du baron, que son or devait adoucir.

En effet, Gilbert, tout éloigné de la société qu'il avait vécu, devinait instinctivement que trois cent mille livres dans la poche sont une sûre cuirasse ; ce qu'il redoutait le plus, c'était la vue des souffrances d'Andrée ; contre ce malheur seulement il craignait sa faiblesse, faiblesse qui lui eût ôté une partie des moyens nécessaires au succès de sa cause.

Il entra donc dans les jardins, regardant, non sans un orgueil qui allait bien à sa physionomie, tous ces ouvriers, hier ses compagnons, aujourd'hui ses inférieurs.

La première question qu'il fit porta sur le baron de Taverney. Il s'adressait naturellement au garçon de service des communs.

– Le baron n'est point à Trianon, répondit celui-ci.

Gilbert hésita un moment.

– Et M. Philippe ? demanda-t-il.

– Oh ! M. Philippe est parti avec mademoiselle Andrée.

– Parti ! s'écria Gilbert effrayé.

– Oui.

– Mademoiselle Andrée est donc partie ?

– Depuis cinq jours.

– Pour Paris ?

Le garçon fit un mouvement qui voulait dire : « Je n'en sais rien. »

– Comment, vous n'en savez rien ? s'écria Gilbert. Mademoiselle Andrée est partie sans qu'on sache où elle est allée ? Elle n'est point partie sans cause, cependant.

– Tiens, cette bêtise ! répondit le garçon peu respectueux pour l'habit marron de Gilbert ; certainement qu'elle n'est point partie sans cause.

– Et pour quelle cause est-elle partie ?

– Pour changer d'air.

– Pour changer d'air ? répéta Gilbert.

– Oui, il paraît que celui de Trianon était mauvais pour sa santé, et, par ordonnance du médecin, elle a quitté Trianon.

Il était inutile d'en demander davantage ; il était évident que le garçon des communs avait dit tout ce qu'il savait sur mademoiselle de Taverney.

Et cependant Gilbert, stupéfait, ne pouvait croire à ce qu'il entendait. Il courut à la chambre d'Andrée et trouva la porte close.

Des fragments de verre, des brins de paille et de foin, des fils de la paillasse jonchant le corridor, représentaient à sa vue tous les résultats d'un déménagement.

Gilbert rentra dans son ancienne chambre, qu'il retrouva telle qu'il l'avait laissée.

La croisée d'Andrée était ouverte pour donner de l'air à l'appartement ; sa vue put plonger jusque dans l'antichambre.

L'appartement était parfaitement vide.

Gilbert alors se laissa aller à une extravagante douleur ; il se heurta la tête contre la muraille, se tordit les bras, se roula sur le plancher.

Puis, comme un insensé, il s'élança hors de la mansarde, descendit l'escalier comme s'il eût eu des ailes, s'enfonça dans le bois les mains noyées dans ses cheveux, et, avec des cris et des imprécations, il se laissa tomber au milieu des bruyères, maudissant la vie et ceux qui la lui avaient donnée.

– Oh ! c'est fini, bien fini, murmura-t-il. Dieu ne veut pas que je la retrouve ; Dieu veut que je meure de remords, de désespoir et d'amour ; c'est ainsi que j'expierai mon crime, c'est ainsi que je vengerai celle que j'ai outragée... Où peut-elle être ?... À Taverney ! Oh ! j'irai, j'irai ! J'irai jusqu'aux extrémités du monde ; je monterai jusqu'aux nuages s'il le faut. Oh ! je retrouverai sa trace et je la suivrai, dussé-je tomber à moitié chemin de faim et de fatigue.

Mais peu à peu, soulagé de sa douleur par l'explosion de sa douleur, Gilbert se souleva, respira plus librement, regarda autour de lui d'un air un peu moins hagard, et reprit, à pas lents, le chemin de Paris.

Cette fois, il mit cinq heures pour faire la route.

– Le baron, se disait-il avec une certaine apparence de raison, le baron n'aura peut-être pas quitté Paris ; je lui parlerai. Mademoiselle Andrée a fui. En effet, elle ne pouvait rester à Trianon ; mais, en quelque lieu qu'elle soit allée, son père sait où elle va ; un mot de lui m'indiquera sa trace, et puis, d'ailleurs, il rappellera sa fille, si je parviens à convaincre son avarice.

Gilbert, fort de cette nouvelle pensée, rentra à Paris vers sept heures du soir, c'est-à-dire vers le moment où la fraîcheur amenait les promeneurs aux Champs-Élysées, où Paris flottait entre les premiers brouillards du soir et les premiers feux de ce jour factice qui lui fait une journée de vingt-quatre heures.

Le jeune homme, en conséquence de la résolution prise, alla droit à la porte du petit hôtel de la rue Coq-Héron, et frappa sans hésiter un instant.

Le silence seul lui répondit.

Il redoubla les coups de marteau, mais sans que le dixième obtînt plus de succès que le premier.

Alors cette dernière ressource, celle sur laquelle il avait compté, lui échappa. Fou de rage, mordant ses mains, pour punir son corps de ce qu'il souffrait moins que son âme, Gilbert tourna brusquement la rue, poussa le ressort de la porte de Rousseau, et monta l'escalier.

Le mouchoir qui renfermait les trente billets de caisse attachait aussi la clef du grenier.

Gilbert s'y précipita comme il se fût précipité dans la Seine si elle eût coulé à cet endroit.

Puis, comme la soirée était belle et que les nuages floconneux se jouaient dans l'azur du ciel, comme une douce senteur montait des tilleuls et des marronniers dans le crépuscule de la nuit, comme la chauve-souris venait battre de ses ailes silencieuses les vitres du petit châssis, Gilbert, rappelé à la vie par toutes ces sensations, s'approcha de la lucarne, et, voyant blanchir au milieu des arbres le pavillon du jardin où jadis il avait retrouvé Andrée qu'il croyait à jamais perdue, il sentit son cœur se briser et tomba presque évanoui sur l'appui de la gouttière, les yeux perdus dans une vague et stupide contemplation.

Chapitre CLIII

Où Gilbert voit qu'un crime est plus facile à commettre qu'un préjugé à vaincre

À mesure que diminuait la sensation douloureuse qui s'était emparée de Gilbert, ses idées devenaient plus nettes et plus précises.

Sur ces entrefaites, l'ombre qui s'épaississait l'empêcha de rien distinguer ; alors, un invincible désir lui prit de voir les arbres, la maison, les allées que l'obscurité venait de confondre dans une seule masse, sur laquelle l'air flottait égaré comme sur un abîme.

Il se souvint qu'un soir, en des temps plus heureux, il avait voulu se procurer des nouvelles d'Andrée, la voir, l'entendre parler même, et qu'au péril de sa vie, souffrant encore de la maladie qui avait suivi le 31 mai, il s'était laissé glisser le long de la gouttière, du premier étage jusqu'en bas, c'est-à-dire jusqu'à ce bienheureux sol du jardin.

En ce temps-là, il y avait un grand danger à pénétrer dans cette maison, que le baron habitait, où Andrée était si bien gardée, et cependant, malgré ce danger, Gilbert se rappelait combien la situation était douce, et comment son cœur avait joyeusement battu quand il avait entendu le bruit de sa voix.

– Voyons, si je recommençais, si une dernière fois j'allais chercher à genoux, sur le sable des allées, la trace adorée qu'ont dû y laisser les pas de ma maîtresse ?

Ce mot, ce mot effrayant s'il eût été entendu, Gilbert l'articula presque haut, prenant à le prononcer un étrange plaisir.

Gilbert interrompit son monologue pour fixer un regard profond sur la place où il devinait que le pavillon devait être.

Puis, après un instant de silence et d'investigation :

– Rien n'annonce, ajouta-t-il, que le pavillon soit habité par d'autres locataires : ni lumière, ni bruit, ni portes ouvertes ; allons !

Gilbert avait un mérite : c'était, une fois sa résolution prise, la rapidité d'action avec laquelle il l'exécutait. Il ouvrit la porte de sa mansarde, descendit à tâtons comme un sylphe devant la porte de Rousseau ; puis, arrivé au premier étage, il enjamba courageusement le plomb et se laissa couler jusqu'au bas, au risque de faire une vieille culotte de cette culotte si fraîche encore le matin.

Arrivé au bas de l'espalier, il repassa par toutes les émotions de sa première visite au pavillon, fit crier sous ses pas le sable, et reconnut la petite porte par laquelle Nicole avait introduit M. de Beausire.

Enfin, il alla vers le perron pour appliquer ses lèvres sur le bouton de cuivre de la persienne, se disant que, sans nul doute, la main d'Andrée avait pressé ce bouton. Le crime de Gilbert lui avait fait de son amour quelque chose comme une religion.

Tout à coup, un bruit venu de l'intérieur fit tressaillir le jeune homme, bruit faible et sourd comme celui d'un pas léger sur le parquet.

Gilbert recula.

Sa tête était livide et, en même temps, si bourrelée depuis huit ou dix jours, qu'en apercevant une lueur qui filtrait à travers la porte, il crut que la superstition, cette fille de l'ignorance et du remords, allumait dans ses yeux un de ses sinistres flambeaux, et que c'était ce flambeau qui transparaissait sur les lames des persiennes. Il crut que son âme chargée de terreurs évoquait une autre âme, et que l'heure était venue d'une de ces hallucinations comme en ont les fous ou les extravagants passionnés.

Et cependant le pas et la lumière approchaient toujours, Gilbert voyait et entendait sans croire ; mais, la persienne s'ouvrant soudain au moment où le jeune homme s'approchait pour regarder à travers les lames, il fut rejeté par le choc sur le côté du mur, poussa un grand cri, et tomba sur les deux genoux.

Ce qui le prosternait ainsi, c'était moins le choc que la vue : dans cette maison qu'il croyait déserte, à la porte de laquelle il avait frappé sans qu'on lui ouvrît, il venait de voir apparaître Andrée.

La jeune fille, car c'était bien elle et non pas une ombre, poussa un cri comme Gilbert ; puis, moins effarée, car sans doute elle attendait quelqu'un :

– Qu'y a-t-il ? demanda-t-elle. Qui êtes-vous ? Que désirez-vous ?

– Oh ! pardon, pardon, mademoiselle ! murmura Gilbert, la face humblement tournée vers le sol.

– Gilbert, Gilbert ici ! s'écria Andrée avec une surprise exempte de peur et de colère ; Gilbert dans ce jardin ! Que venez-vous y faire, mon ami ?

Cette dernière appellation vibra douloureusement jusqu'au fond du cœur du jeune homme.

– Oh ! dit-il d'une voix émue, ne m'accablez pas, mademoiselle, soyez miséricordieuse ; j'ai tant souffert !

Andrée regarda Gilbert avec étonnement, et comme une femme qui ne comprenait rien à cette humilité :

– Et d'abord, dit-elle, relevez-vous, et expliquez-moi comment vous êtes ici.

– Oh ! mademoiselle, s'écria Gilbert, je ne me relèverai point que vous ne m'ayez pardonné !

– Qu'avez-vous donc fait contre moi, pour que je vous pardonne ? Dites, expliquez-vous. En tout cas, continua-t-elle avec un sourire mélancolique, comme l'offense ne peut être grande, le pardon sera facile. C'est Philippe qui vous a remis la clef ?

– La clef ?

– Sans doute, il était convenu que je n'ouvrirais à personne en son absence et, pour que vous soyez entré, il faut bien que ce soit lui qui vous en ait facilité les moyens, à moins que vous n'ayez passé par-dessus les murs.

– Votre frère, M. Philippe ?... balbutia Gilbert. Non, non, ce n'est pas lui ; mais ce n'est point de votre frère qu'il s'agit, mademoiselle ; vous n'êtes donc point partie ? Vous n'avez donc pas quitté la France ? O bonheur ! bonheur inespéré !

Gilbert s'était relevé sur un genou et, les bras ouverts, remerciait le ciel avec une étrange bonne foi.

Andrée se pencha vers lui et, le regardant avec inquiétude :

– Vous parlez comme un fou, monsieur Gilbert, dit-elle, et vous allez déchirer ma robe ; lâchez donc ma robe ; lâchez donc ma robe, je vous prie, et mettez fin à cette comédie.

Gilbert se releva.

– Vous voilà en colère, dit-il ; mais je n'ai point à me plaindre, car je l'ai bien mérité ; je sais que ce n'est point ainsi que j'eusse dû me présenter ; mais que voulez-vous ! j'ignorais que vous habitassiez ce pavillon ; je le croyais vide, solitaire ; ce que j'y venais chercher, c'était votre souvenir : voilà tout. Le hasard seul... En vérité, je ne sais plus ce que je dis ; excusez-moi ; je voulais d'abord m'adresser à monsieur votre père, mais lui même avait disparu.

Andrée fit un mouvement.

– À mon père, dit-elle ; et pourquoi à mon père ?

Gilbert se trompa à cette réponse.

– Oh ! parce que je vous crains trop, dit-il, et cependant, je le sais bien, mieux vaut que tout se passe entre vous et moi ; c'est le moyen le plus sûr que tout soit réparé.

– Réparé ! qu'est-ce que cela ? demanda Andrée, et quelle chose doit être réparée ? Dites.

Gilbert la regarda avec des yeux pleins d'amour et d'humilité.

— Oh ! ne vous courroucez pas, dit-il ; certes, c'est une grande témérité à moi, je le sais ; à moi qui suis si peu de chose ; c'est une grande témérité, dis je, que de lever les yeux si haut ; mais le malheur est accompli.

Andrée fit un mouvement.

— Le crime, si vous voulez, continua Gilbert ; oui, le crime, car réellement c'était un grand crime. Eh bien, de ce crime, accusez la fatalité, mademoiselle, mais jamais mon cœur...

— Votre cœur ! votre crime ! la fatalité !... Vous êtes insensé, monsieur Gilbert, et vous me faites peur.

— Oh ! c'est impossible qu'avec tant de respect, tant de remords ; qu'avec le front baissé, les mains jointes, je vous inspire un autre sentiment que la pitié. Mademoiselle, écoutez ce que je vais vous dire, et c'est un engagement sacré que je prends en face de Dieu et des hommes : je veux que toute ma vie soit consacrée à expier l'erreur d'un moment, je veux que votre bonheur à venir soit si grand, qu'il efface toutes les douleurs passées. Mademoiselle...

Gilbert hésita.

— Mademoiselle, consentez à un mariage qui sanctifiera une criminelle union.

Andrée fit un pas en arrière.

— Non, non, dit Gilbert, je ne suis point un insensé ; n'essayez pas de fuir, ne m'arrachez point vos mains que j'embrasse ; par grâce, par pitié... consentez à être ma femme.

— Votre femme ? exclama Andrée croyant que c'était elle-même qui devenait folle.

— Oh ! continua Gilbert avec des sanglots dévorants ; oh ! dites que vous me pardonnez cette nuit horrible ; dites que mon attentat vous a fait horreur, mais dites aussi que vous pardonnez à mon repentir ; dites que mon amour, si longtemps comprimé, justifiait mon crime.

– Misérable ! s'écria Andrée avec une sauvage fureur, c'était donc toi ? Oh ! mon Dieu ! mon Dieu !

Et Andrée saisit sa tête, qu'elle comprima entre ses deux mains, comme pour empêcher de fuir sa pensée révoltée.

Gilbert recula, muet et pétrifié, devant cette belle et pâle tête de Méduse, qui peignait à la fois l'épouvante et l'étonnement.

– Est-ce que ce malheur m'était réservé, mon Dieu ! continua la jeune fille, en proie à une exaltation croissante, de voir mon nom doublement déshonoré : déshonoré par le crime, déshonoré par le criminel ? Réponds, lâche ! réponds, misérable ! C'était donc toi ?

– Elle l'ignorait ! murmura Gilbert anéanti.

– Au secours ! au secours ! cria Andrée en rentrant dans son appartement. Philippe ! Philippe ! à moi, Philippe !

Gilbert, qui l'avait suivie, sombre et désespéré, chercha des yeux autour de lui, soit une place pour tomber noblement sous les coups qu'il attendait, soit une arme pour se défendre.

Mais personne ne vint à l'appel d'Andrée, Andrée était seule dans l'appartement.

– Seule ! oh ! seule ! s'écria la jeune fille avec une crispation de rage ! Hors d'ici, misérable ! ne tente pas la colère de Dieu !

Gilbert releva doucement la tête.

– Votre colère, murmura-t-il, est pour moi la plus redoutable de toutes les colères ; ne m'accablez donc pas, mademoiselle, par pitié !

Et il joignit les mains en suppliant.

– Assassin ! assassin ! assassin ! vociféra la jeune femme.

– Mais vous ne voulez donc pas m'entendre ? s'écria Gilbert. Entendez-moi donc d'abord, au moins, et faites-moi tuer ensuite si vous voulez.

– T'entendre, t'entendre, encore ce supplice ! Et que diras-tu ? Voyons.

– Ce que je disais tout à l'heure : c'est que j'ai commis un crime, crime bien excusable pour quiconque lira dans mon cœur, et que j'apporte la réparation de ce crime.

– Ah ! s'écria Andrée, voilà donc le sens de ce mot qui me faisait horreur avant même que je le comprisse ; un mariage !... Je crois que vous avez prononcé ce mot ?

– Mademoiselle ! balbutia Gilbert.

– Un mariage, continua la fière jeune fille s'exaltant de plus en plus. Oh ! ce n'est pas de la colère que je ressens pour vous, c'est du mépris, c'est de la haine ; avec ce mépris, c'est un sentiment si bas et si terrible à la fois, que je ne comprends pas qu'on en puisse subir vivant l'expression telle que je vous la jette au visage.

Gilbert pâlit, deux larmes de rage brillèrent aux franges de ses paupières ; ses lèvres s'amincirent, pâlissantes, comme deux filets de nacre.

– Mademoiselle, dit-il tout frémissant, je ne suis pas si peu, en vérité, que je ne puisse servir à réparer la perte de votre honneur.

Andrée se redressa.

– S'il s'agissait d'honneur perdu, monsieur, dit-elle fièrement, ce serait de votre honneur à vous, et non du mien. Telle que je suis, mon honneur à moi est intact, et ce serait en vous épousant que je me déshonorerais !

– Je ne croyais pas, répondit Gilbert d'un ton froid et incisif, qu'une femme, lorsqu'elle est devenue mère, dût considérer autre chose au monde que l'avenir de son enfant.

– Et moi, je ne suppose point que vous osiez vous occuper de cela, monsieur ! repartit Andrée, dont les yeux étincelèrent.

– Je m'en occupe, au contraire, mademoiselle, répondit Gilbert commençant à se relever sous le pied acharné qui le foulait. Je m'en occupe, car je ne veux pas que cet enfant meure de faim, comme cela arrive souvent dans les maisons des nobles, où les filles entendent l'honneur à leur manière. Les hommes se valent entre eux ; des hommes qui valaient eux-mêmes mieux que les autres ont proclamé cette maxime. Que vous ne m'aimiez pas, je le conçois, car vous ne voyez pas mon cœur ; que vous me méprisiez, je le conçois encore, vous ne savez pas ce que je pense ; mais que vous me refusiez le droit de m'occuper de mon enfant, jamais je ne le comprendrai. Hélas ! en cherchant à vous épouser, je ne contentais pas un désir, une passion, une ambition ; j'accomplissais un devoir, je me condamnais à être votre esclave, je vous donnais ma vie. Eh ! mon Dieu, vous n'eussiez jamais porté mon nom ; si vous eussiez voulu, vous eussiez continué de me traiter comme le jardinier Gilbert, c'était juste ; mais, votre enfant, vous ne deviez pas le sacrifier. Voici trois cent mille livres qu'un protecteur généreux, qui m'a jugé autrement que vous, m'a données pour dot. Si je vous épouse, cet argent m'appartient ; or, pour moi, mademoiselle, je n'ai besoin de rien que d'un peu d'air pour respirer, si je vis, et d'une fosse dans la terre pour y cacher mon corps, si je meurs. Ce que j'ai en plus, je le donne à mon enfant ; tenez, voilà les trois cent mille livres.

Et il déposa sur la table la masse de billets, presque sous la main d'Andrée.

– Monsieur, dit celle-ci, vous faites une grave erreur ; vous n'avez pas d'enfant.

– Moi !

– De quel enfant parlez-vous donc ? demanda Andrée.

– Mais de celui dont vous êtes mère. N'avez-vous pas avoué devant deux personnes : devant votre frère Philippe, devant le comte de Balsamo ; n'avez-vous pas avoué que vous étiez enceinte, et que c'était moi, moi, malheureux !...

– Ah ! vous avez entendu cela ? s'écria Andrée. Eh bien ! tant mieux, tant mieux ; alors, monsieur, voici ce que je vous répondrai : Vous m'avez lâchement fait violence ; vous m'avez possédée pendant mon sommeil ; vous m'avez possédée par un crime ; je suis mère, c'est vrai ; mais mon enfant n'a qu'une mère, entendez-vous ? Vous m'avez violée, c'est vrai ; mais vous n'êtes pas le père de mon enfant !

Et, saisissant les billets, elle les jeta dédaigneusement hors de la chambre, de telle façon qu'ils effleurèrent, en volant, le visage blêmissant du malheureux Gilbert.

Alors il ressentit un mouvement de fureur tellement sombre, que le bon ange d'Andrée dut trembler encore une fois pour elle.

Mais cette fureur se contint par sa violence même, et le jeune homme passa devant Andrée sans même lui adresser un regard.

Il n'eut pas plus tôt dépassé le seuil de la porte, qu'elle s'élança derrière lui, ferma portes, persiennes, fenêtres et volets, comme si, par cette action violente, elle mettait l'univers entre le présent et le passé !

Chapitre CLIV

Résolution

Comment Gilbert rentra chez lui, comment il put, sans expirer de douleur et de rage, supporter les angoisses de la nuit, comment il ne se releva pas tout au moins avec des cheveux blancs, voilà ce que nous n'entreprendrons pas d'expliquer au lecteur.

Le jour venu, Gilbert se sentit un violent désir d'écrire à Andrée pour lui dire tous les arguments si solides, si pleins de probité que la nuit avait fait jaillir de son cerveau ; mais en trop de circonstances déjà il avait expérimenté le caractère inflexible de la jeune fille, il ne lui restait plus aucune espérance. Écrire, d'ailleurs, était une concession qui répugnait à sa fierté. Penser que sa lettre serait froissée, jetée sans être lue peut-être ; songer qu'elle ne servirait qu'à mettre sur ses traces une meute d'ennemis acharnés, inintelligents, ce fut une raison pour qu'il n'écrivît pas.

Gilbert pensa alors que sa démarche pouvait être mieux reçue du père, qui était un avare et un ambitieux ; du frère, qui était un homme de cœur, et dont le premier mouvement seul était à craindre.

– Mais, se dit-il, à quoi bon être soutenu par M. de Taverney ou par M. Philippe, lorsque Andrée me poursuivra de son éternel : « Je ne vous connais pas !... » C'est bien, ajouta-t-il en lui-même ; rien ne m'attache plus à cette femme ; elle-même a pris soin de briser les liens qui nous unissaient.

Il disait cela en se roulant de douleur sur son matelas, en se rappelant avec rage les moindres détails de la voix, de la figure d'Andrée ; il disait cela en souffrant une torture inexprimable, car il l'aimait éperdument.

Quand le soleil, déjà haut sur l'horizon, pénétra dans la mansarde, Gilbert se leva chancelant avec le dernier espoir d'apercevoir son ennemie dans le jardin ou dans le pavillon même.

C'était encore une joie dans le malheur.

Mais, tout à coup, un flot amer de dépit, de remords, de colère, vint noyer sa pensée ; il se rappela tout ce que la jeune fille lui avait fait subir de dégoûts, de mépris ; et, s'arrêtant lui-même au milieu du grenier, par un ordre que la volonté donna rudement à la matière :

– Non, dit-il, non, tu n'iras pas regarder à cette fenêtre ; non, tu ne t'infiltreras plus le poison dont tu te plais à mourir. C'est une cruelle, celle qui jamais, quand tu courbais le front devant elle, ne t'a souri, ne t'a adressé une parole de consolation ou d'amitié ; celle qui a pris plaisir à broyer dans ses ongles ton cœur encore plein d'innocence et de chaste amour. C'est une créature sans honneur et sans religion, celle qui nie à l'enfant son père, son soutien naturel, et qui condamne la pauvre petite créature à l'oubli, à la misère, à la mort peut-être, attendu que cet enfant déshonore les entrailles où il a été conçu. Eh bien, non, Gilbert, tout criminel que tu sois, tout amoureux et lâche que tu es, je te défends de marcher vers cette lucarne et d'adresser un seul regard dans la direction du pavillon ; je te défends de t'apitoyer sur le sort de cette femme, et d'affaiblir les ressorts de ton âme en songeant à tout ce qui s'est passé. Use ta vie comme la brute, dans le travail et la satisfaction des besoins matériels ; use le temps qui va s'écouler entre l'affront et la vengeance, et souviens-toi toujours que le seul moyen de te respecter encore, de te tenir au-dessus de ces nobles orgueilleux, c'est d'être plus noble qu'eux-mêmes.

Pâle, tremblant, attiré par le cœur du côté de cette fenêtre, il obéit pourtant à l'ordre de l'esprit. On eût pu le voir, peu à peu, lentement, comme si ses pieds eussent pris racine en cette chambre, marcher un pas l'un après l'autre pour se porter du côté de l'escalier. Enfin, il sortit pour se rendre chez Balsamo.

Mais tout à coup, se ravisant :

– Fou ! dit-il, misérable écervelé que je suis ! je parlais, je crois, de vengeance, et quelle vengeance exercerais-je ?... Tuer la femme ?

Oh ! non, elle tomberait heureuse de me flétrir par une injure de plus ! La déshonorer publiquement ? Oh ! c'est d'un lâche !... Est-il une place sensible en l'âme de cette créature où mon coup d'épingle frappe aussi douloureusement qu'un coup de poignard ?... C'est l'humiliation qu'il lui faut... Oui, car elle est encore plus orgueilleuse que moi.

« L'humilier... moi... comment ? Je n'ai rien, je ne suis rien, et elle va disparaître sans doute. Certes, ma présence, des apparitions fréquentes, un regard de mépris ou de provocation la châtieraient cruellement... Je sais bien que la mère sans entrailles serait une sœur sans cœur, et m'enverrait son frère pour me tuer ; mais qui m'empêche d'apprendre à tuer un homme, comme j'ai appris à raisonner ou à écrire ? Qui m'empêche de terrasser Philippe, de le désarmer, de rire au nez du vengeur comme à celui de l'offensée ? Non, ce moyen est un moyen de comédie. Tel compte sur son adresse et son expérience qui n'a pas calculé l'intervention de Dieu ou du hasard... Seul, moi seul, avec mon bras nu, avec une raison dépouillée d'imagination, avec la force de mes muscles donnée par la nature et la force de ma pensée, je réduirai à néant les projets de ces malheureux... Que veut Andrée ? Que possède-t-elle ? Que met-elle en avant pour sa défense et pour mon opprobre ?... Cherchons. »

Puis, sur le bord de la saillie du mur, courbé, l'œil fixe, il médita profondément.

– Ce qui peut plaire à Andrée, dit-il, c'est ce que je déteste. Il faut donc détruire tout ce que je déteste ?... Détruire ! oh ! non... Que ma vengeance ne me porte jamais au mal ! Que jamais elle ne me force à employer le fer ou le feu !

« Que me reste-t-il alors ? Le voici : c'est de chercher la cause de la supériorité d'Andrée ; c'est de voir par quelle chaîne elle va retenir à la fois mon cœur et mon bras... Oh ! ne plus la voir !... Oh ! ne plus être regardé par elle !... Oh ! passer à deux pas de cette femme, alors que, souriant avec sa beauté insolente, elle tiendra par la main son enfant... son enfant, qui ne me connaîtra jamais... Terre et cieux ! »

Et Gilbert ponctua cette phrase d'un furieux coup de poing dans la muraille, et d'une imprécation plus terrible encore qui s'envola vers le ciel.

– Son enfant ! voilà tout le secret. Il ne faut pas qu'elle possède jamais cet enfant, qu'elle habituerait à exécrer le nom de Gilbert. Il faut qu'au contraire elle sache bien que cet enfant grandira dans l'exécration du nom d'Andrée ! En un mot, cet enfant qu'elle n'aimerait pas, qu'elle torturerait peut-être, car c'est un mauvais cœur, cet enfant avec lequel on me flagellerait perpétuellement, il faut que jamais Andrée ne le voie, et qu'elle pousse, l'ayant perdu, des rugissements pareils à ceux des lionnes qu'on a privées de leurs lionceaux !

Gilbert se releva beau de sa colère et de sa joie sauvage.

– C'est cela, dit-il en étendant le poing vers le pavillon d'Andrée, tu m'as condamné à la honte, à l'isolement, au remords, à l'amour... Je te condamne, moi, à la souffrance sans fruit, à l'isolement, à là honte, à la terreur, à la haine sans vengeance. Tu me chercheras, j'aurai fui ; tu appelleras l'enfant, dusses-tu le déchirer si tu le retrouvais ; mais ce sera au moins une rage de désir que j'aurai allumée dans ton âme ; ce sera une lame sans poignée que j'aurai enfoncée dans ton cœur... Oui, oui, l'enfant ! J'aurai l'enfant, Andrée ; j'aurai, non pas ton enfant comme tu dis, mais le mien. Gilbert aura son enfant ! fils noble par sa mère... Mon enfant !... mon enfant !...

Et il s'anima insensiblement des transports d'une ivresse de joie.

– Allons, dit-il, il ne s'agit plus de dépits vulgaires ou de petites lamentations pastorales ; il s'agit d'un bel et bon complot. Ce n'est plus d'ordonner à mon regard de n'aller pas chercher le pavillon, mais bien d'ordonner à toute ma force, à toute mon âme, de veiller pour assurer le succès de mon entreprise.

« Je veillerai, Andrée ! dit-il solennellement en s'approchant de la fenêtre, jour et nuit ! Tu ne feras plus un mouvement que je ne l'épie ; tu ne pousseras pas un cri de douleur, que je ne te promette une douleur plus aiguë ; tu n'ébaucheras pas un sourire, que je n'y réponde par un rire sardonique et insultant. Tu es ma proie, Andrée ; une partie de toi est ma proie ; je veille, je veille !

Alors, il s'approcha de la lucarne, et vit les persiennes du pavillon s'ouvrir ; puis l'ombre d'Andrée glissa sur les rideaux et sur le plafond de la chambre, reflétée sans doute par quelque glace.

Ensuite vint Philippe, qui s'était levé plus tôt, mais qui avait travaillé dans sa chambre à lui, située derrière celle d'Andrée.

Gilbert remarqua combien la conversation des deux amis était animée. Assurément on parlait de lui, de la scène de la veille. Philippe se promenait avec une sorte de perplexité. Cette arrivée de Gilbert avait peut-être changé quelque chose aux projets d'installation ; peut-être allait-on chercher autre part la paix, les ténèbres, l'oubli.

À cette idée, les yeux de Gilbert devinrent des rayons lumineux qui eussent embrasé le pavillon et pénétré jusqu'au centre du monde !

Mais presque aussitôt une fille de service entra par la porte du jardin ; elle venait avec une recommandation quelconque. Andrée l'agréa, car elle installa immédiatement son petit paquet de hardes dans la chambre qu'occupait autrefois Nicole ; puis divers achats de meubles, d'ustensiles et de provisions confirmèrent le vigilant Gilbert dans la certitude d'une habitation paisible du frère et de la sœur.

Philippe visita et fit visiter, avec le plus grand soin, les serrures de la porte du jardin. Ce qui prouva surtout à Gilbert qu'on le soupçonnait d'être entré avec une fausse clef donnée peut-être par Nicole, c'est que le serrurier, Philippe présent, changea les gardes de la serrure.

Ce fut la première joie que Gilbert eût encore éprouvée depuis tous ces événements.

Il sourit avec ironie.

– Pauvres gens, murmura-t-il, ils ne sont pas bien dangereux ; c'est à la serrure qu'ils s'en prennent, et ils ne me soupçonnent pas même d'avoir eu la force d'escalader !... Pauvre idée qu'ils ont de toi, Gilbert. Tant mieux ! Oui, fière Andrée, ajouta-t-il, malgré les serrures de ta porte, si je voulais pénétrer chez toi, je le pourrais... Mais j'ai enfin le bonheur à mon tour ; je te dédaigne... et, à moins que la fantaisie...

Il pirouetta sur ses talons, en singeant les roués de la cour.

– Mais non, reprit-il amèrement... c'est plus digne de moi, je ne veux plus de vous !... Dormez tranquille ; j'ai mieux que votre possession pour vous torturer à mon aise ; dormez !

Il quitta la lucarne, et, après avoir donné un coup d'œil à ses habits, il descendit l'escalier pour se rendre chez Balsamo.

Chapitre CLV

Au 15 décembre

Gilbert n'éprouva, de la part de Fritz, aucune difficulté pour être introduit près de Balsamo.

Le comte se reposait sur un sofa, comme les gens riches et oisifs, de la fatigue d'avoir dormi toute la nuit ; du moins c'est ce que pensa Gilbert en le voyant ainsi étendu à une pareille heure.

Il faut croire que l'ordre avait été donné au valet de chambre d'introduire Gilbert aussitôt qu'il se présenterait, car il n'eut pas besoin de dire son nom ou même d'ouvrir la bouche.

À son entrée dans le salon, Balsamo se souleva légèrement sur son coude et referma son livre, qu'il tenait ouvert sans le lire.

– Oh ! oh ! dit-il, voici un garçon qui se marie.

Gilbert ne répondit rien.

– C'est bon, fit le comte en reprenant son attitude insolente, tu es heureux et tu es presque reconnaissant. C'est fort beau. Tu viens me remercier ; c'est du superflu. Garde cela, Gilbert, pour de nouveaux besoins. Les remerciements sont une monnaie de retour qui satisfait beaucoup de gens lorsqu'elle est distribuée avec un sourire. Va, mon ami, va.

Il y avait dans ces paroles et dans le ton que Balsamo avait mis à les prononcer quelque chose de profondément lugubre et doucereux, qui frappa Gilbert à la fois comme un reproche et comme une révélation.

– Non, dit-il, vous vous trompez, monsieur, je ne me marie pas du tout.

– Ah ! fit le comte, que fais-tu donc alors ?... Que t'est-il arrivé ?

– Il est arrivé qu'on m'a éconduit, répliqua Gilbert.

Le comte se retourna tout à fait.

– Tu t'y es mal pris, mon cher.

– Mais non pas, monsieur ; je ne crois pas, du moins.

– Qui t'a évincé ?

– La demoiselle.

– C'était certain ; pourquoi n'as-tu pas parlé au père ?

– Parce que la fatalité n'a pas voulu.

– Ah ! nous sommes fataliste ?

– Je n'ai pas le moyen d'avoir de la foi.

Balsamo fronça le sourcil, et regarda Gilbert avec une sorte de curiosité.

– Ne parle pas ainsi des choses que tu ne connais pas, dit-il ; chez les hommes faits, c'est de la bêtise ; chez les enfants, c'est de l'outrecuidance. Je te permets d'avoir de l'orgueil, mais non d'être un imbécile ; dis-moi que tu n'as pas le moyen d'être un sot, et je t'approuverai. Au résumé, qu'as-tu fait ?

– Voici. J'ai voulu, comme les poètes, aller songer au lieu d'agir ; j'ai voulu m'aller promener dans des allées où j'avais eu du plaisir à rêver d'amour, et tout à coup la réalité s'est présentée à moi sans que je fusse préparé : la réalité m'a tué sur place.

– C'est encore bien fait, Gilbert ; car un homme, dans la situation où tu te trouves, ressemble aux éclaireurs d'une armée. Ces gens-là ne doivent marcher que le mousqueton au poing droit et la lanterne sourde au poing gauche.

– Enfin, monsieur, j'ai échoué ; mademoiselle Andrée m'a appelé scélérat, assassin, et m'a dit qu'elle me ferait tuer.

– Bon ! mais son enfant ?

– Elle m'a dit que son enfant était à elle, non à moi.

– Après ?

– Après, je me suis retiré.

– Ah !

Gilbert releva la tête.

– Qu'eussiez-vous fait, vous ? dit-il.

– Je ne sais pas encore ; dis-moi ce que tu veux faire.

– La punir de ce qu'elle m'a fait subir d'humiliations.

– C'est un mot, cela.

– Non, monsieur, c'est une résolution.

– Mais... tu t'es laissé peut-être arracher ton secret... ton argent ?

– Mon secret est à moi, et je ne le laisserai prendre à personne ; l'argent était à vous, je le rapporte.

Et Gilbert ouvrit sa veste et en tira les trente billets de caisse, qu'il compta minutieusement en les étalant sur la table de Balsamo.

Le comte les prit, les plia, toujours en observant Gilbert, dont le visage ne trahit pas la plus légère émotion.

– Il est honnête, il n'est pas avide... Il a de l'esprit, de la fermeté... c'est un homme, pensa-t-il.

– Maintenant, monsieur le comte, dit Gilbert, j'ai à vous rendre raison de deux louis que vous m'avez donnés.

– N'exagère rien, répliqua Balsamo ; c'est beau de rendre cent mille écus, c'est puéril de rendre quarante-huit livres.

– Je ne voulais pas vous les rendre ; je voulais seulement vous dire ce que j'ai fait de ces louis afin que vous sachiez pertinemment que j'ai besoin d'en avoir d'autres.

– Voilà qui est différent… Tu demandes, alors ?

– Je demande…

– Pourquoi ?

– Pour faire une chose de ce que vous avez tout à l'heure nommé un mot.

– Soit. Tu veux te venger ?

– Noblement, je le crois.

– Je n'en doute pas ; mais cruellement, est-ce vrai ?

– C'est vrai.

– Combien te faut-il ?

– Il me faut vingt mille livres.

– Et tu ne toucheras pas à cette jeune femme ? dit Balsamo croyant arrêter Gilbert par cette question.

– Je ne la toucherai pas.

– Son frère ?

– Non plus ; son père non plus.

– Tu ne la calomnieras pas ?

– Je n'ouvrirai jamais la bouche pour prononcer son nom.

– Bien, je te comprends... Mais c'est tout un, de poignarder une femme avec le fer, ou de la tuer par des bravades continuelles... Tu veux la braver en te montrant, en la suivant, en l'accablant de sourires pleins d'insulte et de haine.

– Je veux si peu faire ce que vous dites, que je viens vous demander, au cas où l'envie me prendrait de quitter la France, un moyen de passer la mer sans qu'il m'en coûte.

Balsamo se récria.

– Maître Gilbert, dit-il de sa voix à la fois aigre et caressante, qui ne contenait cependant ni douleur ni joie ; maître Gilbert, il me semble que vous n'êtes pas conséquent avec votre étalage de désintéressement. Vous me demandez vingt mille livres, et, sur ces vingt mille livres, vous n'en pouvez prendre mille pour vous embarquer ?

– Non, monsieur, et cela pour deux raisons.

– Voyons les raisons.

– La première, c'est que je n'aurai effectivement pas un denier le jour où je m'embarquerai ; car, notez bien ceci, monsieur le comte, ce n'est pas pour moi que je demande ; je demande pour la réparation d'une faute que vous m'avez facilitée...

– Ah ! tu es tenace ! dit Balsamo la bouche crispée.

– Parce que j'ai raison. Je vous demande de l'argent pour réparer, vous dis-je, et non pour vivre ou pour me consoler ; pas un sou de ces vingt mille livres n'effleurera ma poche : ils ont leur destination.

– Ton enfant, je vois cela...

– Mon enfant, oui, monsieur, répliqua Gilbert avec un certain orgueil.

– Mais toi ?

– Moi, je suis fort, libre et intelligent ; je vivrai toujours ; je veux vivre !

– Oh ! tu vivras ! Jamais Dieu n'a donné une volonté de cette force à des âmes qui doivent quitter prématurément la terre. Dieu habille chaudement les plantes qui ont besoin de braver de longs hivers ; il donne la cuirasse d'acier aux cœurs qui ont à subir les longues épreuves. Mais tu avais, ce me semble, annoncé deux motifs pour ne pas garder mille livres : la délicatesse d'abord...

– Ensuite la prudence. Le jour où je quitterai la France, force me sera de me cacher... Ce n'est donc pas en allant trouver un capitaine dans un port, en lui remettant de l'argent – car je présume que c'est ainsi qu'on fait –, ce n'est pas, dis-je, en m'allant vendre moi-même que je réussirai à me cacher.

– Alors, tu supposes que je puis t'aider à disparaître ?

– Je sais que vous le pouvez.

– Qui te l'a dit ?

– Oh ! vous avez trop de moyens surnaturels à votre disposition pour n'avoir pas aussi l'arsenal tout entier des moyens naturels. Un sorcier n'est jamais si sûr de lui qu'il n'ait quelque bonne porte de salut.

– Gilbert, dit tout à coup Balsamo en étendant la main sur le jeune homme, tu es un esprit aventureux, hardi ; tu es pétri de bien et de mal, comme une femme ; tu es stoïque et probe sans affèterie ; je ferai de toi un homme très grand ; demeure avec moi. Je te crois capable de reconnaissance ; demeure ici, te dis-je, cet hôtel est un asile sûr ; moi, d'ailleurs, je quitte l'Europe dans quelques mois, je t'emmènerai.

Gilbert écouta.

– Dans quelques mois, dit-il, je ne répondrais pas non ; mais, aujourd'hui, je dois vous dire : « Merci, monsieur le comte, votre proposition est éblouissante pour un malheureux ; toutefois, je la refuse. »

– La vengeance d'un moment ne vaut pas un avenir de cinquante années, peut-être ?

– Monsieur, ma fantaisie ou mon caprice vaut toujours pour moi plus que tout l'univers, au moment où j'ai cette fantaisie ou ce caprice. D'ailleurs, outre la vengeance, j'ai un devoir à remplir.

– Voici tes vingt mille livres, répliqua Balsamo sans hésitation.

Gilbert prit deux billets de caisse, et, regardant son bienfaiteur :

– Vous obligez comme un roi ! dit-il.

– Oh ! mieux, j'espère, dit Balsamo ; car je ne demande pas même qu'on me garde un souvenir.

– Bien ; mais je suis reconnaissant, comme vous disiez tout à l'heure, et, lorsque ma tâche sera remplie, je vous paierai ces vingt mille livres.

– Comment ?

– En me mettant à votre service autant d'années qu'il en faut à un serviteur pour payer vingt mille livres à son maître.

– Tu es encore cette fois illogique, Gilbert. Tu me disais, il n'y a qu'un moment : « Je vous demande vingt mille livres, *que vous me devez.* »

– C'est vrai ; mais vous m'avez gagné le cœur.

– J'en suis aise, dit Balsamo sans aucune expression. Ainsi, tu seras à moi, si je veux ?

– Oui.

– Que sais-tu faire ?

– Rien ; mais tout est dans moi.

– C'est vrai.

– Mais je veux avoir dans ma poche un moyen de quitter la France en deux heures, si besoin était.

– Ah ! voilà mon service déserté.

– Je saurai bien vous revenir.

– Et je saurai bien te retrouver. Voyons, terminons là, causer si longuement me fatigue. Avance la table.

– Voici.

– Passe-moi les papiers qui sont dans ce petit carton sur le chiffonnier.

– Voici.

Balsamo prit les papiers, et lut à mi-voix les lignes sur un des papiers couvert de trois signatures, ou plutôt de trois chiffres étranges.

« Le 15 décembre, au Havre, pour Boston, P. J. *l'Adonis.* »

– Que penses-tu de l'Amérique, Gilbert ?

– Que ce n'est pas la France, et qu'il me sera fort doux d'aller par mer, à un moment donné, dans un pays quelconque qui ne sera pas la France.

– Bien !... Vers le 15 décembre : n'est-ce pas ce moment donné dont tu parles ?

Gilbert compta sur ses doigts en réfléchissant.

– Précisément, dit-il.

Balsamo prit une plume et se contenta d'écrire sur une feuille blanche ces deux lignes :

« Recevez sur l'*Adonis* un passager.

Joseph Balsamo. »

– Mais ce papier est dangereux, dit Gilbert, et moi qui cherche un gîte, je pourrai bien trouver la Bastille.

– À force d'avoir de l'esprit, on ressemble à un sot, dit le comte. L'*Adonis*, mon cher monsieur Gilbert, est un navire marchand dont je suis le principal armateur.

– Pardonnez-moi, monsieur le comte, dit Gilbert en s'inclinant ; je suis, en effet, un misérable à qui la tête tourne quelquefois, mais jamais deux fois de suite ; pardonnez-moi donc, et croyez à toute ma reconnaissance.

– Allez, mon ami.

– Adieu, monsieur le comte.

– Au revoir, dit Balsamo en lui tournant le dos.

Chapitre CLVI

Dernière audience

En novembre, c'est-à-dire plusieurs mois après les événements que nous avons racontés, Philippe de Taverney sortit de grand matin pour la saison, c'est-à-dire au petit jour, de la maison qu'il habitait avec sa sœur. Déjà s'étaient éveillées, sous les lanternes encore allumées, toutes les petites industries parisiennes : les petits gâteaux fumants que le pauvre marchand de la campagne dévore comme un régal à l'air vif du matin, les hottes chargées de légumes, les charrettes pleines de poissons et d'huîtres qui courent à la halle, et, dans ce mouvement de la foule laborieuse, une sorte de réserve imposée aux travailleurs par le respect du sommeil des riches.

Philippe se hâta de traverser le quartier populeux et embarrassé qu'il habitait pour gagner les Champs-Élysées, absolument déserts.

Les feuilles tournoyaient rouillées à la cime des arbres ; la plus grande partie jonchait déjà les allées battues du Cours la Reine, et les jeux de boule, abandonnés à cette heure, étaient cachés sous un épais tapis de ces feuilles frissonnantes.

Le jeune homme était vêtu, comme les bourgeois les plus aisés de Paris, d'un habit à larges basques, d'une culotte et de bas de soie ; il portait l'épée ; sa coiffure, très soignée, annonçait qu'il avait dû se livrer bien longtemps avant le jour aux mains du perruquier, ressource suprême de toute la beauté de cette époque.

Aussi, quand Philippe s'aperçut que le vent du matin commençait à déranger sa coiffure et à disperser la poudre, promena-t-il un regard plein de déplaisir sur l'avenue des Champs-Élysées, pour voir si quelqu'une des voitures de louage affectées au service de cette route ne se serait pas déjà mise en chemin.

Il n'attendit pas longtemps : un carrosse usé, fané, brisé, tiré par une maigre jument isabelle, commençait à cahoter la route ; son cocher, à l'œil vigilant et morne, cherchait au loin un voyageur dans les arbres, comme Énée un de ses vaisseaux dans les vagues de la mer Tyrrhénienne.

En apercevant Philippe, l'automédon fit sentir plus énergiquement le fouet à sa jument ; si bien que le carrosse rejoignit le voyageur.

– Arrangez-vous de façon, dit Philippe, qu'à neuf heures précises je sois à Versailles, et vous aurez un demi-écu.

À neuf heures, en effet, Philippe avait de la dauphine une de ces audiences matinales comme elle commençait à en donner. Vigilante et s'affranchissant de toute loi d'étiquette, la princesse avait l'habitude de visiter le matin les travaux qu'elle faisait exécuter dans Trianon ; et, trouvant sur son passage les solliciteurs à qui elle avait accordé un entretien, elle terminait rapidement avec eux, avec une présence d'esprit et une affabilité qui n'excluaient point la dignité, parfois même la hauteur, quand elle s'apercevait qu'on se méprenait à ses délicatesses.

Philippe avait d'abord résolu de faire la route à pied, car il en était réduit aux plus dures économies ; mais le sentiment de l'amour-propre, ou peut-être seulement celui d'un respect que tout militaire ne perd jamais pour sa tenue vis-à-vis du supérieur, avait forcé le jeune homme à dépenser une journée d'économies pour se rendre en habit décent à Versailles.

Philippe comptait bien revenir à pied. Sur le même degré de l'échelle, partis de deux points opposés, le patricien Philippe et le plébéien Gilbert s'étaient, comme on voit, rencontrés.

Philippe revit, avec le cœur serré, tout ce Versailles encore magique, où tant de rêves dorés et roses l'avaient enchanté de leurs promesses. Il revit avec le cœur brisé Trianon, souvenir de malheur et de honte ; à neuf heures précises, il longeait, muni de sa lettre d'audience, le petit parterre aux abords du pavillon.

Il aperçut, à une distance de cent pas environ, la princesse causant avec son architecte, enveloppée de fourrures de martre, bien qu'il ne fît pas un temps froid ; la jeune dauphine, avec un petit chapeau comme les dames de Watteau, se détachait sur les haies d'arbres verts. Quelquefois le son de sa voix argentine et vibrante arrivait jusqu'à Philippe, et remuait en lui des sentiments qui, d'ordinaire, effacent tout ce qui est chagrin dans un cœur blessé.

Plusieurs personnes, favorisées d'audiences comme Philippe, se présentèrent les unes après les autres à la porte du pavillon, dans l'antichambre duquel un huissier les venait chercher à tour de rôle. Placées sur le passage de la princesse chaque fois qu'elle revenait en sens inverse, avec Mique, ces personnes recevaient un mot de Marie-Antoinette, ou même la faveur spéciale d'un échange de quelques paroles dites en particulier.

Puis la princesse attendait qu'une autre visite se présentât.

Philippe demeurait le dernier. Il avait vu déjà les yeux de la dauphine se tourner vers lui, comme si elle eût cherché à le reconnaître ; alors il rougissait et tâchait de prendre, à sa place, l'attitude la plus modeste et la plus patiente.

L'huissier vint enfin lui demander s'il ne se présentait pas aussi, attendu que madame la dauphine n'allait pas tarder à rentrer, et que, une fois rentrée, elle ne recevait plus personne.

Philippe s'avança donc. La dauphine ne le perdit pas du regard pendant tout le temps qu'il mit à franchir cette distance de cent pas, et lui choisit le moment le plus favorable pour bien placer son salut respectueux.

La dauphine, se tournant vers l'huissier :

– Le nom de cette personne qui salue ? dit-elle.

L'huissier lut sur le billet d'audience :

– M. Philippe de Taverney, madame, répliqua-t-il.

– C'est vrai…, dit la princesse.

Et elle attacha sur le jeune homme un plus long, un plus curieux regard.

Philippe attendait à demi courbé.

– Bonjour, monsieur de Taverney, dit Marie-Antoinette. Comment se porte mademoiselle Andrée ?

– Assez mal, madame, répliqua le jeune homme ; mais ma sœur sera bien heureuse de ce témoignage d'intérêt que daigne lui donner Votre Altesse royale.

La dauphine ne répondit pas ; elle avait lu bien des souffrances sur les traits amaigris et pâles de Philippe ; elle reconnaissait bien difficilement sous l'habit modeste du citadin ce bel officier qui, le premier, lui avait servi de guide sur la terre de France.

– Monsieur Mique, dit-elle en se rapprochant de l'architecte, nous sommes donc convenus de l'ornement de la salle de danse ; la plantation du bois voisin est déjà décidée. Pardonnez-moi de vous avoir tenu au froid si longtemps.

C'était le congé. Mique salua et partit.

La dauphine salua aussitôt toutes les personnes qui attendaient à quelque distance, et ces personnes se retirèrent immédiatement. Philippe crut que ce salut l'allait atteindre comme les autres, et déjà son cœur souffrait, lorsque la princesse, passant devant lui :

– Vous disiez donc, monsieur, continua-t-elle, que votre sœur est malade ?

– Sinon malade, madame, se hâta de répondre Philippe, du moins languissante.

– Languissante ! s'écria la dauphine avec intérêt ; une si belle santé !

Philippe s'inclina. La jeune princesse lui lança encore un de ces regards investigateurs que, chez un homme de sa race, on eût appelé un regard de l'aigle. Puis, après une pause :

– Permettez que je marche un peu, dit-elle, le vent est froid.

Elle fit quelques pas ; Philippe était resté en place.

– Quoi ! vous ne me suivez pas ? dit Marie-Antoinette en se retournant.

Philippe, en deux bonds, fut près d'elle.

– Pourquoi donc ne m'avez-vous pas prévenue plus tôt de cet état de mademoiselle Andrée, à qui je m'intéresse ?

– Hélas ! dit Philippe, Votre Altesse vient de dire le mot... Votre Altesse s'intéressait à ma sœur... mais, maintenant...

– Je m'intéresse encore, sans doute, monsieur... Cependant, il me semble que mademoiselle de Taverney a quitté mon service bien prématurément.

– La nécessité, madame ! dit tout bas Philippe.

– Quoi ! ce mot est affreux : la nécessité !... Expliquez-moi ce mot, monsieur.

Philippe ne répondit pas.

– Le docteur Louis, continua la dauphine, m'a raconté que l'air de Versailles était funeste à la santé de mademoiselle de Taverney ; que cette santé se rétablirait dans le séjour de la maison paternelle... Voilà tout ce qu'on m'a dit ; or, votre sœur m'a rendu une seule visite avant son départ. Elle était pâle, elle était triste ; je dois dire qu'elle me témoigna beaucoup de dévouement dans cette dernière entrevue, car elle pleura des larmes abondantes !

– Des larmes sincères, madame, dit Philippe, dont le cœur battait violemment, des larmes qui ne sont pas taries.

– J'ai cru voir, poursuivit la princesse, que monsieur votre père avait forcé sa fille à venir à la cour, et que, sans doute, cette enfant regrettait votre pays, quelque affection...

– Madame, se hâta de dire Philippe, ma sœur ne regrette que Votre Altesse.

– Et elle souffre... Maladie étrange, que l'air du pays devait guérir, et que l'air du pays aggrave.

– Je n'abuserai pas Votre Altesse plus longtemps, dit Philippe ; la maladie de ma sœur est un profond chagrin qui l'a conduite à un état voisin du désespoir. Mademoiselle de Taverney n'aime cependant au monde que Votre Altesse et moi, mais elle commence à préférer Dieu à toutes les affections, et l'audience que j'ai eu l'honneur de solliciter, madame, a pour but de vous demander votre protection relativement à ce désir de ma sœur.

La dauphine leva la tête.

– Elle veut entrer en religion, n'est-ce pas ?

– Oui, madame.

– Et vous souffrirez cela, vous qui aimez cette enfant ?

– Je crois juger sainement sa position, madame, et ce conseil est venu de moi. Cependant, j'aime assez ma sœur pour que ce conseil ne soit pas suspect, et le monde ne l'attribuera point à mon avarice. Je n'ai rien à gagner à la claustration d'Andrée : nous ne possédons rien ni l'un ni l'autre.

La dauphine s'arrêta, et, jetant à la dérobée un nouveau regard sur Philippe :

– Voilà ce que je disais tout à l'heure quand vous n'avez pas voulu me comprendre, monsieur ; vous n'êtes pas riche ?

– Votre Altesse...

– Pas de fausse honte, monsieur ; il s'agit du bonheur de cette pauvre fille... Répondez-moi sincèrement, comme un honnête homme... que vous êtes, j'en suis certaine.

L'œil brillant et loyal de Philippe rencontra celui de la princesse et ne se baissa point.

– Je répondrai, madame, dit-il.

– Eh bien, est-ce par nécessité que votre sœur veut quitter le monde ? Qu'elle parle ! Bon Dieu ! les princes sont malheureux ! Dieu leur a donné un cœur pour plaindre les infortunes, mais il leur a refusé cette clairvoyance suprême qui devine le malheur sous les voiles de la discrétion. Répondez donc franchement : est-ce cela ?

– Non, madame, dit Philippe avec fermeté ; non, ce n'est pas cela ; pourtant, ma sœur désire entrer au couvent de Saint-Denis, et nous ne possédons que le tiers de la dot.

– La dot est de soixante mille livres ! s'écria la princesse ; vous n'avez donc que vingt mille livres ?

– À peine, madame ; mais nous savons que Votre Altesse peut d'un mot, et sans bourse délier, faire admettre une pensionnaire.

– Certes, je le puis.

– Voilà donc l'unique faveur que j'oserai solliciter de Votre Altesse, si déjà elle n'a promis son intercession à quelqu'un auprès de Madame Louise de France.

– Colonel, vous me surprenez étrangement dit Marie-Antoinette ; quoi ! si près de moi, j'ai tant de noble misère ! Eh ! colonel, c'est mal de m'avoir ainsi trompée.

– Je ne suis pas colonel, madame, répliqua doucement Philippe, je ne suis rien qu'un dévoué serviteur de Votre Altesse.

– Pas colonel, dites-vous ? Et depuis quand ?

– Je ne l'ai jamais été, madame.

– Le roi a promis en ma présence un régiment...

– Dont le brevet n'a jamais été expédié.

– Mais vous aviez un grade...

– Que j'ai abandonné, madame, étant tombé dans la disgrâce du roi.

– Pourquoi ?

– Je l'ignore.

– Oh ! fit la dauphine avec une profonde tristesse ; oh ! la cour !

Alors Philippe sourit avec mélancolie.

– Vous êtes un ange du ciel, madame, dit-il, et je regrette bien de ne pas servir la maison de France, afin d'avoir l'occasion de mourir pour vous.

Un éclair si vif et si ardent passa dans les yeux de la dauphine, que Philippe cacha son visage dans ses deux mains. La princesse n'essaya pas même de le consoler ou de l'arracher à la pensée qui le dominait en ce moment.

Muette et respirant avec effort, elle effeuillait quelques roses du Bengale arrachées à leur tige par sa main nerveuse et inquiète.

Philippe revint à lui.

– Veuillez me pardonner, dit-il, madame.

Marie-Antoinette ne répondit pas à ces paroles.

– Votre sœur entrera dès demain, si elle veut, à Saint-Denis, dit-elle avec la vivacité de la fièvre, et vous, dans un mois, vous serez à la tête d'un régiment ; je le veux !

– Madame, répliqua Philippe, voulez-vous avoir encore cette bonté de m'entendre en mes dernières explications ? Ma sœur accepte le bienfait de Votre Altesse royale ; moi, je dois le refuser.

– Vous refusez ?

– Oui, madame ; j'ai reçu un affront de la cour... Les ennemis qui me l'ont fait infliger trouveraient moyen de me frapper plus fort, me voyant plus élevé.

– Quoi ! même avec ma protection ?

– Surtout avec votre gracieuse protection, madame, dit Philippe résolument.

– C'est vrai ! murmura la princesse en pâlissant.

– Et puis, madame, non... j'oubliais, j'oubliais en vous parlant, qu'il n'y a plus de bonheur sur la terre... j'oubliais que, rentré dans l'ombre, je n'en dois plus sortir ; dans l'ombre un homme de cœur prie et se souvient !

Philippe prononça ces mots avec un accent qui fit tressaillir la princesse.

– Un jour viendra, dit-elle, où j'aurai le droit de dire ce que je ne puis que penser en ce moment. Monsieur, votre sœur peut, dès qu'il lui plaira, entrer à Saint-Denis.

– Merci, madame, merci.

– Quant à vous... je veux que vous m'adressiez une demande.

– Mais, madame...

– Je le veux !

Philippe vit s'abaisser vers lui la main gantée de la princesse ; cette main demeurait suspendue comme dans l'attente ; peut-être n'exprimait-elle que la volonté.

Le jeune homme s'agenouilla, prit cette main, et lentement, avec un cœur gonflé, palpitant, y posa ses lèvres.

– Cette demande ! voyons, dit la dauphine si émue, qu'elle ne retira pas sa main.

Philippe courba la tête. Un flot d'amères pensées l'engloutit comme le naufragé dans une tempête... Il demeura quelques secondes muet et immobile ; puis, se relevant décoloré et les yeux éteints :

– Un passeport pour quitter la France, dit-il, le jour où ma sœur entrera dans le couvent de Saint-Denis.

La dauphine se recula comme épouvantée ; puis, voyant toute cette douleur que sans doute elle comprit, que peut-être elle partageait, elle ne trouva rien à répondre que ces mots à peine intelligibles :

– C'est bien.

Et elle disparut dans une allée de cyprès, les seuls qui eussent conservé intactes leurs feuilles éternelles, parure des tombeaux.

Chapitre CLVII

L'enfant sans père

Le jour de douleur, le jour de honte approchait. Andrée, malgré les visites de plus en plus fréquentes du bon docteur Louis, malgré les soins affectueux et les consolations de Philippe, s'assombrissait d'heure en heure, comme les condamnés que leur dernière heure menace.

Ce frère malheureux trouvait quelquefois Andrée rêveuse et frémissante... Ses yeux étaient secs... pendant des journées entières, elle ne laissait échapper aucune parole ; puis, tout à coup, se levant, elle faisait deux ou trois tours précipités dans sa chambre, essayant, comme Didon, de s'élancer hors d'elle-même, c'est-à-dire hors de la douleur qui la tuait.

Un soir enfin, la voyant plus pâle, plus inquiète, plus nerveuse que de coutume, Philippe envoya chercher le docteur, pour qu'il arrivât dans la nuit même.

C'était le 29 novembre. Philippe avait eu l'art de prolonger fort tard la veillée d'Andrée ; il avait abordé avec elle les sujets de conversation les plus tristes, les plus intimes, ceux même que la jeune fille redoutait, comme le blessé redoute les approches d'une main brutale et lourde pour sa blessure.

Il était assis auprès du feu ; la servante, en allant à Versailles chercher le docteur, avait oublié de fermer les persiennes, en sorte que le reflet de la lampe, celui du feu même, éclairait doucement le tapis de neige jeté sur le sable du jardin par les premiers froids de l'hiver.

Philippe laissa venir le moment où l'esprit d'Andrée commençait à se tranquilliser ; puis, sans préambule :

– Chère sœur, dit-il, avez-vous enfin pris votre résolution ?

– À quel sujet ? répondit Andrée avec un douloureux soupir.

– Au sujet... de votre enfant, ma sœur.

Andrée tressaillit.

– Le moment approche, continua Philippe.

– Mon Dieu !

– Et je ne serais pas surpris que demain...

– Demain ?

– Aujourd'hui même, chère sœur.

Andrée devint si pâle, que Philippe, effrayé, lui prit et lui baisa la main.

Andrée se remit aussitôt.

– Mon frère, dit-elle, je n'aurai pas avec vous de ces hypocrisies qui déshonorent les âmes vulgaires. Le préjugé du bien est chez moi confondu avec le préjugé du mal. Ce qui est mal, je ne le connais plus depuis que je me défie de ce qui est bien. Ainsi, ne me jugez pas plus rigoureusement qu'on ne juge une folle, à moins que vous ne préfériez prendre au sérieux la philosophie que je vais vous esquisser, et qui, je vous jure, est l'expression parfaite, unique de mes sentiments, comme le résumé de mes sensations.

– Quoi que vous disiez, Andrée, quoi que vous fassiez, vous serez toujours pour moi la plus chérie, la plus respectée des femmes.

– Merci, mon seul ami. J'ose dire que je ne suis pas indigne de ce que vous me promettez. Je suis mère, Philippe ; mais Dieu a voulu, je le crois du moins, ajouta-t-elle en rougissant, que la maternité fût, chez la créature, un état analogue à celui de la fructification chez la plante. Le fruit ne vient qu'après la fleur. Pendant la floraison, la plante s'est préparée, transformée ; car la floraison, à mon sens, c'est l'amour.

— Vous avez raison, Andrée.

— Moi, reprit vivement la jeune fille, moi, je n'ai connu ni préparation, ni transformation ; moi, je suis une anomalie ; moi, je n'ai pas aimé, je n'ai pas désiré ; moi, j'ai l'esprit et le cœur aussi vierges que le corps... Et cependant !... triste prodige !... ce que je n'ai pas désiré, ce que je n'ai pas rêvé même, Dieu me l'envoie... lui qui n'a jamais donné de fruits à l'arbre créé pour être stérile... Où sont chez moi les aptitudes, les instincts ? Où sont les ressources même ?... La mère qui souffre les douleurs de l'enfantement connaît et apprécie son sort ; moi, je ne sais rien ; moi, je tremble de penser ; moi, je vais à ce dernier jour comme si j'allais à l'échafaud... Philippe, je suis maudite !...

— Andrée, ma sœur !

— Philippe, reprit-elle avec une véhémence inexprimable, ne sens-je pas bien que je hais cet enfant ?... Oh ! oui, je le hais ! je me rappellerai toute ma vie, si je vis, Philippe, le jour où pour la première fois s'éveilla dans mon flanc cet ennemi mortel que je porte ; je frissonne encore quand je me souviens que ce tressaillement, si doux aux mères, de cette créature innocente alluma dans mon sang une fièvre de colère et fit monter le blasphème à mes lèvres, jusque-là si pures. Philippe, je suis une mauvaise mère ! Philippe, je suis maudite !

— Au nom du ciel, bonne Andrée, calme-toi ; n'égare pas ton cœur avec ton esprit. Cet enfant, c'est ta vie et le sang de tes entrailles ; cet enfant, je l'aime, car il vient de toi.

— Tu l'aimes ! s'écria-t-elle, furieuse et livide ; tu oses me dire, à moi, que tu aimes mon déshonneur et le tien ! tu oses me déclarer que tu aimes ce souvenir d'un crime, cette représentation du lâche criminel !... Eh bien, Philippe, je te l'ai dit, je ne suis pas lâche, moi, je ne suis pas fausse ; je hais l'enfant parce qu'il n'est pas mon enfant et que je ne l'ai pas appelé ! Je l'exècre parce qu'il ressemblera peut-être à son père... Son père !... Oh ! je mourrai un jour en prononçant cet horrible mot ! Mon Dieu ! dit-elle en se jetant à genoux sur le parquet, je ne peux tuer cet enfant à sa naissance, c'est vous qui l'avez animé… Je n'ai pu me tuer moi-même tant que je le portais, car vous avez proscrit le suicide aussi bien que le meurtre ; mais, je vous en prie, je vous en supplie, je vous en conjure, si vous êtes juste, mon Dieu, si vous avez souci des misères de ce monde, et si vous n'avez pas décrété que je mourrais de désespoir après avoir vécu d'opprobre et de larmes, mon Dieu, reprenez cet enfant ! mon Dieu, tuez cet enfant ! mon Dieu, délivrez moi ! vengez-moi !

Effrayante de colère et sublime d'action, elle frappait son front sur le chambranle de marbre, malgré les efforts de Philippe, qui l'étreignait dans ses bras.

Soudain la porte s'ouvrit : la servante rentra, conduisant le docteur, qui, du premier regard, devina toute la scène.

– Madame, dit-il avec ce calme du médecin qui impose toujours, aux uns la contrainte, aux autres la soumission ; madame, ne vous exagérez pas les douleurs de ce travail, qui ne peut tarder… Vous, dit-il à la servante, préparez tout ce que je vous ai dit en route. Vous, dit-il à Philippe, soyez plus raisonnable que madame, et, au lieu de partager ses craintes ou ses faiblesses, joignez vos exhortations aux miennes.

Andrée se releva, presque honteuse. Philippe l'assit sur un fauteuil.

On vit alors la malade rougir et se renverser avec une contraction douloureuse ; ses mains crispées s'accrochèrent aux franges du fauteuil, et la première plainte s'exhala de ses lèvres violacées.

– Cette douleur, cette chute, cette colère ont avancé la crise, dit le docteur. Retirez-vous dans votre chambre, monsieur de Taverney, et… du courage !

Philippe, le cœur gonflé, se précipita vers Andrée, qui avait entendu, qui palpitait, et qui, se soulevant malgré la douleur, suspendit ses deux bras au cou de son frère.

Elle l'étreignit énergiquement, colla ses lèvres sur la joue froide du jeune homme, et lui dit tout bas :

– Adieu !... adieu !... adieu !...

– Docteur ! docteur ! s'écria Philippe au désespoir, entendez-vous...

Louis sépara les deux infortunés avec une douce violence, replaça Andrée sur le fauteuil, conduisit Philippe dans la chambre, dont il tira les verrous qui gardaient la chambre d'Andrée, puis, fermant les rideaux, les portes, il ensevelit ainsi, en la concentrant dans cette seule chambre, toute la scène qui allait se passer du médecin à la femme, de Dieu à tous les deux.

À trois heures du matin, le docteur ouvrit la porte derrière laquelle pleurait et suppliait Philippe.

– Votre sœur a donné le jour à un fils, dit-il.

Philippe joignit les mains.

– N'entrez pas, dit le médecin, elle dort.

– Elle dort... Oh ! docteur, est-ce bien vrai, qu'elle dort ?

– S'il en était autrement, monsieur, je vous dirais : « Votre sœur a donné le jour à un fils, mais ce fils a perdu sa mère... » Voyez, d'ailleurs.

Philippe avança la tête.

– Écoutez sa respiration...

– Oui ! oh ! oui ! murmura Philippe en embrassant le médecin.

– Maintenant, vous savez que nous avons retenu une nourrice. J'avais, en passant au Point-du-Jour, où demeure cette femme, prévenu pour qu'elle se tînt prête... Mais c'est vous seul qui pouvez l'amener ici ; c'est vous seul qu'il faut qu'on voie... Profitez donc du sommeil de la malade, et partez avec la voiture qui m'a amené.

– Mais vous, docteur ? vous ?...

– Moi, j'ai, place Royale, un malade à peu près désespéré... une pleurésie... Je veux achever la nuit près de son lit, afin de surveiller l'emploi des remèdes et leur résultat.

– Le froid, docteur...

– J'ai mon manteau.

– La ville est peu sûre.

– Vingt fois, depuis vingt ans, on m'a arrêté la nuit. J'ai toujours répondu : « Mon ami, je suis médecin, et je me rends chez un malade... Voulez-vous mon manteau ? Prenez-le ; mais ne me tuez pas ; car, sans moi, mon malade mourrait. » Et, remarquez-le bien, monsieur, ce manteau a vingt ans de service. Les voleurs me l'ont toujours laissé.

– Bon docteur !... Demain, n'est-ce pas ?

– Demain, à huit heures, je serai ici. Adieu.

Le docteur prescrivit à la servante quelques soins et beaucoup d'assiduité près de la malade. Il voulait que l'enfant fût placé près de la mère, Philippe le supplia de l'éloigner, se rappelant encore les dernières manifestations de sa sœur.

Louis installa donc lui-même cet enfant dans la chambre de la servante, puis s'esquiva par la rue Montorgueil, tandis que le fiacre emmenait Philippe du côté du Roule.

La servante s'endormit dans le fauteuil, près de sa maîtresse.

Chapitre CLVIII

L'enlèvement

Dans les intervalles de ce sommeil réparateur qui suit les grandes fatigues, l'esprit semble avoir conquis une double puissance : la faculté d'apprécier le bien-être de la situation, et la faculté de veiller sur le corps, dont la prostration est semblable à la mort.

Andrée, revenue au sentiment de la vie, ouvrit les yeux et vit à ses côtés la servante qui dormait. Elle entendit le pétillement joyeux de l'âtre, et admira ce silence ouaté de la chambre, où tout reposait comme elle...

Cette intelligence n'était pas toute la veille ; ce n'était pas non plus tout le sommeil. Andrée prenait plaisir à prolonger cet état d'indécision, de molle somnolence ; elle laissait les idées renaître les unes après les autres dans son cerveau fatigué, comme si elle eût craint l'invasion subite de sa raison tout entière.

Soudain un vagissement lointain, faible, perceptible à peine, arriva jusqu'à son oreille à travers l'épaisseur de la cloison.

Ce bruit rendit à Andrée les tressaillements qui l'avaient tant fait souffrir. Il lui rendit ce mouvement haineux qui, depuis quelques mois, troublait son innocence et sa bonté, comme le choc trouble un breuvage dans les vases où sommeille la lie.

De ce moment, il n'y eut plus pour Andrée de sommeil ni de repos, elle se souvenait, elle haïssait.

Mais la force des sensations est, d'ordinaire, en raison des forces corporelles. Andrée ne trouva plus cette vigueur qu'elle avait manifestée dans sa scène du soir avec Philippe.

Le cri de l'enfant lui frappa le cerveau comme une douleur d'abord, puis comme une gêne... Elle en vint à se demander si Philippe, en éloignant cet enfant avec sa délicatesse accoutumée, n'avait pas été l'exécuteur d'une volonté un peu cruelle.

La pensée du mal qu'on souhaite à une créature ne répugne jamais autant que le spectacle de ce mal. Andrée, qui exécrait cet enfant invisible, cette idéalité, Andrée, qui désirait sa mort, fut blessée d'entendre crier le malheureux.

– Il souffre, pensa-t-elle.

Et aussitôt elle se répondit :

– Pourquoi m'intéresserais-je à ses souffrances... moi... la plus infortunée des créatures vivantes ?

L'enfant poussa un nouveau cri plus articulé, plus douloureux.

Alors Andrée s'aperçut que cette voix semblait éveiller en elle une voix inquiète, et sentit son cœur tiré comme par un lien invisible vers l'être abandonné qui gémissait.

Ce qu'avait pressenti la jeune fille se réalisait. La nature avait accompli l'une de ses préparations ; la douleur physique, cette puissante attache, venait de souder le cœur de la mère au moindre mouvement de son enfant.

– Il ne faut pas, pensa Andrée, que ce pauvre orphelin crie en ce moment, crie vengeance contre moi vers le ciel. Dieu a mis dans ces petites créatures, à peine écloses, la plus éloquente des voix... On peut les tuer, c'est-à-dire les exempter de la souffrance, on n'a pas le droit de leur infliger une torture... Si l'on en avait le droit, Dieu ne leur aurait pas permis de se plaindre ainsi.

Andrée souleva la tête et voulut appeler sa servante ; mais sa faible voix ne put réveiller la robuste paysanne : déjà l'enfant ne gémissait plus.

– Sans doute, pensa Andrée, la nourrice est arrivée, car j'entends le bruit de la première porte... Oui, l'on marche dans la chambre voisine... et la petite créature ne se plaint plus... une protection étrangère s'étend déjà sur elle, et rassure son informe intelligence. Oh ! celle-là est donc la mère, qui prend soin de l'enfant ?... Pour quelques écus... l'enfant sorti de mes entrailles trouvera une mère ; et, plus tard, passant près de moi qui ai tant souffert, près de moi dont la vie lui causa la vie, cet enfant ne me regardera pas, et dira : « Ma mère ! » à une mercenaire plus généreuse en son amour intéressé, que moi dans mon juste ressentiment... Cela ne sera pas... J'ai souffert, j'ai acheté le droit de regarder cette créature en face... j'ai le droit de la forcer à m'aimer pour mes soins, à me respecter pour mon sacrifice et mes douleurs !

Elle fit un mouvement plus prononcé, rassembla ses forces et appela :

– Marguerite ! Marguerite !

La servante s'éveilla lourdement et sans bouger de son fauteuil, où la clouait un engourdissement presque léthargique.

– M'entendez-vous ? dit Andrée.

– Oui, madame, oui ! dit Marguerite, qui venait de comprendre.

Et elle s'approcha du lit.

– Madame veut boire ?

– Non...

– Madame veut savoir l'heure, peut-être ?

– Non... non.

Et ses yeux ne quittaient point la porte de la chambre voisine.

– Ah ! je comprends... Madame veut savoir si monsieur son frère est revenu ?

On voyait Andrée lutter contre son désir avec toute la faiblesse d'une âme orgueilleuse, avec toute l'énergie d'un cœur chaud et généreux.

Je veux, articula-t-elle enfin, je veux... Ouvrez donc cette porte, Marguerite.

– Oui, madame... Ah ! comme il fait froid par là !... Le vent, madame !... quel vent !...

Le vent s'engouffra en effet dans la chambre même d'Andrée et secoua la flamme des bougies et de la veilleuse.

– C'est la nourrice qui aura laissé une porte ou une fenêtre ouverte. Voyez, Marguerite, voyez... Cet... enfant doit avoir froid...

Marguerite se dirigea vers la chambre voisine.

– Je vais le couvrir, madame, dit-elle.

– Non... non ! murmura Andrée d'une voix brève et saccadée ; apportez-le moi.

Marguerite s'arrêta au milieu de la chambre.

– Madame, dit-elle doucement, M. Philippe avait bien recommandé qu'on laissât l'enfant là-bas... de peur, sans doute, d'incommoder madame ou de lui causer une émotion.

– Apportez-moi mon enfant ! s'écria la jeune mère avec une explosion qui dut briser son cœur, car de ses yeux, restés secs au milieu même des souffrances, jaillirent deux larmes auxquelles durent sourire dans le ciel les bons anges protecteurs des petits enfants.

Marguerite s'élança dans la chambre. Andrée, sur son séant, cachait son visage dans ses mains.

La servante rentra aussitôt, la stupéfaction sur le visage.

– Eh bien ? dit Andrée.

– Eh bien !... madame... il est donc venu quelqu'un ?

– Comment, quelqu'un ?... qui ?

– Madame, l'enfant n'est plus là !

– J'ai entendu, en effet, du bruit tout à l'heure, dit Andrée, des pas... La nourrice sera venue pendant que vous dormiez... elle n'aura pas voulu vous réveiller... Mais mon frère, où est-il ? Voyez dans sa chambre.

Marguerite courut à la chambre de Philippe. Personne !

– C'est étrange ! dit Andrée avec un battement de cœur ; mon frère serait-il déjà ressorti sans me voir ?...

– Ah ! madame, s'écria tout à coup la servante.

– Qu'y a-t-il ?

– La porte de la rue vient de s'ouvrir !

– Voyez ! voyez !

– C'est M. Philippe qui revient... Entrez, monsieur, entrez !

Philippe arrivait en effet. Derrière lui, une paysanne, enveloppée d'une grossière mante de laine rayée faisait à la maison ce sourire bienveillant dont le mercenaire salue tout nouveau patronage.

– Ma sœur, ma sœur, me voici, dit Philippe en pénétrant dans la chambre.

– Bon frère !... que de peines, que de chagrins je te cause ! Ah ! voici la nourrice... Je craignais tant qu'elle ne fût partie...

– Partie ?... Elle arrive.

– Elle revient, veux-tu dire ? Non... je l'ai bien entendue tout à l'heure, si doucement qu'elle marchât...

– Je ne sais ce que tu veux dire, ma sœur ; personne...

– Oh ! je te remercie, Philippe, dit Andrée en l'attirant près d'elle, et en accentuant chacune de ses paroles, je te remercie d'avoir si bien auguré de moi que tu n'aies pas voulu emporter cet enfant sans que je l'eusse vu... embrassé !... Philippe, tu connaissais bien mon cœur... Oui, oui, sois tranquille, j'aimerai mon enfant.

Philippe saisit et couvrit de baisers la main d'Andrée.

– Dis à la nourrice de me le rendre..., ajouta la jeune mère.

– Mais, monsieur, dit la servante, vous savez bien que cet enfant n'est plus là.

– Quoi ? que dites-vous ? répliqua Philippe.

Andrée regarda son frère avec des yeux effarés.

Le jeune homme courut vers le lit de la servante ; il chercha, et, ne trouvant rien, poussa un cri terrible.

Andrée suivait ses mouvements dans la glace ; elle le vit revenir pâle, les bras inertes ; elle comprit une partie de la vérité, et, répondant comme un écho, par un soupir, au cri de son frère, elle se laissa tomber sans connaissance sur l'oreiller. Philippe ne s'attendait ni à ce malheur nouveau, ni à cette douleur immense. Il rassembla toute son énergie, et, à force de caresses, de consolations, de larmes, il rappela Andrée à la vie.

– Mon enfant ? murmurait Andrée, mon enfant !

– Sauvons la mère, se dit Philippe. Ma sœur, ma bonne sœur, nous sommes tous fous, à ce qu'il paraît ; nous oublions que ce bon docteur a emporté l'enfant avec lui.

– Le docteur ! cria Andrée avec la souffrance du doute, avec la joie de l'espoir.

– Mais oui ; mais oui... Ah ! mais on perd la tête ici...

– Philippe, tu me jures ?...

– Chère sœur, tu n'es pas plus raisonnable que moi... Comment veux-tu que cet enfant... ait pu disparaître ?

Et il affecta un rire qui gagna nourrice et servante.

Andrée se ranima.

– Cependant, j'ai entendu..., dit-elle.

– Quoi ?

– Des pas...

Philippe frissonna.

– Impossible ! tu dormais.

– Non ! non ! j'étais bien éveillée ; j'ai entendu !... j'ai entendu !...

– Eh bien, tu as entendu ce bon docteur, qui, revenu derrière moi parce qu'il craignait pour la santé de cet enfant, aura voulu l'emporter... Il m'en avait parlé, d'ailleurs.

– Tu me rassures.

– Comment ne te rassurerais-je pas ?... C'est si simple.

– Mais alors, moi, objecta la nourrice, moi, que fais-je ici ?

– C'est juste... Le docteur vous attend chez vous...

– Oh !

– Chez lui, alors. Voilà... cette Marguerite dormait si fort qu'elle n'aura rien entendu de ce que le docteur disait... ou que le docteur n'aura rien voulu dire.

Andrée retomba plus calme après cette terrible secousse.

Philippe congédia la nourrice et consigna la servante.

Puis, prenant une lampe, il examina soigneusement la porte voisine, trouva une porte du jardin ouverte, vit des empreintes de pas sur la neige... et suivit ces empreintes jusqu'à la porte du jardin, où elles aboutissaient.

– Des pas d'homme !... s'écria-t-il. L'enfant a été enlevé... Malheur ! malheur !

Chapitre CLIX

Le village d'Haramont

Ces pas imprimés sur la neige étaient ceux de Gilbert, qui, depuis sa dernière entrevue avec Balsamo, accomplissait sa tâche de surveillant et préparait sa vengeance.

Rien ne lui avait coûté. Il avait réussi, à force de douces paroles et de petites complaisances, à se faire accepter, chérir même, par la femme de Rousseau. Le moyen était simple : sur les trente sous par jour que Rousseau allouait à son copiste, le sobre Gilbert prélevait trois fois la semaine une livre, qu'il employait à l'achat d'un petit présent destiné à Thérèse.

C'était quelquefois un ruban pour ses bonnets, quelquefois une friandise, ou une bouteille de vin de liqueur. La bonne dame, sensible à tout ce qui flattait ses goûts ou son petit orgueil, se fût au besoin contentée des exclamations que poussait Gilbert à table pour louer le talent culinaire de la maîtresse de la maison.

Car le philosophe genevois avait réussi à faire admettre le jeune protégé à la table ; et, depuis les deux derniers mois, Gilbert, ainsi favorisé, s'était amassé deux louis à son trésor à lui, qui dormait sous la paillasse, à côté des vingt mille livres de Balsamo.

Mais quelle existence ! quelle fixité dans la tenue de conduite et dans la volonté ! Levé au jour, Gilbert commençait par examiner de son œil infaillible la position d'Andrée, pour reconnaître le moindre changement qui pourrait s'être introduit dans l'existence si sombre et si régulière de la recluse.

Rien alors n'échappait à ce regard : ni le sable du jardin sur lequel sa vue perçante mesurait les empreintes du pied d'Andrée, ni le pli des rideaux plus ou moins hermétiquement fermés, et dont l'entrebâillement était pour Gilbert un indice certain de l'humeur de la maîtresse ; car, en ses jours de marasme, Andrée se refusait même la vue de la lumière du ciel...

De cette façon, Gilbert savait ce qui se passait dans l'âme et ce qui se passait dans la maison.

Il avait également trouvé moyen d'interpréter toutes les démarches de Philippe, et, calculant comme il savait le faire, il ne se trompait ni sur l'intention au départ, ni sur le résultat au retour.

Il poussa même la minutie jusqu'à suivre Philippe, un soir qu'il allait à Versailles trouver le docteur Louis... Cette visite à Versailles avait bien un peu troublé les idées du surveillant ; mais, quand il vit, à deux jours de là, le docteur se glisser furtivement dans le jardin par la rue Coq-Héron, il comprit ce qui avait été un mystère l'avant-veille.

Gilbert savait les dates et n'ignorait pas que le moment approchait de réaliser toutes ses espérances. Il avait pris autant de précautions qu'il en faut pour assurer le succès d'une entreprise hérissée de difficultés. Voici comment son plan fut combiné :

Les deux louis lui servirent à louer dans le faubourg Saint-Denis un cabriolet avec deux chevaux. Cette voiture devait être à ses ordres le jour où on la requerrait.

Gilbert avait, en outre, exploré les environs de Paris dans un congé de trois ou quatre jours qu'il avait pris. Pendant ce congé, il s'était rendu dans une petite ville du Soissonnais, située à dix-huit lieues de Paris et entourée d'une immense forêt.

Cette petite ville se nommait Villers-Cotterêts. Une fois arrivé dans cette petite ville, il s'était rendu tout droit chez l'unique tabellion de l'endroit, lequel s'appelait maître Niquet.

Gilbert s'était présenté audit tabellion comme le fils de l'intendant d'un grand seigneur. Ce grand seigneur, voulant du bien à l'enfant d'une de ses paysannes, avait chargé Gilbert de trouver une nourrice à cet enfant.

Selon toute probabilité, la munificence du grand seigneur ne se bornerait point aux mois de nourrice, et il déposerait, en outre, entre les mains de maître Niquet, une certaine somme pour l'enfant.

Alors maître Niquet, qui était possesseur de trois beaux garçons, lui avait indiqué, dans un petit village nommé Haramont et situé à une lieue de Villers-Cotterêts, la fille de la nourrice de ses trois fils, laquelle, après s'être mariée légitimement en son étude, continuait le métier de madame sa mère.

Cette brave femme s'appelait Madeleine Pitou, jouissait d'un fils de quatre ans, lequel présentait tous les symptômes d'une bonne santé ; elle venait, en outre, d'accoucher à nouveau, et, par conséquent, se trouvait à la disposition de Gilbert le jour où il lui plairait d'apporter ou d'envoyer son nourrisson.

Toutes ces dispositions prises, Gilbert, toujours exact, était revenu à Paris deux heures avant l'expiration du congé demandé. Maintenant, on nous demandera pourquoi Gilbert avait choisi la petite ville de Villers-Cotterêts préférablement à toute autre.

En cette circonstance, comme en beaucoup d'autres, Gilbert avait subi l'influence de Rousseau.

Rousseau avait, un jour, nommé la forêt de Villers-Cotterêts comme une des plus riches en végétation qui existassent, et, dans cette forêt, il avait cité trois ou quatre villages cachés comme des nids au plus profond de la feuillée.

Or, il était impossible qu'on allât découvrir l'enfant de Gilbert dans un de ces villages.

Haramont surtout avait frappé Rousseau, si bien que Rousseau le misanthrope, Rousseau le solitaire, Rousseau l'ermite, répétait à chaque instant :

– Haramont est le bout du monde ; Haramont, c'est le désert : on peut vivre et mourir la comme l'oiseau, sur la branche quand il vit, sous la feuille quand il meurt.

Gilbert avait encore entendu le philosophe raconter les détails d'un intérieur de chaumière, et rendre, avec ces traits de feu dont il animait la nature, depuis le sourire de la nourrice jusqu'au bêlement de la chèvre ; depuis l'odeur appétissante de la grossière soupe aux choux jusqu'aux parfums des mûriers sauvages et des bruyères violacées.

– J'irai là, s'était dit Gilbert ; mon enfant grandira sous les ombrages où le maître a exhalé des souhaits et des soupirs.

Pour Gilbert, une fantaisie était une règle invariable, surtout quand cette fantaisie se présentait avec ces apparences de nécessité morale.

Sa joie fut donc grande quand maître Niquet, allant au-devant de ses désirs, lui nomma Haramont comme un village qui convenait parfaitement à ses intentions.

De retour à Paris, Gilbert s'était préoccupé du cabriolet.

Le cabriolet n'était pas beau, mais il était solide : c'était tout ce qu'il fallait. Les chevaux étaient des percherons trapus, le postillon un lourdaud d'écurie ; mais ce qui importait à Gilbert, c'était d'arriver au but et surtout de n'éveiller aucune curiosité.

Sa fable n'avait, d'ailleurs, inspiré aucune défiance à maître Niquet ; il était d'assez bonne mine avec ses habits neufs, pour ressembler à un fils d'intendant de bonne maison ou à un valet de chambre, déguisé, de duc et pair.

Son ouverture n'en inspira pas davantage au conducteur ; c'était le temps des confidences de peuple à gentilhomme ; on recevait, dans ce temps-là, l'argent avec une certaine reconnaissance et sans prendre d'informations.

D'ailleurs, deux louis en valaient quatre à cette époque, et quatre louis, de nos jours, sont toujours bons à gagner.

Le voiturier s'engagea donc, pourvu qu'il fût prévenu deux heures à l'avance, à mettre sa voiture à la disposition de Gilbert.

Cette entreprise avait pour le jeune homme tous les attraits que l'imagination des poètes et l'imagination des philosophes, deux fées vêtues bien différemment, prêtent aux belles choses et aux bonnes résolutions. Soustraire l'enfant à une mère cruelle, c'est-à-dire semer la honte et le deuil dans le camp des ennemis ; puis, changeant de visage, entrer dans une chaumière, chez des villageois vertueux comme les peint Rousseau, et déposer sur un berceau d'enfant une grosse somme ; être regardé comme un dieu tutélaire par ces pauvres gens ; passer pour un grand personnage : voilà plus qu'il n'en fallait pour satisfaire l'orgueil, le ressentiment, l'amour pour le prochain, la haine pour les ennemis.

Le jour fatal arriva enfin. Il suivait dix autres jours que Gilbert avait passés dans les angoisses, dix nuits qu'il avait passées dans l'insomnie. Malgré la rigueur du froid, il couchait la fenêtre ouverte, et chaque mouvement d'Andrée ou de Philippe correspondait à son oreille, comme à la sonnette la main qui tire le fil.

Il vit ce jour-là Philippe et Andrée causer ensemble près de la cheminée ; il avait vu la servante partir précipitamment pour Versailles, en oubliant de fermer les persiennes. Il courut aussitôt prévenir son voiturier, resta devant l'écurie pendant tout le temps qu'on attela, se mordant les poings et crispant ses pieds sur le pavé pour comprimer son impatience. Enfin, le postillon monta sur son cheval et Gilbert dans le cabriolet, qu'il fit arrêter au coin d'une petite rue déserte, aux environs de la Halle.

Puis il revint chez Rousseau, écrivit une lettre d'adieu au bon philosophe, de remerciement à Thérèse, annonçant qu'un petit héritage l'appelait dans le Midi ; qu'il reviendrait... Le tout sans indications précises. Puis, son argent dans ses poches, un long couteau dans sa manche, il allait se glisser le long du tuyau dans le jardin, lorsqu'une idée l'arrêta.

La neige !... Gilbert, absorbé depuis trois jours, n'avait pas pensé à cela... Sur la neige, on verrait ses traces... Ces traces aboutissant au mur de la maison de Rousseau, nul doute que Philippe et Andrée ne fissent faire des recherches et que, la disparition de Gilbert coïncidant avec l'enlèvement, tout le secret ne se découvrît.

Il fallait donc, de toute nécessité, faire le tour par la rue Coq-Héron, entrer par la petite porte du jardin, pour laquelle, depuis un mois, Gilbert s'était muni d'un passe-partout, porte de laquelle partait un petit sentier battu où ses pieds, par conséquent, ne laisseraient pas de traces.

Il ne perdit pas un moment, et arriva juste à l'heure où le fiacre qui amenait le docteur Louis stationnait devant l'entrée principale du petit hôtel.

Gilbert ouvrit avec précaution la porte, ne vit personne et s'alla cacher à l'angle du pavillon, près de la serre.

Ce fut une terrible nuit ; il put entendre tout : gémissements, cris arrachés par la torture ; il entendit jusqu'aux premiers vagissements du fils qui lui était né.

Cependant, appuyé sur la pierre nue, il recevait, sans la sentir, toute la neige qui tombait drue et solide du ciel noir. Son cœur battait sur le manche de ce couteau qu'il serrait désespérément contre sa poitrine. Son œil fixe avait la couleur du sang, la lumière du feu.

Enfin le docteur sortit ; enfin Philippe échangea les derniers mots avec le docteur.

Alors Gilbert s'approcha de la persienne, marquant sa trace sur le tapis de neige qui craquait sous ses pieds jusqu'à la cheville. Il vit Andrée endormie dans son lit, Marguerite assoupie dans le fauteuil ; et, cherchant l'enfant près de la mère, il ne le vit point.

Il comprit aussitôt, se dirigea vers la porte du perron, l'ouvrit non sans un bruit qui l'épouvanta et, pénétrant jusqu'au lit qui avait été le lit de Nicole, il posa à tâtons ses doigts glacés sur le visage du pauvre enfant, à qui la douleur arracha les cris entendus par Andrée.

Puis, roulant le nouveau-né dans une couverture de laine il l'emporta, laissant la porte entrebâillée, pour ne pas redoubler le bruit si dangereux.

Une minute après, il avait gagné la rue par le jardin ; il courait à la rencontre de son cabriolet, en chassait le postillon qui s'était endormi sous la capote, et, fermant le rideau de cuir, tandis que l'homme remontait à cheval :

– Un demi-louis pour toi, dit-il, si dans un quart d'heure nous avons franchi la barrière.

Les chevaux, ferrés à glace, partirent au galop.

Chapitre CLX

La famille Pitou

Pendant la route, tout effrayait Gilbert. Le bruit des voitures qui suivaient ou dépassaient la sienne, les plaintes du vent dans les arbres desséchés lui semblaient être une poursuite organisée, ou des cris poussés par ceux à qui l'enfant avait été pris.

Cependant, rien ne menaçait. Le postillon fit bravement son devoir et les deux chevaux arrivèrent fumants à Dammartin à l'heure que Gilbert avait fixée, c'est-à-dire avant les premières clartés du jour.

Gilbert donna son demi-louis, changea de chevaux et de postillon, et la course recommença.

Pendant toute la première partie de la route, l'enfant, soigneusement abrité par la couverture et garanti par Gilbert lui-même, n'avait pas senti les atteintes du froid et n'avait point poussé un seul cri. Sitôt que le jour parut, apercevant au loin la campagne, Gilbert se sentit plus courageux, et, pour couvrir les plaintes que l'enfant commençait à faire entendre, il entama une de ces éternelles chansons comme il en chantait à Taverney au retour de ses chasses.

Le cri de l'essieu, des soupentes, le bruit de ferraille de toute la voiture, les grelots des chevaux, lui firent un accompagnement diabolique dont le postillon augmenta lui-même l'intensité en mêlant au refrain de Gilbert les éclats d'une *Bourbonnaise* tant soit peu séditieuse.

Il en résulta que ce dernier conducteur ne soupçonna même pas que Gilbert emportait un enfant dans le cabriolet. Il arrêta ses chevaux en avant de Villers-Cotterêts, reçut, comme on en était convenu, le prix du voyage, plus un écu de six livres, et Gilbert reprenant son fardeau soigneusement enfermé par les plis de la couverture, entonnant le plus sérieusement possible sa chanson, s'éloigna subitement, enjamba un fossé et disparut dans un sentier jonché de feuilles, qui descendait, en tournoyant à gauche de la route, vers le village d'Haramont.

Le temps s'était mis au froid. Plus de neige depuis quelques heures ; un terrain ferme et hérissé de broussailles aux longs filaments, aux touffes épineuses. Au-dessus se dessinaient, sans feuilles et attristés, les arbres de la forêt, par les branchages desquels brillait l'azur pâle d'un ciel encore embrumé.

L'air si vif, les parfums des essences de chêne, les perles de glace suspendues aux extrémités des branches, toute cette liberté, toute cette poésie frappèrent vivement l'imagination du jeune homme.

Il marcha d'un pas rapide et fier par la petite ravine, sans broncher, sans chercher ; car il interrogeait, au milieu des bouquets d'arbres, le clocher du hameau et la fumée bleue des cheminées qui filtrait parmi les treillis grisâtres des branchages. Au bout d'une petite demi-heure, il franchissait un ruisseau bordé de lierre et de cresson jaunis, et demandait, à la première cabane, aux enfants d'un laboureur, de le conduire chez Madeleine Pitou.

Muets et attentifs, sans être hébétés ni immobiles comme d'autres paysans, les enfants se levèrent, et regardant l'étranger dans les yeux, ils le conduisirent, se tenant par la main, jusqu'à une chaumière assez grande, d'assez bonne apparence, et située sur le bord du ruisseau qui longeait la plupart des maisons du village.

Ce ruisseau roulait ses eaux limpides et un peu grossies par les premières fontes de neige. Un pont de bois, c'est-à-dire une grosse planche, joignait la route aux degrés de terre qui conduisaient à la maison.

L'un des enfants, ses guides, montra de la tête à Gilbert que là demeurait Madeleine Pitou.

– Là ? répéta Gilbert.

L'enfant baissa le menton sans articuler un mot.

– Madeleine Pitou ? demanda encore une fois Gilbert à l'enfant.

Et celui-ci ayant réitéré sa muette affirmation, Gilbert franchit le petit pont et vint pousser la porte de la chaumière, tandis que les enfants, qui s'étaient repris la main, regardaient de toutes leurs forces ce que venait faire chez Madeleine ce beau monsieur en habit brun, avec des souliers à boucles.

Du reste, Gilbert n'avait encore aperçu dans le village d'autres créatures vivantes que ces enfants. Haramont était bien réellement le désert tant souhaité.

Aussitôt que la porte eut été ouverte, un spectacle plein de charme pour tout le monde en général, et pour un apprenti philosophe en particulier, frappa les regards de Gilbert.

Une robuste paysanne allaitait un bel enfant de quelques mois, tandis que, agenouillé devant elle, un autre enfant, vigoureux gars de quatre à cinq ans, faisait à haute voix une prière.

Dans un coin de la cheminée, près d'une fenêtre, ou plutôt d'un trou percé dans la muraille et fermé par une vitre, une autre paysanne de trente-cinq à trente-six ans filait du lin, son rouet à droite d'elle, un tabouret de bois sous ses pieds, un bon gros chien caniche sur ce tabouret.

Le chien, apercevant Gilbert, aboya d'une façon assez hospitalière et civile, tout juste ce qu'il fallait pour témoigner de sa vigilance. L'enfant en prières se retourna, coupant la phrase du *Pater*, et les deux femmes poussèrent une sorte d'exclamation qui tenait le milieu entre la surprise et la joie.

Gilbert commença par sourire à la nourrice.

– Bonne dame Madeleine, dit-il, je vous salue.

La paysanne fit un bond.

– Monsieur sait mon nom ? dit-elle.

– Comme vous voyez ; mais ne vous interrompez pas, je vous prie. En effet, au lieu d'un nourrisson que vous avez, vous allez en avoir deux.

Et il déposa sur le berceau grossier de l'enfant campagnard le petit enfant citadin qu'il avait apporté.

– Oh ! qu'il est mignon ! s'écria la paysanne qui filait.

– Oui, sœur Angélique, bien mignon, dit Madeleine.

– Madame est votre sœur ? demanda Gilbert en désignant la fileuse.

– Ma sœur, oui, monsieur, répliqua Madeleine ; la sœur de mon homme.

– Oui, ma tante, ma tante Gélique, murmura d'une voix de basse-taille le marmot, qui se mêlait à la conversation sans s'être relevé.

– Tais-toi, Ange, tais-toi, dit la mère ; tu interromps monsieur.

– Ce que j'ai à vous proposer est bien simple, bonne dame. L'enfant que voici est fils d'un fermier de mon maître... un fermier ruiné... Mon maître, parrain de cet enfant, veut qu'il soit élevé à la campagne, et qu'il devienne un bon laboureur... bonne santé... bonnes mœurs... Voulez-vous vous charger de cet enfant ?

– Mais, monsieur...

– Il est né hier, et n'a pas encore eu de nourrice, interrompit Gilbert. D'ailleurs, c'est le nourrisson dont a dû vous parler maître Niquet, tabellion à Villers-Cotterêts.

Madeleine saisit aussitôt l'enfant et lui donna le sein avec une impétuosité généreuse qui attendrit profondément Gilbert.

– On ne m'avait pas trompé, dit-il ; vous êtes une brave femme. Je vous confie donc cet enfant au nom de mon maître. Je vois qu'il sera heureux ici, et je veux qu'il apporte en cette chaumière un rêve de bonheur en échange de celui qu'il y trouvera. Combien avez-vous pris par mois aux enfants de maître Niquet, de Villers-Cotterêts ?

– Douze livres, monsieur ; mais M. Niquet est riche, et il ajoutait bien par ci par-là quelques livres pour le sucre et l'entretien.

– Mère Madeleine, dit Gilbert avec fierté, l'enfant que voici vous payera vingt livres par mois, ce qui fait deux cent quarante livres par an.

– Jésus ! s'écria Madeleine ; merci, monsieur.

– Voici la première année, dit Gilbert en étalant sur la table dix beaux louis qui firent ouvrir de grands yeux aux deux femmes, et sur lesquels le petit Ange Pitou allongea sa main dévastatrice.

– Mais monsieur, si l'enfant ne vivait pas ? objecta timidement la nourrice.

– Ce serait un grand malheur, un malheur qui n'arrivera point, dit Gilbert. Voilà donc les mois de nourrice réglés, vous êtes satisfaite ?

– Oh ! oui, monsieur.

– Passons aux payements d'une pension pour les autres années.

– L'enfant nous resterait ?

– Probablement.

– En ce cas, monsieur, c'est nous qui serions ses père et mère ?

Gilbert pâlit.

– Oui, dit-il d'une voix étouffée.

– Alors, monsieur, il est donc abandonné, ce pauvre petit ?

Gilbert ne s'attendait pas à cette émotion, à ces questions. Il se remit pourtant.

— Je ne vous ai pas tout dit, ajouta-t-il ; le pauvre père est mort de douleur.

Les deux bonnes femmes joignirent les mains avec expression.

— Et la mère ? demanda Angélique.

— Oh ! la mère... la mère, répliqua Gilbert en respirant péniblement... jamais son enfant, né ou à naître, ne devait compter sur elle.

Ils en étaient là quand le père Pitou rentra des champs, l'air calme et joyeux. C'était une de ces natures épaisses et honnêtes, bourrées de douceur et de santé, comme les a peintes Greuze dans ses bons tableaux.

Quelques mots le mirent au courant. Il comprenait d'ailleurs par amour propre les choses, surtout celles qu'il ne comprenait pas...

Gilbert expliqua que la pension de l'enfant devait être payée jusqu'à ce qu'il fût devenu un homme, et capable de vivre seul avec l'aide de sa raison et de ses bras.

— Soit, dit Pitou ; je crois que nous aimerons cet enfant, car il est mignon.

— Lui aussi ! dirent Angélique et Madeleine, il le trouve comme nous !

— Venez donc avec moi, je vous prie, chez maître Niquet ; je déposerai chez lui l'argent nécessaire, afin que vous soyez contents et que l'enfant puisse être heureux.

— Tout de suite, monsieur, répliqua Pitou père.

Et il se leva.

Alors Gilbert prit congé des bonnes femmes et s'approcha du berceau dans lequel on avait déjà placé le nouveau venu au détriment de l'enfant de la maison.

Il se pencha sur le berceau d'un air sombre, et, pour la première fois, regardant le visage de son fils, il s'aperçut qu'il ressemblait à Andrée.

Cette vue lui brisa le cœur ; il fut obligé de s'enfoncer les ongles dans la chair, pour comprimer une larme qui montait de ce cœur blessé à sa paupière.

Il déposa un baiser timide, tremblant même, sur la joue fraîche du nouveau né et recula en chancelant.

Le père Pitou était déjà sur le seuil, un bâton ferré en main, sa belle veste sur le dos, en sautoir.

Gilbert donna un demi-louis au gros Ange Pitou, qui rôdait entre ses jambes, et les deux femmes lui demandèrent l'honneur de l'embrasser, avec la touchante familiarité des campagnes.

Tant d'émotions avaient accablé ce père de dix-huit ans, qu'un peu plus il y succombait. Pâle, nerveux, il commençait à perdre la tête.

– Partons, dit-il à Pitou.

– À vos souhaits, monsieur, répliqua le paysan en ouvrant la marche.

Et ils partirent en effet.

Tout à coup, Madeleine se mit à crier du seuil :
– Monsieur ! monsieur !

– Qu'y a-t-il ? dit Gilbert.
– Son nom ! son nom ! Comment voulez-vous qu'on le nomme ?
– Il s'appelle Gilbert ! répliqua le jeune homme avec un mâle orgueil.

Chapitre CLXI

Le départ

Ce fut chez le tabellion une affaire bien promptement réglée. Gilbert déposa, sous son nom, une somme de vingt mille moins quelques cent livres destinée à subvenir aux frais d'éducation et d'entretien de l'enfant, comme aussi à lui former un établissement de laboureur lorsqu'il aurait atteint l'âge d'homme.

Gilbert régla éducation et entretien à la somme de cinq cents livres par an, pendant quinze ans, et décida que le reste de l'argent serait attribué à une dot quelconque ou à un achat d'établissement ou de terre.

Ayant ainsi pensé à l'enfant, Gilbert pensa aux nourriciers. Il voulut que deux mille quatre cents livres fussent données aux Pitou par l'enfant dès qu'il aurait atteint dix-huit ans. Jusque-là, maître Niquet ne devait fournir les sommes annuelles que jusqu'à la concurrence de cinq cents livres.

Maître Niquet devait jouir de l'intérêt de l'argent, pour fruit de ses peines.

Gilbert se fit donner un reçu en bonne forme, de l'argent par Niquet, de l'enfant par Pitou : Pitou ayant contrôlé la signature de Niquet pour la somme ; Niquet, celle de Pitou pour l'enfant ; en sorte qu'il put partir vers l'heure de midi, laissant Niquet dans l'admiration de cette sagesse prématurée ; Pitou, dans la jubilation d'une fortune si rapide.

Aux confins du village d'Haramont, Gilbert crut qu'il se séparait du monde entier. Rien pour lui n'avait plus ni signification ni promesses. Il venait de divorcer avec la vie insouciante du jeune homme, et d'accomplir une de ces actions sérieuses que les hommes pouvaient appeler un crime, que Dieu pouvait punir d'un châtiment sévère.

Toutefois, confiant en ses propres idées, en ses propres forces, Gilbert eut le courage de s'arracher des bras de maître Niquet, qui l'avait accompagné, qui l'avait pris dans une amitié vive, et qui le tentait par mille et mille séductions.

Mais l'esprit est capricieux, la nature humaine est sujette aux faiblesses. Plus un homme a de volonté, de ressort spontanément, plus vite lancé dans l'exécution des entreprises, il mesure la distance qui le sépare déjà de son premier pas. C'est alors que s'inquiètent les meilleurs courages ; c'est alors qu'ils se disent comme César : « Ai-je bien fait de passer le Rubicon ? »

Gilbert, se trouvant sur la lisière de la forêt, tourna encore une fois ses regards sur le taillis aux cimes rougissantes qui lui cachaient tout Haramont, excepté le clocher. Ce tableau ravissant de bonheur et de paix le plongea dans une rêverie pleine de regrets et de délices.

– Fou que je suis, se dit-il, où vais-je ? Dieu ne se détourne-t-il pas avec colère dans la profondeur du ciel ? Quoi ! une idée s'est offerte à moi ; quoi ! une circonstance a favorisé l'exécution de cette idée ; quoi ! un homme suscité par Dieu pour causer le mal que j'ai fait a consenti à réparer ce mal, et je me trouve aujourd'hui possesseur d'un trésor et de mon enfant ! Ainsi, avec dix mille livres – dix mille autres étant réservées à l'enfant – je puis ici vivre comme un heureux cultivateur, parmi ces bons villageois, au sein de cette nature sublime et féconde. Je puis m'ensevelir à jamais dans une douce béatitude, travailler et penser, oublier le monde et m'en faire oublier ; je puis, bonheur immense ! élever moi-même cet enfant et jouir ainsi de mon ouvrage.

« Pourquoi non ? ces bonnes chances ne sont-elles pas la compensation de toutes mes souffrances passées ? Oh ! oui, je puis vivre ainsi ; oui, je puis me substituer, dans le partage, à cet enfant que, d'ailleurs, j'aurai élevé moi-même, gagnant ainsi l'argent qui sera donné à des mercenaires. Je puis avouer à maître Niquet que je suis son père, je puis tout ! »

Et son cœur s'emplit peu à peu d'une joie indicible et d'un espoir qu'il n'avait pas encore savouré, même dans les hallucinations les plus riantes de ses rêves.

Tout à coup, le ver qui sommeillait au fond de ce beau fruit se réveilla et montra sa tête hideuse ; c'était le remords, c'était la honte, c'était le malheur.

– Je ne puis, se dit Gilbert en pâlissant. J'ai volé l'enfant à cette femme, comme je lui ai volé son honneur... J'ai volé l'argent à cet homme pour en faire, ai-je dit, une réparation. Je n'ai donc plus le droit de m'en faire du bonheur à moi-même ; je n'ai pas non plus le droit de garder l'enfant, puisqu'une autre ne l'aura pas. Il est à nous deux, cet enfant, ou à personne.

Et, sur ces mots, douloureux comme des blessures, Gilbert se releva désespéré ; son visage exprima alors les plus sombres, les plus haineuses passions.

– Soit ! dit-il, je serai malheureux ; soit ! je souffrirai ; soit ! je manquerai de tous et de tout ; mais le partage qu'il me fallait faire du bien, je veux le faire du mal. Mon patrimoine, désormais, c'est la vengeance et le malheur. Ne crains rien, Andrée, je partagerai fidèlement avec toi !

Il détourna sur la droite et, après s'être orienté par un moment de réflexion, il s'enfonça dans les bois, où il marcha tout le jour pour gagner la Normandie, qu'il avait supputé devoir rencontrer dans quatre jours de marche.

Il possédait neuf livres et quelques sous. Son extérieur était honnête, sa figure calme et reposée. Un livre sous le bras, il ressemblait beaucoup à un étudiant de famille retournant dans la maison paternelle.

Il prit l'habitude de marcher la nuit dans les beaux chemins et de dormir le jour dans les prairies, aux rayons du soleil. Deux fois seulement, la brise l'incommoda si fort, qu'il fut contraint d'entrer dans une chaumière où, sur une chaise dans l'âtre, il dormit du meilleur de son cœur sans s'apercevoir que la nuit était venue.

Il avait toujours une excuse et une destination.

– Je vais à Rouen, disait-il, chez mon oncle, et je viens de Villers-Cotterêts : j'ai voulu, comme un jeune homme, faire la route à pied pour me distraire.

Nul soupçon de la part des paysans ; le livre était une contenance alors respectée. Si Gilbert voyait le doute voltiger sur quelques bouches plus pincées, il parlait d'un séminaire où l'entraînait sa vocation. C'était la déroute complète de toute mauvaise pensée.

Huit jours se passèrent ainsi, pendant lesquels Gilbert vécut comme un paysan, dépensant dix sous par jour et faisant dix lieues de pays. Il arriva en effet à Rouen, et là n'eut plus besoin de se renseigner ni de chercher la route.

Le livre qu'il portait était un exemplaire de *La Nouvelle Héloïse* richement relié. Rousseau lui avait fait ce présent et écrit son nom sur la première feuille du livre.

Gilbert, réduit à quatre livres dix sous, déchira cette page qu'il garda précieusement et vendit l'ouvrage à un libraire qui en donna trois livres.

Ce fut ainsi que le jeune homme put arriver, trois autres jours après, en vue du Havre et qu'il aperçut la mer au coucher du soleil.

Ses souliers étaient dans un état peu convenable pour un jeune monsieur qui mettait coquettement le jour des bas de soie pour traverser les villes ; mais Gilbert eut encore une idée. Il vendit ses bas de soie, ou plutôt les troqua pour une paire de souliers irréprochables quant à la solidité. Pour l'élégance, nous n'en parlerons pas.

Cette dernière nuit, il la passa dans Harfleur, logé, nourri pour seize sous. Il mangea là des huîtres pour la première fois de sa vie.

– Un mets des riches, se dit-il, pour le plus pauvre des hommes, tant il est vrai que Dieu n'a jamais fait que le bien, tandis que les hommes ont fait le mal, selon la maxime de Rousseau.

À dix heures du matin, le 13 décembre, Gilbert entra dans le Havre et, du premier abord, aperçut l'*Adonis*, beau brick de trois cents tonneaux, qui se balançait dans le bassin.

Le port était désert. Gilbert s'y aventura par le moyen d'une passerelle. Un mousse s'approcha de lui pour l'interroger.

– Le capitaine ? demanda Gilbert.

Le mousse fit un signe dans l'entrepont et, bientôt après, une voix partie d'en bas cria :

– Faites descendre.

Gilbert descendit. On le mena dans une petite chambre toute construite en bois d'acajou et meublée avec la plus sobre simplicité.

Un homme de trente ans, pâle, nerveux, l'œil vif et inquiet, lisait une gazette sur une table d'acajou comme les cloisons.

– Que veut monsieur ? dit-il à Gilbert.

Gilbert fit signe à cet homme d'éloigner son mousse, et le mousse partit en effet.

– Vous êtes le capitaine de l'*Adonis*, monsieur ? dit Gilbert aussitôt.

– Oui, monsieur.

– C'est bien à vous alors qu'est adressé ce papier ?

Il tendit au capitaine le billet de Balsamo.

À peine eut-il vu l'écriture, que le capitaine se leva et dit précipitamment à Gilbert avec un sourire plein d'affabilité :

– Ah ! vous aussi ?... Si jeune ? Bien ! bien !

Gilbert se contenta de s'incliner.

– Vous allez ?... dit-il.

– En Amérique.

– Vous partez ?...

– Quand vous partirez vous-même.

– Bien. Dans huit jours, alors.

– Que ferai-je pendant tout ce temps, capitaine ?

– Avez-vous un passeport ?

– Non.

– Alors, vous allez, ce soir même, revenir à bord, après vous être promené toute la journée hors de la ville, à Sainte-Adresse, par exemple. Ne parlez à personne.

– Il faut que je mange ; je n'ai plus d'argent.

– Vous allez dîner ici ; vous souperez ce soir.

– Et après ?

– Une fois embarqué, vous ne retournerez plus à terre ; vous demeurerez caché ici ; vous partirez sans avoir revu le ciel... Une fois en mer, à vingt lieues, alors, libre tant que vous voudrez.

– Bien.

– Faites donc aujourd'hui tout ce qu'il vous reste à faire.

– J'ai une lettre à écrire.

– Écrivez-la...

– Où ?

– Sur cette table... Voici plume, encre et papier ; la poste est au faubourg, le mousse vous conduira.

– Merci, capitaine !

Gilbert, demeuré seul, écrivit une courte lettre sur laquelle il mit cette suscription :

« Mademoiselle Andrée de Taverney, Paris, rue Coq-Héron, 9, la première porte cochère en partant de la rue Plâtrière. »

Puis il serra cette lettre dans sa poche, mangea ce que le capitaine lui-même lui servait, et suivit le mousse, qui le conduisit à la poste, où la lettre fut jetée.

Tout le jour, Gilbert regarda la mer du haut des falaises.

À la nuit, il revint. Le capitaine le guettait et le fit entrer dans le navire.

Chapitre CLXII

Le dernier adieu de Gilbert

Philippe avait passé une nuit terrible. Ces pas sur la neige lui démontraient jusqu'à l'évidence que quelqu'un s'était introduit dans la maison pour enlever l'enfant ; mais qui accuser ? Nul autre indice ne précisait ses soupçons.

Philippe connaissait si bien son père, qu'il ne douta pas de sa complicité dans cette affaire. M. de Taverney croyait Louis XV père de cet enfant ; il devait attacher un grand prix à la conservation de ce témoignage vivant d'une infidélité faite par le roi à madame du Barry. Le baron devait croire également que tôt ou tard Andrée recourrait à la faveur et qu'elle rachèterait fort cher alors le principal moyen de sa fortune à venir.

Ces réflexions, basées sur une révélation toute fraîche encore du caractère paternel, consolèrent un peu Philippe, qui crut possible de reconquérir cet enfant puisqu'il connaissait les ravisseurs.

Il guetta donc, à huit heures, l'entrée du docteur Louis, auquel, dans la rue, en se promenant de long en large, il conta l'affreux événement de la nuit.

Le docteur était homme de bon conseil ; il examina les traces du jardin, et, après réflexion, conclut en faveur des suppositions de Philippe.

– Le baron m'est assez connu, dit-il, pour que je le crois capable de cette mauvaise action. Toutefois, ne se peut-il pas qu'un autre intérêt, plus immédiat, ait déterminé l'enlèvement de cet enfant ?

– Quel intérêt, docteur ?

– Celui du véritable père.

– Oh ! s'écria Philippe, j'avais eu un moment cette pensée ; mais le malheureux n'a pas seulement de pain pour lui ; c'est un fou, un exalté, fugitif à l'heure qu'il est, et qui doit avoir peur même de mon ombre... Ne nous trompons pas, docteur, le misérable a commis ce crime par occasion ; mais, à présent que je suis plus éloigné de la colère, bien que je le haïsse, ce criminel, je crois que j'éviterais sa rencontre, afin de ne pas le tuer. Je crois qu'il doit éprouver des remords qui le punissent ; je crois que la faim et le vagabondage me vengeront de lui aussi efficacement que mon épée.

– N'en parlons plus, dit le docteur.

– Veuillez seulement, cher et excellent ami, consentir à un dernier mensonge : car il faut, avant tout, rassurer Andrée ; vous lui direz que vous étiez hier inquiet de la santé de cet enfant, que vous l'êtes revenu prendre la nuit pour le porter chez sa nourrice. C'est la première fable qui me soit venue à l'idée, et que j'aie improvisée pour Andrée.

– Je dirai cela ; cependant, vous chercherez cet enfant ?

– J'ai un moyen de le retrouver. Je suis décidé à quitter la France ; Andrée entrera au monastère de Saint-Denis ; alors j'irai trouver M. de Taverney : je lui dirai que je sais tout ; je le forcerai à me découvrir la retraite de l'enfant. Ses résistances, je les vaincrai par la menace d'une révélation publique, par la menace d'une intervention de madame la dauphine.

– Et l'enfant, qu'en ferez-vous, votre sœur étant au couvent ?

– Je le mettrai en nourrice chez une femme que vous me recommanderez... puis au collège, et, quand il sera grand, je le prendrai avec moi, si je vis.

– Et vous croyez que la mère consentira, soit à vous quitter, soit à quitter son enfant ?

– Andrée consentira désormais à tout ce que je voudrai. Elle sait que j'ai fait une démarche auprès de madame la dauphine, dont j'ai la parole ; elle ne m'exposera pas à manquer de respect à notre protectrice.

– Je vous prie, rentrons chez la pauvre mère, dit le docteur.

Et il rentra en effet chez Andrée, qui sommeillait doucement, consolée par les soins de Philippe.

Son premier mot fut une question au docteur, qui avait déjà répondu par une mine riante.

Andrée entra dès lors dans un calme parfait qui accéléra si bien sa convalescence, que, dix jours après, elle se levait et pouvait marcher dans la serre, à l'heure où le soleil descendait sur les vitraux.

Le jour même de cette promenade, Philippe, qui s'était absenté pendant quelques jours, revint à la maison de la rue Coq-Héron avec un visage tellement sombre, que le docteur, en lui ouvrant la porte, pressentit un grand malheur.

– Qu'y a-t-il donc ? demanda-t-il ; est-ce que le père refuse de rendre l'enfant ?

– Le père, dit Philippe, a été saisi d'un accès de fièvre qui l'a cloué sur son lit trois jours après son départ de Paris, et le père était à l'extrémité quand je suis arrivé ; j'ai pris toute cette maladie pour une ruse, pour une feinte, pour une preuve même de sa participation à l'enlèvement. J'ai insisté, j'ai menacé. M. de Taverney m'a juré sur le Christ qu'il ne comprenait rien à ce que je voulais lui dire.

– En sorte que vous revenez sans nouvelles ?

– Oui, docteur.

– Et convaincu de la véracité du baron ?

– Presque convaincu.

– Plus rusé que vous, il n'a pas livré son secret.

– J'ai menacé de faire intervenir madame la dauphine, et le baron a pâli. « Perdez-moi si vous voulez, a-t-il dit ; déshonorez votre père et vous-même, ce sera une folie furieuse qui n'amènera aucun résultat. Je ne sais ce que vous voulez me dire. »

– En sorte que ?...

– En sorte que je reviens au désespoir.

À ce moment, Philippe entendit la voix de sa sœur qui criait :

– N'est-ce pas Philippe qui est entré ?

– Grand Dieu ! la voici... Que lui dirai-je ? murmura Philippe.

– Silence ! fit le docteur.

Andrée entra dans la chambre et vint embrasser son frère avec une tendresse joyeuse qui glaça le cœur du jeune homme.

– Eh bien, dit-elle, d'où viens-tu ?

– Je viens de chez mon père d'abord, ainsi que je t'en avais prévenue.

– M. le baron est-il bien ?

– Bien, oui, Andrée ; mais ce n'est pas la seule visite que j'aie faite... J'ai vu aussi plusieurs personnes pour ton entrée à Saint-Denis. Dieu merci, maintenant tout est préparé ; te voilà sauvée, tu peux t'occuper de ton avenir avec intelligence et fermeté.

Andrée s'approcha de son frère, et, avec un tendre sourire :

– Cher ami, lui dit-elle, mon avenir à moi ne m'occupe plus : il ne faut plus même que mon avenir occupe personne... L'avenir de mon enfant est tout pour moi, et je me consacrerai uniquement au fils que Dieu m'a donné. Telle est ma résolution, prise irrévocablement depuis que, mes forces étant revenues, je n'ai plus douté de la solidité de mon esprit. Vivre pour mon fils, vivre de privations, travailler même, s'il est nécessaire, mais ne le quitter ni jour ni nuit, tel est l'avenir que je me suis tracé. Plus de couvent, plus d'égoïsme ; j'appartiens à quelqu'un ; Dieu ne veut plus de moi !

Le docteur regarda Philippe comme pour lui dire : « Eh bien, qu'avais-je prédit ? »

– Ma sœur, s'écria le jeune homme, ma sœur, que dis-tu ?

– Ne m'accuse pas, Philippe, ce n'est pas là un caprice de femme faible et vaine ; je ne te gênerai pas, je ne t'imposerai rien.

– Mais… mais, Andrée, moi, je ne puis rester en France, moi, je veux quitter tout : je n'ai plus de fortune, moi ; point d'avenir non plus : je pourrai consentir à t'abandonner au pied d'un autel, mais dans le monde, dans le travail… Andrée, prends garde !

– J'ai tout prévu… Je t'aime sincèrement, Philippe ; mais, si tu me quittes, je dévorerai mes larmes et j'irai me réfugier près du berceau de mon fils.

Le docteur s'approcha.

– Voilà de l'exagération, de la démence, dit-il.

– Ah ! docteur, que voulez-vous !… Être mère, c'est un état de démence ! mais cette démence, Dieu me l'a envoyée. Tant que cet enfant aura besoin de moi, je persisterai dans ma résolution.

Philippe et le docteur échangèrent soudain un regard.

– Mon enfant, dit le docteur le premier, je ne suis pas un prédicateur bien éloquent ; mais je crois me souvenir que Dieu défend les attachements trop vifs à la créature.

– Oui, ma sœur, ajouta Philippe.

– Dieu ne défend pas à une mère d'aimer vivement son fils, je crois, docteur ?

– Pardonnez-moi, ma fille, le philosophe, le praticien va essayer de mesurer l'abîme que creuse le théologien pour les passions humaines. À toute prescription qui vient de Dieu, cherchez la cause, non seulement morale, c'est quelquefois une subtilité de perfection, cherchez la raison matérielle. Dieu défend à une mère d'aimer excessivement son enfant, parce que l'enfant est une plante frêle, délicate, accessible à tous les maux, à toutes les souffrances, et qu'aimer vivement une créature éphémère, c'est s'exposer au désespoir.

– Docteur, murmura Andrée, pourquoi me dites-vous cela ? Et vous, Philippe, pourquoi me considérez-vous avec cette compassion... cette pâleur ?

– Chère Andrée, interrompit le jeune homme, suivez mon conseil d'ami tendre ; votre santé est rétablie, entrez le plus tôt possible au couvent de Saint-Denis.

– Moi !... Je vous ai dit que je ne quitterai pas mon fils.

– Tant qu'il aura besoin de vous, dit doucement le docteur.

– Mon Dieu ! s'écria Andrée, qu'y a-t-il ? Parlez. Quelque chose de triste... de cruel ?

– Prenez garde, murmura le docteur à l'oreille de Philippe ; elle est bien faible encore pour supporter un coup décisif.

– Mon frère, tu ne réponds pas ; explique-toi.

– Chère sœur, tu sais que j'ai passé, en revenant par le Point-du-Jour, où ton fils est en nourrice.

– Oui... Eh bien ?

– Eh bien, l'enfant est un peu malade.

– Malade... ce cher enfant ! Vite, Marguerite... Marguerite... une voiture ! je veux aller voir mon enfant !

– Impossible ! s'écria le docteur ; vous n'êtes pas en état de sortir ni de supporter une voiture.

– Vous m'avez dit encore ce matin que cela était possible ; vous m'avez dit que, demain, au retour de Philippe, j'irais voir le pauvre petit.

– J'augurais mieux de vous.

– Vous me trompiez ?

Le docteur garda le silence.

– Marguerite ! répéta Andrée, qu'on m'obéisse... une voiture !

– Mais tu peux en mourir, interrompit Philippe.

– Eh bien, j'en mourrai !... je ne tiens pas tant à la vie !...

Marguerite attendait, regardant tour à tour sa maîtresse, son maître et le docteur.

– Çà ! quand je commande !... s'écria Andrée, dont les joues se couvrirent d'une rougeur subite.

– Chère sœur !

– Je n'écoute plus rien et, si l'on me refuse une voiture, j'irai à pied.

– Andrée, dit tout à coup Philippe en la prenant dans ses bras, tu n'iras pas, non, tu n'as pas besoin d'y aller.

– Mon enfant est mort ! articula froidement la jeune fille en laissant tomber ses bras le long du fauteuil où Philippe et le docteur venaient de l'asseoir.

Philippe ne répondit qu'en baisant une de ses mains froides et inertes... Peu à peu, le cou d'Andrée perdit sa rigidité ; elle laissa tomber sa tête sur son sein et versa d'abondantes larmes.

– Dieu a voulu, dit Philippe, que nous subissions ce nouveau malheur ; Dieu, qui est si grand, si juste ; Dieu, qui avait sur toi d'autres desseins peut-être ; Dieu, enfin, qui jugeait, sans doute, que la présence de cet enfant à tes côtés était un châtiment immérité.

– Mais enfin..., soupira la pauvre mère, pourquoi Dieu a-t-il fait souffrir cette innocente créature ?

– Dieu ne l'a pas fait souffrir, mon enfant, dit le docteur ; la nuit même de sa naissance, il mourut... Ne lui donnez pas plus de regrets qu'à l'ombre qui passe et s'évanouit.

– Ses cris que j'entendais ?...

– Furent son adieu à la vie.

Andrée cacha son visage dans ses mains, tandis que les deux hommes, confondant leur pensée dans un éloquent regard, s'applaudissaient de leur pieux mensonge.

Soudain Marguerite rentra tenant une lettre... Cette lettre était adressée à Andrée... La suscription portait :

« Mademoiselle Andrée de Taverney, Paris, rue Coq-Héron, 9, la première porte cochère en partant de la rue Plâtrière. »

Philippe la montra au docteur par-dessus la tête d'Andrée, qui ne pleurait plus, mais s'absorbait dans ses douleurs.

« Qui peut lui écrire ici ? pensait Philippe. Nul ne connaissait son adresse, et l'écriture n'est pas de notre père. »

– Tiens, Andrée, dit Philippe, une lettre pour toi.

Sans réfléchir, sans résister, sans s'étonner, Andrée déchira l'enveloppe, et, essuyant ses yeux, déplia le papier pour lire ; mais à peine eut-elle parcouru les trois lignes qui composaient cette lettre, qu'elle poussa un grand cri, se leva comme une folle et, roidissant ses bras et ses pieds dans une contraction terrible, tomba, lourde comme une statue, dans les bras de Marguerite qui s'approchait.

Philippe ramassa la lettre et lut :

« En mer, ce 13 décembre 17...

Je pars, chassé par vous, et vous ne me reverrez plus ; mais j'emporte mon enfant, qui jamais ne vous appellera sa mère !

Gilbert. »

Philippe froissa le papier avec un rugissement de rage.

– Oh ! dit-il en grinçant des dents, j'avais presque pardonné le crime du hasard ; mais ce crime de la volonté sera puni... Sur ta tête inanimée, Andrée, je jure de tuer le misérable la première fois qu'il se présentera devant moi. Dieu voudra que je le rencontre, car il a comblé la mesure... Docteur, Andrée en reviendra-t-elle ?

– Oui, oui !

– Docteur, il faut que demain Andrée entre au monastère de Saint-Denis ; il faut qu'après-demain je sois au plus prochain port de mer... Le lâche s'est enfui... Je le suivrai... Il me faut cet enfant, d'ailleurs... Docteur, quel est le plus prochain port de mer ?

– Le Havre.

– Je serai au Havre dans trente-six heures, répondit Philippe.

Chapitre CLXIII

À bord

Dès ce moment, la maison d'Andrée fut silencieuse et morne comme un tombeau.

La nouvelle de la mort de son fils eût tué Andrée peut-être. C'eut été une de ces douleurs sourdes, lentes, qui minent perpétuellement. La lettre de Gilbert fut un coup si violent, qu'il surexcita dans l'âme généreuse d'Andrée tout ce qu'il y restait de forces et de sentiments offensifs.

Revenue à elle, elle chercha des yeux son frère et la colère qu'elle lut dans ses yeux fut une nouvelle source de courage pour elle-même.

Elle attendit que ses forces fussent revenues assez complètes pour que sa voix ne tremblât plus ; et alors, prenant la main de Philippe :

— Mon ami, dit-elle, vous me parliez ce matin du monastère de Saint Denis, où madame la dauphine m'a fait accorder une cellule ?

— Oui, Andrée.

— Vous m'y conduirez aujourd'hui même, s'il vous plaît.

— Merci, ma sœur.

— Vous, docteur, reprit Andrée, pour tant de bontés, de dévouement, de charité, un remerciement serait une stérile récompense. Votre récompense, à vous, docteur, ne peut se trouver sur la terre.

Elle vint à lui et l'embrassa.

– Ce petit médaillon, dit-elle, renferme mon portrait, que ma mère fit faire quand j'avais deux ans ; il doit ressembler à mon fils : gardez-le, docteur, pour qu'il vous parle quelquefois de l'enfant que vous avez mis au jour et de la mère que vous avez sauvée par vos soins.

Cela dit, sans s'attendrir elle-même, Andrée acheva ses préparatifs de voyage et, le soir, à six heures, elle franchissait, sans oser lever la tête, le guichet du parloir de Saint-Denis, aux grilles duquel Philippe, incapable de maîtriser son émotion, disait lui-même un adieu peut-être éternel.

Tout à coup la force abandonna la pauvre Andrée ; elle revint à son frère en courant, les bras ouverts ; lui aussi tendait ses mains vers elle. Ils se rencontrèrent, malgré le froid obstacle de la grille, et sur leurs joues brûlantes leurs larmes se confondirent.

– Adieu ! adieu ! murmura Andrée, dont la douleur éclata en sanglots.

– Adieu ! répondit Philippe étouffant son désespoir.

– Si tu retrouves jamais mon fils, dit Andrée tout bas, ne permet pas que je meure sans l'avoir embrassé.

– Sois tranquille. Adieu ! adieu !

Andrée s'arracha des bras de son frère et, soutenue par une sœur converse, elle s'avança, le regardant toujours dans l'ombre profonde du monastère.

Tant qu'il put la voir, il lui fit signe de la tête, puis avec son mouchoir qu'il agitait. Enfin, il recueillit un dernier adieu qu'elle lui lança du fond de la route obscure. Alors une porte de fer tomba entre eux avec un bruit lugubre et ce fut tout.

Philippe prit la poste à Saint-Denis même ; son portemanteau en croupe, il courut toute la nuit, tout le jour suivant, et arriva au Havre à la nuit de ce lendemain. Il coucha dans la première hôtellerie qui se trouva sur son passage et, le lendemain, au point du jour, il s'informait sur le port des départs les plus prochains pour l'Amérique.

Il lui fut répondu que le brick l'*Adonis* appareillait le jour même pour New-York. Philippe alla trouver le capitaine, qui terminait ses derniers préparatifs, se fit admettre comme passager en payant le prix de la traversée ; puis, ayant écrit une dernière fois à madame la dauphine pour lui témoigner de son dévouement respectueux et de sa reconnaissance, il envoya ses bagages dans sa chambre à bord et s'embarqua lui-même à l'heure de la marée.

Quatre heures sonnaient à la tour de François Ier quand l'*Adonis* sortit du chenal avec ses huniers et sa misaine. La mer était d'un bleu sombre, le ciel rouge à l'horizon. Philippe, accoudé sur le bastingage, après avoir salué les rares passagers ses compagnons de voyage, regardait les côtes de France qui s'embrumaient de fumées violettes, à mesure que, prenant plus de toile, le brick cinglait plus rapidement à droite, dépassant La Hève et gagnant la pleine mer.

Bientôt, côtes de France, passagers, océan, Philippe ne vit plus rien. La nuit sombre avait tout enseveli dans ses grandes ailes.

Philippe s'alla enfermer dans le petit lit de sa chambre pour relire la copie de la lettre qu'il avait envoyée à la dauphine, et qui pouvait passer pour une prière adressée au Créateur aussi bien que pour un adieu adressé aux créatures.

« Madame, avait-il écrit, un homme sans espoir et sans soutien s'éloigne de vous avec le regret d'avoir si peu fait pour Votre Majesté future. Cet homme s'en va dans les tempêtes et les orages de la mer, tandis que vous restez dans les périls et les tourments du gouvernement. Jeune, belle, adorée, entourée d'amis respectueux et de serviteurs idolâtres, vous oublierez celui que votre royale main avait daigné soulever au-dessus de la foule ; moi je ne vous oublierai jamais ; moi, je vais aller dans un nouveau monde étudier les moyens de vous servir plus efficacement sur votre trône. Je vous lègue ma sœur, pauvre fleur abandonnée, qui n'aura plus d'autre soleil que votre regard. Daignez parfois l'abaisser jusqu'à elle, et, au sein de votre joie, de votre toute-puissance, dans le concert des vœux unanimes, comptez, je vous en conjure, la bénédiction d'un exilé que vous n'entendrez pas, et qui, peut être, ne vous verra plus. »

À la fin de cette lecture, le cœur de Philippe se serra : le bruit mélancolique du vaisseau gémissant, l'éclat des vagues qui venaient se briser en jaillissant contre le hublot, composaient un ensemble qui eût attristé des imaginations plus riantes.

La nuit se passa longue et douloureuse pour le jeune homme. Une visite que lui rendit au matin le capitaine ne le remit pas dans une situation d'esprit plus satisfaisante. Cet officier lui déclara que la plupart des passagers craignaient la mer et demeuraient dans leur chambre, que la traversée promettait d'être courte mais pénible, à cause de la violence du vent.

Philippe prit dès lors l'habitude de dîner avec le capitaine, de se faire servir à déjeuner dans sa chambre, et, ne se sentant pas lui-même très endurci contre les incommodités de la mer, il prit l'habitude de passer quelques heures sur le tillac, couché dans son grand manteau d'officier. Le reste du temps, il l'employait à se faire un plan de conduite pour l'avenir et à soutenir son esprit par de solides lectures. Quelquefois il rencontrait les passagers ses compagnons. C'étaient deux dames qui allaient recueillir un héritage dans le nord de l'Amérique, et quatre hommes, dont l'un, déjà vieux, avait deux fils avec lui. Tels étaient les passagers des premières chambres. De l'autre côté, Philippe aperçut une fois quelques hommes de tournure et de mise plus communes ; il ne trouva rien là qui occupât son attention.

À mesure que l'habitude diminuait les souffrances, Philippe reprenait de la sérénité comme le ciel. Quelques beaux jours, purs et exempts d'orages, annoncèrent aux passagers l'approche des latitudes tempérées. Alors on demeura plus longtemps sur le pont ; alors, même pendant la nuit, Philippe, qui s'était fait une loi de ne communiquer avec personne, et qui avait caché, même au capitaine, son nom, pour n'avoir de conversation sur aucun sujet qu'il redoutait d'aborder, Philippe entendait, de sa chambre, des pas au-dessus de sa tête ; il entendait même la voix du capitaine se promenant sans doute avec quelque passager. C'était une raison pour lui de ne pas monter. Il ouvrait alors son hublot pour aspirer un peu de fraîcheur, et attendait le lendemain.

Une seule fois, la nuit, n'entendant ni colloques ni promenades, il monta sur le pont. La nuit était tiède, le ciel couvert, et derrière le vaisseau, dans le sillage, on voyait sourdre, du milieu des tourbillons, des milliers de grains phosphorescents. Cette nuit avait paru, sans doute, trop noire et trop orageuse aux passagers, car Philippe n'en vit aucun sur la dunette. Seulement, à l'avant, sur la proue, penché sur le mât de beaupré, dormait ou rêvait une figure noire, que Philippe distingua péniblement dans l'ombre, quelque passager de la seconde chambre, sans doute, quelque pauvre exilé qui regardait en avant, désirant le port de l'Amérique, tandis que Philippe regrettait le port de France.

Philippe regarda longtemps ce voyageur immobile dans sa contemplation ; puis le froid du matin le saisit ; il se préparait à rentrer dans sa cabine... Cependant, le passager de l'avant observait aussi le ciel qui commençait à blanchir. Philippe entendit le capitaine s'approcher, il se retourna.

– Vous prenez le frais, capitaine ? dit-il.

– Monsieur, je me lève.

– Vous avez été devancé par vos passagers, comme vous voyez.

– Par vous ; mais les officiers sont matineux comme les marins.

– Oh ! non seulement par moi..., dit Philippe. Voyez, là-bas, cet homme qui rêve si profondément ; c'est un de vos passagers aussi, n'est-ce pas ?

Le capitaine regarda et parut surpris.

– Qui est cet homme ? demanda Philippe.

– Un... marchand, dit le capitaine avec embarras.

– Qui court après la fortune ? murmura Philippe. Ce brick va trop lentement pour lui.

Le capitaine, au lieu de répondre, alla tout à l'avant trouver ce passager, auquel il dit quelques mots, et Philippe le vit disparaître dans l'entrepont.

– Vous avez troublé son rêve, dit Philippe au capitaine quand ce dernier l'eut rejoint ; il ne me gênait pas, pourtant.

– Non, monsieur, je l'ai averti que le froid du matin est dangereux dans ces parages : les passagers de seconde classe n'ont pas,
comme vous, de bons manteaux.

– Où sommes-nous, capitaine ?

– Monsieur, nous verrons demain les Açores, à l'une desquelles
nous ferons un peu d'eau fraîche, car il fait bien chaud.

Chapitre CLXIV

Les îles Açores

À l'heure fixée par le capitaine, on aperçut à l'avant du navire, bien loin dans le soleil éblouissant, les côtes de quelques îles situées au nord-est.

C'étaient les îles Açores.

Le vent portait de ce côté ; le brick marchait bien. On arriva en vue complète des îles vers trois heures de l'après-midi.

Philippe vit ces hauts pitons de collines aux formes étranges, à l'aspect lugubre ; des rochers noircis comme par l'action du feu volcanique, des découpures aux crêtes lumineuses, aux abîmes profonds.

À peine arrivé à distance du canon de la première de ces îles, le brick mit en panne, et l'équipage prépara un débarquement pour faire quelques tonnes d'eau fraîche, ainsi que l'avait accordé le capitaine.

Tous les passagers se promettaient le plaisir d'une excursion à terre. Poser le pied sur un sol immobile après vingt jours et vingt nuits d'une navigation pénible, c'est une partie de plaisir que peuvent seuls apprécier ceux qui ont fait un voyage de long cours.

– Messieurs, dit le capitaine aux passagers, qu'il crut voir indécis, vous avez cinq heures pour aller à terre. Profitez de l'occasion. Vous trouverez dans cette petite île, complètement inhabitée, des sources d'eau glacée, si vous êtes naturalistes ; des lapins et des perdrix rouges, si vous êtes chasseurs.

Philippe prit son fusil, des balles et du plomb.

– Mais vous, capitaine, dit-il, vous restez à bord ? Pourquoi ne venez-vous pas avec nous ?

– Parce que, là-bas, répliqua l'officier en montrant la mer, vient un navire aux allures suspectes ; un navire qui me suit depuis quatre jours à peu près ; une mauvaise mine de navire, comme nous disons, et que je veux surveiller tout ce qu'il fera.

Philippe, satisfait de l'explication, monta dans la dernière embarcation et partit pour la terre.

Les dames, plusieurs passagers de l'avant ou de l'arrière ne se hasardèrent pas à descendre, ou attendirent leur tour.

On vit donc s'éloigner les deux canots avec les matelots joyeux, et les passagers plus joyeux encore.

Le dernier mot du capitaine fut celui-ci :

– À huit heures, messieurs, le dernier canot vous ira chercher ; tenez-vous le pour dit ; les retardataires seraient abandonnés.

Quand tout le monde, naturalistes et chasseurs, eut abordé, les matelots entrèrent tout de suite dans une caverne située à cent pas du rivage, et qui faisait un coude comme pour fuir les rayons du soleil.

Une source fraîche, d'une eau azurée, exquise, glissait sous les roches moussues et s'allait perdre, sans sortir de la grotte elle-même, sur un fond de sables fins et mouvants.

Les matelots s'arrêtèrent là, disons-nous, et emplirent leurs tonnes, qu'ils se mirent en devoir de rouler jusqu'au rivage.

Philippe les regarda faire. Il admirait l'ombre bleuâtre de cette caverne, la fraîcheur, le doux bruit de l'eau glissant de cascade en cascade ; il s'étonnait d'avoir trouvé d'abord les ténèbres les plus opaques et le froid le plus intense, tandis qu'au bout de quelques minutes la température semblait douce et l'ombre semée de clartés molles et mystérieuses. Aussi, c'était avec les mains étendues et se heurtant aux parois des roches qu'il avait commencé par suivre les marins sans les voir ; puis, peu à peu, chaque physionomie, chaque tournure s'était dessinée, éclairée ; et Philippe préférait, comme netteté, la lumière de cette grotte à celle du ciel, toute criarde et brutale en plein jour dans ces parages.

Cependant il entendait les voix de ses compagnons se perdre au loin. Un ou deux coups de fusil retentirent dans la montagne, puis le bruit s'éteignit, et Philippe resta seul.

De leur côté, les matelots avaient accompli leur tâche ; ils ne devaient plus revenir dans la grotte.

Philippe se laissa entraîner peu à peu par le charme de cette solitude et par le tourbillon de ses pensées ; il s'étendit sur le sable doux et moelleux, s'adossa aux roches tapissées d'herbes aromatiques et rêva.

Les heures s'écoulèrent ainsi. Il avait oublié le monde. À côté de lui, son fusil désarmé dormait sur la pierre, et, pour pouvoir se coucher à l'aise, il avait sorti de ses poches les pistolets qui ne le quittaient pas.

Tout son passé revenait vers lui, lentement, solennellement, comme un enseignement ou un reproche. Tout son avenir s'envolait austère comme ces oiseaux farouches qu'on touche parfois du regard ; de la main, jamais.

Pendant que Philippe rêvait ainsi, sans doute on rêvait, on riait, on espérait à cent pas de lui. Il avait la perception insensible de ce mouvement, et plus d'une fois il lui avait semblé entendre la rame des canots qui amenaient au rivage ou qui reconduisaient à bord des passagers, les uns blasés sur le plaisir de cette journée, les autres avides d'en jouir à leur tour.

Mais sa méditation n'avait pas été troublée encore, soit que l'entrée de la grotte eût échappé aux uns, soit que les autres, l'ayant vue, eussent dédaigné d'y entrer.

Tout à coup, une ombre timide, indécise, s'interposa entre le jour et la caverne, sur le seuil même... Philippe vit quelqu'un marcher, les mains en avant, la tête baissée, du côté de l'eau murmurante. Cette personne se heurta même une fois aux rochers, son pied ayant glissé sur des herbes.

Alors Philippe se leva et vint tendre la main à cette personne pour l'aider à reprendre le bon chemin. Dans ce mouvement de courtoisie, ses doigts rencontrèrent la main du voyageur dans les ténèbres.

– Par ici, dit-il avec affabilité ; monsieur, l'eau est par ici.

Au son de cette voix, l'inconnu leva précipitamment la tête, et s'apprêtait à répondre, montrant à découvert son visage dans la pénombre azurée de la grotte.

Mais Philippe, poussant tout à coup un cri d'horreur, fit un bond en arrière.

L'inconnu, de son côté, jeta un cri d'effroi et recula.

– Gilbert !

– Philippe !

Ces deux mots éclatèrent en même temps, comme un tonnerre souterrain.

Puis on n'entendit plus que le bruit d'une sorte de lutte. Philippe avait serré de ses deux mains le cou de son ennemi, et l'attirait au fond de la caverne.

Gilbert se laissait traîner sans proférer une seule plainte. Adossé aux roches de l'enceinte, il ne pouvait plus reculer.

– Misérable ! je te tiens, enfin !... rugit Philippe. Dieu te livre à moi... Dieu est juste !

Gilbert était livide et ne faisait pas un geste ; il laissa tomber ses deux bras à ses côtés.

– Oh ! lâche et scélérat ! dit Philippe ; il n'a pas même l'instinct de la bête féroce qui se défend.

Mais Gilbert répondit d'une voix pleine de douceur :

– Me défendre ! Pourquoi ?

– C'est vrai, tu sais bien que tu es en mon pouvoir, tu sais bien que tu as mérité le plus horrible châtiment. Tous tes crimes sont avérés. Tu as avili une femme par la honte et tu l'as tuée par l'inhumanité. C'était peu pour toi de souiller une vierge, tu as voulu assassiner une mère !

Gilbert ne répondit rien. Philippe, qui s'enivrait insensiblement au feu de sa propre colère, porta de nouveau sur Gilbert des mains furieuses. Le jeune homme ne résista point.

– Tu n'es donc pas un homme ? dit Philippe en le secouant avec rage, tu n'en as donc que le visage ?... Quoi ! pas même de résistance !... Mais je t'étrangle, tu vois bien, résiste donc ! défends-toi donc... lâche ! lâche ! assassin !

Gilbert sentit les doigts acérés de son ennemi pénétrer dans sa gorge ; il se redressa, se roidit et, vigoureux comme un lion, jeta loin de lui Philippe, d'un seul mouvement d'épaules, puis il se croisa les bras.

– Vous voyez, dit-il, que je pourrais me défendre si je voulais ; mais à quoi bon ? Voilà que vous courez à votre fusil. J'aime bien mieux être tué d'un seul coup que déchiré par des ongles et écrasé de coups honteux.

Philippe avait saisi, en effet, son fusil ; mais, à ces mots, il le repoussa.

– Non, murmura-t-il.

Puis, tout haut :

– Où vas-tu ?... Comment es-tu venu ici ?

– Je suis embarqué sur l'*Adonis*.

– Tu te cachais donc ? Tu m'avais donc vu ?

– Je ne savais pas même que vous fussiez à bord.

– Tu mens.

– Je ne mens pas.

– Comment se fait-il que je ne t'aie pas vu ?

– Parce que je ne sortais de ma chambre que la nuit.

– Tu vois, tu te caches !

– Sans doute.

– De moi ?

– Non, vous dis-je ; je vais en Amérique avec une mission, et je ne dois pas être vu. Le capitaine m'a logé à part... pour cela.

– Tu te caches, te dis-je, pour me dérober ta personne... et surtout pour cacher l'enfant que tu as dérobé.

– L'enfant ? dit Gilbert.

– Oui, tu as volé et emporté cet enfant pour t'en faire une arme un jour, pour en tirer un gain quelconque, misérable !

Gilbert secoua la tête.

– J'ai repris l'enfant, dit-il, pour que personne ne lui apprît à mépriser ou à renier son père.

Philippe reprit haleine un moment.

– Si cela était vrai, dit-il, si je pouvais le croire, tu serais moins scélérat que je ne l'ai pensé ; mais tu as volé, pourquoi ne mentirais-tu pas ?

– Volé ! j'ai volé, moi ?

– Tu as volé l'enfant.

– C'est mon fils ! il est à moi ! On ne vole pas, monsieur, quand on reprend son propre bien.

– Écoute ! dit Philippe frémissant de colère. Tout à l'heure l'idée m'est venue de te tuer. Je l'avais juré, j'en avais le droit.

Gilbert ne répondit pas.

– Maintenant, Dieu m'éclaire. Dieu t'a jeté sur mon chemin comme pour me dire : « La vengeance est inutile ; on ne doit se venger que quand on est abandonné de Dieu... » Je ne te tuerai pas ; je détruirai seulement l'édifice de malheur que tu as échafaudé. Cet enfant est ta ressource pour l'avenir ; tu vas tout à l'heure me rendre cet enfant.

– Mais je ne l'ai pas, dit Gilbert. On n'emmène pas en mer un enfant de quinze jours.

– Il a bien fallu que tu lui trouves une nourrice : pourquoi n'aurais-tu pas emmené la nourrice ?

– Je vous dis que je n'ai pas emmené l'enfant.

– Alors tu l'as laissé en France ? À quel endroit l'as-tu laissé ?

Gilbert se tut.

– Réponds ! où l'as-tu mis en nourrice et avec quelles ressources ?

Gilbert se tut.

– Ah ! misérable, tu me braves ! dit Philippe ; tu ne crains donc pas de réveiller ma colère ?... Veux-tu me dire où est l'enfant de ma sœur ? Veux-tu me rendre cet enfant ?

– Mon enfant est à moi, murmura Gilbert.

– Scélérat ! Tu vois bien que tu veux mourir !

– Je ne veux pas rendre mon enfant.

– Gilbert, écoute, je te parle avec douceur ; Gilbert, j'essaierai d'oublier le passé, j'essaierai de te pardonner ; Gilbert, tu comprends ma générosité, n'est-ce pas ?... Je te pardonne ! Tout ce que tu as jeté de honte et de malheur sur notre maison, je te le pardonne ; c'est un grand sacrifice... Rends-moi cet enfant. Veux-tu davantage ?... Veux-tu que j'essaie de vaincre les répugnances si légitimes d'Andrée ? Veux-tu que j'intercède pour toi ? Eh bien !... je le ferai... rends-moi cet enfant... Encore un mot... Andrée aime son fils... ton fils avec frénésie ; elle se laissera toucher par ton repentir, je te le promets, je m'y engage ; mais rends-moi cet enfant, Gilbert, rends-le-moi !

Gilbert croisa ses bras en fixant sur Philippe un regard plein du feu le plus sombre.

– Vous ne m'avez pas cru, dit-il, je ne vous crois pas ; non que vous ne soyez un honnête homme, mais parce que j'ai sondé l'abîme des préjugés de caste. Plus de retour possible, plus de pardon. Nous sommes ennemis mortels... Vous êtes le plus fort, soyez vainqueur... Je ne vous demande pas votre arme, moi ; ne me demandez pas la mienne...

– Tu avoues donc que c'est une arme ?

– Contre le mépris, oui ; contre l'ingratitude, oui ; contre l'insulte, oui !

– Encore une fois, Gilbert, dit Philippe l'écume à la bouche, veux-tu ?...

– Non.

– Prends garde !

– Non.

– Je ne veux pas t'assassiner ; je veux que tu aies la chance de tuer le frère d'Andrée. Un crime de plus !... Ah ! ah ! c'est tentant. Prends ce pistolet ; en voici un autre ; comptons chacun jusqu'à trois, et tirons.

Et il jeta un des deux pistolets aux pieds de Gilbert.

Le jeune homme resta immobile.

– Un duel, dit-il, c'est justement ce que je refuse.

– Tu aimes mieux que je te tue ! s'écria Philippe, fou de rage et de désespoir.

– J'aime mieux être tué par vous.

– Réfléchis... Ma tête se perd.

– J'ai réfléchi.

– Je suis dans mon droit : Dieu doit m'absoudre.

– Je le sais... tuez-moi.

– Une dernière fois, veux-tu te battre ?

– Non.

– Tu refuses de te défendre ?

– Oui.

– Eh bien, meurs comme un scélérat dont je purge la terre, meurs comme un sacrilège, meurs comme un bandit, meurs comme un chien !

Et Philippe lâcha son coup de pistolet presque à bout portant sur Gilbert. Celui-ci étendit les bras, pencha d'abord en arrière, puis en avant, et tomba sur la face sans pousser un cri. Philippe sentit le sable s'imprégner sous son pied d'un sang tiède ; il perdit tout à fait la raison, et s'élança hors de la caverne.

Devant lui était le rivage ; une barque attendait : l'heure du départ avait été annoncée du bord pour huit heures, il était huit heures et quelques minutes.

– Ah ! vous voilà, monsieur, lui dirent les matelots... Vous êtes le dernier... chacun a regagné le bord. Qu'avez-vous tué ?

Philippe, entendant ce mot, perdit connaissance. On le rapporta ainsi au navire, qui commençait d'appareiller.

– Tout le monde est rentré ? demanda le capitaine.

– Voici le dernier passager que nous ramenons, répondirent les matelots. Il aura fait une chute, car il vient de s'évanouir.

Le capitaine commanda une manœuvre décisive, et le brick s'éloigna rapidement des îles Açores, juste au moment où le bâtiment inconnu qui l'avait si longtemps inquiété entrait dans le port sous le pavillon américain.

Le capitaine de l'*Adonis* échangea un signal avec ce bâtiment et, rassuré, en apparence du moins, il continua sa route vers l'occident, et se perdit bientôt dans les ombres de la nuit.

Ce ne fut que le lendemain que l'on s'aperçut qu'un passager manquait à bord.

Épilogue

Le 9 mai de l'an 1774, à huit heures du soir, Versailles présentait le plus curieux et le plus intéressant spectacle.

Depuis le premier jour du mois, le roi Louis XV, atteint d'une maladie terrible dont les médecins n'osaient lui avouer d'abord la gravité, gardait le lit et commençait à chercher des yeux autour de lui la vérité ou l'espérance.

Le médecin Bordeu avait signalé chez le roi une petite vérole des plus malignes, et le médecin La Martinière, qui la reconnaissait comme son collègue, opinait pour qu'on avertît le roi, afin qu'il prît spirituellement et matériellement, comme chrétien, des mesures pour son salut et pour celui du royaume.

– Le roi Très Chrétien, disait-il, devrait se faire administrer l'extrême onction.

La Martinière représentait le parti du dauphin, l'opposition. Bordeu prétendait que le simple aveu de la gravité du mal tuerait le roi et que, pour sa part, il reculait devant un régicide.

Bordeu représentait le parti du Barry.

En effet, appeler la religion chez le roi, c'était expulser la favorite. Quand Dieu entre par une porte, il faut bien que Satan sorte par l'autre.

Or, pendant toutes les divisions intestines de la Faculté, de la famille et des partis, la maladie se logeait à l'aise dans ce corps vieilli, usé, gâté par la débauche ; elle s'y fortifiait de telle façon, que ni remèdes ni prescriptions ne purent la débusquer.

Dès les premières atteintes du mal causé par une infidélité de Louis XV, à laquelle madame du Barry avait prêté complaisamment la main, le roi avait vu se réunir autour de son lit ses deux filles, la favorite et les courtisans les mieux en faveur. On riait encore et l'on s'aidait.

Tout à coup parut à Versailles l'austère et sinistre figure de Madame Louise de France ; elle quittait sa cellule de Saint-Denis pour venir donner aussi à son père des consolations et des soins.

Elle entra pâle et sombre comme la statue de la Fatalité ; ce n'était plus une fille pour son père, une sœur pour ses sœurs ; elle ressemblait aux prophétesses antiques qui, dans les jours lugubres de l'adversité, venaient crier aux rois éblouis : « Malheur ! malheur ! malheur ! » Elle tomba dans Versailles à une heure du jour où Louis baisait les mains de madame du Barry et les appliquait comme de douces caresses sur son front malade, sur ses joues enflammées.

À son aspect, tout s'enfuit : les sœurs se réfugièrent tremblantes dans la chambre voisine ; madame du Barry fléchit le genou et courut à son appartement ; les courtisans privilégiés reculèrent jusqu'aux antichambres ; les deux médecins seuls demeurèrent au coin de la cheminée.

– Ma fille ! murmura le roi en ouvrant ses yeux fermés par la douleur et la fièvre.

– Votre fille, oui, sire, dit la princesse.

– Qui vient...

– De la part de Dieu !

Le roi se souleva, ébauchant un sourire.

– Car vous oubliez Dieu, reprit Madame Louise.

– Moi ?...

– Je veux vous le rappeler.

– Ma fille ! je ne suis pas assez près de la mort, j'espère, pour qu'une exhortation soit urgente. Ma maladie est légère : une courbature, un peu d'inflammation.

– Votre maladie, sire, interrompit la princesse, est celle qui, d'après l'étiquette, doit réunir au chevet de Sa Majesté les grands prélats du royaume. Quand un membre de la famille royale est atteint de la petite vérole, il doit être administré sur-le-champ.

– Madame !... s'écria le roi fort agité, fort pâle, que dites-vous ?

– Madame !... firent les médecins avec terreur.

– Je dis, continua la princesse, que Votre Majesté est atteinte de la petite vérole.

Le roi poussa un cri.

– Les médecins ne l'ont pas dit, répliqua-t-il.

– Ils n'osent ; moi, je vois pour Votre Majesté un autre royaume que le royaume de France. Approchez-vous de Dieu, sire, et passez en revue toutes vos années.

– La petite vérole ! murmurait Louis XV ; maladie mortelle !... Bordeu !... La Martinière !... est-ce donc vrai ?

Les deux praticiens baissèrent la tête.

– Mais je suis perdu alors ? répéta le roi, plus épouvanté que jamais.

– On guérit de toutes les maladies, sire, dit Bordeu prenant l'initiative, surtout lorsqu'on conserve sa tranquillité d'esprit.

– Dieu donne la tranquillité de l'esprit et le salut du corps, répondit la princesse.

– Madame, dit hardiment Bordeu, quoique à voix basse, vous tuez le roi !

La princesse ne daigna pas répondre. Elle se rapprocha du malade et, lui prenant la main qu'elle couvrit de baisers :

– Rompez avec le passé, sire, dit-elle, et donnez l'exemple à vos peuples. Nul ne vous avertissait ; vous couriez risque d'être perdu pour l'éternité. Promettez de vivre en chrétien, si vous vivez ; mourez en chrétien, si Dieu vous appelle à lui.

Elle acheva ces mots par un nouveau baiser sur la main royale et reprit à pas lents le chemin des antichambres. Là, elle rabattit son long voile noir sur son visage, descendit les degrés et monta dans son carrosse, laissant derrière elle une stupéfaction, une épouvante dont rien ne saurait donner une idée.

Le roi n'avait pu reprendre ses esprits qu'à force de questionner les médecins ; mais il était frappé.

– Je ne veux pas, dit-il, que les scènes de Metz avec la duchesse de Châteauroux se renouvellent ; qu'on fasse venir madame d'Aiguillon et qu'on la prie d'emmener à Rueil madame du Barry.

Cet ordre fut l'explosion. Bordeu voulut dire quelques mots ; le roi lui imposa silence. Bordeu voyait, d'ailleurs, son collègue prêt à tout rapporter au dauphin ; Bordeu savait l'issue de la maladie du roi, il ne lutta pas et, quittant la chambre royale, avertit madame du Barry du coup qui la frappait.

La comtesse, épouvantée de l'aspect sinistre et insultant qu'avaient déjà tous les visages, se hâta de disparaître. En une heure, elle fut hors de Versailles et la duchesse d'Aiguillon, fidèle et reconnaissante amie, emmena la disgraciée au château de Rueil, qui lui venait par héritage du grand Richelieu. Bordeu, de son côté, ferma la porte du roi à toute la famille royale, sous prétexte de contagion. Cette chambre de Louis XV était désormais murée ; il n'y devait plus entrer que la religion et la mort. Le roi fut administré le jour même, et cette nouvelle se répandit dans Paris où, déjà, la disgrâce de la favorite était un événement rebattu.

Toute la cour vint se faire annoncer chez le dauphin qui ferma sa porte et ne reçut pas une personne.

Mais, le lendemain, le roi se portait mieux et avait envoyé le duc d'Aiguillon porter ses compliments à madame du Barry.

Ce lendemain, c'était le 9 mai 1774.

La cour déserta le pavillon du dauphin et se porta en telle affluence à Rueil, où la favorite habitait, que, depuis l'exil de M. de Choiseul à Chanteloup, on n'avait vu pareille file de carrosses.

Les choses en étaient donc là. Le roi vivra-t-il et madame du Barry est-elle toujours la reine ?

Le roi mourra-t-il et madame du Barry n'est-elle qu'une courtisane exécrable et honteuse ?

Voilà pourquoi Versailles, à huit heures du soir, le 9 mai de l'année 1774, présentait un si curieux, un si intéressant spectacle.

Sur la place d'Armes, devant le palais, quelques groupes s'étaient formés devant les grilles, groupes bienveillants et empressés de savoir des nouvelles.

C'étaient des bourgeois de Versailles ou de Paris, qui, avec toute la politesse imaginable, demandaient des nouvelles du roi aux gardes du corps qui arpentaient silencieusement la cour d'honneur, les mains derrière le dos.

Peu à peu ces groupes se dispersèrent : les gens de Paris prirent place dans les pataches pour rentrer paisiblement chez eux ; les gens de Versailles, sûrs d'avoir les nouvelles de première main, rentrèrent également dans leurs maisons.

On ne vit plus dans la ville que les patrouilles du guet qui faisaient leur devoir un peu plus mollement que de coutume et ce monde gigantesque qu'on appelle le palais de Versailles s'ensevelit peu à peu dans la nuit et le silence, comme le monde un peu plus grand qui le contient.

À l'angle de la rue bordée d'arbres qui fait face au palais, sur un banc de pierre et sous le feuillage déjà touffu des marronniers, un homme d'un âge avancé était assis ce soir-là, le visage tourné vers le château, sa canne servant d'appui à ses deux mains, qui à leur tour servaient d'appui à sa tête pensive et poétique. C'était pourtant un vieillard courbé, maladif, mais dont l'œil lançait encore une flamme et dont la pensée flamboyait plus ardente encore que les yeux.

Il s'était abîmé dans sa contemplation, dans ses soupirs, ne voyant pas, à l'extrémité de la place, un autre personnage qui, après avoir regardé curieusement aux grilles et questionné les gardes du corps, traversait diagonalement l'esplanade et venait droit au banc avec l'intention de s'y reposer.

Ce personnage était un homme jeune, aux pommettes saillantes, au front déprimé, au nez aquilin, tortu, au sourire sardonique. Tout en marchant vers le banc de pierre, il ricanait, bien que seul, faisant écho par ce rire à quelque secrète pensée.

À trois pas du banc, il aperçut le vieillard et s'écarta, tout en cherchant à le reconnaître de son œil oblique ; seulement, il craignait que son regard n'eût été interprété.

– Monsieur prend le frais ? dit-il en se rapprochant par un mouvement brusque.

Le vieillard leva la tête.

– Eh ! s'écria le jeune homme, c'est mon illustre maître.

– Et vous êtes mon jeune praticien, dit le vieillard.

– Voulez-vous me permettre de m'asseoir à vos côtés ?

– Très volontiers, monsieur.

Et le vieillard fit place au nouveau venu.

– Il paraît que le roi va mieux, dit le jeune homme. On se réjouit.

Et il poussa un nouvel éclat de rire.

Le vieillard ne répondit pas.

– Toute la journée, continua le jeune homme, les carrosses ont roulé de Paris à Rueil et de Rueil à Versailles... La comtesse du Barry va épouser le roi sitôt qu'il sera rétabli.

Et il termina sa phrase par un éclat de rire plus bruyant que le premier.

Le vieillard ne répondit pas encore cette fois.

– Pardonnez-moi si je ris de la sorte, continua le jeune homme avec un mouvement plein d'irritation nerveuse ; c'est qu'un bon Français, voyez vous, aime son roi, et mon roi se porte mieux.

– Ne plaisantez pas ainsi sur ce sujet, monsieur, dit doucement le vieillard ; c'est toujours un malheur pour quelqu'un que la mort d'un homme, c'est souvent pour tous un grand malheur que la mort d'un roi.

– Même la mort de Louis XV ? interrompit le jeune homme avec ironie. Oh ! mon cher maître, vous ! un si puissant philosophe, vous soutenez une thèse pareille !... Oh ! je connais l'énergie et l'habileté de vos paradoxes, mais je ne vous fais pas grâce de celui-là...

Le vieillard secoua la tête.

– Et, d'ailleurs, ajouta le jeune homme, pourquoi penser à la mort du roi ? Qui en parle ? Le roi a la petite vérole, nous savons tous ce que c'est ; il a près de lui Bordeu et La Martinière, qui sont d'habiles gens... Je parie bien que Louis le Bien-Aimé en réchappera, mon cher maître ; seulement, cette fois, le peuple français ne s'étouffe pas dans les églises à faire des neuvaines comme du temps de la première maladie... Écoutez donc, tout s'use.

– Silence ! dit le vieillard en tressaillant, silence ! car, je vous le dis, vous parlez d'un homme sur qui Dieu étend son doigt en ce moment...

Le jeune homme, surpris de ce langage étrange, regarda de côté son interlocuteur, dont les yeux ne quittaient pas la façade du château.

– Vous savez donc des nouvelles plus positives ? demanda-t-il.

– Regardez, dit le vieillard en montrant du doigt une des fenêtres du palais ; que voyez-vous là-bas ?

– Une fenêtre éclairée... Est-ce cela ?

– Oui... mais comment éclairée ?

– Par une bougie placée dans une petite lanterne.

– Précisément.

– Eh bien ?

– Eh bien, jeune homme, savez-vous ce que représente la flamme de cette bougie ?

– Non, monsieur.

– Elle représente la vie du roi.

Le jeune homme regarda plus fixement le vieillard, comme pour s'assurer qu'il jouissait de toute sa raison.

– Un de mes amis, M. de Jussieu, continua le vieillard, a placé là cette bougie, qui brûlera tant que le roi vivra.

– C'est un signal, alors ?

– Un signal que le successeur de Louis XV couve des yeux là-bas, derrière quelque rideau. Ce signal, qui avertit les ambitieux du moment où commencera leur règne, avertit un pauvre philosophe comme moi du moment où Dieu souffle sur un siècle et sur une existence.

Le jeune homme tressaillit à son tour et se rapprocha sur le banc de son interlocuteur.

– Oh ! dit le vieillard, regardez bien cette nuit, jeune homme ; voyez ce qu'elle renferme de nuages et de tempêtes... L'aurore qui lui succédera, je la verrai sans doute, car je ne suis pas assez vieux pour ne pas voir le jour de demain. Mais un règne va peut-être commencer, que vous verrez jusqu'à la fin, vous, et qui renferme, comme cette nuit... des mystères que, moi, je ne verrai pas... Il n'est donc pas sans intérêt pour mon regard, le feu de cette bougie tremblotante dont je viens de vous expliquer le sens.

– C'est vrai, murmura le jeune homme, c'est vrai, mon maître.

– Louis XIV, continua le vieillard, a régné soixante-treize ans ; combien Louis XV régnera-t-il ?

– Ah ! s'écria le jeune homme en montrant du doigt la fenêtre qui venait tout à coup de s'ensevelir dans l'obscurité.

– Le roi est mort ! dit le vieillard en se levant avec une sorte d'effroi.

Et tous deux gardèrent le silence pendant quelques minutes.

Tout à coup, un carrosse attelé de huit chevaux partit au galop de la cour du palais. Deux piqueurs le précédaient, tenant chacun une torche à la main. Dans le carrosse étaient le dauphin, Marie-Antoinette et Madame Elisabeth, sœur du roi. La lumière des flambeaux éclairait sinistrement leurs visages pâles. Le carrosse vint passer près des deux hommes, à dix pas du banc.

– Vive le roi Louis XVI ! Vive la reine ! cria le jeune homme d'une voix stridente, comme s'il insultait cette majesté nouvelle au lieu de la saluer.

Le dauphin salua ; la reine montra son visage triste et sévère. Le carrosse disparut.

– Mon cher monsieur Rousseau, dit alors le jeune homme, voilà madame du Barry veuve.

– Demain, elle sera exilée, dit le vieillard. Adieu, monsieur Marat...

FIN.